U0934677

Chong Tuteng

②危机虫重

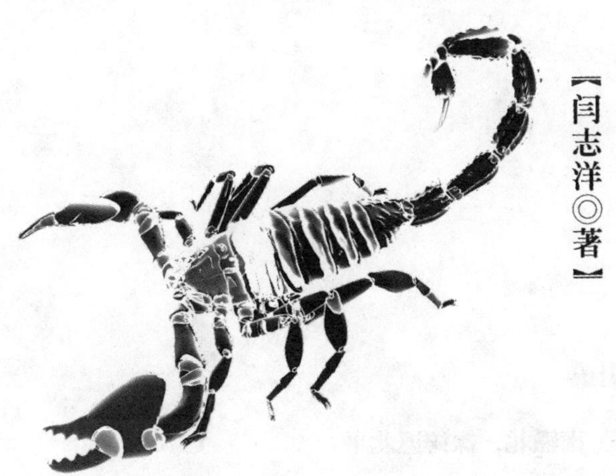

【闫志洋◎著】

九州出版社
JIUZHOUPRESS

目录

Contents

引子

F o r e w o r d

这个世界上总是有太多离奇诡异的事情是我们难以理解的，在未经历之前大家总是觉得这种事情是不可能发生的，或者只存在于故事之中。直到你亲身经历之后才恍然发觉，原来这些都是真实存在的。

十五年前的那个夏天，对于当时只有十几岁的我来说是段不堪回首的经历。那个夏天在外经商的父亲将我送到了爷爷所居住的北蒙——一个隐藏在燕山山脉之中的小山村。

爷爷是个奇怪的老头，不管冬夏总是一袭黑衣加身，那张脸始终如一地保持着一种几近于冷漠的表情。

那段经历就像惊悚电影般深深地烙印在我的脑海深处，我左手腕上的那块总是在深夜隐隐作痛的伤疤即是上演这场电影的源头。但更让我惊恐的却是离开北蒙之后，那长达三年之久的噩梦。梦里我总是觉得自己被一只巨大的蚕茧包裹着，无法喘息，终于在三年之后的一个夜晚我冲破了那层蚕茧……

那是我第一次回北蒙，也是在此之前我第一次回到北蒙。再次听到爷爷的消息是在2008年的金融危机之际，父亲在电话中告诉我爷爷得了癌症，发现的时候就已经是晚期了。恍惚之间我的脑海中再次出现那个一袭黑装、不苟言笑的老头，左手腕上已经几年未曾发作的伤疤此刻竟然又开始灼痛了起来。十五年前那个夏天的经历又一次浮出水面。

以前曾经听人说过，永久记忆是人一生也不会磨灭的，有些甚至会随着基因一直传递下去，只是我们很难找到能开启这种记忆密码的途径。我想，或许我手腕上的这条伤疤便是开启那段记忆的钥匙。

三天之后应父亲之约，我和他驱车回到了北蒙。爷爷依旧住在北蒙最里面的那座院落之中。爷爷见到我之后似乎异常激动，他的眼神中闪烁着少有的温情，这让我对他的印象顿时好了很多。

在父亲离开之后爷爷终于打开了话匣子，他给我讲述了一段民国时期离奇而诡异的往事。爷爷长出一口气之后轻轻地拍了拍我的肩膀说道："沐洋，我有些累了！"然后剧烈地咳嗽了起来。

我连忙起身倒了一杯水递给他，他喝下一口水然后长叹了一口气："关于那件事，你是不是一直在记恨爷爷？"

屋子里的空气瞬间凝固了，我低下头，目光落在手腕的伤疤上。那个伤疤虽然只是偶尔会隐隐作痛，但是疤痕却清晰可见。爷爷见我良久没有说话，似乎明白了什么，轻轻地拍了拍我的肩膀，拉着我走出了门。

午后的北蒙阳光还是明亮温暖的，只是爷爷拉着我的手却异常冰冷。他驻足在门口望了望，拉着我走到了门口的一棵老槐树下面。这棵老槐树少说也有百年的历史，树干早已枯败，只是在这枯败的树干之上又生出了几条嫩枝。

爷爷弓身蹲在树下，轻轻招了招手示意我也蹲下。在那树下有一个蚁穴，几只蚂蚁正在洞口进进出出，爷爷微微笑了笑，捏起一只蚂蚁放在掌心，一会儿的工夫又将那只蚂蚁放在地上。只见那只蚂蚁径直爬入蚁穴，顷刻之间所有的蚂蚁都从洞口钻了出来，在我们的面前排列开来，像是经过训练的士兵一样，随着爷爷手势的变化，一会儿排列成一个方形，一会儿又排列成一个圆形。

忽然爷爷的两手相交，那群蚂蚁这才散开各自回到了巢穴之中，这惊人之技让我目瞪口呆。

"爷爷，这……这就是驱虫之术？"我颤抖着说道。

"呵呵，沐洋，这只是雕虫小技而已！"爷爷说完靠在老槐树下望着远处的山脉。这燕山山脉西起八达岭，东至山海关，绵延数千里，而又有谁知道在这绵亘的山脉之中究竟藏着多少秘密呢？

"其实这驱虫之术并没有什么大惊小怪的，从古至今人们便一直沿袭着祖先的驱虫之术。”爷爷的话让我倍感惊讶，难道这已经不再是什么秘闻了吗？

爷爷似乎察觉到了我惊异，道：“古人将天下万物归于五行之中，因而便有五方、五季、五令、五色、五味、五谷、五虫，便都与这五行相对。而五虫之中则涵盖了所有的动物。”

爷爷顿了顿接着道：“因此我们驯养的所有家禽家畜，便也是虫。所以这驱虫之术本已见怪不怪了，只是大家不察而已。而且那些驯养也仅仅停留在驱虫术最初的阶段。”

我恍然大悟地点了点头，爷爷说的确实有理。

我们两人再次陷入了沉默，过了良久，爷爷抬起头幽幽地说道：“沐洋，你知道‘明修栈道，暗度陈仓’吗？”

我连忙点了点头：“这句成语大多数人都耳熟能详。当年项羽将刘邦困在汉中，刘邦便用明修栈道，暗度陈仓之计躲过项羽耳目，突袭中原才有这汉朝天下啊。”

“呵呵，那你知道那条陈仓小路是谁开辟的吗？”爷爷进一步追问。

“这……史书上好像没有记载！”我如实回答。

爷爷说到这里便沉默了，似乎是在回忆着往事。我坐在他的身边尽量压低声音，心知也许接下来便会听到爷爷后面的那些离奇古怪的经历。

果不其然，在爷爷沉默了将近十五分钟之后，他咳嗽着从口袋中抽出一根烟递给我，我接过烟拿出火机帮爷爷点上。随着他口中吐出的淡淡的烟雾，爷爷年轻时代的记忆一点点地向我敞开了。

民国三十二年的夏天对于爷爷潘俊来说是一生之中最不平凡的一年，在这接下来的一段时间里他的生活发生了翻天覆地的变化，所有熟悉的一切都变得不再那么熟悉了。

一 南辙北，探秘返北平

“哒哒哒”，远处传来了快马扬蹄的声音，只见坐在路边凉亭之中的中年男人身穿一件合体的灰色大褂，头上戴着一顶帽子，正侧耳倾听着这由远及近的马蹄声，身旁跟着的一个妙龄少女和一个青年也警觉了起来。

中年男人谛听了片刻幽幽道：“三个人，分骑在三匹马上，一个男人，两个女子，距此不过五六里的路程，应该就是他们了！”

女子点了点头，一双乌黑的眸子好奇地望着中年男人，而那青年男子则望着眼前的女孩有些痴迷。

片刻之后果然路的远处出现了两女一男骑着高头大马而来，而最前面的那匹马明显有些特别，不光形貌筋骨与常马有异，而且此马神态飞扬，蹄大如钵，行走如风，却没扬起半点尘土，那路上更是不留蹄印，看来是万里挑一的极品宝马啊。

马上的女子英姿飒爽，脸上始终挂着笑意，来到三人面前猛然拉住缰绳夹紧马肚，那马嘶鸣一声前腿高高腾空而起，停在了中年男人面前。这中年男人一惊下意识地向后退了两步，马上的女孩子“咯咯”笑了起来：“没想到冯师傅还怕这马呢！”

“哈哈，燕云姑娘你这匹马真是一匹千里马啊！”男人朗声笑着轻轻走近，谁知那马性子极烈，立时以响鼻警告，冯万春只得识趣地向后退了两步。

“嘿嘿，这是潘哥哥大伯的马，叫飞鸿，潘哥哥说如果我能驾驭它就将这匹马送给我……”马上的欧阳燕云不无得意地拍了拍飞鸿的脖子，然后纵身从马背上跳下来，直到这会儿潘俊和时淼淼二人才驱马赶到。

“燕云，你骑得太快了！”潘俊不无责怪地说道。欧阳燕云吐了吐舌头，瞥了一眼跟在潘俊后面一直冷眼相对的时淼淼，撇了一下嘴，牵着马走到了冯万春身后的女子旁边：“段姐姐，我想死你了！”

潘俊见欧阳燕云根本听不进去，也只得无奈地看了看冯万春，冯万春笑了笑说：“潘爷，这一路上你看到了没有？”

潘俊点了点头：“嗯，这一路上我们见到了不下百具丢在路边的尸体！”

“是啊！”冯万春操着一口东北人特有的口音，“日本人现在开始发疯地杀人了！”

“天令其亡必令其狂！”潘俊仰起头望着阴云密布的天空，“小日本的日子不长了！”

“是啊！”冯万春掏出一根烟叼在嘴上，“不过潘爷，咱们六个人一起走目标未免太大了！”

“对，这一路上我都在想这个问题，而且……”潘俊顿了顿，“我还要去见一个人！”

冯万春捏着烟的手指微微颤抖了一下，眉头微皱，却并没有问。冯万春是个城府极深之人，他知道倘若潘俊想说的话肯定会说，如果不想说的话即使追问他也不会说。

“那这样吧冯师傅，一会儿你带着欧阳姐弟一起走，我带着段姑娘还有时姑娘两个人一起走，然后我们在河南安阳见面！”潘俊说着在冯万春的耳边低语了几句，冯万春那两条浓眉在听着潘俊低语的时候不时拧紧，当潘俊说完之后冯万春摇了摇头吃惊地望着潘俊。

“冯师傅您记下了吗？”潘俊确认般地望着冯万春说道。

“嗯，只是……”冯万春想要说什么最终还是报以释怀一笑，摇了摇头。而这一切都被站在一旁相貌美艳、表情冷漠的时淼淼尽收眼底。

潘俊和冯万春走到欧阳燕云几个人面前的时候，欧阳燕云正在查看弟弟欧阳燕鹰的伤势，虽然只是几日的时间而且一路上奔波，但是潘俊的医术超群，此时欧阳燕鹰身上的伤早已好了大半。

“潘哥哥的医术果然厉害啊！”欧阳燕云不无骄傲地说道。

“嗯，和大家说一件事。现在我们已经离开了北平，从这里到河南安阳快则半个月，慢则需要一个月。而且我们一行六人的目标实在是太大了。因此我和冯师傅决定将我们分成两组分头走。”几人觉得潘俊说得确实有理便纷纷点头，可是当潘俊宣布让欧阳姐弟与冯万春一路的时候，燕云立刻跳了起来，盯着潘俊道：“为什么不让我和你一起走？”

“燕云，你听话，而且我们路上还有一些事情要做！”潘俊安抚着欧阳燕云，谁知这鬼丫头却根本就不听劝，那火暴的脾气一上来便再难消下去。正在僵持的时候段二娥走了过来，她轻轻拍了拍燕云的肩膀说道：“潘俊哥哥，不然还是我和冯世叔一起走，让燕云姑娘和你们一起走吧！”

这话一出口欧阳燕云脸上的怒容立时烟消云散了，潘俊咬了咬嘴唇叹了一口气说道：“燕云，你跟我们走也可以，只是要和你约法三章！”

欧阳燕云见潘俊终于肯松口了连忙点了点头：“潘哥哥随便你说，不管什么我都答应。”

“好。第一，不准你胡闹，不准轻易运用你的驱虫之术显露身份……”没等潘俊说完欧阳燕云抢着说道：“好，好！”

“第二，不要再和时姑娘闹别扭了！”潘俊说完，欧阳燕云冷冷地看了一眼时淼淼，一路上欧阳燕云一直对时淼淼冷眼相对，再加上之前燕云曾经指使子午给时淼淼下毒，若不是潘俊早已经察觉了子午的身份恐怕时淼淼已经中计了。

“好——”燕云拖着长声说道，“潘哥哥赶紧说第三条吧！”燕云这姑娘本也是火暴脾气，没有太多耐性。

“唉，第三，就是不可随意召唤皮猴！”潘俊刚说完欧阳燕云便从衣服里掏出一个笛子交给潘俊，那笛子只有手掌长短，十分适合放在衣服之中。笛子上有两个孔，潘俊知道火系的驱虫师便是用此物来召唤皮猴的。

潘俊接过那根短笛微微笑了笑：“好了，事不宜迟，那咱们就此作别。”潘俊说完拱手道，“我们就半个月后在安阳见面吧！”

冯万春也是一拱手，带着欧阳燕鹰和段二娥三人骑上马一路绝尘而去。余下这三人望着他们渐渐消失，潘俊才让时淼淼和欧阳燕云上马，只是他们却与冯万春等人背道而驰。

见是沿着来时的路往回走，欧阳燕云惊讶地望着潘俊道：“潘哥哥，咱们不去河南了吗？”

潘俊微微笑了笑，除了那件事之外潘俊还有一件事没有做。

花开两朵，各表一枝，且不说冯万春等人一路上经历如何，只说潘俊一行人不向南行，竟然辗转向北平的方向行去。虽然燕云不解潘俊究竟想做什么，但是她知道凭借潘俊的聪明才智，他所做的所有事情都是正确的。

他们一行人快马加鞭，沿着崎岖小路行进半天有余，此时天已经擦黑，距离北平还有一百余里。前面不远处有一座村庄，袅袅炊烟正从村户烟囱中缓缓冒出。

欧阳燕云顿时觉得腹中饥饿难耐，于是扬起缰绳道：“潘哥哥，我先去前面的村子看看啊！”

未及潘俊阻止，欧阳燕云已经驱马向村子冲了过去。

“唉，这丫头！”潘俊头疼地说道。时淼淼却只是冷冷地望着潘俊道：“潘俊，你回北平究竟是为什么？”

“呵呵。”潘俊勒住缰绳，马渐渐慢了下来，“时姑娘，有一件事你一定想见识见识！”

“哦？”时淼淼柳眉微颦，不知潘俊究竟打的什么主意。

“到时你就知道了！”说罢潘俊拍了一下马背，那马便向前奔去。刚奔出几步，忽然一个头上身上沾满了血的人从草丛中钻了出来，躺倒在了路边。潘俊赶紧勒住缰绳跳下马，时淼淼的动作已经赶在了潘俊的前面，潘俊伸手探得此人鼻息尚存，只是已经极其微弱了。

正在此时那人忽然醒了过来，一脸惊恐地望着这两个陌生人，快速地将手伸到腰间摸索着什么。这时时淼淼将一把盒子枪握在手里向他晃了晃道：“你是在找这个吧？”

瞬间，那个人的眼中似乎只有时淼淼手中的那把盒子枪了，身体猛一用力向时淼淼的方向扑了过来，时淼淼轻轻一躲，那人扑了个空。

“你……你们是什么人？”那个男人上下打量着潘俊和时淼淼。

“还没问你是什么人呢！”时淼淼冷冷地说道，然后将枪抵在那人的太阳穴上，“身负重伤，身上带着枪，你究竟是什么人？”

“哼……”那个人冷冷一笑缓缓闭上眼睛道，“来吧，毙了老子，狗汉奸！”

“呵呵，还是一副硬骨头啊！”时淼淼收起枪，潘俊伸手将枪接了过来道：“好汉，我们不是汉奸，只是你怎么弄成了这副模样，看你身上的伤应该是被严刑拷打过了！”

汉子睁开双眼再次上下打量了潘俊一番，见潘俊将枪递到自己面前便毫不客气地夺过枪：“看你们两位也不像是坏人，不过千万别去前面的村子。”

“为什么？”潘俊警觉地问道。还未等那汉子开口便听到从那村子的方向传来了两声清脆的枪响，潘俊和时淼淼对视了一下，两人立刻翻身上了马。

那枪声正是日军部队装备的三八式步枪（俗称三八大盖，这种步枪一直被日军沿用至1945年日本无条件投降）的声音。潘俊心知不妙，如果日本人真的在那个村子之中，那么此时说不定欧阳燕云已经深陷重围了。

潘俊和时淼淼二人驱马向村子奔去，此时三八大盖的枪声越来越密集，潘俊心中顿时焦急了起来。他此刻有些后悔，为了限制燕云的行动而让她将召唤皮猴的那支短笛交给了自己，如若她现在遇到了危险却也只能束手就擒了。

只是当他们赶到之时，却发现几个日本兵横七竖八地倒在村口的打谷场上，在那几个日本兵的尸体之间还有几具村民的尸体。打谷场上空荡荡的，只有飞鸿茫然地站在打谷场的中央低头吃着地上的谷子，偶尔打两声响鼻。而燕云却早已经没了踪影，潘俊牵着马走近飞鸿，只见那马鞍上沾着斑斑尚未干涸的血迹。潘俊见此情形心中有些着急，但细看那些横卧在地上的尸体，那些村民的身上多数是头部或者胸口中弹而亡，而那些日本兵的尸体则血肉模糊，身上和头部像是被什么动物撕咬过一般，甚至在伤口处还留着齿痕。

忽然又是一声清脆响亮的枪声，潘俊立刻驱马循声奔去，时淼淼紧随其后，那声枪响是从村子之中传来的，随着快马渐渐接近，潘俊的耳边响起了几声犬吠，隐约听到了人的声音。

潘俊在经过一户村民的门口时，忽然听到里面传来一声惨叫，那叫声像是一个男人发出的。潘俊连忙下马推开门，只见一群人正围在墙角，潘俊挤过人群方才见到欧阳燕云正蹲在一个遍体鳞伤的日本人旁边，汩汩的鲜血正从那个日本人的脖子动脉处流淌出来。在燕云的身旁还站着几只黄狗。

“燕云……”潘俊喊道。欧阳燕云听到潘俊的声音，笑眯眯地扭过头望着潘俊拍了拍手得意地说：“这几个小鬼子被我搞定了！”

潘俊有些不悦却也不好发作：“咱们快点离开这里！”说完拉着欧阳燕云便向外走，谁知几个村民却忽然拦住了潘俊一行人的去路，齐刷刷地跪在欧阳燕云的面前：“恩人，恩人啊，谢谢你们救了我们一村的人。”

燕云伸出手扶起前面的一个老者道：“没什么的，这些小日本都不是什么好东西！”

“恩人，现在天色已晚，如果你们不嫌弃就暂且在我们村子住一晚吧！”老者热泪盈眶地说道。

欧阳燕云扭过头看了看潘俊，潘俊叹了一口气点了点头。这一行人当天晚上便住在了老人家里。

老人家里简陋异常，屋子分左右两间，老人引着潘俊走进右面的屋子，里面的摆设也很简单，几只破旧不堪的木柜，炕上的被褥也脏兮兮的。

“几位恩人，只能委屈你们一下住在这里了！”老人有些抱歉地说道，然后弓身退了出去。

“爸爸，家里来人了？”一个女孩子的声音从隔壁传来，时淼淼警觉地问道：“老人家那是您的闺女？”

“嗯，是啊，我闺女……”老人说到这里不禁眼睛湿润了。

“老人家怎么了？”时淼淼那张美艳冰冷的脸上露出几丝惊异的神情。

“唉，几位恩人有所不知，我这女儿可能活不了多久了！”老人的话让欧阳燕云一下子凑到老头面前：“大爷，这是为什么啊？”

“唉，我这闺女前几年得了一场怪病，本来这个家还能凑合着过，可是为了给她看病把能卖的都卖了。前年老婆子上山给她采药，这一去就再也没有回来。”老人说至此已泪流满面。

“那老人家你算是找对人了，我的潘哥哥可是京城名医啊！”欧阳燕云笑眯眯地说道。潘俊猛然拍了燕云一把，燕云立刻发觉自己语失。

“老人家，我小时候学过两天医术，如果您信得过的话能否让我见见令爱？”潘俊谦和道。

老人当然是求之不得，连忙引着潘俊等人来到了左面的屋子，掀开门帘一股恶臭便迎面扑来，潘俊脸上掠过一丝惊异之情。老人有些歉意：“各位恩人见笑了，自从闺女得了这怪病之后就总是发出这种气味。”

潘俊似乎完全没有在意老人在说什么，径直走到女孩子身旁。女孩子求医多年，刚又闻得来了京城医生，早已经知趣地伸出了胳膊。潘俊手指按在女孩子的脉上，这脉象应指有力，长大而坚。大约一炷香的工夫，潘俊将女孩的手臂放下，放进她的被子里。

“这孩子是邪气盛而正气不虚，病邪与正气相搏，以致脉道坚满，三候有力。”潘俊的话让老者有些失望。

“您有所不知，开始的几个医生也是这样说，可是吃了几服药依旧没有见到一点好转。”老者哭丧着脸说道。

“那是他们无能，我家潘哥哥的医术登峰造极……”欧阳燕云还要继续说什么却正好撞见潘俊投来责怪的眼神，赶紧话锋一转对老者道，“你放心吧，潘哥哥一定有办法的！”

潘俊着实对欧阳燕云有些无奈，这丫头脾气火暴却又有一副侠义心肠，既然她已经夸下海口，就算是无计可施潘俊也要试试了：“老人家有纸笔吗？我给你开一副方子，至于管用与否，只能看这姑娘的造化了！”

老人拿出纸笔，潘俊三下两下写了一个方子：“照着上面的方子抓药，三日内如果见好转那就把所有的剂量减半，估计半个月的时间便会痊愈！”

“这……这方子真的管用？”老人手中捧着那张纸疑惑地望着潘俊，见潘俊面无表情，便扭过头向欧阳燕云求助。燕云一脸微笑地说道：“既然潘哥哥说有用就一定有用，您快收好，明早照着方子抓药就好了！”

老人家这才如获至宝般地将那药方揣在怀里，引着潘俊等人去往右边的屋子。

“老人家您就只有这么一个闺女啊？”欧阳燕云坐定之后问道。

“唉，一言难尽啊！”老人说到这里又长叹了一口气，拿过几个大碗给几个人倒水，“我本来还有一个小儿子，可是这年月走了国军却来了小日本，本来我养了两匹马赶垛子，生活还能维持，谁知这流年不利，一匹好马被国军抢走了，剩下一匹老马。那时候小儿子刚七岁，正好也是赶上荒年，地里颗粒无收，再加上给女儿看病，早就难以为继了。于是准备把那匹老马送到城里卖了，得钱之后换上几斗米。”老人叹了一口气。

“那后来呢？”欧阳燕云追问道。

“后来我的马牵到城里卖掉了，换了不少纸票子，当时很高兴，因为一匹老马能卖上那个价完全是天价了，可是当天粮店已经关门了，只能回家了。本来盘算了一晚上，准备第二天给小儿子买点口粮，剩下的钱还能给闺女看看病。谁想到……唉，谁想到第二天我进城去买粮食的时候那粮食早已经是天价了，我手里攥着的那一沓纸票子都换不来一斗粮食。唉，就这样我那小儿子被活活饿死了！”老人说到伤心处两行浊泪从眼角缓缓淌出。

欧阳燕云听完老人的叙述眼睛也湿润了，她扭过头望着潘俊，只见潘俊从行囊中拿出几块银元递给了老人，老人见到那银元先是一惊，继而“扑通”一声跪在了地上："恩人，这……"

"老人家拿着吧！"燕云接过潘俊手中的银元塞进了老者的口袋中。

老人一阵感激地退了出去，当天晚上几个人和衣而卧。是夜，三人刚刚入睡，潘俊隐隐听见一阵杂乱的脚步声，从脚步声判断出那些人已经到了打谷场。忽然时淼淼推了推潘俊，潘俊连忙对她做了一个噤声的手势。

"你听到了吗？"时淼淼低声道。

"嗯，五个人，其中一个人的身上有伤。"潘俊侧耳谛听，此时却再也听不到那声音，起初他一直以为这仅仅是自己的幻听，但是这一切都是从冯万春在监牢之中将土系驱虫师的秘诀告诉他开始的。

"那几个人好像是朝这个方向来的！"时淼淼的声音刚落，只听得耳边响起一阵门轴转动的"吱呀"声，那院子的木门被人轻轻地推开了。潘俊轻轻将纸窗抠破了一个小洞，借着微弱的月光看见五个黑影，他们在院子中商量着什么。

"咱们怎么办？"时淼淼的手此时已经悄无声息地伸进了袖口，在她的袖子之中藏着水系驱虫师那致命的武器——三千尺。潘俊摇了摇头，轻声道："静观其变……"

忽然其中一个人抽出一把手枪紧紧握在手中，率先向前一步，随着门轴一声"吱呀"的转动声之后，那人走进了屋子。

"谁啊？"这是老人的声音，话音刚落老人已经点燃了煤油灯从屋子里走了出来，潘俊和时淼淼二人唯恐那些人会对老人不利，连忙跳下炕，掀开门帘。只见面前站着五个身穿黑衣、蓬头垢面的青年，看年纪也就二十出头的样子，他们手中握着各色武器，齐刷刷地指向潘俊和时淼淼。

"虎子，你们要做什么？"老人见两拨人僵持着，走到中间责问道。潘俊惊讶地望了一眼老人。

"少废话，把你们的钱都交出来！"那个叫虎子的举着枪，恶狠狠地道。此时潘俊才看清楚那青年的脸，正是白天他在路上遇到的。

"呵呵，钱有，但是不知道你们有没有命花！"这句话是时淼淼说的，她早已经将手伸进袖口准备随时出击了。

“你这个臭小子，当了土匪还回来祸害家里的恩人！”老人说着将灯台放在一旁的灶台上，脱下鞋照着虎子的头便打了上去，虎子抬肘招架，全不还手。旁边的几个人见带头的老大被一个糟老头子这样打，当即上前推了老人一把。谁知虎子见到同伙推这老头，立刻转过头就是一个嘴巴，正好打在刚刚推搡老人的那青年的脸上。

“都他妈的住手！”虎子大声道。

“老大，他……他打你！”挨了一记嘴巴的青年结结巴巴地说道，显然不知这一巴掌是因何而挨。

“你他妈闭嘴，他是我老子。”虎子的话让几个跟随者都是一惊。

“你个小兔崽子，我怎么就生了你这么个不争气的东西！这几位都是整个村子的恩人，你们这群丧心病狂的东西！”潘俊扶着老人，老人一面捡起掉在地上的鞋子一面破口大骂。

虎子怒视了潘俊和时淼淼一眼，扭过头对着后面的几个人说：“回去！”几个人随着虎子鱼贯而出。

他们走后潘俊将老人搀进了左面的屋子，此时女孩已经被刚刚的争吵声吵醒了，她靠着被子半卧在炕上：“爹，大哥回来了？”

“以后别叫他大哥，我就当没生过这个畜生。”老人坐定之后一脸歉意地说，“二位受惊了，刚刚那个是我的不肖子，十五岁就上山当了土匪。”老人长叹了一口气说道。

潘俊微微笑了笑，安抚了一下老人便带着时淼淼回到了房间，见燕云依旧自顾自地熟睡，不禁有些好笑。

翌日清晨潘俊叫醒时淼淼与欧阳燕云，与老人不辞而别。他们一路北上直奔北平。在距离北平数十里处有一棵垂柳，这垂柳看上去也有百余年的光景了。在这棵老柳树下面开着一家茶馆，茶馆前面停着一辆轿车。

潘俊下马之后，那轿车的门便推开了，一个二十多岁穿着一身青色绸衣，头发抹着头油，戴着一副小眼镜的青年从里面走了出来。此人满脸堆笑点头哈腰地来到潘俊面前。

“潘爷……”那青年小声叫了一声。

“早来了？”潘俊瞥了一眼年轻人，然后一把将青年的眼镜摘了去。

“嘿嘿！”青年接过被潘俊摘下来的眼镜赔笑道，“里面……里面已经订好位子了，保证安静！”

潘俊警觉地四下打量了一番见并无异样，而后带着欧阳燕云和时淼淼走进了茶楼。这茶楼分上下两层，在上面一层的雅间之中，潘俊等人坐定，那年轻人坐在潘俊对面。

“龙青，事情办得怎么样？”潘俊冷冷道。

“放心，潘爷吩咐的事情我龙青什么时候没办到过！这小子还真是恶习难改，正如您所说我派弟兄们查了几家赌坊，发现这小子还真是嗜赌如命，抓他的时候还以为我们是来讨债的呢！”龙青有些鄙夷地说道。

“他人现在哪里？”潘俊根本没有兴趣听龙青谈论抓那个人的过程，只关注结果。

“人就在茶楼里！”那龙青说罢拍了拍巴掌。一会儿工夫便听到隔壁房间的门被轻轻推开了，接着两个穿着和龙青相似的大汉押着一个小个子走了进来。

那小个子明显是个侏儒，身高不足四尺，抬起头见到潘俊先是一惊，瞬间那脸上的表情由惊讶变作一脸的媚笑。

“潘爷，您请便，我带人去外面看看！”说完龙青带着那两个汉子离开了雅间，关上了房门。

房门一关上那双手被反绑着的侏儒便满脸讪笑地说道：“潘爷，嘿嘿，咱们真是有缘啊，又见面了！”

潘俊冷笑了两声，低下头注视着那侏儒的眼睛道：“金顺，你还真是很难请啊。”

“潘爷别拿小的开玩笑了，大名鼎鼎的潘爷如果想找小的只需吩咐一声就成。”金顺一面嘿嘿赔笑，一面低下头避开潘俊的眼神。

“呵呵，今天我找你来是想问你要一件东西！”潘俊的话一出口金顺立刻警觉了起来，不过他瞬间又满脸堆笑道：“潘爷您看小的就是一残废，身无长物，潘爷问我要什么东西？”

且说冯万春一行人一直往南走，跟潘俊一行人还没有分开一天的时间，冯万春对欧阳燕鹰说：“恐怕我要先行一步了，有一件事情我需要去调查一下，只是现在还不能多说。燕鹰你好好照顾段姑娘，一路小心，过几天我会跟你们会合。”没作多少解释，冯万春一人绝尘而去。燕鹰看着冯万春的背影，一阵沉思，这到底是怎么回事，这阵子这么多事情扑朔迷离，自己实在累得很。没有多想就和段二娥一起与冯万春分路南下。而段二娥想到一路要和燕鹰单独而行，心下不禁感到一阵小小的喜悦。

这个夏日的午后，燕鹰和段二娥正在路边休息，柳树上的知了一直在不停地聒噪，让人心烦意乱。忽然一块石子笔直地从地上飞起，直奔那隐藏在树叶之中的知了，那知了毫无防备，石子不偏不倚正中那知了的头部。之后石子被柳树反弹回来，落在一个黑衣少年手里，少年皮肤偏黑，浓眉大眼，正对着坐在他一旁的女孩子腼腆地微笑。

“这知了真是烦人！”少年似是自言自语，下意识地瞥了一眼坐在他旁边始终低着头的女孩子。

“段姑娘，你这一路上怎么一句话也不说啊？”少年向一旁的段二娥靠了靠，“还在想你爷爷的事情呢？”

段二娥鼻翼微动，咬着嘴唇强忍住泪水：“父母在我很小的时候就过世了，之后十几年我便与爷爷相依为命，可谁知仅仅半天的时间，我们便阴阳相隔了！”

欧阳燕鹰听着段二娥的陈述不禁想起自己的身世，母亲在他几岁的时候便忽然离家出走，至今生死未卜，只留下一只明鬼作为日后寻母之用，而父亲也因为母亲的忽然离开而性情大变，终日酗酒，不久也离开人世。最后只剩下他们姐弟二人与爷爷欧阳雷火相依为命。

虽然欧阳雷火脾气火暴，但对他们姐弟俩却甚是疼爱，可不久前欧阳雷火死于非命，想到这里欧阳燕鹰的眼眶不禁湿润了起来。燕鹰此次随同爷爷从久居之地新疆奔赴中原，一来是陪同爷爷寻找火系驱虫师家族的秘宝，二来也希望有机会找到离家多年的母亲，可是谁知母亲还没有找到，爷爷却已经魂归西天了。

燕鹰长叹一声，坐在树下仰望着头顶上的蓝天。正在此时燕鹰的耳边传来了一阵窸窸窣窣的声音，燕鹰霍地从树下站了起来。段二娥疑惑地望着燕鹰，只见燕鹰对段二娥做了一个噤声的动作。

午后，一阵暖风轻轻拂过，原本聒噪的夏虫似乎也停歇了。燕鹰望着远近的草丛，原本清晰的“沙沙”声也似乎被这风声所淹没。暖风袭过，那窸窣之声早已隐匿，而拴在他们旁边的两匹马，却像发现了什么异状一般狂躁起来，四腿在地上乱蹬，不停地摇晃脑袋，撕扯着缰绳，口中更是不时发出狂躁的嘶鸣声，脖子后的马鬃早已高高翘起。燕鹰心知不妙，紧张地咽了咽口水，这草丛之中必是藏着什么猛兽。

未及他多想，只听耳边一阵劲风，接着一个一米多长的黑影从他左侧的草丛之中猛然蹿出。燕鹰早有防备，立刻弓下身子，那猛兽倏忽间从他头顶飞过。段二娥坐在燕鹰身后却看得真切，那黑影分明是一只花斑老虎，老虎一击不中，那如钢鞭一般的尾巴立刻横扫了过来，燕鹰一跃而起，由于身上的伤势尚未完全恢复，这一下又过于用力，脚上立时传来了一阵刺痛。

脚下的荒草亦被虎尾扫平，花斑老虎扭过头前腿微弓，后腿早已绷紧，随时准备攻击。燕鹰咬着牙忍着从脚上传来的阵痛，眼睛圆瞪盯着眼前的老虎。虽说这火系驱虫师是以控制大型动物为主，但是燕鹰因为年纪尚轻，因此对火系的驱虫之术运用尚未纯熟。

他缓缓伸出手探进怀里，摸索那支召唤皮猴的短笛，谁知不动则已，一动那老虎立刻又猛扑了过来，这一次较之刚刚那一击势头更猛，燕鹰手疾眼快，连忙躲闪，身体刚刚跃起正好撞在老虎的脊背之上，手上一抖原本握在手中的短笛一下被震出数米远。

段二娥早已被这突如其来的变故惊得目瞪口呆，心中着急却也帮不上半点忙。那花斑老虎快速调转身形正对着欧阳燕鹰，燕鹰见手中的短笛已落入草丛不知去向，慌乱之间怎么可能找得到？

老虎两击不成早已急了。燕鹰屏住呼吸睁着一双大眼瞪着那只老虎，脑子中回忆着爷爷曾经告诉他驯服皮猴的方法。只见那只老虎的前腿微微颤了颤，步伐变得凌乱，渐渐蹲了下去。

僵持一刻钟有余燕鹰试探着向前走了一步，谁知那老虎立刻站起身来，喉咙中发出阵阵低吼，似乎是在警示燕鹰。

此时的燕鹰早已经汗流浃背，豆大的汗珠从额头滴落下来。他停顿了几秒，继续试探着向前走，只见那老虎站起身像是喝醉了一般在不足两米的范围内绕起圈来，不时摇晃着脑袋。燕鹰看了一眼怔在一旁的段二娥嘴角露出一丝微笑。

他再次试探性地接近那花斑猛虎，忽然远处传来一声清脆的枪响，“砰”的一声，那老虎猛然惊醒过来，立刻扭过头向毫无防备的燕鹰猛扑了过来，燕鹰一脸惊慌，但自己距离那只猛虎太近此时已经无法躲闪，燕鹰心想这下完了。

二 裕通当，初获河洛箱

那声枪响似乎具有某种穿透时空的能力，欧阳燕云隐约听见远处的某个空旷处传来了一声枪响，她扭过头瞥了一眼时淼淼，又望了潘俊一眼，只见他的目光始终落在眼前的那个侏儒身上。

“你听见枪声了吗？”燕云接近于咕哝着问道。谁知当她再次抬起头的时候却发现时淼淼正盯着自己，几秒钟之后时淼淼微微地摇了摇头。

“金顺你知道我要的那件东西是什么吧？”潘俊沉默片刻终于开口道。

“嘿嘿，潘爷，小的孑然一身，上无老，下无小的，您究竟要什么东西啊？”金顺依旧满脸堆笑，那双机灵的小眼睛一直不停地闪烁着，再加上那身形，活脱脱一只鼹鼠。

“河箱！”潘俊的话一出口金顺先是一愣，那双小眼睛转动了一下脸上再次堆满了笑意：“这个我倒还真的没有听说过！”

潘俊站起身双手背在身后走到窗前：“金顺，你知道龙青是什么人吧？”

金顺向门口的方向张望了一下，雅间的门紧闭着。他金顺自从被师父金无偿赶出师门之后，一直混迹在北平城中，北平城中的三教九流谁人不知这龙青是个手眼通天的人物。不但走私鸦片烟土，还与一些荷兰商人勾结走私军火生意。至于这足不出户的潘俊是如何让龙青如此服服帖帖他却不知。

“知道，知道！”金顺跪在地上转向潘俊一面道。

“那你也听说过他的手段吧？”潘俊依旧望着窗外淡淡地说道。这句话却让金顺脸色一下子煞白，他咽了咽口水道：“潘爷，您说的那河箱几年前确实是在小的手里。”

金顺说到这里抬起头望了望潘俊，见他没有接茬便接着说道：“只不过……只不过，几个月前小的手头不宽裕把它给当了。”

“当了？”潘俊转过身望着金顺。

“嗯，裕通当。”金顺此时说话倒是痛快了许多。

潘俊听完给时淼淼和欧阳燕云两人使了个眼色，几个人推门走出了雅间。此时龙青正坐在过道的一张椅子上，旁边站着两个随从。见潘俊出来立刻走了上去：“潘爷，怎么样？”

“嗯。”潘俊点了点头，随手从口袋中掏出一沓银票塞给龙青，龙青哪里肯接，连忙推辞，这龙青如果推辞别人的钱是假意，但是对于潘俊确实是不敢要。

“拿着吧，你这么多兄弟都要靠着你吃饭呢！”潘俊说完一推将钱塞在了龙青手里。

“屋子里的那小子呢？”龙青接过钱递给身边的一个随从道。

潘俊想了想：“你不是认识宪兵司令部的人吗？先把他关起来！”

龙青笑着点了点头，目送潘俊一行人离开了茶楼。

潘俊几人走出茶楼的时候已经是傍晚时分了，此处距离北平城只有十几里路，潘俊一边走，一边在思忖着什么。

“潘哥哥，瞧那龙青的模样也不像是什么好人，怎么你还和这种人打交道呢？”欧阳燕云骑在马上，手中悠然地摇晃着缰绳。

潘俊瞥了欧阳燕云一眼：“他虽然不是什么好人，但是现在就是这种人在北平最混得开。”

“看他好像对潘哥哥恭恭敬敬的。”欧阳燕云的脑子里永远有问不完的问题。

“嗯，三年前龙青的手下私下与洋人勾结，想要除掉龙青取而代之，于是就在他的酒里下了剧毒。他身中五枪连夜来到潘宅，我见他浑身是血，于是便救了他。所以……”潘俊说到这里似乎想起了什么，眉头皱了起来。

“走，回茶楼！”潘俊说到这里在马背上猛拍了一下，那马长嘶一声扬尘而去，时淼淼和欧阳燕云对视了一下，不明白潘俊为何忽然又返回茶楼，欧阳燕云立刻瞪了时淼淼一眼，在马背上拍了一下跟上了潘俊。

一行人来到茶馆门口，见那辆轿车依旧停在茶馆前面的柳树下，潘俊翻身下马正往茶馆里走，只见龙青口中骂骂咧咧地从楼梯上走下来，见到潘俊脸上立刻生出一丝羞愧之色。

“潘爷……”龙青有些无奈地走上前来，“他妈的那小子跑了，屋子里就只剩下这个了。”说着龙青将握在手上的一个乌黑色手掌大小的木盒递给潘俊。

那东西通体黝黑，在阳光之下折射着柔和的光，潘俊将那东西握在手中轻轻掂了掂。

“不知道这东西里藏着什么机关，您刚走我一进门就只看见一根钢丝，一头连着窗框，另一面早已经从窗口顺了下去。”龙青的话提醒了潘俊，他观察了一番忽然发现在那木盒的一侧有一个小小的洞，想必那钢丝便是从中喷射而出。

“燕云，这个东西你见过吗？”潘俊知道欧阳燕云的母亲是金系驱虫师的后人。燕云接过那盒子捧在手中无奈地摇了摇头，这东西她从未见过。

潘俊将那个盒子揣在怀里，叹了口气。

“潘爷，你们不是已经走了吗？怎么又折返回来了？”不要说龙青，即便是时淼淼和欧阳燕云二人现在也是一头雾水。

“龙青，我忽然想起一件事！”潘俊一双眸子盯着龙青，“还记得三年前你身负重伤的那个晚上吗？”

“他妈的，这件事我龙青这辈子也忘不了。”龙青想起当年那档子事儿，身上早已经愈合的伤口甚至有些隐隐作痛，“不过潘爷，那件事都过去那么久了，而且最后那个王八蛋也死了，你怎么会忽然想起这个呢？”

潘俊皱着眉头轻轻踱着步子：“当时我检查你伤势的时候发现你身中剧毒，而且身上还有六处伤口！”

“啊？潘爷，当时您不是说只有五处枪伤吗？”龙青疑惑地望着潘俊。

“枪伤只有五处，还有一处伤口，却不是枪伤所致啊！”潘俊若有所思地说道，“因为当时伤口非常细小，一般人很难注意到。”

“既然不是枪伤，究竟是什么东西造成的呢？”龙青追问道。潘俊摆了摆手：“龙青，还有一件事要求你帮我做！”

“潘爷有什么事情尽管说，只要我龙青办得到，赴汤蹈火，在所不辞！”龙青拍着胸脯道。潘俊凑到他耳旁告诉他如此这般，龙青微微点头，而站在一旁的时淼淼与欧阳燕云二人却不知这潘俊的葫芦里究竟卖的什么药。

“好，潘爷您放心，这件事包在我龙青身上！”

“燕云、时姑娘你们两个过来！”潘俊又在她们两个耳边耳语了几句，燕云听完立刻不悦了起来：“为什么不让我和你们一起进北平城？”

“燕云，你还有一件重要的事情要做，我想这件事也只有你能做到。”潘俊握着燕云的肩膀，在她耳边轻声说了几句什么，燕云显然一惊，愣愣地望着潘俊：“潘哥哥，这是真的吗？”

潘俊点了点头：“所以这件事只能你去办。”

虽然燕云知道事情的严重性，不过说到要与潘俊分别心中依旧不快，尤其是潘俊竟然和时淼淼一起进入北平。她紧紧地握了握拳头，对旁边的龙青道：“咱们走吧！”

龙青向潘俊点头示意，带着欧阳燕云钻进了车子，燕云扭头向后张望的时候，潘俊和时淼淼二人早已经上了马。

两个骑马的青年出现在北平城门口的时候已经是黄昏时分了，城门口站着戒备森严的日本兵，在城门的边上贴着几张画像，那画像上通缉的正是潘俊。两人未驻足快步走进北平城中。

城中的守备更加森严，所有过往的客商全部需要搜身。两个青年脸色平和，牵着马跟在队伍里等待着搜身。

“走吧！下一个！”一个伪军装束，身后背着一杆步枪，口中叼着烟的伪军摆手让眼前的一个挑着扁担的老头过去，接着搜查下一个人。在他们的身后是几辆摩托车，车上安放着重机枪，几个日本兵荷枪实弹。

“城里面的守备好像比之前更森严了！”一个青年对另一个青年耳语道。青年话音刚落只见两辆轿车疾速地向门口驶来，那些伪军和日本兵纷纷立正站好，在轿车的后面跟着两队荷枪实弹的日本兵。

黑色轿车在城门口停了下来，一个日本兵小跑着来到车前，原本排着检查的队伍也暂停了下来，两个青年向轿车的方向张望，轿车窗上挂着黑绸帘子，看不清楚里面究竟坐着的是何许人也。一会儿工夫，一个人从副驾驶的位置推开车门走了下来，这个人二十岁上下，穿着一身合体的西装，头发油光可鉴，眉宇间却有几分脂粉之气。潘俊见这人似乎有些面善，一时之间却又想不起究竟在何处见过。

那青年说着一口流利的日语，眼前的日本兵频频点头，之后青年从怀里掏出一张纸条递给那日本兵回到了车里。车子缓缓启动，忽然青年瞥见那后面的黑绸窗帘动了动，一个中年女子的脸出现在他的眼前。

“那个女人我见过！”身后的青年竭力压低声音，那车启动之后离开了北平城。

前面的青年点了点头，那车走了之后队伍依旧缓慢地向前蜗行着。

“你……”忽然伪军对着那走在前面的青年大吼了一声，“过来！”

青年牵着马走了过去，只见那伪军上下端详了一下这青年：“从哪儿来的？”

“山东！”青年微笑着说道。

“来北平做什么？”那伪军将目光移向了青年牵的那匹马身上的包裹上。

“来探亲的！”青年毕恭毕敬地回答道。

“你这包裹里是什么东西？”那伪军说着便向那包裹伸出手去，那青年手疾眼快立刻挡在他的前面，然后拉住那伪军的手，将事先准备好的东西塞进了那伪军的手里。那伪军心知肚明，那张吊死鬼一般的脸上立刻出现了笑意。

“这里面是些细软，现在混口饭吃不容易，您行个方便！”青年赔笑着说道。那伪军低着头在青年耳边道：“最近不知道这些小日本抽的什么风，风声太紧。”接着退后两步说道，“下一个！”

“嘿嘿，他是我弟弟！”青年上前说道。

那伪军上下打量了一番站在他身后的青年，然后摆了摆手道：“走、走、走，后面的跟上，跟上……”

两青年牵着马刚向前走了四五步却听到一个日本人操着一口并不流利的中国话道：“那两个……牵马的……站住！”

两青年一听心下狐疑，难道被那日本人看穿了，走在后面的青年早已将手伸进袖管。

谁知刚刚的那个伪军屁颠屁颠地跑了过去，满脸堆笑道：“太君，太君，我刚刚检查过了，他们是良民！”说着这伪军掏出几张票子递给了那个日本人，那日本人见到票子脸上早已笑开了花，对两个青年摆了摆手。二人这才离开城门。

两人骑在马上经过琉璃厂来到了大栅栏西南的樱桃斜街上。这樱桃斜街两面完全是两个世界，一面是琉璃厂，另一面便是京城著名的八大胡同。

“潘俊，我们去哪里？”时淼淼见潘俊似乎正要进那八大胡同的巷道，勒住马疑惑地问道。

“呵呵，你就跟着我走吧！”潘俊牵着马走到前面，来到百顺胡同，眼前一家青楼上写着“胭脂阁”三个字。他们立足未稳，只见几个“茶壶”已经走了出来将他们二人手中的马匹牵走道：“有客到……”

时淼淼涉世不深，但是也早就听闻这京城八大胡同的名号，谁知走进这院落才知，此处并不像自己当初所想那般莺莺燕燕，虽然那些女子穿着极为暴露，但是也有几分文雅之气。

潘俊似乎看出了时淼淼的疑惑，小声道：“是不是和你想象中的妓院不太一样？”

时淼淼点了点头。

“这京城八大胡同也分上中下三等，这第一等便是如百顺胡同这般的妓院，一般以喝茶、填词、听曲为主业。还有个别名叫清吟小班。这里来的都是一些达官贵人。不同其他地方上来便是皮肉买卖。”潘俊说完，一个老鸨已经迎了上来。

“妈妈，给我们一个雅间，听曲……”潘俊将钱塞进那老鸨的手中，“越安静越好！”

老鸨眼睛一转，当然明白潘俊口中“安静”二字的含义，这上等妓院来的很多是显赫之身，如果让外人知道好说不好听，所以很多人喜欢“安静”一点的地方。老鸨带着两个人来到二楼靠西的一间房间坐定：“姑娘马上就来！”

“妈妈，不急，先给我们弄点吃的！”潘俊坐定之后道。那老鸨上下打量了时淼淼一番，然后会意一笑，带上门闪身走了出去。这一笑却让时淼淼愣住了。

“她怎么用那种眼神冲着我笑？”时淼淼有些不解地望着自己这身男子装束，这时淼淼千容百貌的易容之术可是水系驱虫师的独家绝技，其中要理便是用一些虫毒抹在脸上，这些虫毒对身体无害，却可以使得脸型在短时间内发生变化，这千容百貌之术要根据不同的情况选择不同的虫子，如女扮男装之时嗓音亦会跟着改变。“难道她看出来了？”

“呵呵，时姑娘你这千容百貌之术虽然精妙，但是这老鸨常年在妓院中与女人打交道，想必是逃不过她的眼睛的。”潘俊说着喝了一杯茶。原来刚刚两个人为了方便进城都易容了。

说话间那老鸨已经吩咐人将饭菜送上，两个人关上房门坐在桌前，这几天一直疲于奔命，很少有时间吃一顿像样的饭菜，此时早已经是饥肠辘辘了。两人边吃边聊。

“潘俊，我有一件事不明白！”

“关于河箱是吗？”

“时姑娘你有所不知，金顺手里的河箱可是非同寻常之物，相传那是关系到五大驱虫师家族秘密的一个重要的线索。”

“这之前你好像从未提起过啊！”时淼淼越来越觉得潘俊这个人永远也让人猜不透他心里究竟在想着什么。潘俊举起一杯酒长叹了一口气，望着眼前的时淼淼，良久时淼淼的身影在他的眼前开始晃动开来。

眼前已是一个破旧的院落，在那院落中间的一棵桃树下面有一口井，潘俊站在井口边，在他身边站着一个年过半百的老人。耳边响起了几声枪响。

“金世叔，你先下去！”潘俊见那日本鬼子越来越近拉着金无意道。

谁知老人却摇了摇头，脸上的表情异常平静，他是金系驱虫师的后人，北平城琉璃厂金无偿的同门师弟。这金系驱虫师因为常年研究金石毒虫之术，身体往往被毒虫所侵，鲜有后代，因此金系驱虫师在年轻之时便行走各地寻找继承者。他们的继承者必是侏儒，而且每一代金系驱虫师只收两名弟子，在他们出师之前两人都要进入金系密葬之中接受考验，最后只剩下一人便是这金系的传人。而金无意与金无偿二人却情同手足，最后一关金无意更是主动让给了金无偿，虽然失去了双腿，但安上假肢亦是与真腿无异。

“潘俊，这五系驱虫师都与金家有着莫大的关联，木系所用独门暗器青丝，水系所用独门武器三千尺均是出自金家之手。可是你知不知道，这五系驱虫师的秘密也与金家息息相关！”金无意说着坐在井口点上一袋烟，虽然外面枪声四起，但是他却泰山崩于前而面不改色。

“嗯，但是却不知有什么关联？”

“祖师爷在世的时候曾经与师父说过，为了固守驱虫师家族的秘密，将秘密分成了五份，分别由五大驱虫家族守护着，只有破解了每个家族之中的秘密才能最终知道这驱虫师的最终含义。”老人吸了一口烟，轻轻咳嗽几声。

“金家的秘密就藏于河洛箱之中。”金无意叹了口气，“数百年金系家族的后裔不断参详那河箱中所藏秘密，却始终未有所得。最终也不了了之，只是前几年师兄来信告诉我那个河箱忽然不知去向，他怀疑是被那个叫金顺的徒弟偷去，可是那金顺行踪飘忽不定，一直未曾找到。所以如果想解开金系驱虫师的秘密就必须找回那把河箱。”说完老人站起身来推了潘俊一把，将其推入井中，然后拼尽全力将井旁的一块青石板压在井口上。

时淼淼听完潘俊的叙述，若有所思地点了点头："对了，你今天忽然返回茶楼是因为想起了龙青身上的伤吧？"

潘俊点了点头："想必你已经猜到了！"说着潘俊从怀里掏出一个古色古香的小木盒，那木盒是红木雕成，上面有一个精巧的机关，在机关一旁还有一个小小的按钮，那按钮像是一个保险。打开按钮再按动开关，一根细丝便飞一般地从盒子中弹出，笔直地钉在门板上。

他站起身将那根细丝从门板上拔下，细细端详着道："三年前的那个晚上我在救治龙青的时候便发现龙青虽然身中五枪，但是那打枪之人枪法实在不怎么样，并未伤及要害，只是龙青当时的表现却让我大出意料。忽然我发现他的颈脖上竟然有一处小小的伤口，伤口旁边的皮肤微青，见此情景虽然不敢确定，但是结合当时他的状态极像是中了我家独门暗器青丝的毒。于是我拿来青丝解药，果然立时便见好转。因为当时并未发现青丝，而且父亲曾经告诉我在这世界上只有潘氏一门会用青丝，所以并未多想。现在细想下来这青丝早在三年前便有人会用了！"

"所以你想起龙青当年中了青丝的毒，这才匆忙返回茶馆想向金顺问个究竟！"时淼淼接过潘俊的话茬道。

"没错！"潘俊打开盒子将那根青丝重新放入盒中，关上保险放入腰间。

"你觉得金顺今天说的话可信吗？"时淼淼有些质疑金顺的话。

"不管是不是真的，即便只有半点机会我们也不能放过！"潘俊坚定地说道。

"对了，刚刚我们进城的时候那个从车上下来的年轻人我认识！"时淼淼幽幽地说道。

"明月班！"两个人几乎是异口同声地说道。

"那车里的那个女人呢？"潘俊接着追问道。

"那个女人我也见过一次，上次在广德楼的时候我亲眼看到那个女人在他们所请的那些日本高官之列。"时淼淼回忆着几天前在广德楼的遭遇。

"她究竟是什么人？"潘俊琢磨着。

正在此时外面忽然乱了起来，接着传来一声枪响：“立刻给我包围了这里，一个也不能放过，潘俊就在这里！”

听完这句话潘俊和时淼淼均是一惊，两人对望一下，难道他们的行踪暴露了？应该不可能，时淼淼对于自己易容的本事还是颇有几分自信的，不过听楼下的动静，宁可信其有不可信其无。

随着那脚步声一点点地接近，时淼淼的手早已伸入袖口。

却说这火系驱虫师长期生活在干旱炎热的“火焰山”（今吐鲁番盆地北缘），此处童山秃岭，寸草不生，飞鸟罕至。每每夏日便红日当空，赤褐色山脊在烈日照射下，砂岩灼灼反光，炙热的气浪滚滚上升，远远望去便如同红色的火苗熊熊燃烧一般。

这里人迹罕至，然而就是在这样恶劣的环境中生活着一种凶残暴烈的动物——皮猴。皮猴浑身无毛，皮肤呈微褐色，状若猿猴，头小眼大，生着寸许长的獠牙，善于奔跑和土遁之术，白天常藏于沙土之下，夜晚则出来觅食，对血腥味极为敏感，可以嗅到数十里之外的滴血的味道。

因为火焰山位于古丝绸之路北道，因而当年经行商旅常遭其侵袭，顷刻之间数十人的商队便会被两三只皮猴血洗，只留下累累白骨。因为往往受袭之时正值夜间，皮猴的身形又与人颇为相近，只隐约见到几个似人似鬼的怪物倏忽而至，瞬间便血流成河，甚少有幸存者。因而在《新唐书》中便有“丝绸北道，滴血引鬼”之说。那之后的商队每到此处便检查所有人，身上不能有任何伤口。

而就是这样一群嗜血成性的猛兽竟然屈从于火系驱虫师的欧阳世家，他们的驱虫之术讲究“静，会，制”三字诀，所谓静便是静观其变，察觉猛兽的性情。会，则是祛除猛兽心中敌意，心领神会，而最难的便是这“制”，要制服野兽使其顺从你的指挥。

却说欧阳燕鹰正在与花斑老虎对峙，那花斑老虎被那突如其来的枪声一惊一下子猛扑过来，原本就属于“二把刀”的欧阳燕鹰心中一急方寸大乱，退后几步，心想这下完了。

正在此时忽然传来一声低吼，这吼声如雷，就连那花斑老虎也是一愣，迟滞了进攻的锋芒。几秒钟之后一个黑色的庞然大物从一旁的草丛中蹿出，看体型与猛虎一般无异，似狗非狗，通体黢黑，头大如狮，颈毛与头浑然一体，深褐色吊眼炯炯有神，尾巴蜷曲在后有力地摆动着，喉咙中发出阵阵低吼，怒目正视着眼前那只花斑猛虎。段二娥从未见过这种怪物，而燕鹰却早有耳闻，这便是藏獒。

只见那藏獒立足未稳，便纵身向眼前的花斑猛虎扑了过去，动作敏捷，如一道黑色闪电直奔那花斑猛虎的喉咙而去，花斑猛虎连忙闪向一边，燕鹰一个骨碌从地上爬起闪身到段二娥身边，但见那藏獒一击不成早已蓄势待发，未等花斑猛虎有所准备又是一击，这一次扑在老虎背上，花斑老虎身体吃力，前腿离地，重重地摔在了地上。藏獒还不罢休依旧死命地在花斑老虎身上撕咬。

花斑老虎势弱，从地上翻起身来便向草丛中狂奔而去，藏獒亦不示弱紧随其后。直到这时才见一老一少，老人五十上下年纪，手中握着一杆猎枪，少年只有十来岁的样子，一脸雀斑，从草丛中追上来。

“爷爷，您瞧……”少年指着地上那只花斑老虎留下的一摊血迹对老头说道。

老人点了点头，微笑着将欧阳燕鹰和段二娥二人打量一番道：“你们没事吧？”

段二娥怔怔地摇了摇头，刚刚那一幕确实将她吓得够呛：“多亏您出手相救，不然今天可能真的命丧于此了！”欧阳燕鹰也是出了一身冷汗。

“爷爷，我去追巴乌！”说完那十来岁的小孩便匆匆向草丛之中追去，老人想要阻拦可是已经晚了，只能随他去了。

“你们怎么会到这里来的？”老人将猎枪的保险拉下，坐在二人对面掏出一个葫芦，一仰头喝了一大口，然后递给望着自己的欧阳燕鹰，“喝一口，压压惊！”

燕鹰接过那葫芦，只觉得葫芦里的酒曲味极重，他仰起脖子喝了一大口，顿然觉得随着那酒的流淌，从嘴、喉咙，直到肚子都升腾起一股热气。他将葫芦递给段二娥，段二娥摆了摆手，燕鹰咽了咽口水又仰起头喝下一大口，这次喝得太猛，剧烈地咳嗽了起来，老人见状不禁大笑了起来。

“你们要到什么地方去？”老人接过葫芦喝了一口。

“河南！”

“河北！”

燕鹰与二娥两个人几乎异口同声地说道。只是两个人的回答却是大相径庭，两人不禁有些尴尬地对视了一眼。

“呵呵！”老者似乎明白了什么，“如果去南边这条路倒确实是一条通衢，很少有小日本出没，不过这一带也不怎么太平，虽然日本鬼子不常来，但是这里山高林密常有土匪光顾！”

二人听完连连点头。

“就你们两个人？”

“不！”

“是！”

两个人再次几乎异口同声，回答依旧大相径庭，这次段二娥说的是实话，而欧阳燕鹰却说了假话。

“呵呵。”老人笑了笑。正在此时远处传来了一阵脚步声，只见那个十几岁的小孩子跑在前面一面跑一面高声说道：“爷爷，那花斑老虎被巴乌咬死了！”那只名叫巴乌的藏獒紧紧跟在小男孩身后，却也是浑身血污伤痕累累了。忽然欧阳燕鹰瞥见在那小孩的脖子上挂着一个小小的物事，他轻轻地推了推站在自己身旁的段二娥，此时段二娥也注意到了小孩子胸前的那个东西。

那东西不是别的，正是金系驱虫师所发明的明鬼。金系驱虫师崇尚墨家学派，“明鬼”二字便是来源于墨家学派的经典著作，而这明鬼的操作又极其精妙，与音律五行有着极大的联系。这小男孩看年纪不过十几岁的样子，难道他是金系驱虫师的后人？

“好好好！”老头摸着少年的头，只是他身后的藏獒似乎对眼前的这两个陌生人依旧充满了敌意，不时发出低低的吼声作为警示。

“天色不早了，这方圆四五十里是没有客栈的，如果你们愿意，今晚就到我家去住上一晚吧！”老人热情的态度让欧阳燕鹰和段二娥都感到几分羞愧，他们不假思索地点了点头，燕鹰转身在草丛里找到了短笛，和段二娥一起跟着老人回了家。

老人的家距离这里有十几里的路程，在一个狭长的山沟之中，山沟里尚有几家住户，一路上老人喋喋不休地向他们讲述了那村子的来历。那村子名叫将军圃，名字是根据一旁的一座名叫将军岭的高峰得名的。村子不过十几户人家，多以打猎为生，因为地域偏僻，所以日本人极少光顾。

几个人且说且走，不一会儿便来到了将军圃，这圃子依山而建，中间是一条干涸的河道。十几户人家建在半山腰上，老人的家位于其中最靠里的一处，一条羊肠小路直通到门口。

进门之后小男孩将巴乌关进木笼中，然后将欧阳燕鹰和段二娥二人的马牵到屋后，然后又回到木笼极为爱怜地擦拭着巴乌身上的伤口。

此时几个人早已坐定，这屋子里的摆设也极为简单，两个木柜，墙上挂着几张兽皮，还有老人的那把猎枪。

“爷，我去找几个人把那只花斑老虎搬回村子！”说完小男孩笑眯眯地走到笼子前面喊了一声巴乌，那藏獒跟着小男孩走了出去。

“大爷，您孙子叫什么名字？”段二娥抢在欧阳燕鹰前面问道。

“呵呵，他……”老人叹了口气道，“不是我的亲孙子，是九年前我从山下捡来的弃婴！当时在他的襁褓上绣着一个大大的金字，我见那旁边还绣着一条龙，于是就给他取了个名字叫金龙！”

“哦！”段二娥若有所思地望了欧阳燕鹰一眼。

“那只狗是藏獒吧？”欧阳燕鹰立刻问道。

“呵呵，没想到你还懂这个！”那个时代藏獒在内陆还是很少见的，所以老人听欧阳燕鹰竟然能叫出名字不禁有些惊喜，“嗯，早听人说这狗叫番狗，还有个名字就是藏獒！”

“不过看这只藏獒的形貌已经略显龙钟之态，想必也是有些年纪了吧？”燕鹰的驱虫之术虽并未纯熟，但是对这藏獒是“西藏神犬”的威名却早已听说，所谓“一獒抵九狼”，其凶猛程度便可见一斑。

“嗯，快九年了，当时这只番狗便趴在金龙的襁褓旁边！”老头说着点上一袋烟，一股青烟悠然地从口中吐出。忽然燕鹰的眼睛盯住墙上挂着的一件物事拧起了眉头，他推了一下段二娥，指着墙上的那张图，段二娥见到那张图也是一惊。

老头见这二人盯着墙上的那张图甚是出奇，于是笑道：“这图也是当年在金龙的襁褓中发现的。”老人站起身来轻轻抚摸着那张图，那张图上所绘正是金家密葬的五关，从音壁、棋塔、虫海、勾崖，一直到纵横关，所有的机关均在那幅图上。段二娥与欧阳燕鹰二人都是刚刚从那密葬之中死里逃生，对其中布置记忆犹新，此刻在这里看到，两人心中不禁又是一惊，那金龙究竟是什么人，怎么这金家密葬的设计图会出现在他的襁褓之中呢？

正在此时，外面忽然人声嘈杂起来，这将军圃本也就十几户人家，老人听那声音笑眯眯道：“肯定是金龙他们回来了！”

说罢带着二人走了出去，刚一出门口便看到金龙带着巴乌走在前面，他身后跟着四个大汉，各人肩膀上扛着一根胳膊粗的木棍，中间用绳子将那花斑老虎抬起。

“爷爷，您瞧……”见老人出来迎接，金龙三步并作两步走上前去指着那花斑老虎，但见那老虎的喉管已经被撕开，脖子下面是一坨已经发黑的血渍粘连着大鬃的绒毛。

老人摸着金龙的头点头微笑着，而欧阳燕鹰此时已经绕到金龙身后目不转睛地盯着巴乌，巴乌一双褐色吊眼亦是紧盯着燕鹰。对视良久，忽然巴乌低下头呜呜低吼起来，与之前的嚎叫不同，此刻更像是一个中年汉子的低声呜咽。

金龙和老人此时才发现旁边这一人一犬，燕鹰蹲在地上与巴乌凝视，两人不明就里地对视了一下，金龙便迈步上前，却被老人拉住，他似乎明白了什么。

巴乌的眼睛似乎被燕鹰勾住了一般，拼命地摇晃着脑袋像是想要挣脱缰绳的野马一般，四腿在地上不停地挖着地面，顷刻间尘土飞扬。燕鹰屏住呼吸，他知道自己正在一点点地控制眼前的这只神犬。忽然巴乌眼睛一翻，那只白眼球炯炯有神，燕鹰心知不妙。他早听闻这“白眼狼”一词来源于藏獒，因其一只眼球为白色，这时候便是它发狂之时，此时六亲不认，谁阻拦便是其敌人，就连主人也不例外。

巴乌白眼一翻，嘴唇微微上翘露出獠牙，俨然已经将燕鹰视若仇敌，不待燕鹰反应已经猛扑了上去，燕鹰连忙向后闪身，身后恰有一棵树，想也不想便爬了上去。匆忙间一个黑色物事落入草丛之中。金龙连忙上前，百般驱赶才将巴乌赶回院子之中的木笼里。

燕鹰浑身冷汗从树上下来，咽了咽口水，正在此时老人走到燕鹰身旁用一种近乎仇视的目光上下打量着燕鹰，燕鹰心道自己似乎并未作出什么太出格的事情，怎么老人会用这种眼神看着自己呢？

“你们两个究竟是什么人？”老者拉住燕鹰。虽然他年过半百，身体瘦削，但手上的力道极大，捏得燕鹰手腕“咯咯”作响，燕鹰强忍着疼痛望着老者，不知他究竟何为，那老者将紧握的左手移到燕鹰面前缓缓张开手掌，一只明鬼出现在他的眼前。

燕鹰连忙在身上上下摸索，这才想起刚刚丢掉明鬼一事。

“你们这次来是不是想带走金龙？”老人说到这里手上的力道渐消，顿了顿长叹了一口气，“我知道总会有这一天的，只是不知来得这么突然，如果我早知道你们是来带走金龙的话，今天我就不会救你了！”说完老人将手中的明鬼丢给燕鹰，大跨步走进了院子。

燕鹰想上前解释清楚，他们此次来到这里完全是个巧合。可是见老人似乎毫无理睬他的意思，他几次想要对老人解释，却发现老人的脸色始终是冷冰冰的。

虽然这将军圃的人常年以打猎为生，但是能猎到老虎仍然是一件十年九不遇的事情，因此村中之人自然全部聚集到了老人家中。几个脸色黢黑的彪形大汉将那花斑老虎平放在院中的桌子之上，这时老人从屋子中走出，熟练地挥舞着手中的短刀，刀尖在那老虎身上快速游走，遇到四肢之处则小心翼翼，速度稍慢，而那刀尖始终只没入寸许而已。大概一炷香的工夫，老人的额头已经渗出汗水，手中短刀一收，刀刃上只沾了少许血迹。

段二娥好奇地望着桌子上的那只花斑老虎，似乎未见与初始之时有什么变化。她看了一眼站在自己身旁的欧阳燕鹰，只见燕鹰也是一脸惶惑，那刀刃明明没入虎皮，为何拔出之时未见变化呢？

正在二人思忖之时，金龙笑眯眯地从屋子中捧出老人的那个酒葫芦递给老人，接过老人手中的短刀。老人擦了擦手打开葫芦大口地喝了两口，然后含住一口酒走向那桌子上的花斑老虎，在那老虎身上一喷，“噗”一口酒全部淋在虎身上，接着那老虎的身上便发出轻微的“嗤嗤”声，声音很清脆，燕鹰和段二娥二人屏住呼吸，眼睛死死地盯着眼前的那只老虎，只见老人微微笑着。

那声音越来越大，忽然“哗”的一声，那老虎腹部裂开，虎皮像是被什么东西拉扯着一般崩开，一张完整的花斑虎皮被全部剥离了下来，内脏和鲜血瞬间从内中流淌了出来。

燕鹰不禁暗自叫好，这老者的刀法简直神乎其技，如非亲眼所见实在是难以置信。老者走到欧阳燕鹰面前，盯着燕鹰看了几秒，目光柔和了下来，他拍了拍燕鹰肩膀：“你们两个跟我来！”

燕鹰心下狐疑却也不好再问，拉着段二娥随同老人走入屋中。见二人进来老人在金龙耳边低声交代了几句，金龙皱紧眉头显然有些不解，交代之后老者微微笑了笑再次走进屋子将门闩上好。

段二娥疑惑地望着老者奇怪的举动，再扭过头看看燕鹰，燕鹰此时也是一头雾水，不知这老者葫芦里卖的什么药。只见老者带着二人走进屋子之中，让他二人坐在炕上，这才回身缓缓打开一口木箱。

“其实我早已经想到会有这一天了！”老者一面在木箱中翻着什么一面说道，“可是这一天来得太突然了！”

“大爷……”燕鹰站起身来想向老人解释明白内中曲直，“其实我们不是……”

“唉，你们别说了！”这时老人已经从箱子中掏出一个黑色包裹，盖上箱盖将包裹放在二人中间道，“这是当初发现金龙的时候他的随身物品！”

说完老人将那包裹层层打开，里面是一副婴儿的襁褓，果如老者所说在那襁褓之上绣着一个“金”字，在“金”字旁边飞舞着几条栩栩如生的巨龙。段二娥轻轻抚摸着那副襁褓，忽然她停止了手上的动作，然后又快速地在襁褓上摩挲着。

“怎么了？”

“这里面好像有什么东西！”段二娥说着将那襁褓抚平，然后拉过燕鹰的手按在其中一处，燕鹰脸一红，段二娥却全然没有注意到。确实襁褓的那一处似乎有一个手掌大小硬邦邦的东西。

“打开看看？”两个人几乎异口同声地说道，然后扭过头望着老者似乎是在征得他的同意。老者想了几秒，然后点了点头，从一旁的针线盒里拿出一把剪刀，段二娥接过剪刀长出一口气刚要落剪，只听远处传来一声枪响，那枪声在这狭窄的山沟中不断回荡，与此同时村中的狗开始狂吠起来，此起彼伏。老人连忙走到门口推开门：“出什么事了？”

他话音刚落只见一个二十多岁的小伙子满头大汗地破门而入，一面跑一面喊：“不，不，不，不，不好了！”

老人走下台阶来到那小伙子近前道：“你慌慌张张的，咋啦？”

“那，那，那，那马褡子来喊票了！”小伙子一面说一面撸起衣服擦拭着脑门的汗水。老者一听向后退了几步：“乡亲们，回去抄家伙！”老人喊得铿锵有力，下面的人也是个个高呼响应。

又是几声枪响，听那声音似乎越来越近了，老人拉着金龙回到屋子：“你们几个留在屋子里不要出去。”说完摘下挂在墙上的猎枪便向外走，金龙跟上前去：“爷爷，我也要跟你一起去。”

老者扭过头摸了摸金龙的脑袋：“孩子，你和这两个哥哥姐姐在这里，一会儿我就回来了！”

金龙懂事地点了点头，老人这才关上门走到院外，老人刚走燕鹰便在段二娥的耳边低声道：“我出去看看……”说完燕鹰紧跟老人身后走了出去。

三 摄生术，青丝再夺命

天色渐晚，作为北平城最大的烟花之所的八大胡同此时早已经是灯火通明，热闹非凡，三教九流此时都聚集于此，只是这百顺胡同的胭脂阁今天格外安静。

两队日本宪兵荷枪实弹守在门口，院子中央鸦雀无声。这时一个操着不太流利的汉语的日本人对身边的一个伪军道："消息确凿吗？"

那伪军连连点头："刚刚那个人还和姑娘们说自己是潘俊呢，应该错不了！"

正在此时一个赤裸着上身，穿着一个裤头，赤着脚的男人被两个日本宪兵从二楼架了下来丢在那个日本人面前，那个人浑身发颤。

"把头抬起来！"那个伪军踹了那跪在地上的男人一脚，男人战战兢兢地抬起头，伪军扭过头对老鸨招了招手，"那个自称潘俊的是不是他？"

老鸨连忙点了点头："就是他！"

那日本人揶揄地弓下身子一把抓住那男人的头发从鼻孔中哼了两声："他？潘俊？"那日本人一甩手将那男子推倒在地，"你们这群废物……"说完从腰间抽出手枪照着那人的脑袋便是一枪，那人毫无防备，这一枪正中太阳穴，那人应声倒在地上，身体抽搐了两下便再没动弹。“回去！”

那伪军被骂得狗血淋头却不敢回声只能咬了咬牙，狠狠地瞪了一眼老鸨，又暗骂了一声前面的小日本，这才摆了摆手让跟着自己的两个伪军将那具尸体抬出去。这一幕潘俊和时淼淼二人在二楼的雅间中看得清楚。

见那群日本人离开之后二人才坐回到桌前，正在此时老鸨轻轻敲了敲门。

“进来！”潘俊朗声道。

只见老鸨满面堆笑走进屋子向身后招了招手，跟在她身后的几个“茶壶”端来几个小菜，老鸨一面帮忙摆放碟子，一面和潘俊二人搭讪。

“对了，妈妈刚才是怎么回事？”这次发问的是时淼淼，虽然她尽量让声音低沉一点，但老鸨瞥了她一眼依旧抿嘴微笑了一下道：“唉，这年头乱得什么人都有。你瞧刚刚那个死鬼，身无分文来老娘这里吃霸王餐，白叫了姑娘，最后还嚷嚷着自己是京城潘爷。”

“哦？”时淼淼故作惊讶，瞥了潘俊一眼，脸上露出一丝笑意，“那后来呢？”

“嗨，看你们像是外地人！”老鸨将几个盘子摆放好，挥了挥手令几个“茶壶”走了出去，却自顾自地坐在二人前面的椅子上，“潘爷是什么人啊？八岁开始便是个名动京城的角儿，这京城地界谁人不知，你们看这城南城北的虫草堂，就算是日本人也不敢动。潘爷是个什么样的人物啊！”

“听您这么说我倒是想见识见识这潘爷究竟是个什么人物，不知妈妈能不能引见引见？”时淼淼调侃般地说道。

“这位客官您可别取笑我老婆子了，听人说这潘爷深居简出，就是在京城之中的人，见过他的也不过寥寥数人而已。”老鸨说这话之时眼睛中充满了仰慕之情，“我老婆子可没那个福气。不过刚刚那个人肯定不是潘爷，你是没看到那小子一副苦命相，生着一副吊死鬼的眼睛也敢冒充潘爷。”

“这么说您早就看出他是个冒牌货了？”时淼淼越听越有兴致。

“我老婆子这半辈子见过走南闯北的人多了，没别的本事，就是练就了一双好眼神，这人是达官显贵还是三教九流，只要从我老婆子眼前一过就能猜出个八九不离十！”老鸨说着看了时淼淼一眼，讳莫如深地一笑。

“您这么说我倒是有些不信了。”时淼淼意犹未尽道，“您看看我对面这位是做什么的？”潘俊没想到时淼淼会忽然来这么一手。只见那老鸨盯着潘俊上下打量一番，良久之后才“嗨”了一声道：“这位先生目光清澈，多半不是经商为官的，细皮嫩肉多半未干过重活，应该是个富家子弟。”

潘俊听完老鸨的话不禁笑了笑。

“老婆子说的没错吧！”接着老鸨又观察了一下潘俊，“如果真要说这位先生是做什么的嘛，十有八九是和我们京城潘爷一样，是个行医的！”

这话一出口时淼淼不免有些后悔，她抬头见潘俊倒是一脸淡定：“何以见得？”

“看您慈眉善目，少年老成，沉稳中略显书生气，呼吸均匀一定是深通养生之道，这么大点年纪就深通养生之道的人大概也就是行医的了！”老鸨说完笑道，“老婆子胡说的，胡说的，当不得真！”说罢起身要走，潘俊从怀里掏出几张票子放在桌前：“妈妈走好……”

那老鸨笑逐颜开，一把从桌角抽过那几张票子，点头哈腰地退了出去，将门从外面关上。

“没想到这个老鸨眼力真的不差！”时淼淼见那老鸨走远微笑着对潘俊说道。

“所谓三百六十行嘛，他们这些人整日与人打交道，自然练就了一双好眼力。”说到这里，潘俊的脑海中闪过一个人，那是鸡毛店的卞小虎，这个人称“笑面虎”的年轻人也生得一双识人的好眼力，只是却为了掩护自己离开北平而死掉了。

“那今晚我们做什么？”时淼淼见潘俊始终沉默不语便打破了沉寂说道。

“今晚？”潘俊笑了笑道，“休息！”

“啊？”这句话让时淼淼有些诧异，本以为潘俊今晚会有所安排，谁知竟然是这样一句。时淼淼越来越觉得眼前的这个只有二十来岁的年轻人实在难以捉摸，本来与冯万春约好同往安阳去寻找金顺，谁知却忽然折返北平，但见潘俊一副胸有成竹的样子自己也不便多问。

“你是不是准备调查你大伯交代你的那件事？”时淼淼见潘俊靠在椅子上双目微闭，知道其并未睡着。潘俊长叹了一口气：“时姑娘，你早点休息吧，我出去走走！”说完潘俊披上衣服推开门走了出去。

此时胭脂阁灯火通明，走廊中穿着各色服饰，操着不同地域口音的人来来往往，女子穿着淡紫色罗衫，外披一件薄如蝉翼般的白色丝纱，体态隐隐可见，穿梭于人群之间，散发着阵阵幽香。

耳边不时响起丝竹之声，如此的温柔之乡难怪无数英雄豪杰尽皆乐此不疲。

潘俊走出胭脂阁，站在百顺胡同之中，耳边响起时淼淼所说的话。在时淼淼离开北平之时，潘俊的伯父潘昌远为了引开日本人以身涉险，在临行之前在时淼淼耳边低声说了几句什么。

时淼淼在见到潘俊之后将那些话转告给潘俊，虽然身为木系驱虫师的潘俊一直沉稳，但听到时淼淼所转述之事仍是心中一颤。而今天见到龙青之后忽然想起三年前龙青曾经被青丝所伤，他便更加确信潘昌远所说的话了。而如果想弄清楚究竟，潘俊知道他必须回到北平，去见一个人。

这个人性情古怪，昼伏夜出，极少与人往来，此人居住在北平城西北一隅。潘俊年幼之时曾听父亲提及此人，虽然只是寥寥数语，但是却印象极深。此人天生相貌丑陋，加之常年不见阳光，皮肤惨白，与鬼神小说里的白无常一般无二，但却有一副验尸的过人手段。潘昌远在转述潘俊的话中便提到了此人，潘俊走到百顺胡同街口。

“先生要坐车吗？”一个拉洋车的凑到潘俊前面问道。

潘俊左右张望了一下，然后跨步迈进了洋车中坐定。

“先生您去哪里？”小伙子拉起洋车扭头问道。

“彰仪门。”

“好嘞，您坐好！”说完小伙子拉起洋车便向彰仪门方向而去，这彰仪门也叫广安门，是内城中唯一向西开的门，城楼形制一如内城，重檐歇山三滴水楼阁式建筑，灰筒瓦绿琉璃瓦剪边顶。由于其是进京要道，因此有“一进彰仪门，银子碰倒人”的说法。

洋车在北平城中飞奔着，不到半个时辰便来到了彰仪门。潘俊下了车掏出钱给了那拉车人，然后缓步走在这彰仪门旁，只是那拉车人却站在原地迟迟不肯离去。潘俊心下狐疑便扭过头望着那拉车人。

“小哥儿，你……”

“先生，有句话我不知当讲不当讲……”拉车的年轻人吞吞吐吐地说道。

“是我给你的钱不够？”潘俊问道。

“这倒不是……”年轻人凑到潘俊耳边说道，“不知您刚刚注意到了没有，这一路上我们后面都有人跟着！”

潘俊听到这话不禁豁然一笑：“呵呵，谢谢小哥！”说完又掏出两块银元塞在那拉车人手里。

“我不是要钱！”那拉车年轻人推让着，“只是客人您要多加小心！”

“拿着吧！”潘俊将钱塞进年轻人手中，然后大踏步向彰仪门附近走去，其实潘俊早已经发现，自从他出了胭脂阁便一直有人在背后跟着自己，起初他以为那仅仅是自己的错觉，可是潘俊渐渐发觉那人确实是冲着他来的。

夜风西凉，乌云早已遮蔽了天空，潘俊走进彰仪门附近的一个深巷中，此间较之八大胡同要安静许多，几户人家的灯笼挂在门口。潘俊一面走，一面将手伸进腰间，走到一处灯笼前潘俊忽然停住了脚步。

“朋友，跟了我那么久是不是也该出来见个面了？”潘俊沉稳地说道。

在距离潘俊二十多米的巷口，灯笼的灯光未及之处缓步走出一个人来，漆黑的夜晚根本看不清此人长相，不过从他的身形判断应该是个男人，年纪在四十岁上下。

“你是谁？”潘俊扭过头望着黑暗中的那个身影说道。

那个人依旧站在远处不向前亦不后退，更不回答潘俊的问题。潘俊见此情形向前挪动了两步，那人亦是向后退了两步。而潘俊向后退之时，那人又向前走了两步。

“你究竟是什么人？”潘俊见那人始终未回答，便扭过头继续向前走，此时他将手中的青丝握得更紧了。不过刚走出几步，那人便不知何时消失了。他究竟是什么人？潘俊在心中盘算着，又在巷子里绕了几个来回，这才出来。

在彰仪门外有一处荒废的宅子，这宅子看上去有些年头了，尤其是那墙头上，已经长满了尺长的荒草。潘俊站在宅子外面，这宅子修建得颇具古风，只是那门上的漆早已脱落，一股冷风从内中吹来，夹杂着新鲜的泥土气息，隐约还能闻到一股奇怪的味道。

这门口有三级台阶，潘俊缓步走上台阶，大门并未上锁，潘俊轻轻将门推开，刚刚那股怪味更明显了，一股浓烈的夹杂着咸味的恶臭扑面而来，让人几欲昏厥。潘俊连忙以手掩鼻，里面的廊台上挂着数盏白色灯笼，在夜风中摇曳，灯笼中的烛火明明灭灭颇有几分聊斋的味道。

潘俊径直向眼前的大厅走去，大厅里漆黑一片。潘俊从父亲那里听闻这个人行为诡异，也许这夜里不掌灯也是其诡怪行为之一吧。潘俊这样想着摸着黑向里走，忽然他的脚踝被什么东西死死地锁住。

那东西颤了颤，潘俊连忙弓下身子，借着外面微弱的烛光隐约看见一个人头向外趴在地上，他死死地扣着潘俊的脚踝，烛光太暗看不清此人的长相，却能隐约听到那人艰难的呼吸。

“你是谁？”潘俊弓下身子扶起那个倒在地上的人。

“咳咳……”那人剧烈地咳嗽了两声，潘俊连忙抓起那人的手腕帮他把脉，片刻之后潘俊的脸色变得惨白，他连忙在那人的身上摩挲着，忽然那人颤颤巍巍地举起右手，气息奄奄地道：“别找了，这个在我手里！”

那人掌心缓缓张开，里面有一件如同绣花针般的物事在烛光下闪烁了一下。潘俊从那人的手掌上捏起那个物事，没错，这确实是青丝，在半个月前潘俊还天真地认为这种暗器是木系潘家的独门暗器，直到他在乱坟岗看到金顺的“家”里挂着的那幅青丝制造图才知道这世界上会用青丝的绝不止潘家一门。

不过让潘俊吃惊的是这暗器细如发丝，一般人根本不会注意到。这个人怎么会将其攥在掌心呢？

“年轻人，你是潘家的人？”那个人说着又开始剧烈地咳嗽了起来，这机关盒中总共有十二根青丝，所淬之毒又有六种，每两根的毒性相同。这毒药来自六种虫子，依照清朝六部命名为“春、夏、秋、冬、天、地”六虫。毒性各不相同，而这其中最毒的一种便是这“地”字虫身上的毒，这种毒取自一种蜘蛛，只要一小滴便可以毒死数十头牛，因为其毒性太强，原本制造出来是为了到危急关头留给驱虫师自己的。

中了这种毒的人身体最初会开始麻木，之后开始呼吸困难，当毒性入脑之后会让人立刻失去说话的能力，而最终窒息而死。因为原本出于“破釜沉舟”式的设计，因此并未制造解药，中者必死。

“嗯，您怎么知道的？”潘俊疑惑地问道。

“呵呵，我和你们潘家人打了一辈子交道，你刚刚给我诊脉的那套手法是潘家人独有的，这我怎么可能不知道呢？”虽然他的气息微弱，但说起话来依旧很连贯，但这最后一句话似乎透露着几分悲凉。

“难道您就是父亲提到的那个验尸圣手？”潘俊惊讶地问道。

“呵呵，什么圣手。”他艰难地仰着脖子，似乎想咳嗽却用不上力气，潘俊知道那毒已经开始麻痹他的内脏了。潘俊连忙帮他敲击后背，那人这才咳嗽了出来。“你应该是潘俊吧！”

“嗯！”

“是不是昌远兄已经遭遇不测了？”那人说完不禁自嘲般地笑笑，虽然是在黑暗中，但潘俊依旧能感到那人悲凉的神情，“潘俊，你……过去把这屋子里的灯掌上！”

“好！”潘俊连忙站起身，从口袋中拿出火柴，在那门口左面的一角有一个灯台。潘俊点亮那盏煤油灯，灯光并不能照彻太远，但总算是能看清楚那人的长相，果如父亲所描述的那样，此人面白如纸，相貌丑陋，五官极不协调，眼睛极大，而鼻子又很小。

“把这屋子里的灯都点亮！”那人半卧在门口道。

潘俊点了点头，手中捧着那盏灯在房间中寻找着其他的灯盏，当他将这屋子之中十几盏灯全部点亮之后才算是看清楚这屋子的全貌。这屋子房梁极高，有三四根柱子支撑着房顶，四周的窗子早已经破损不堪，墙壁上悬挂着各色刀具，在那些刀具下面是一张八仙桌大小的木案，上面放着一只破了边的瓷碗，里面还剩着半碗米饭，前面是一碟咸菜。大厅的两侧整齐地排列着数十具尸体，在那大厅的正中央是一口棺材，刚刚那股恶臭便是从那些尸体上散发出来的吧，潘俊实在难以想象一个人如何能与死尸为伍。

“潘俊，扶我起来！”

“好！”潘俊将手中的烛台放在桌案上然后走过来扶起那人，将其扶到那口棺材旁边，他扶住棺材站稳之后道：“打开棺盖！”

潘俊点了点头，稍一用力将那棺盖打开，奇怪的是当他打开棺盖之时里面竟然传来一阵怪异的香味，与屋子之中的恶臭混在一起味道让人有些作呕。

当他将那口棺材完全打开之后，里面竟然是一具保存完好的裸露的女尸，潘俊疑惑地看了一眼那人，只见他指了指放在棺材旁的一把锋利的短刀：“把她的手臂划开！”

潘俊一愣，然后点了点头，拿起棺材旁边的短刀握在手里却始终未敢下手，这棺材之中的女子面色红润，像是在熟睡一般。

“切……”那人命令一般地说道。

潘俊这才咬着牙将那短刀轻轻地刺入女子的左手臂，可让他吃惊的却是那女子手臂的皮肤被割开并未见到一滴血迹，随着潘俊的刀尖在那女子的手臂上划动，女子手臂上的皮肤脆裂开来，几个圆润的犹如虫卵一般的东西从中掉落出来。潘俊一惊，那把刀从手中滑落。

“你……看见……了吧？”那人说话的时候下巴一直在不停地颤抖着，显然他已经开始无法控制自己的嘴了。

“这是……”潘俊实在不敢相信他眼前的一切，“怎么会这样？这虫术怎么会忽然出现？”

“其实……其实昌远兄……我们一年前就已经开始注意到这些尸体了！”他急促地呼吸着，竭力地控制自己的下巴，“这半年……昌远……昌远兄说已经找到了些眉目。”他说到这里开始不停地流口水，嘴微张着，大口喘着粗气，“他告诉我，如果他遭遇了……遭遇了不测的话……要将这件……这件事告诉你！”

“用青丝伤你的是谁？”潘俊知道眼前这人的时间已经不多了。只见那人的嘴僵住了，舌头吐着，越来越多的口水从嘴里吐出来，眼睛上翻，“这……这……你……你……见……过。”这几个字几乎是从喉管喷出的一般，他的表情有些悲凉，眼睛中淌出一行清泪，停止了呼吸。那悲凉的表情麻木地挂在脸上。潘俊轻轻拂过那人的脸，为他合上双眼。站起身来看着那口棺材之中的女尸，捡起棺材之中那把锋利的短刀猛地刺透那几枚虫卵。

一阵狂风袭来，将屋子中的灯全部熄灭了，一道惨白的闪电划过漆黑的夜空将混沌的天一分两半，接着是一阵隆隆的雷声，豆大的雨点从天而降，一场罕见的暴雨席卷了整个北平城。

瓢泼的大雨中潘俊像是丢了魂似的走在北平的小巷之中，他的脑海深处一直不停地问着自己一个同样的问题：“那件事究竟是谁做的？”

潘俊知道刚刚他在那人家中所见的正是木系秘不外传的虫术之一，这木系驱虫师除了有青丝之外，还有几种秘术都可以置人于死地，而其中最为阴毒的便是刚刚所见的那虫术——摄生术。这虫术名字源于养生之道，相传多年之前一位驱虫师的妻子不幸病故，那驱虫师为了保存妻子尸体不腐败，想尽了办法，最终发现一种蜂会将卵产在其他虫的体内，而被种下了虫卵的尸体会常年不腐败。于是他灵机一动便控制那种蜂将卵产在了亡妻体内，果见奇效。那驱虫师高兴之余给这种蜂取了个名字叫姬蜂。可是好景不长，三年之后的一天夜晚他回到家之后忽然发现妻子的尸体已经千疮百孔，而无数的姬蜂正爬在自己的房间之中。匆忙之间他逃离了家。半年之后他生活的那个地方变成了一座死城，城中留下数以万计的白骨。

自此之后摄生术虽然一直流传着却成为了木系驱虫师的禁忌，对于这种秘术潘俊也只是在秘诀之中见过却不曾研习，这木系之中见过秘诀的除了自己之外便只有早已身故的父亲了。那么究竟还有谁会这种秘术呢？不，这个人不但会摄生术，还有青丝，他究竟是谁呢？

潘俊不知在雨中究竟走了多久，终于回到了百顺胡同口，隐约可见前面一个人撑着伞在雨中张望，见到潘俊之后快步走了上来，那人正是时淼淼，她惊奇地上下打量着潘俊，想要说什么，却发现潘俊的眼睛里充满了从未有过的悲凉，于是将所有的疑问都咽了回去。

躺在床上潘俊终于觉得身体暖和了一些，衣服是时淼淼让“茶壶”帮潘俊脱掉的，此时时淼淼胳膊拄在桌子上手托着下巴睡着了。潘俊平躺在床上圆瞪着眼睛望着帐顶。日本人不择手段将五大派系驱虫师聚集到了北平，究竟意欲何为？还有那三年前重伤龙青所用的青丝究竟是出自金顺之手，还是那个会使用摄生术的人呢？想到这里潘俊顿时觉得脑袋传来阵阵痛感，应该是淋雨感冒所致。

他在床上辗转半晌儿，却始终毫无睡意。现在冯师傅他们到什么地方了？从分手至今已经有两天了吧，按照路程算已经差不多快到河北了吧？外面依旧电闪雷鸣，雨水打在瓦片上的声音让潘俊恍惚有了些许睡意，夜里他梦见一个人，站在黑暗之中距离他不远不近，虽然看不清脸但是潘俊知道那个人一直在黑暗中微笑，笑得很诡异……

“啪啪”又是几声枪响，声音在山间回荡，周而复始，久久不肯消弭。这群土匪一共三十多人，十几个人骑着高头大马，为首的穿着一身黑衣，腰间别着两把王八盒子，其余人手中也是拿着各色火器，煞有介事地围在村口。

“里面的人听着，识相的把值钱的东西交出来，不然有你们好果子吃！”一个小喽啰在前面叫号。却说当时这些土匪的日子也好不到哪里去，以前国民党时期还可以任意驰骋，但来了小日本之后，这些日本人为了便于管理便开始“并围子”，即将几个小村子的人全部赶到一个大村子居住，然后在村子外面砌上高高的城墙。这样一来这些土匪只能去一些山沟野地里捞一点油水。可今天他们却不巧遇上了这么一个猎户村。

那小喽啰耀武扬威地喊道：“这村子有活人吗？”最后一个“吗”字刚出口便听“砰”一声，那小喽啰顿时觉得脖子一凉，他摸了摸脖子竟然是血，这时他才感到一只耳朵火辣辣地疼痛。

开枪的正是金龙的爷爷，他一拉枪栓一枚弹壳弹出，再将枪上膛缓步向前走去。那喽啰伏在马背上捂着耳朵号叫着。

“老东西，你不想活了！”那土匪头子抽出腰间的王八盒子，却被他身边的另一个土匪头子拦住，他一愣，只见已经有二十几个汉子手中握着火器从各自院落中冲了出来向老人身边围拢过去。

“哈哈，没想到还遇见硬碴子了！”那土匪头子讪笑着，脸上的伤疤也随之跳动着，“老头，看你岁数也不小了，怎么就一点都不懂事呢？”

“老头，我们大当家的问你呢，放个屁！”另外一个喽啰大吼道。

“别，别，别他妈吓到人家！”土匪头子大吼道，其实他见此情形心里早已经发怵，本来上山当土匪做着打家劫舍的营生也是把脑袋挂在腰上过日子，谁不想多活几年？只想找几个软柿子捏捏，没想到今天竟然遇到这么个村子，眼下也只求这些人不要太不开面，给自己一个台阶人也就退了。

“老头，要不这样！”土匪头子趴在马背上向前说道，“你看我们兄弟下山一趟，总不能让我们白跑一趟。贼不走空！”这句话显然已经是退步了，那老者长叹了口气：“唉，村子里实在是拿不出什么值钱的东西！要不然……”老人想起那只花斑老虎，然后对身边的一个中年人耳语几句，那人听完之后有些惋惜，不过还是向身后招了招手道：“你们两个跟我来！”

土匪头子见几个人离开，想必是去找贵重的东西了，那双三角小眼早已笑成了一条细缝，暗想如果与这群猎户火并起来自己虽然人多占据优势，但毕竟是一群乌合之众，那老头子刚才那一枪如此精准，真打起来胜负难料，即便是赢了也要损兵折将。

几个汉子气鼓鼓地来到老人的院子中间，将裂开的虎皮重新裹好，然后用绳子在老虎身上缚上几圈，正准备将老虎抬出，谁知金龙从屋子里冲出来拦住道路。

“你们做什么？”金龙见几人要将那老虎抬走，心里怎么舍得。

“小龙，马褡子来喊明火，你爷爷让我们把这只老虎送给他们！”为首的四十岁左右的汉子弓下身子抚摸着金龙的头说道。谁知金龙却一甩手道：“不行，这老虎是我们打到的，再说我还想用虎骨给爷爷泡酒呢！”说完他便走上前去死死抓住老虎身上的绳子，说什么也不肯放手。

燕鹰将这一切看在眼里，不免怒从中起，这欧阳世家的人向来脾气火暴，燕鹰算是这家族之中脾气稍好的，他爷爷欧阳雷火的脾气才算得上是达到了登峰造极的境界。燕鹰三步并作两步走到老人身边，未等老人反应过来燕鹰已经一步跨到那土匪头子马下，顺势抽出短刀闪电般地将刀插进那土匪头子所骑那匹马的胸口，那匹马闷哼一声扑倒在地，土匪头子对这突如其来的袭击毫无防备，一个踉跄随那马一起跌在地上。

说来他反应也算敏捷，刚一坠地立刻从地上滚起，连忙伸手摸那挂在腰间的王八盒子，忽然他觉得脖颈一丝凉意，原来燕鹰早已转到他的身后将短刀抵在他的脖颈上。

“好汉……好汉……”土匪头子见势头不妙连忙双手举起，“咱们有话好好说！”

燕鹰瞥了一眼四周骑着马举着枪的土匪道：“让他们放下枪！”

“行，行，行！”土匪头子连忙点头，但那些土匪却始终举着枪瞄着燕鹰，土匪头子怒道，“他妈的，都是聋子啊？都给老子放下枪！快点……”

那些土匪这才将枪放下。“好汉，枪都放下了！”

燕鹰见所有人已经将枪放下抵着土匪头子的短刀也稍微松了一些，“你们这群人平日里气焰嚣张，我真想杀……”他怒道。只见那土匪头子一听“杀”字连忙求饶：“好汉，大爷，有话好好说，有话好好说！”

刚刚的枪声早已将段二娥和金龙几个人引了出来，他们站在一旁。只见老人叹了口气，从人群中走了出来道：“放了他吧！”

“对，对，对！”土匪头子此时颇有几分泼皮相，“老人家说得对。”

燕鹰见老人既然开口也便不能再继续执拗下去了，只见他一手抓着短刀，一手在怀里摸索着，片刻掏出一支黑色短笛，短笛上只有两孔，燕鹰将短笛含在口中立刻发出一阵轻微的响声，声音极低，站得稍远便听不见。只是当他吹响那短笛之时村中猎狗都开始狂吼起来，声音此起彼伏在山间回荡。燕鹰吹了几声之后将那短笛收好，旁边人都好奇这年轻人为什么会有如此举动。

只一会儿工夫，远处便传来几声怪异的嚎叫，那声音如同夜枭的狂笑一般，由远及近传来，奇怪的是那些之前狂吠的猎犬竟然全部安静了下来。那声音越来越近，转眼之间已经到了近前。

只见三个形同猴子一样，浑身无毛的怪物从草丛中蹿了出来，眼睛极大，几乎占据了半个脑袋，生着长长的獠牙。它们迈着八字步走到燕鹰身边，伸出火红的舌头在燕鹰的手上轻轻舔了舔，然后恭敬地低下头退到一旁。

“你……下马！”燕鹰指着站在自己近前的一个土匪说道，那土匪早已被刚刚这三只怪物惊住了。见燕鹰说的是自己连忙下马，却不小心一下子从马上滚落下来，燕鹰不禁觉得有些好笑。

“让你们见识一下我的厉害，如果下次再敢来，那这匹马就是你的下场！”说完之后燕鹰瞥了一眼站在身边的那只皮猴道：“奎娘……”

那皮猴心领神会一跃而起，恰如一道黑色闪电一般直奔眼前那匹马而去，只听“咔嚓”一声，那匹马未来得及哼一声脖子便被那皮猴折断，身体重重地摔在地上，鲜血立时从马的脖子处飞溅出来。

这一幕让在场所有人都不禁心惊肉跳起来，连那老头也是一阵心惊。他再次上下打量了一番这个自己救回来的少年，又扭过头望了一眼站在段二娥身旁的金龙，金龙正望着站在燕鹰身旁的那几只皮猴发呆，他的眼神中流露出的神情是羡慕，还是惊讶？或者都有。瞬间老人做了一个决定，这个决定让他鼻子微微一酸。

奎娘攻击过后贪恋地伸出火红的舌头在爪子上舔了舔，然后退到燕鹰身后，另外两只皮猴嗅到那股血腥味浓浓的口水从獠牙上缓缓地流淌着。

“你看见了？”燕鹰推了那土匪头子一把道。

“是……是……是！”刚刚那一幕早已将这土匪头子吓得魂飞魄散了，他身体微微颤抖着，咽了咽口水，“好汉饶了我们这次吧！”

燕鹰这才放下手中的短刀：“滚！”那土匪头子如获大赦般作了一个揖忙向前跑，一个不慎跌倒在地，然后连忙爬起来上了同伴的一匹马，又作了一个揖：“撤……撤……”说完这些马褡子逃命般地离开了将军圃，只留下两匹马的尸体。

燕鹰见那群土匪已经走远这才拍了拍手，扭过头在奎娘和另外两只皮猴的头上摸了摸，皮猴再次伸出舌头恭敬地舔着他的手。片刻之后燕鹰在那皮猴的耳边低语了几句什么，几只皮猴立刻跳了起来，其中两只一前一后抬起那只被奎娘杀死的马一蹦一跳地跃入草丛之中，奎娘也紧随其后跟了进去。

这时燕鹰才长出一口气，扭过头望着那老者，心想自己赶走了马褡子必然会受到老人的赏识，谁知老人却似乎并不领情冷笑一声，扭过头对乡亲们道："大家散了吧！散了吧！"

众人听了老人的话纷纷散开，老人自顾自地向家中走去，燕鹰一脸无奈地看了段二娥一眼，不知自己是不是又做错了什么。只见金龙好奇地走了过来："大哥哥，刚刚那个奎娘好厉害啊，能不能给我一只？"

燕鹰微笑着弓下身子："好，如果你想学的话哥哥教给你！"

"金龙……"老人似乎听到了燕鹰的话，扭过头来，脸色铁青地说道，"还不回家！"

老人膝下无儿无女，后来捡到金龙之后对他倍加疼爱，平日里说话也从不大声，今天竟然性情大变地吼了金龙一句，金龙有些委屈地望着老人，只见老人头也不回地向院子里走去。

"爷爷今天是怎么了？"金龙根本不能理解老人此时的心情，"走吧，哥哥姐姐，今天就住在我家吧！"

回到房间里老人忽然拦住了燕鹰："跟我来！"燕鹰一愣，向段二娥点了点头然后跟着老人走入院中，此时的院子里依旧可以闻到淡淡的血腥味。老人坐在一张椅子上拿起石桌上的那杆烟袋，点上之后自顾自地抽了起来，"今晚……你们带着金龙离开将军圃吧！"

"啊？"这话让燕鹰一惊，心道老人一定还在误会自己和段二娥是为寻找金龙而来，他连忙站起身解释道："大爷，其实……其实这件事您误会了，我们来到将军圃不是为了带走金龙，我们本打算去河南，却误打误撞地来到了这里！"

老人沉吟片刻，吐出一口烟，低垂着眼睛道："你们今晚必须离开村子……"

燕鹰不解地望着老人，不明白老人为什么态度会变得如此决绝。夏夜的将军圃三面环山，晚上微微有些凉意，在距离将军圃二十里的一棵树下坐着二十几个人，为首的那人腰间别着两把王八盒子，脸上有一道清晰的刀疤，那是十年前的那个冬天他和以前的老大抢劫一对过路的夫妻时留下的。

至今脸上的那道刀疤每逢阴天下雨依旧奇痒无比，也正是因为脸上的这道伤疤才得来了“刀疤脸”的绰号。提起脸上的这道伤疤他至今记忆犹新，那年他刚刚来到山寨，山寨的土匪头子同意他入伙，不过要纳投名状。他冒着大雪在山下等了几天几夜，就在他饥寒交迫的时候终于看到了茫茫大雪中走来了一对夫妇，那女子怀里抱着一个襁褓，而男子驾着一辆马车，两人虽然在大雪之中却依旧有说有笑。

让他印象最深的是那对夫妇之中的男人竟然是一个侏儒，而他的妻子却长得亭亭玉立，他见此情景心想这世道实在是不公平，偏生其貌不扬的武大郎却娶了潘金莲，可怜他堂堂七尺男人却不如那侏儒的艳福深。想到这里他握紧手中的步枪瞄准那个赶车的男人，只听“砰”一声，这一枪正中那个男人的胸口，女人放下孩子惊慌失措地抱着自己的丈夫，紧张地按住丈夫的伤口，可依旧止不住那鲜血从胸口中汩汩淌出，男人望着妻子，渐渐断了气。

他这才从草丛中跳出来，女人完全沉浸在失去丈夫的痛苦之中，竟全然没有注意到身后的这个人，他从女人身后一把抱住女人，谁知此时女人忽然清醒了过来，抽出丈夫腰间的一把短刀便向他划来，待他见到那刀光连忙向后闪身，不过为时已晚。

他觉得脸上一股凉丝丝的感觉，接着便是火辣辣的疼痛。他举起枪便要向那女人开枪，谁知他刚刚举起枪，眼前一闪，一枚不知是什么暗器忽然向自己射来，他连忙躲闪，这才避开。他立刻瞥见一旁的襁褓，抢上前去抱住那孩子高高举过头顶，女人渐渐屈服了，开始央求他放过孩子，他这才占了上风。

那个冬天的雪下得格外大，天地昏昏暗暗的，满眼白茫茫一片，群山像是被披上了一件孝服一般，死寂，沉静，在那苍茫大地上只有一个小小的黑点，那是一辆马车，马车前端的雪都被鲜血染红，在马车上躺着一个女人，头发蓬松衣服凌乱，她缓缓从马车上爬起来，行尸走肉一般地擦干泪水，将车头上那具无头尸体平放在车上消失在了茫茫大雪之中。

刀疤脸抽着烟抚摸着脸上的那道伤口，不知怎的刚刚他的那道伤口又开始痒了起来。他狠狠吸了一口烟，想起刚刚那一幕心中不免顿生怒火。

“老大，咱们什么时候受过这种气啊？”一个耳朵上缠着绷带的小喽啰凑到他跟前说道，“以前都是咱们欺负人，今天反倒被人欺负了！”

刀疤脸听了这话怒气更盛，扔掉手中的烟蒂，狠狠地打了那个喽啰一个嘴巴，正好打在那只缠着绷带的耳朵上，小喽啰疼得满地打滚，“老大……老大！”

“他妈的，老子上山这么久第一次受这窝囊气！”刀疤脸根本不是能咽得下这口气的人，但是想起那青年人招来的那三只怪物便心生畏惧，那怪物也着实厉害，力大无比，顷刻间竟然扭断了马脖子。

“可是咱们这几个人谁能对付那几个怪物啊？”刀疤脸狠狠地说道。

“嘿嘿，老大，我倒是有个主意！”另外一个喽啰凑到刀疤脸的耳边轻声说着什么。刀疤脸一听心中大喜，不禁笑道：“还是你小子他妈的鬼主意多，就这么办！”

说完这群土匪上了马，向远处疾驰而去。

“您说什么？”燕鹰惊异地望着老者，心道这老头也太不识好歹了，明明自己吓退了那群马褡子，怎么现在反过来责备他？

“那群马褡子绝不肯罢休的，说不定明天就会找人回来报复。”老者盯着燕鹰说道。

“那我们就等他们来，来一个杀一个，来两个杀一双！”燕鹰有些气急败坏，他还是第一次听到这种说法，自己也算得上是行侠仗义了，不道声谢也便罢了，怎么反倒埋怨起自己了。

“呵呵，你们今天在这里，明天在这里，还能每天都在这里吗？如果那群马褡子一个月后来将军圃怎么办？”老者的话提醒了燕鹰，他渐渐明白老者起初占据优势依旧示弱的原因了。强龙毕竟压不过地头蛇，可是现在再说什么也晚了。

“那现在怎么办？”燕鹰忽然失了方寸。

“带着金龙离开这里吧！”老者恳切地望着燕鹰说道，“我想你和金龙有着同样的东西，想必应该是亲人吧！把他交给你们我老头子也就放心了！”

“可是……大爷，你为什么不和我们一起走？”燕鹰知道自己闯了祸只希望尽量弥补自己的过错。

老者摇了摇头："我在这个圃子生活了几十年，舍不得这里的山水，还有我的那些乡亲们。你们吃过晚饭就离开这里吧，走得越远越好。"说罢老者磕了磕手中的烟袋，向屋子中走去。

正在此时段二娥从屋子里匆匆跑了出来，手中紧紧握着一件物事惊喜地说道："你瞧这是什么？"

燕鹰接过段二娥手中的物事放在手中，这是一个方形的纸片，上面用血写着几个字：宫五，商二，角六。对于这个燕鹰再熟悉不过了，这便是操作明鬼的口诀。（明鬼详细操作法见《虫图腾1》）

"这回好了！"燕鹰与段二娥相视一笑，两人走进屋中将这"明鬼"的操作之法大略地说给老者，老者虽然未能完全听懂，但是隐约知道这挂在金龙脖子上的那东西是寻人之用。

"金龙，想知道你父母在哪里吗？"燕鹰欣喜地说道。他从小父母便双双离去，因此提到寻找金龙的父母自然喜不自胜，如同要去寻找自己的父母一般，可是金龙的反应却让他大失所望。金龙抬起头看了一眼老者，然后摇了摇头："他们已经不要我了，我还找他们做什么啊？"

"傻孩子，如果不是万不得已谁舍得不要自己的孩子呢？"段二娥半蹲在金龙前面说道，"其实姐姐和你一样是个孤儿，也是被爷爷收养的，但是我知道父母当初离开我一定是有原因的。如果他们尚在人世的话，我真希望有一天能尽一天孝道，哪怕是一天也好！"说到这里她的眼睛已经湿润了。

谁知金龙却根本听不进去，一把拽下自己脖子上挂着的明鬼扔给段二娥道："你们想找就自己去找吧！"然后推开燕鹰跑向屋外，未等老人阻拦金龙已经跑了出去，跑到屋子后面巴乌的笼子旁边轻轻地抚摸着巴乌，巴乌似乎能明白主人的心境一般亲昵地向金龙凑了凑，将头埋在主人的怀里轻轻舔着主人的手背。

"这东西真的能找到金龙的父母吗？"老者还是有些不相信燕鹰的话。燕鹰很肯定地点点头："一定能找到！"

"那快点试试吧！"老者催促道，只见段二娥轻轻叩击着手中的明鬼，一会儿工夫那明鬼竟然真的动了起来，老人的脸上露出一丝微笑，只见那明鬼一蹦一跳地向门外走去。

“你们跟紧它，我去叫金龙！”老者说着走到后面，只是此时金龙和巴乌早已经没了踪影，老者焦急地四处寻找着金龙，却始终未找到他的踪迹。

却说燕鹰与段二娥二人追着那明鬼一直向将军圃深处走去，明鬼的速度极快，再加上是天黑，二人唯恐失去了方向因此寸步不离地追着那只明鬼，只是许久未见老者和金龙跟上心中不免有些焦急。

“燕鹰，他们怎么还没跟上来？”段二娥一面盯着飞奔的明鬼，一面问道。

“要不然我去看看？”燕鹰向后张望着，此时天色早已暗淡，苍白的月光洒在远近的山脊上折射出冰冷的光。山沟之中左面是阳坡，荒草低矮，怪石嶙峋，配上那苍白的月光显得格外瘆人，而那右面的阴坡树木繁茂，特别是越往里走，那林木越深，不时从内中传出夜枭凄厉的叫声。段二娥咽了咽口水：“你还是不要去了，实在不行我们记下明鬼的位置再一起回去找他们！”

“嘿嘿，段姑娘是不是害怕了？”燕鹰坏笑着说道。

“这……倒确实有点儿！”段二娥从来便是有一说一的人，对于自己的恐惧从不隐瞒。

眼看那只明鬼沿着崎岖山路越走越远，身后的将军圃已经完全模糊在视线中了。这条羊肠小径峰回路转，九曲十八弯，明鬼沿着小路蜿蜒而上，只见那条小路从半山坡陡然直下，明鬼一滑落入到山涧之中，二人毫不迟疑地随那明鬼滑入山涧。时值盛夏，加上雨水充沛，山涧之中竟然有一条涓涓细流，明鬼穿过溪流进入对面茂盛的林木之中。

夜枭的嚎叫时而如婴儿的大笑，时而如怨女的呜咽，夹杂着身边的虫鸣声让人听了身上一阵阵发冷。那明鬼的速度渐渐慢了下来，想必是已经接近他们的目的地了。正在此时段二娥忽然愣住了，一把抓住自己身后的燕鹰，指着眼前的一个小小的黑影痴痴地说道：“燕鹰，你看前面……”

透过繁盛树木的月影斑驳，眼前一个矮矮的人正站在距离他们六七丈开外的地方，那个人背对着他们，看不清楚他的脸。

四 螤虎斗，喋血将军圃

一张精致的脸出现在潘俊的眼前，她穿着一身合体的旗袍，长发披肩，将手背在身后。午后的阳光洒在潘俊身上让他觉得暖洋洋的。眼前的女孩开心地笑了笑，满眼都是阳光。

“小坏蛋，猜猜我给你带什么来了？”那女孩神秘兮兮地说道。

“蛐蛐？”潘俊操着一口稚气的北京话调皮地问道。

“就知道蛐蛐，不知道被骂了多少次还是蛐蛐！”女子教训道，“再猜……”

“快点拿出来嘛……”潘俊伸出小手撒娇般地拉着女孩的手臂，“这几天我都要憋死了！”

女子坏笑了一下，环顾四周见无人，这才将背在身后的手慢慢拿出来，她手中是一个精致的木笼，比鸟笼足足小了一圈，不过让潘俊惊喜的是里面竟然有一只巨大的蝴蝶。

那只蝴蝶生得漂亮极了，两只硕大的翅膀，上面的花纹让潘俊惊喜地大笑起来，连忙接过笼子：“这么大的一只啊？”

“嗯！”女孩微笑着在潘俊的鼻子上刮了一下，“喜欢吧？”

“嘿嘿，喜欢，喜欢！”潘俊两条小腿欢快地在椅子上乱蹬着，“这个是不是就是你说的阴阳蝶啊？”

“嗯！”女孩看着潘俊一脸笑意长出一口气，“小俊在家要听话，下次回来还会给你带好东西的！”

潘俊听到此话两条小眉毛立刻立了起来：“你又要走？”

女孩点了点头，在潘俊的脸上轻轻抚摸了一下。潘俊贪婪地感受着女子手指拂过自己脸颊瞬间的温柔，不知不觉两行泪水从眼眶中流淌了出来，时淼淼连忙缩回手，谁知潘俊猛然抓住她的手，几乎用尽了所有的力气，牢牢地握在手里，闭着眼睛表情祥和，微微呼吸着。

正在此时传来了一阵敲门声，之后那门被缓缓推开了，老鸨手中端着一个茶碗，里面是一碗气味浓重的汤药。

“先生，这药煎好了！”老鸨轻声说道。

“谢谢，您先放在桌子上吧！”时淼淼柔声说，她想掏出一些钱给老鸨，怎奈自己的手被潘俊牢牢抓着根本抽不出来。老鸨会意地笑了笑，然后关上门退了出去。

潘俊已经发了一夜的高烧，时淼淼醒来的时候发现潘俊嘴唇青紫，身体不停地颤抖便连忙让人找来大夫，大夫说潘俊是受了风寒，开两副方子服下便会没事。时淼淼这才放下心，她一直坐在潘俊的床前守护着他，只是潘俊却一直在呓语。这个平日里永远那么冷静，那么沉着的年轻人也许只有在梦里才是最真实的，才蜕去了那层包裹得严严实实的外壳。

他在梦里不停地呼喊着“别走！”“我怕！”时淼淼坐在他的床前，轻轻抚摸着潘俊的脸，他的烧已经退了不少，此时看着他熟睡的样子真像是一个孩子，时淼淼的心里忽然产生了一种奇怪的感觉，她似乎有一种不确定的奢求，希望时间永远停留在这一刻。

潘俊的泪水再次从眼眶中淌出，他将时淼淼的手握得更紧了，用牙咬着嘴唇。时淼淼知道他一定是又在做噩梦了。

大雨滂沱，潘俊躲在门房里透过窗户的缝隙偷看着外面站着的那个女孩，她早已经被大雨淋透，旗袍贴在身上，女孩子跪在门口，不知是雨水还是泪水顺着女孩子的脸上流淌下来。

“败坏门风的东西！”潘俊的耳边响起一个严厉的声音。

那女子忽然扬起手，拼尽全力向自己的腹部捶去，连续数下之后，女子的下体流淌出一摊殷红的血迹，那血在雨水中渐渐被稀释。女子靠着墙壁站起身来，两绺头发黏在脸上，她向门房的方向瞥了一眼，似乎察觉到了一直注视着自己的潘俊，眼里充满了歉意。然后一跌一撞地扶着墙消失在了雨水中。

潘俊的牙齿在颤抖，他盯着那女子的身影直到完全看不到才回过神来，在他旁边的桌子上摆放着一个精致的木笼，木笼里飞舞着一只硕大的阴阳蝶，这种蝴蝶，它的一对前翅与左后翅的翅脉、斑纹与翠凤蝶完全一样，而右后翅的翅脉、斑纹又与碧凤蝶完全一样。

他缓缓睁开眼睛，眼前一阵模糊，他有些分不清此时到底是梦境还是现实，渐渐地他看清了眼前这个女孩是时淼淼。

“你醒了！”时淼淼柔声道，然后将一直被潘俊抓着的手从他手中抽出，脸上也是一红。

潘俊也觉得有些尴尬，向外张望了一下道：“现在是什么时候了？”

“已经是下午了。”时淼淼说完潘俊立刻从床上坐了起来，顿时觉得脑袋一阵疼，他咬着牙下了床。“你要做什么？”

“咱们得去裕通当，这件事不能耽搁！”潘俊说着拿过床边的衣服。

“可是你的病还没好啊！”时淼淼劝阻道。

“呵呵，只是受了点风寒而已，不妨事，你忘了我是做什么的了？”潘俊微笑着说道。时淼淼虽然想争辩，不过想想潘俊说的也有道理，他是名动京城的神医圣手，想必没有人比他更了解自己的病情了。

二人收拾完毕之后，潘俊和时淼淼二人拿起随身之物下了楼，潘俊找到老鸨将几张票子塞给老鸨道：“房间给我们留着！”

老鸨见到票子自然是笑逐颜开，连忙答谢：“爷，您放心！”然后扭过头对一个在二楼过道中的茶壶喊道："六子，帮这位爷把房间拾掇干净！"

潘俊微微笑了笑，带着时淼淼走出胭脂阁。二人这次并未叫洋车而是径直向东安门内路北走去，从此处到东安门距离不算太远。

"你昨晚是不是梦到什么了？"时淼淼跟在潘俊身后问道。

"嗯？"潘俊隐约想起那个梦，"是不是我说什么了？"

"没有！"时淼淼摇了摇头，"对了，我们晚上还回胭脂阁？"

"呵呵，所谓狡兔必三窟嘛！"潘俊讳莫如深地笑了笑，丝毫看不出此时的潘俊是一个有病在身的人。绕过几条大街之后，潘俊和时淼淼已经隐约见到裕通当栅栏门上的那个铜质三面牌，牌面镂空，凿有云头、方胜、万字不断头等花样，形如挂檐，叫作"云牌"。

时淼淼左右环视，不远处便是一条繁华的大街，只是这当铺开的位置却多少显得有些冷落，"这裕通当也算得上是京城的大当铺，怎么会开在这么个偏僻的地方？"

"时姑娘，这你就不懂了，一般来当铺的人除了贫苦百姓，其中也不乏一些落魄的富绅，这些人极看重面子，如果被人看到自己去了当铺恐怕会羞于见人。如果开在闹市之中便打死也不会去当铺，所以一般的当铺都开在距离闹市稍远的地界！"潘俊说完抬起头看了看天，"如果顺利的话，一会儿我们就可以见到燕云他们了！"

"咦？"时淼淼一直心中好奇潘俊在茶楼旁究竟神神秘秘地对燕云说了些什么，以至于一直黏着潘俊不放的她竟然会乖乖跟着龙青离开，这件事一直让时淼淼想不通，"你究竟让燕云去做什么了？"

"呵呵！"潘俊叹了口气，"一件只有燕云能做到的事情……"

"燕云？"时淼淼觉得比起现在还是昏迷中的潘俊更可爱一些，此刻的他将自己的心藏得太深，让人觉得无法揣测。

这典当行的门脸装点得颇为华丽，门由青砖砌成，上拱下方，汉白玉台阶一共有八级。潘俊带着时淼淼走进当铺之中，迎面而来的是高出人半头的柜台，台上设有木栏，开一方形小口，内中坐着一个戴眼镜看上去五十岁上下头发稀疏形容枯槁的头柜。那木栏左右各有一扇包着铁皮的小门，密密麻麻钉满铁钉。左面放着两张椅子，之间是一个茶台。

那头柜似乎在柜台上忙着什么，来了人也不抬头，依旧自顾自地拨弄着手中的算盘。“要当东西？”头柜依旧没有抬头，“现在局势不稳，本当只收软硬货龙，好一点的彩牌子，或者黑牌子也收一些！”说完他这才扭过头向窗口望去，只见潘俊手中拿出一张当票微笑道：“赎当！”

那头柜接过当票看了一眼，又扶了扶眼镜仔细看了一眼，之后上下打量了一番眼前的这个年轻人，脸上立刻露出了笑意：“哎哟，先生这当票是您捡来的吧？”

“怎么？”潘俊脸上依然带着淡淡的微笑。

“我好像记得上次这个当不是您来的。”头柜摆出一副笑面虎的嘴脸说道。

“实不相瞒，上次那人从我手中偷了那东西，后来我抓到他一问才知道已经被当到此处。”潘俊说完四顾望了一眼。

“哦！”头柜夸张地恍然大悟般地说道，“那这样，先生您先到那边坐一坐，我让他们帮查查！”他站起毕恭毕敬地点头哈腰道，然后冲后面高唱道：“破石出当！”里面应喝一声。

潘俊坐在椅子上，时淼淼贴在潘俊耳边小声道：“他们这说的都是什么啊？”

“呵呵，时姑娘这你就不懂了，这些当铺的人都有自己的行话！”潘俊微笑着说，“为了不让外人知道他们在说什么！”

“刚刚说什么软硬货龙也是行话吧？”时淼淼确实是个聪明的女人。

“软货龙是银子，硬货龙是金子，彩牌子是古画，黑牌子是古字！”潘俊一一向时淼淼解释清楚。正在这时里面的人又高喊了一句：“妙以！”

潘俊霍地从椅子上站了起来。

“怎么了？”时淼淼吃惊地望着潘俊道。潘俊没有回答，柜台上的头柜见潘俊听懂了那几句话，脸上的表情也焦急了起来。那“妙以”的意思便是“没有”！究竟是什么人取走了河箱？

潘俊走到柜台前，眼神冰冷地望着头柜道：“当票可还未到期，算不得绝当，为何不知了去向？”

头柜被潘俊逼问得满头是汗，这些人都是些“眼观六路耳听八方”的主儿，最善于察言观色，不但鉴定宝物有一手，也练就了一副识人的好眼力。他知道眼前这主儿绝不是平常百姓，必是不好惹。

正在这时，一个四十岁上下的男人左手握着把紫砂壶，右手攥着一串念珠缓步从里面走出来道：“这位先生要赎哪件当品？”

头柜听到这声音如获大赦一般，忙从椅子上下来，拿着那当票递到中年男人面前，那男人看见那张当票脸上立刻堆满了微笑，忙叫人打开一旁的铁门走了出来，见到潘俊拱手道：“这位先生实在不好意思，来来来，赶紧上茶！”他说完，那头柜连忙走到后面端出茶具，给潘俊倒上茶水，然后点头哈腰地站在一旁。

“先生，您有所不知，您的那件东西现在在我们东家手里，老东家交代，如果这物品的主人来赎当的话一定要亲眼见见！”那中年男人微笑着说道。

“不知贵东家是哪位？”潘俊此刻倒是对他们的这位东家充满了好奇，那个拿走河箱的人究竟会是一个什么样的人呢？

“一会儿我备车带您过去！”中年男人说着吩咐下面的人道，“快去备车……”

头柜慌忙点头。这北平城中大当铺的幕后东家不是官宦，便是显贵，他们要么手握大权，要么凭借祖上荫功，一般人是如何也不能支撑下去的。

片刻之后一辆马车停在了裕通当门口，中年男人毕恭毕敬地走在前面引路。潘俊站起身在时淼淼耳边轻声说了几句。

“不用我陪你去？”时淼淼听完潘俊的话有些担心地说道。

潘俊摇了摇头：“记住刚刚我和你说的时间和地点，我也会准时到那里和你们会合的！”

时淼淼虽然有些不情愿，不过却知道潘俊这样安排必有深意。确实如此，潘俊无论如何也要得到那把河箱，可是眼下却不知道裕通当的幕后东家是谁，如果这是一个陷阱又何必搭上时淼淼呢？

潘俊想到这里叹了一口气：“如果那时我没有按时到的话，你们就在天黑之前离开北平到安阳与冯师傅他们会合！”说完他同那人一起钻进了门口的那辆马车之中。车夫扬起鞭子，在空中“啪”地抽响了一声之后，马车快速向西北方向驶去。

落下车帘，车中那中年男人又开始寒暄搭讪起来，潘俊谎称自己姓谢，做一点药材生意。而那中年男人自称姓佟，叫佟虎，锦州人，以前做些皮货生意，却不想被日本人抢了个精光。几年前流落京城，幸好东家收留了他，让他帮忙打理裕通当。

说起这裕通当，佟虎便来了兴致，如数家珍一般道：“不知您看过《红楼梦》吗？”

潘俊点了点头。

佟虎笑道：“那《红楼梦》第五十七回中的恒舒当便是这裕通当的前身，后因时局动乱被我们东家盘下，这才改名裕通当！”

“不知贵东家究竟是什么人？”潘俊再次疑惑地问道。

“呵呵，一会儿见了您就知道了！”佟虎意味深长地笑道，“我们东家见到您那东西便一直在等着能见到本家一面，唯恐那‘端休’变成死当！”

潘俊知道这“端休”意思是物件，也是当铺的行话。

那车在北京的大街小巷七拐八绕，因为挂着帘子，潘俊根本不知道他们行至何处。大约半个时辰的样子马车忽然停了下来。

“先生，到了！”佟虎笑着站起身走下马车，然后撩开车帘，潘俊从车子中走出。阳光有些刺眼，他定睛一看，此处是黑芝麻胡同十三号，此时门房早已经站在门前了。

“这里是？”潘俊驻足在门前惊讶地望着佟虎。只见佟虎一脸微笑道：“先生，您知道这里？”

“嗯，这是之前兵部尚书、四川总督奎俊的旧宅邸啊！难道你们东家住在这里？”潘俊心中对这个东家的身份更加好奇了，此人究竟是谁？

“嗯，先生果然是见多识广，这些都知道！”佟虎笑了笑弓身道，“您里面请……”

潘俊迈开步子向前走去，这官邸修建得颇为气派，登上台阶，跨过门庭，绕过影壁，左右观之，水榭廊台，虽然已经有些破损，却依旧掩饰不住当年恢宏威严之气。

“先生……”佟虎引着潘俊绕过几个走廊，终于走进内宅之中，那庭院巨大，在庭院中央放置着盆景假山。正在此时，一个穿着西装、戴着眼镜的三十岁上下的男人从内中走出，脸上露着笑意，见到潘俊立刻上前握住潘俊的手道：“听下面的人说这河箱的主人来了，实在是急不可待地想见先生一面！”

潘俊迎合着笑了笑：“您是？”

“这位就是我们的东家！”佟虎介绍道。青年人接过话茬：“我叫爱新觉罗·庚年。”

“啊？”潘俊听到这个名字有些诧异，不过心中隐隐明白了什么。

“先生屋里说话！”庚年说着闪身让潘俊走在前面，然后吩咐下面的人去倒茶。潘俊进了屋子，见房间的摆设颇为古雅，墙上挂着的都是一些珍稀字画，在一旁的架子上摆放着各色陶器，其中最惹人眼的便是居中的一尊唐三彩马，色釉浓淡有致，花纹流畅。

“怎么？先生识得这唐三彩？”庚年见潘俊看得出神于是问道。

“呵呵，这唐三彩虽然是难得的古物，不过摆在房间之中却不大合适！”潘俊说着扭过头坐在一旁的椅子上。

“哦？”庚年不解地望着潘俊，“愿闻其详。”

“唐三彩虽然名贵，不过在盛唐之时却也属于冥器，只用于随葬品。”潘俊的话让庚年恍然大悟，连忙叫人将那唐三彩撤掉。

“先生是那河箱的主人？”庚年喝了一口茶说道。

潘俊点了点头：“听闻那把河箱在您的手里……”

“哦，确实在我手上，不过既然先生是那把河箱的主人，那您就应该是驱虫师的传人吧？”庚年的话让潘俊一惊。

“你怎么会知道驱虫师的事的？”

“呵呵，看来先生是默认了！”庚年上下打量着潘俊道，“只是不知先生是哪一派的传人？”

“既然你知道驱虫师的事情，那您猜猜我是属于哪一派的？”潘俊神色泰然地说道。

“京城名医，木系，潘俊！”庚年几乎是一字一句地说道。潘俊心中一惊，正在此时外面忽然传来了一阵嘈杂之声，潘俊心道莫不是中了对方的圈套，于是将手伸进腰间，扣住“青丝”的盒子，却忽然发现自己身后不知何时多了一个大汉，一双如铁钳般的手早已将自己的手按在腰间。

屋外嘈杂之声渐盛，隐约能听到那嘈杂的声音中夹杂着流利的日语，潘俊心知不妙，但见那庚年微微笑了笑……

夜风袭来，虽然时值盛夏，但这燕山山脉深处的将军圃依旧有些寒意。夜枭站在远处的山崖上不停地鸣叫，凄厉，哀婉，像是个能预知厄运的瘟神一般。眼前的黑影在微微晃动着，身体不时地抽搐着。

明鬼放慢了速度，在草窝里缓慢跳动着，时不时发出如螽斯般的叫声。段二娥和欧阳燕鹰两个人的眼睛已经牢牢被眼前的那个黑影吸引住了。正在这时，一个黑色的影子忽然从那黑影身后蹿了出来，直奔段二娥和燕鹰二人而来，那黑影移动的速度极快，倏忽间已经到了近前，在距离他们四五步远的地方停了下来，喉咙中发出“呜呜”的嚎叫。

“巴乌……”一个熟悉的声音从巴乌身后传来，那个黑影缓缓转过身，原来他正是金龙。金龙见到段二娥和燕鹰两个人惊讶异常，快步走到他们近前，“哥哥姐姐？”

“金龙？”段二娥和燕鹰对视了一下。

“你怎么会在这里？”

“你们怎么会在这里？”

这三个人几乎是异口同声地问道，然后几个人全都沉默了。

“金龙，你怎么会来到这里？”段二娥沉吟片刻问道。

“我……”金龙以为他们发现自己失踪了，现在是特意来找他的，因此多少有些歉意道，“刚刚趁着你们不注意的时候我就偷偷溜出来了，带着巴乌来到了这里！”

“这是什么地方？”燕鹰望着周围生长茂盛的树木问道。谁知金龙却一脸得意地说道：“嘿嘿，哥哥姐姐，这可是我和巴乌一起发现的一块宝地。”

“宝地？”段二娥和燕鹰一头雾水地望着金龙。只见金龙笑着说道：“你们跟我上来看看！”

这二人心下狐疑，跟着燕鹰向前走去，燕鹰带着他们走了几十步之后，他们觉得周围更是寒气逼人，再往前走，忽然眼前出现一眼清泉。泉池不大，泉水清澈，即便在盛夏，那泉池的周围依旧挂满了霜花，在最外面的一圈落满了五颜六色的蝴蝶。而段二娥的目光却盯在了一旁的明鬼身上，只见那明鬼缓慢地向泉池而来。

“你们瞧……”金龙眉开眼笑地向两个大人展示着自己的发现。

“呵，这真是一块宝地啊！金龙你是什么时候发现的？”燕鹰摸着金龙的脑袋问道。

“七八岁的时候，一天晚上忽然找不到巴乌了，我就和爷爷分头在山里找，最后发现巴乌就蹲在这泉池边上，痴痴地望着泉眼。后来每次我不开心的时候就带着巴乌到这泉池来，把所有不开心的事情都对着它说，这样心情就好了！”金龙蹲在泉池边上，眼神中流淌着一丝悲哀的神情，“其实……我也想去找自己的父母！”

燕鹰长叹了一口气。

“可是爷爷年纪大了，如果我离开了恐怕爷爷会伤心，也许我再回来的时候就再也见不到爷爷了！”金龙说着眼眶渐渐湿润了，“有的时候我会在梦里见到他们！”

“谁？”燕鹰问道。

“我爹娘。”金龙拄着下巴，“虽然我不记得他们长什么样，但是我觉得我娘一定是一个特别特别好的人，就像隔壁的大娘一样，我爹也一定是一个像爷爷一样有本事的人！”

金龙从未离开过将军圃，也许在他心中爹娘的印象便是如此。

“肯定是的！”燕鹰每每听人提及爹娘便不由自主地想起自己的身世，正在这时那明鬼已经走到了泉池边缘，未等段二娥反应过来明鬼已经纵身跳下。这明鬼是玉石打造，入水之后立刻沉了下去。

“哎呀！”金龙见那只明鬼掉入水中不免惊叫一声，然后纵身跳入那小小的泉池之中。他虽然不喜人提及寻找父母一事，但却知道这是父母留给自己最后的遗物，平日里视若珍宝，因此便不顾一切地跳了下去。

那汪潭水表面上看清澈无比，但却深不见底，金龙进入潭水之中顿时觉得泉水冰冷异常，如数不清的细针刺入皮肤，身上的热气像是被一只巨大无比的手一下子卷走了一样。

他圆瞪着眼睛，在泉池中搜寻着明鬼，终于发现明鬼就在他的身旁，虽然只是近在咫尺，但身体早已经麻木得不听使唤了，他挣扎了几下却始终距离那明鬼有一指远。渐渐地他的意识模糊了下去，直到他感觉有一只大手环住了他的身体，才彻底失去了意识。

就像是做了一个长长的梦一样，金龙醒过来发现自己还躺在泉池边上，段二娥正掐着他的人中焦急地望着他：“醒了，终于醒过来了！”段二娥激动得一把抱住金龙，泪水夺眶而出。

金龙刚刚寒透的身体立刻有了一丝暖意，他幽幽道：“娘……”段二娥听他这么叫又将他抱得更紧了。

“那只明鬼怎么会进入泉池呢？”燕鹰一面拧着衣服，一面打着寒噤说道，“这是什么鬼地方啊，大夏天的竟然……竟然……”未等说完又是一个喷嚏。

“我们快点回去吧，不然你们两个都会着凉的！”段二娥说着抱起金龙，金龙却一挣扎从她的怀里挣出：“不，我要下去找那只明鬼！”

“你这傻小子，这泉眼深不见底，进去了恐怕就出不来了！”燕鹰揉了揉鼻子，几个喷嚏下去鼻子还是有点酸。

“那是我爹娘留给我唯一的东西，你们不是说那个东西也是找到他们的线索吗？”金龙说着又欲跳下，这次燕鹰手疾眼快一把抱住金龙：“你小子嚷嚷什么，再吵我真把你丢进去！”

“哼……”金龙努起嘴，对燕鹰的话根本就听不进去。

“你们别闹了，听……”段二娥眉头紧皱侧耳倾听着，“这是什么声音？”

燕鹰也怔住了，放下怀里的金龙，却没忘记拉着金龙的手臂。那声音同敲破的鼓一般，“空空”之响不绝于耳，紧接着地面一阵剧烈地颤动。那原本蹲在树枝和山崖上哀鸣的夜枭受了惊吓，“腾腾”地从树林中飞出，接着更多的飞鸟也赶集似的飞出了树林。

一直站在一旁的巴乌也忽然站起身，低着头喉咙中发出“呜呜”的声响。震动持续片刻之后，那“空空”之声渐渐消失了，谁知这时巴乌却站在泉池边，对着泉眼狂吠了起来。

段二娥好奇地走上前去，只见刚刚那一汪清泉之上此时浮着一个硕大的黑乎乎的东西。燕鹰放开金龙，抽出短刀砍断一旁一根小孩胳膊粗细的树枝，将那黑乎乎的东西拉到泉池边上。

那东西外面是一床破旧的被子，恐怕是由于在水中浸泡的时间过长，以至于外表已经破损不堪，露出里面的棉花。燕鹰丢下手中的树枝，用力将那东西提起，放在泉池一边，在那东西的中间用一条结实的绳子捆绑着。燕鹰又抽出短刀将那绳子割断，被子也随之敞开，一具无头侏儒的尸体立刻出现在几个人的面前。

金龙连忙将头埋在段二娥的怀里，段二娥也感觉胃里一阵阵痉挛，只有燕鹰强忍着恶心走到那具尸体旁边，发现那只明鬼正挂在那具尸体的手指上，而在那尸体的旁边还有一个精致的檀木盒子，盒子的做工也极为精巧。燕鹰将明鬼从那人的手指上取下来揣进怀里，之后小心翼翼地从那具尸体身边拿起那个盒子。

正在此时忽然从将军圃的方向传来了一声枪响，几个人心头一惊。接着便是隐约的犬吠声。

“将军圃出事了，咱们快回去！”说完燕鹰将盒子递给段二娥，自己则背上金龙，几个人向将军圃的方向飞奔而去。

越是接近将军圃，那枪声越是密集，那枪声之中似乎还夹杂着人们的呼喊声，燕鹰一面跑一面在心中暗骂自己的鲁莽，以至于给将军圃招致这样的厄运。这山洞距离将军圃十几里的山路，走了四五里燕鹰便累得气喘吁吁满头大汗了。他放慢了脚步，正在此时金龙忽然大叫道：“火……圃子着火了！”

暗夜之下，浓烟滚滚，火光冲天，那火光中时不时传出机枪扫射的“嗒嗒”声，燕鹰心下更急，忙加快脚下的速度。

在那滚滚的浓烟之中站着上百个日本鬼子，还有二十几个土匪，刀疤脸在一个日本翻译耳边轻轻说着什么，那个翻译点了点头，和那个日军小队长耳语了几句。

“皇军问你，这里真的有人会控制那种凶悍的大猴子吗？”日本翻译一副趾高气扬的样子说道。

“嗯，我见过，那个老头子就知道他们藏在什么地方？”刀疤脸指着金龙的爷爷说道。那个日本人似乎懂得一些中国话，指着那个老头：“他？”

“嗯，嗯！”刀疤脸肯定地说道。

日本人在翻译耳边说了几句什么，只见那个日本翻译走到老人面前道：“皇军说，你只要说出那几个会控制猴子的人的下落，就放了你们全村的人！”

老人扭过头看了看已经被卸了武器，困在一间小屋子里的乡亲，叹了一口气“扑通”跪倒在地道：“乡亲们，我老头子对不住大家啊！”说完猛然上前一步，躲过旁边几个小鬼子的刺刀，闪到那个日本头头身后，顺势抽出短刀在那日本鬼子的喉咙上轻轻一下，鲜血瞬间从鬼子的脖子里喷射出来。然后他立刻转到另外一个日本兵身边，如法炮制，另外一个日本兵连忙双手按住脖子倒在了地上。

就在老人准备袭击第三个人的时候，那日本翻译掏出手枪对着老人的胸口就是一枪，老人身体向后退了退，手中握着短刀：“狗……狗日的……小鬼子！”说完便倒在了血泊之中。

那日本翻译见自己的长官已经倒在地上，怒从心中起，恶向胆边生，立刻命令那些日本兵点着了房子，这还不解气，又将那刀疤脸二十几个人全都绑了起来。在村民的一阵号叫声中，日本人用机枪扫射着。

待到确定所有人都已经死了之后，这伙人才押着那二十几个土匪离开了将军圃。血腥味，浓烟味，烧焦的尸体味，一股脑地冲进燕鹰的鼻孔，他们赶到的时候大火已经渐渐熄灭了，偶尔从火堆中发出“噼里啪啦”的声音。

眼前的一切惨不忍睹，苍白的月光下满地的血迹和弹壳，那房子的屋顶早已被烧得坍塌了，屋子里面全是被烧得蜷曲的尸体，有些尸体的骸骨已经全部露在外面了。燕鹰看了一会儿，胃里一阵剧烈地痉挛，“哇”的一声吐了出来。金龙淌着眼泪在那些烧焦的人中找寻着爷爷的尸体。

而巴乌则嗅着味道向一旁冲去，在老人的尸体前面狂吠着。金龙立刻站起身来向巴乌的方向冲了过去，果然见到爷爷正趴在地上，他的身下是一摊尚未完全干涸的血迹。

“爷爷，爷爷！”金龙艰难地抱起老者，燕鹰和段二娥也奔了过来。燕鹰在老人的脖子上按了按，无奈地对段二娥摇了摇头。金龙痛苦地抱着老人，泪水像是决了堤的洪水一般流淌出来。

“爷爷，都怪我，都怪我，我不该一个人溜出去。”金龙愧疚地说道。

“段姑娘，你照顾好金龙！”说完燕鹰站起身来，狠狠地咬着嘴唇，刚要走却被段二娥一把拉住了：“你要做什么去？”

“我去给老人报仇！”燕鹰甩开段二娥的手臂道。

“你别再这么冲动了，燕鹰！”段二娥大声喊道，“你这样去不叫勇猛，叫鲁莽！如果当初你不逞强的话，恐怕也不会落到现在这个地步！”段二娥的话深深地刺痛了燕鹰，他“啊”的一声蹲在地上，不停地抓着自己的脑袋，似乎只有将自己的头皮都抓破心里才会舒服一些。

金龙是在段二娥的怀里哭着睡着的，这个从小没有享受过父母温暖，又失去了唯一亲人的孩子此刻双手紧紧抓着段二娥的衣服，就像是抓着最后一根救命的稻草。泪水已经干了，但眼角依旧留着泪痕。

燕鹰一个人在山边挖了一个大坑，从老人家中拿来一张草席裹在老人身上，忽然他盯住了老人手中那把短刀，那短刀极为普通，却被老人用得出神入化。他费尽力气将老人紧握着短刀的手掰开，放在一旁之后才将老人埋葬。本想给老人立一块碑，可直到此时他还不知道这位老人姓甚名谁。

他回来的时候已经是早晨了，金龙还在段二娥的怀里熟睡，昨天哭了一夜他真的累坏了。燕鹰与段二娥小声商量了一会儿决定带着金龙一起去安阳，其实燕鹰一直在心中疑惑一件事，就是那具无头的侏儒尸体，如果没猜错的话，应该就是那只明鬼所要找寻的人，只是他究竟是谁？或许就是金龙的父亲也说不定。想到这里他觉得应该回去将那具尸体安葬了，于是便趁着金龙还在酣睡中独自一人来到了那个泉池边，可让燕鹰惊讶的是泉池边空空如也，不要说尸体，就连捆绑着那尸体的绳子也不见了。

燕鹰多少有些气馁地回来，金龙早已经醒了过来。让燕鹰惊讶的是这个小孩子似乎比自己想象中坚强得多，已经不哭不闹了，当燕鹰提及准备带他一起走的时候，孩子也只是微微地点了点头。

此处距离安阳还有一大段的路程，现在又在此处耽误多时，恐怕要让冯万春在前面多等一些时候了。

“燕鹰，冯师傅有没有和你说过去做什么了？”段二娥拉着金龙边走边问道。一路上金龙始终一言不发，总是冷冷地望着燕鹰。燕鹰长出一口气摇了摇头，“他只是说有些事情没有处理完，让我们先到石家庄去。”

燕鹰见段二娥再不说什么，便拿出在那个在无头侏儒身上发现的盒子。这个盒子有一尺多长，半尺多宽，从外面看浑然一体，丝毫不见缝隙，轻轻晃动似乎里面是实心的。燕鹰摆弄半晌却始终参不透其中有何玄机。

“你手里的是什么？”段二娥望着燕鹰手中那个盒子问道。昨晚段二娥的注意力先前被泉池中浮出的尸体吸引住了，后来便是金龙爷爷的死，直到此时她才看清楚眼前的这个盒子。

“昨晚上的那个啊！”没等燕鹰说完段二娥已经凑到近前，她目光如炬，打量着那个盒子，盒子上奇怪的花纹似乎具有某种魔力，将她深深吸引住了。

“段姑娘，你怎么了？”燕鹰见段二娥惊恐的神情不禁好奇地问道。

“呵……呵……”段二娥似笑非笑地说道，“燕鹰，这东西我见过！”

“你见过？”燕鹰吃惊地微张着嘴。

五 旧相识，终已两界隔

“没错！”欧阳燕云坐在北平城南，距离城门只有几百米的一家茶楼中喝了一口茶说道，“潘哥哥就是让我见他去了！”

这间茶楼分上下两层，茶楼在北平城中算不得大，人也并不是很多。这个年月里平常百姓勉强糊口已经算是不错了，不过依旧稀稀落落的有几个人。茶楼中有一对爷孙，爷爷拉着三弦，孙女唱着《京韵大鼓》之中的名段《大西厢》，女孩子唱得时而一板三眼，时而一板无眼，平腔、高腔、落腔、甩腔，无不到位。欧阳燕云与时淼淼二人坐在二楼靠近窗子的位子上，燕云放下茶碗透过窗子向外张望着，在不远处依稀看得见鬼子的岗哨。

“他现在人呢？”时淼淼低声说道。

“死了！”燕云没好气地说道，瞪了时淼淼一眼然后扭过头继续望着窗外。

“你……你亲眼看到的？”时淼淼希望把这事情弄个清楚。燕云扭过头微笑着说道：“这回你开心了吧，我不但看到了，还是我亲自下的手！”

时淼淼长出一口气，两个时辰之前潘俊在离开裕通当的时候俯在她耳边让她到此处来等燕云，果然在她来到这里一个多时辰之后一辆黑色的轿车便停在了茶楼的门口。

时淼淼认得那是龙青的轿车，接着车门打开了，燕云从车子上下来，神色有些惊惶地走进了茶楼，来到二楼见到时淼淼便坐在了她的对面。时淼淼一询问才知道潘俊让龙青带着她去见子午了，时淼淼这才明白潘俊所说的只有燕云才可以办到的意思，因为子午喜欢燕云，这所有人都看得出来。

燕云望着窗外渐渐西沉的太阳，心中有些不耐烦，楼下那对爷孙已经唱了几个曲子了，从《大西厢》，到《祭晴雯》《黛玉悲秋》，女孩唱腔娴熟，驾驭这些曲子游刃有余，但听得燕云心中却更加烦躁了。

“潘哥哥究竟做什么去了？”其实燕云望着窗外便是在等着潘俊的出现，但时淼淼并未告诉她潘俊此时的处境，怕燕云头脑一热再惹出什么祸端来。

眼看太阳渐渐西沉了下去，天边已经被染成了殷红一片，时淼淼长出一口气霍地从椅子上站起身来道：“伙计结账……”

燕云扭过头不解地望着时淼淼：“可潘哥哥还没来呢！”

时淼淼没有理睬燕云，掏出钱递给小伙计之后拿起行李道：“是你潘哥哥告诉我的，如果太阳落山之前他还没有回来的话我们就要立刻离开北平城！”

“你胡说……”燕云忽然道，“潘哥哥怎么会丢下我们呢？”

“呵呵，你如果不信的话就在这里继续等吧！”说完时淼淼拿着行李向楼下走去，燕云望着她的背影，狠狠地咬着嘴唇从椅子上站起身来，极不情愿地跟在时淼淼的身后下了楼。时淼淼微微一笑，只是这笑意隐藏得太深不易察觉，就像她此时也极为担心潘俊的安危，如果潘俊让她陪同的话，哪怕是刀山火海她也愿意同赴，可是这种担心却隐藏得那么深。

走出茶楼，时淼淼不自觉地向左右张望了一眼，盼望着奇迹的出现。只是那些奇迹似乎永远只存在于故事中，时淼淼叹了口气，无尽失望地迈开步子正要向前走，忽然身后驶来一辆黑色轿车。

时淼淼和欧阳燕云二人都愣住了，站在茶楼门口一动不动。只见那辆车快速地驶来，然后在她们面前停了下来，从车上下来一个陌生的男人，那个男人上下打量了她们一番问道："请问二位是不是谢先生的朋友？"

"是！"

"不是！"

时淼淼知道潘俊化名姓谢，而欧阳燕云却毫不知情，两个人对视了一下。那个人似乎明白了什么，微微一笑道："二位上车吧！谢先生在城外等着二位呢！"

说到这里，欧阳燕云似乎也明白过来了，她连忙点了点头，那人拉开后面的车门，燕云欢快地跳了进去，时淼淼虽然心中疑惑，不过那人既然说是去城外，再加上燕云已经上了车，也只能硬着头皮上了车，不过从上车那一刻起她的手便始终按在袖中的三千尺上了。

车子缓缓发动向南门驶去，渐渐接近日本人的哨所，一个日本兵走到前面拦下轿车，只见那个人从怀里掏出一个牌子，那日本兵立刻挺直腰板行了一个军礼，然后挥舞着手，另外两个日本兵将挡在前面的路障抬走。男人回到车中，车子缓缓驶出了北平城。燕云扭过头望着那高大的北平城，心中隐约有种落寞，来的时候一行三人，而现在爷爷死在了日本人手中，弟弟燕鹰也与自己分开了。

北平城……

天色已经擦黑，车子在大路上疾速行驶着，在前面的一个岔路口忽然转向了那条幽深僻静的小路。汽车在崎岖不平的小路上颠簸着，又走了小半个时辰，车子缓缓停了下来。

"二位可以下车了！"男人扭过头对她们说道。

时淼淼和燕云分开左右两门，刚一下车便见到不远处站着两个人，在他们的身后拴着三匹马。虽然光线有些暗，但是燕云还是一眼便认出了潘俊，飞也似的向潘俊奔去。

"潘哥哥……"燕云停在潘俊面前，见他微微笑着，燕云一把抱住了潘俊，眼泪哗哗地流淌而出，燕云从小生活在新疆，不像中原女孩那般害羞，此刻她像是受尽了委屈一样，身体不停地颤抖着。

“好了，燕云，没事了，都过去了！”潘俊无奈地拍着燕云的肩膀说道。

时淼淼缓步走过来，终于看清了与潘俊一起的另外一个人的样子。他不是别人，正是潘俊大伯潘昌远唯一的徒弟，管修。

世间上的事情有时候就是这么难以捉摸，往往在你身处绝境的时候，便是柳暗花明的时候。这句话用来形容潘俊当时的处境确实再恰当不过了。

话说潘俊一人赴约，来到庚年的宅院。就在他听到外面传来一阵嘈杂的脚步声的时候，潘俊心想自己一定是掉进了陷阱，于是将手缓缓按在腰间，却不知此时身后已经站了一个人，那人将手按在潘俊的手上。

潘俊慌忙扭过头，让他惊喜的是眼前这个人竟然是管修，潘俊疑惑地瞪着管修，心中更是大惑不解，管修怎么会出现在这里呢？

“小世叔，跟我来！”说完管修向庚年点头示意了一下，带着潘俊向屋后走去。显然管修与庚年应该是熟识，只是管修又怎么会出现在这里呢？他跟着管修走过屋后长长的回廊，这是这个宅子的二进院。这二进院中假山林立，怪石成群，园中有水，池水清澈广袤，池中建有一双层楼亭，拱形石桥与之相接，池中遍植荷花，每一处无不看出主人之别具匠心。

管修带着潘俊通过拱桥，来到湖心中的双层楼亭，拾级而上，从此处可观这座宅子全貌。

“管修，你怎么会在这里？”潘俊坐在二楼的椅子上询问道。

“小世叔您有所不知，这爱新觉罗·庚年与我是同学！”管修于是便将与庚年前后交往之事悉数告诉了潘俊。

原来这爱新觉罗·庚年的父亲便是清末三亲王之一的爱新觉罗·奕劻，当年在慈禧太后罢免了恭亲王奕䜣之后，爱新觉罗·奕劻便接任了总理各国事务衙门大臣，最后避居天津。而这庚年便是其第三子，年少之时曾拜师于康有为门下，后到日本求学，恰好与管修同校，因为志趣相投便成了至交。而今天管修在此处遇见潘俊却完全出于偶然。

潘俊听完不禁点了点头。

“那关于驱虫之术？”潘俊狐疑地问道。

“呵呵，小世叔，其实这驱虫之术最初我也是从庚年口中得知，回国之后才投在师父门下的！”管修的话让潘俊更是一头雾水了。

正在这时庚年端着几杯清茶从楼下走上来，满脸微笑地说道：“呵呵，潘爷您可是贵客，早就想去登门拜访您，但是出于一些原因一直未敢轻易登门。”

“您客气了！”潘俊接过茶碗，那茶清香幽雅，入口甘甜，回味无穷，真可谓是“七泡余香溪月露，满心喜乐岭云涛”。

庚年见潘俊喝了一口茶：“您稍等！”

说罢庚年走到这二楼一角，从内中搬出一个木梯，将木梯靠在墙脚，然后拾级而上，在屋顶上轻轻敲击几声之后，屋顶上一块木板便“隆隆”打开，庚年从里面拿出一个一尺见方的檀木盒子，那檀木盒子做得十分精巧别致，周身除了雕花图案竟然找不出丝毫缝隙。

庚年将那盒子抱在怀里，然后又在墙壁上轻轻敲击几下之后，房顶上的木板又合上了，外人根本看不出有什么异常。

他从木梯上小心翼翼地走下来，然后将那个檀木盒子放在潘俊旁边的桌子上，打趣道：“潘爷，您验收一下您的当！”

说实话这河箱潘俊也只是前几日才从金无意口中得知，从未见过。不过眼前这东西看上去却精巧得很，可是这就是那个河箱吗？

庚年似乎看出了潘俊的疑惑，于是说道：“当时那人来当此物之时我恰好在当铺之中，他不知用什么办法将其打开，从中拿出一节翠玉制成的尺子，我知道这件东西与驱虫之术有很大关联，恐其遗失便将其藏于家中，现在总算是可以将其交给适当的主人了。”其言下之意，恐怕早已知道潘俊并非是这河箱最初的主人。

“多谢！”潘俊拱手道，“只是我有一事不明！”

“呵呵，我知道潘爷心中之惑！”庚年坐在管修旁边，掏出一根烟点上道，“潘爷是想知道我如何会得知驱虫之术对吗？”

潘俊点了点头。

“恐怕我知道的远比潘爷您知道的要多！”起初潘俊觉得庚年这句话多少有些夸大，不过当他听完庚年的讲述之后，忽然觉得自己身为木系驱虫师的君子，竟然对于这驱虫之说只知其一，却不知其详。

那将近两个时辰的讲述让潘俊似乎开了许多窍，日本人为何迫不及待地想得到五系驱虫师的秘术原来是另有原因。

“潘爷，”庚年说完站起身来望着亭外道，“时局险恶，政府无能，官商勾结，贼寇入侵，内忧外患，如果让日本人得到驱虫秘术之中的秘密，那后果更是不堪设想，因此还望潘爷能妥善保管好这些器物，千万不能给日本人得去！”

潘俊听完这话点了点头，虽然他对前朝清宫中人颇多抵触，但是这个庚年却让他心里有了些感慨。

“潘爷，我还有一事相求！”庚年说着瞥了管修一眼，管修微微点了点头。

“有事不妨直说！”潘俊看这二人一副讳莫如深、难以启齿的样子便爽快地说道。

“潘爷，实不相瞒，眼下我和管修在秘密做一件事情！”庚年在潘俊耳边轻声说道，“不知潘爷是否知道李士群此人？”

“李士群？”潘俊对这个人早有耳闻，此人臭名昭著，早已经投靠了日本人，还在日本人的特高科开设了一个所谓的“76”号，专门从事保护汉奸卖国贼和暗杀一些爱国人士的勾当。

“对，我们接到了上峰的指令，在上海那边的人会除掉这个大汉奸。”庚年说到这里脸有难色地说道，“我们终于想到一个借刀杀人的办法，借日本人之手除掉李士群，不过李士群是暗杀的行家里手，我们找不到一种既无色无味，又能置其于死地而又不在当时立刻发作的毒药！”

“呵呵！”潘俊微微笑了笑道，“我知道有一种毒可以办到！”

“愿闻其详！”庚年惊喜地望着潘俊，等待着潘俊接下来的话。“鲀鲐，南方人称之为河豚，此物身上诸多地方都剧毒无比，以卵囊和肝脏的毒性最强，肾脏、血液、眼、腮、皮肤次之。如果想要达到你刚刚所说的效果，以上各处均不能用，只能用其鱼卵！将其晒干之后研磨成粉即可！”

“谢谢潘爷！”为难庚年数天的问题竟然就这样被潘俊解开了，自然喜不自禁。潘俊看看时间忽然想起与时淼淼的约定。

正在此时，管修走上前来在潘俊耳边轻轻地说了句什么，潘俊面露喜色：“真的？”

管修点了点头：“一会儿我带您去看他！”

“好！”潘俊爽快地答应了。不过却又怕耽误了与时淼淼之约，于是便将约定一事告诉了管修，管修微微一笑：“这个简单！”

管修与潘俊辞别了庚年之后，由后门离开了黑芝麻胡同十三号，过了两条街那里停着一辆轿车，管修和潘俊上了车之后便来到城东的东交民巷，在其中一座欧式建筑前面停下车。

这里是北平城的使馆区，虽然日本人占领了北平，但是相对来说东交民巷还算是个安全的所在。管修带着潘俊来到这座宅子的二楼，推开门，一个人正躺在里面，那人正是潘俊的大伯，管修的师父——潘昌远。

只是让潘俊揪心的却是此时潘昌远早已经昏迷不醒了，潘俊轻轻按住潘昌远的脉，那脉象轻按可得，重按则减。表面上看是内伤久病，阴血衰少，阳气不足，虚阳外浮所致，实则是中了青丝那“地”字虫毒，现在能保存性命已属奇迹，只是连潘俊也不知这毒应如何破解。

“管修。”看了一会儿，潘俊说道，“这里安全吗？”

“小世叔您放心吧，这里是德国使馆，日本人是不敢轻易进来抓人的！”管修颇为自信地说道。

“那就好。”潘俊总算是松了一口气，“大伯中的毒我一时也想不出破解之法，还要暂且留在这里你照顾一番，我现在必须去和时姑娘她们会合，如果真如庚年所说这虫族秘术关系到国家兴亡的话，那便是死也不能让日本人得逞。”

“嗯，您放心吧小世叔，我会好好照顾师父的。”管修点了点头道，“您自己也要多加小心，日本人为了得到驱虫之术会不择手段的。”

潘俊点了点头，又回头看了一眼躺在床上熟睡中的潘昌远，然后拉开门走了出去。

夜已深，晚风吹过微微有些凉意。燕云此刻已经止住了哭泣，擦了擦眼泪。管修走到潘俊身边从怀里拿出一件物事递给潘俊道："小世叔，这是庚年给您的，有了这个就能让你们畅通无阻了。"

潘俊接过那张纸看了看，微笑着将其揣进怀里，之后将管修拉到一旁轻轻地在他耳边说了几句什么，管修听得眉头紧皱："小世叔，您放心吧！我会照办的！"

"嗯！"潘俊拍了拍管修的肩膀道，"就送到这里吧，你也回去吧！"

管修点了点头，转身钻进了车里。车子发动，潘俊一行人望着管修开着车缓缓离开，直到管修的车完全消失在夜色之中潘俊才带着欧阳燕云和时淼淼二人上了马，一路向南。再次回到他们之前救过那个女孩的村子时，村子里已经空空如也，所有人似乎一夜之间人间蒸发了一般。

潘俊见天色已晚，便在老人家中住下。是夜潘俊躺在床上辗转反侧，脑海中不停地回荡着庚年所说的话。一个月之前潘俊的生活还异常平静，可是自从他去见了冯万春之后，所有的事情便开始如洪水猛兽般向他猛扑过来。

起初冯万春只是告诉他那驱虫家族的秘密关系着所有驱虫师的命运，而如今听了庚年的一席话之后，潘俊隐约觉得这个秘密也许关系着国家的兴亡。他实在无法安睡，于是从炕上坐起来，外面的月光如华，洒在对面的房顶上，如同下了一层厚厚的霜。

潘俊披上衣服，外面的夏虫烦躁不安地鸣叫着，他走出屋门，见一个人正痴痴地坐在一旁的磨盘上注视着前方，他一眼便认出那个人是欧阳燕云。

"燕云……"潘俊小声地说道。

燕云扭过头冲着潘俊微微笑了笑，但燕云始终是一个不会掩饰感情的女孩，满心的落寞都如实地写在了脸上。

"是不是因为子午？"潘俊坐在燕云旁边开门见山地问道。燕云沉吟片刻，然后轻轻地点了点头："潘哥哥，你会不会弄错了？"燕云瞪着一双天真的大眼睛望着潘俊，虽然她心里清楚那是不可能的，但依旧希望能从潘俊的嘴里听到那句话。

“傻丫头，其实我和你一样，起初根本不相信子午是内奸！”潘俊叹了口气，“或许是不愿相信他是内奸吧！”

“但是……”燕云没有继续说下去，只是又叹了口气，“其实我一直把子午当成是自己的弟弟一样看待，却没想到最后竟是这样。”

“好了，傻丫头去睡觉吧！明天还要赶路呢！”潘俊站起身来伸了伸腰，忽然感到脑袋一阵剧烈地疼痛，他强忍着痛楚唯恐被燕云看出来。

“对了，潘哥哥，有件东西是子午让我带给你的！”说着燕云将一封信递给了潘俊，“他让我将这封信在一个没人的地方亲手交给你，说信里面的内容可能对你有用！”

潘俊接过那封信，拍了拍燕云的肩膀，极为勉强地笑了笑便自顾自地回到了屋子中。刚一进屋潘俊便浑身无力地趴在床上，他比谁都了解自己的身体，也知道自己之所以昨晚上高烧不止绝不是因为风寒，但是他却不知道这种感觉竟然来得如此之快。

他靠在墙上，豆大的汗珠如雨水般从头上落下来，身上如同有千万只蚂蚁在啃噬一样难受，片刻工夫潘俊的嘴唇已经变成了青紫色，他蜷缩在炕上，身体剧烈地抽搐着。这种感觉大概持续了半个时辰左右终于消失了，此刻潘俊的衣服已经完全被汗水打湿了。他不停地喘息着，然后点亮煤油灯，展开子午留给自己的那封信。

子午的信只有短短几句，然而却让潘俊看得心惊肉跳。他此刻有些后悔，但是已经于事无补，只希望能早点赶到安阳。潘俊长叹了一口气，将从庚年手中取来的那把所谓的河箱放在蜡烛前面。

这盒子做工极其精巧，潘俊凑到灯台下细观之。这木盒之上画着数十个黑白圆圈，细数黑色圆圈二十个，白色圆圈二十五个，看似毫无规律地排列在这盒子的四周。潘俊将盒子翻转过来，这盒子的下方亦是画着黑白圆圈，不过较之上面则要规则得多，此面亦是黑色圆圈二十个，白色圆圈二十五个。潘俊望着这两幅图不禁心中感叹这盒子制作者的良苦用心。这盒子其上为洛书，其下为河图，其中涵盖五行、星象、阴阳之变化。

但是如何打开这个盒子却又让潘俊犯了难，虽说看透了这盒子之上图案的意思，可如果说开启这盒子恐怕还有些难。潘俊望着那盒子出神，片刻之间似乎明白了什么，用手指在盒子上的黑白圆圈上轻轻敲击了几下，只听那盒子中传来“咔嚓”一声响动。潘俊嘴角露出一丝微笑，谁知未等他的笑容消失，忽然一枚细小的钢针从盒子上的小孔中喷射出来，直冲潘俊面门，潘俊连忙躲闪，那枚钢针擦着潘俊的额头飞过，钉在他身后的墙上。潘俊静待片刻，见那盒子似乎没有再次发出暗器的可能，这才缓缓扭过头，见那钢针已经没入大半，只留少许露在外面。

烛光下那钢针身上闪烁着淡蓝色的光晕，应该是淬了毒药，潘俊从怀里掏出一块手绢，小心翼翼地将那根钢针从墙里拔出，此时他才发现原来那枚钢针足有一指长，比青丝稍粗，也比青丝坚硬得多。

潘俊暗叹这盒子里的机关着实厉害，如这般细小的钢针也能被弹射进墙里。见天色已晚，潘俊也渐渐有了些许睡意，他将木盒收拾停当放在一旁，之后便和衣而卧。

在隔壁的房间中，燕云依旧无法安眠，她一直在床上辗转，子午悲怆的笑容始终浮现在她的脑海深处。

“燕云姐，对不起！”只是几天的时间，子午便消瘦了许多，他被龙青关在北平城外北面一个废弃的仓库之中，这个仓库平日里是龙青一伙人用来存储洋酒和一些走私的军火的。

将地上的两个大木箱搬开，再掀开地板，下面便是一条通道。这原本是一个酒窖，龙青从小家境贫寒，成了大混混之后唯恐别人在后面说三道四，于是对洋货倍加推崇，虽然有些狗尾续貂的意味，但他并不觉得。尤其是对洋酒更是情有独钟，因此才在这个仓库中修建这么一个酒窖。当潘俊问他是否可以将一个人藏在一个隐秘之处的时候，龙青便立时想到了这个酒窖。

在酒窖之中有一个小屋，铁皮包成的木门紧闭着。龙青掏出钥匙打开铁门，子午正躺在床上，龙青闪身让燕云进去，自己则关上铁门站在外面和几个手下抽起了烟。

子午听到有动静便立刻起身，当他见到欧阳燕云的时候心里猛然一沉，连忙将脸别向一旁。

“子午，潘哥哥说的是不是真的？”燕云走到子午身旁说道。子午蜷缩着身子将头埋在枕头下面。

“那个一直将我们的行踪告诉日本人的是你？”燕云见子午不说话又接着问道。

这时子午忽然从床上站起来，“扑通”一下跪在欧阳燕云的面前：“燕云姐，我对不起你，是我害了欧阳老伯！”

燕云顿时觉得天昏地暗，眼前一片漆黑，她扬起手重重地打在子午的脸上，子午一个趔趄倒在地上，然后又立刻跪好，低着头道：“燕云姐，如果你打我能消消气的话，那你就打死我吧！”

燕云再次扬起手，但看到子午的样子却缓缓放下了，冷冷道：“子午，我真的看错你了！”

“我真不明白你们日本人为什么要来侵犯我们，为什么要揪着驱虫师不放！”燕云想起爷爷不禁眼泪夺眶而出。

“姐，说实话，我也不懂，你的这些问题我也经常问自己。”子午咬着嘴唇低声说道，“可是我想不出答案，我几岁便和同伴离开了故乡被送到中国东北，举目无亲，很多同伴都被冻死或者饿死了，活下来的寥寥无几。很多时候我都希望自己有一天能回到日本，可是……”

“可是建立大东亚共荣圈是天皇的信念，”子午咬着嘴唇说道，“能为天皇尽忠是所有日本军人的荣耀。”

“呵呵，荣耀？”燕云冷笑着说道，“如果你们的天皇让你去杀自己的父母，你们是不是也会无条件地服从啊？”

子午沉吟片刻叹了口气：“也许吧！”

“你们中毒了！”燕云忽然觉得眼前的这个青年与之前自己所认识的那个心地善良的子午判若两人。

寂静，两个人都保持着沉默。良久之后，子午缓缓抬起头问道：“小世叔他们还好吗？”

“亏你还记得潘哥哥。”燕云心酸地说道，“潘哥哥察觉到你是内奸之时本可以杀了你，却一直交代时淼淼将你毫发无伤地带出北平城。就在我来之前潘哥哥还特意交代让我给你带来了这个！”

说罢燕云将手中提着的包裹放在子午面前的桌子上，打开包裹，里面是一壶酒，还有一个食盒，燕云打开那个食盒，里面的食物燕云从未见过，一个个的小圆卷，外面是一层海带，里面包裹着米饭，其间夹杂着一些不知什么肉。

子午抬起头看着桌子上的食物，眼睛里灼灼放光，他像是饥饿了几日的人一样向桌子猛扑过去，捏起一个放在嘴里闭着眼睛咀嚼了起来，一个吞下后又捏起两个放在口中，不停地嚼着。然后他拿起一旁的酒壶，对着壶嘴仰起脖子一口喝下，浓醇，淡丽，夹杂着那寿司的味道，子午一面缓慢地咀嚼回味，一面淌下两行泪水。

站在一旁的燕云看着子午一面吃着奇怪的食物一面流着眼泪，不免好奇，她刚刚的责怪何其严厉，可是子午并未落泪，没想到吃一点东西竟然会让他热泪盈眶。

过了良久子午才又喝了一口酒，道：“姐，你是不是觉得我很好笑啊？”

燕云只是站在一旁冷眼旁观，并未回答。

“呵呵，我的家乡在京都附近的伏见，这种酒便是当地特产的月桂冠。我是从小闻着这酒的香味长大的，还有这些寿司。”子午望着桌子上摆放的寿司说道，“这是家的味道！”

“替我谢谢小世叔。”子午抱着那酒壶说道，“子午对不起他，我也真的希望自己只是子午。”

“潘哥哥还让我问你一件事！”欧阳燕云忽然想起了潘俊的嘱托，“你究竟知不知道那个黑衣人的事情？”

子午微微摇了摇头：“我的任务是潜伏在冯师傅的门下，寻找时机盗取土系驱虫师的秘术，与其他人都无往来的！”

“你真的不知道？”燕云似乎有些不信。

“姐！”子午一字一句地说道，“我是永远不会欺骗你的！”

“那……我走了！”燕云说罢便向门口走去，却被子午一把拉住了，“姐，求你一件事！”

“什么？”燕云冷冷地问道。

“杀了我！”子午正色道，“为欧阳大伯报仇！”

燕云哽咽了起来，她流着泪说：“好！”

一个时辰之后，子午被龙青的车子送到了背面的一个乱坟岗中，燕云一直坐在子午身旁，两个人一路上没说一句话。下了车已经是深夜了，此时狂风大作，风中飞舞着雨丝。燕云让龙青和他手下等在车子旁边，自己押着子午走进乱坟岗中，此处荒草漫坡，狂风吹过发出一阵鬼哭狼嚎般的叫声。

子午跪在燕云面前微闭着眼睛，他的头发在风中剧烈舞动着。

“姐，把这封信交给小世叔，我想会对他有帮助的！”子午说着从怀里掏出一个信封递给欧阳燕云。

燕云左手接过信，右手握着手枪对着子午的脑袋，却始终按不下扳机。

“姐，如果有下辈子的话，我真希望能一直陪在你身边……”他的话还未说完便听到“啪”的一声枪响，子午应声倒在了地上，眼睛微微闭上，口中还回味着月桂冠酒和寿司的味道……他回家了！

燕云想到这里又辗转了起来，她从小到大已经习惯了直来直去，心里哪怕有一丝不快也立刻吐出来，只是这次却再也无法如之前那般泰然了。

“燕云……”时淼淼在燕云的耳边轻轻喊道。

燕云听到时淼淼的声音心中更加不悦，于是佯装睡着不理睬她。时淼淼微微一笑，仰起头望着外面的月光，她一直未曾睡着，从晚上见到潘俊时，时淼淼便注意到潘俊似乎哪里不对劲，可是硬要找出不对劲的地方她却又说不出个所以然来，只是心中忽然惴惴不安起来。

同样惴惴不安的还有距此百里之外的另外一个人。燕鹰将两匹马拴在路旁的大树上，段二娥手中捧着那个盒子坐在树荫下，眼睛盯着盒子上的花纹。这个盒子上亦是刻满了黑白圆圈，只是上面的圆圈规则，下面的圆圈不规则而已。

“姐姐，这是什么啊？”金龙抱着巴乌站在一旁好奇地问道。

“河洛箱。”段二娥抬起头勉强微笑了一下说道。

“河洛箱？”这个词燕鹰闻所未闻，他坐在段二娥身边看着段二娥如同一个神婆一般指尖掐算着，口中默念着什么口诀。燕鹰看了竟忍不住笑了起来，“难道这东西真能给念开？”

段二娥依旧皱着眉头算着什么，偶尔捡起一根小木棍在地上横着画上一道，一会儿又竖着画上一道，燕鹰偏着脑袋看着地面上那些无规则的线，心想这金系驱虫师不过就是摆弄些器物而已，比不上火系驱虫师可以控制那些大型动物，只不过他掌握得并不娴熟而已。

过了大约一个时辰，段二娥终于抬起头长出一口气说道：“还是不行！”

“怎么了？”燕鹰见段二娥一脸窘态道。

“如果爷爷在这里的话一定能参透其中的玄机！”段二娥咬着指甲，眉头拧作一团，“我可真是蠢，爷爷曾经和我说过方法的，怎么就给忘记了呢！”

“没事，没事的，段姑娘。”燕鹰见段二娥那副痛苦的模样有些心疼，“慢慢总会想起来的，再说这里面究竟有什么东西谁也不知道啊！”

“虫器。”段二娥幽幽地说道，“爷爷曾经说过金系驱虫师有两件宝物，一直都是秘不外传的，称之为虫器，被分别装在两个河洛箱中。两个河洛箱看似相同，但实际上却差别极大。这河洛箱上面两面分别画着的是河图和洛书，如果河图图案在上面那么就是河箱，如果洛书图案在上面则是洛箱！”

燕鹰拿起那个盒子上下看了看，奇怪道：“怎么分辨这两面哪面是上，哪面是下呢？”

“呵呵！”段二娥微笑着说道，“这便是河洛箱的技巧之处了，在这盒子的一面有一处极小的记号，但是一般时候是看不到的！”

“哦？”燕鹰的好奇心完全被段二娥吊起来了。

“只有在夜晚才能看到！”段二娥会心一笑。但是燕鹰却更捉摸不透了，倘若在白天都不易察觉，到了夜晚又怎么能看得到呢？只是看段二娥一脸自信的样子也只能静观其变。

“唉，我真是不明白，为什么你们金系驱虫师的先人鼓捣出来的东西都这么稀奇古怪！”燕鹰捉摸不透便发起了牢骚，说着便在那河洛箱上轻轻叩击着，谁知段二娥脸色大变，一把将燕鹰手中的河洛箱推到一边，那河洛箱尚未落地只见一根钢针从箱子的底部喷了出来，速度极快，如果不是段二娥刚刚那一下恐怕燕鹰此时已经一命呜呼了。

“唔……”燕鹰一阵胆寒，“这东西好厉害啊！”

“爷爷曾说，虽然他们深受墨家思想的影响，讲究非攻，仁爱，但是这河洛箱却是其中唯一一件能瞬间置人于死地的器物。因为其中藏着一个巨大的秘密！”段二娥说着从地上抱起那个盒子，擦掉上面的土递给燕鹰，“把它装起来吧！”

燕鹰此时却如同眼前放了一个烫手的山芋一般，不知如何下手去拿。

“哈哈！”段二娥爽朗地笑道，“只要你不乱敲上面的黑白圆圈就不会发生意外的！”燕鹰听了这话才敢将河洛箱接过来，捧在怀里，不过走起路来依旧战战兢兢，唯恐会忽然射出一根毒针来。燕鹰将河洛箱小心翼翼地放在马背上的口袋中，之后总算是松了一口气。

“看天色，咱们今天还能再走一段路！”段二娥说着将金龙抱上自己的马，然后也跳了上去，一行人沿着小路一路南下。这道路崎岖不平，因此他们每天也走不了多少路。

六 入虎口，邂逅梦中人

相对于他们来说潘俊一行人倒是要惬意得多，手中攥着管修拿来的路条，再加上时淼淼精湛的易容术，一直沿着大路走直到保定都未有人拦截。过了保定之后潘俊等人便离开了大路，事前管修曾告诉潘俊，这张路条只能保证他们在北京附近不被盘查，出了北京之后局势便更加混乱了，这张路条自然也就失去了效力。

潘俊他们三人于傍晚时分来到位于凤吊山脚下，在一处名叫“朋来客栈”的地方打尖儿住下。这朋来客栈是家荒山野店，客店不大，分前后两进，均是两层建筑。平日里住的多是一些来往于南北的垛子、商人，因此狭小的院落中摆放着各色货物。

潘俊他们来到此处之时所有的客房均已住满，正在潘俊一行人准备转身离开之时一个留着锅盖头，肤色黢黑的矮胖子笑呵呵地走上前来道：“爷，我们这店里倒是还有一间上房。”

“哦？”燕云怒道，“你这矮胖子，既然有客房为什么还打发我们走？”

那矮胖子搔了搔头；“姑娘，我这开门做生意哪有生意上门不做的道理，只是那间上房有点邪！”矮胖子把这个“邪”字咬得格外重。

“你倒是说说那间客房究竟有什么邪门的？”

燕云和掌柜的话很快引来一群好事者的围观，他们三三两两聚在这几个人周围等待着掌柜说出那所谓的“邪”究竟是指的什么。

掌柜见如此多的人在一旁围观显得有些局促，他又搔了搔锅盖头：“姑娘，是这么回事，那间屋子多年之前曾经住过一对夫妇，那对夫妇给我留下了极深的印象，因为那丈夫是个侏儒，个子刚刚够到这桌沿，那女子长得却极为漂亮。”说到这里那矮胖子的眼睛中闪过一丝惊艳的神情。

“后来呢？”燕云坐在潘俊身旁有些不耐烦地说道，“您这掌柜的怎么和说书的一样丢起包袱来了！”

矮胖子掌柜连忙赔笑道：“姑娘听我慢慢说啊！”他又看了看周围穿着各异的看客道，“大家都坐下慢慢听！”

“那是十年前的冬天了，我记得那年冬天的雪下得特别大，鹅毛大雪下了几天，那几天的客人也少。他们是晚上来此投宿的，对了，那女人还抱着一个襁褓。虽然这对男女看上去极不相配，但非常恩爱，他们当天晚上就住在那间上房中。当天夜里倒是相安无事，不过那女子几天之后又回来了。她披散着头发，身上满是血迹，她还要住在那间屋子里，我出于好意便让她暂且住下。谁知这一住下却种下了祸根！”矮胖子惋惜地叹了口气说道，“第二天早晨我发现那女子竟然在房间里自尽了。”

“这也没什么嘛！”燕云早已经听得不耐烦了。

“开始我倒是也和这位姑娘一样并未觉得有什么异常，怪事是后来发生的！”说到这里矮胖子咽了咽口水，“后来我照常开店，只是不久之后又有客人住进了那间房间。一夜无事，等到第二日已经日上三竿，我见客人还没有出来便去敲门，门从里面反锁着，我叫了叫见里面依旧没有反应心知不妙，于是让伙计和我一起把门撞开，谁知门一撞开眼前的情景让我和伙计立刻吓傻了！”

“怎么了？怎么了？”燕云终于提起了兴致。

“前晚住进来的夫妇早已经不见了！”矮胖子皱着眉头说，“地上只有一摊血迹和两副白骨，地上甚至连一片肉也没有！”他说到这里谨慎地咽了咽口水。

“只剩下两副白骨？”这次说话的是潘俊，时淼淼注意到潘俊起初听到这个故事时只是淡淡地微笑，当矮胖子提到只剩下两副白骨的时候，他的表情忽然认真了起来。

矮胖子早已看出他们三人之中这潘俊的城府最深，见他竟然也对这个故事如此好奇便接着说道：“没错，只剩下两副白骨！可是那天晚上住在他们隔壁的客人却未听到一声喊叫，或者是异常的声音！”这矮胖子越说越玄乎，想必其中不免有添油加醋的成分。

“后来我便报了官，几天之后来了两个探员，他们起初并不相信我所说的。于是两个人便住进了那间客房。当天晚上我和内人一夜未睡，一直和几个伙计坐在楼下手中拿着家伙，准备那雅间里稍有动静便冲进去。又是一夜无事，清晨我们推开雅间的门，几乎是一模一样的情景，地上是一摊血迹，两副白骨。”矮胖子说得口干舌燥，饮了一口茶接着说道，“后来我请了道士，那道士说原来住在这屋子之中的那对夫妻都是死于非命，鬼魂一直留在那个雅间中，可是那对夫妇的怨气太重他的法力不足，只能贴上镇妖符，不要让人居住便好！”

“就这样？”燕云意犹未尽地问道。

“是啊！”矮胖子搔着脑袋，“就是因为那屋子里有不干净的东西，所以才不敢让你们住下！”

“掌柜的，多少钱，我们今晚就住在那间房子里了！”潘俊忽然站起身说道，本来燕云已经被吊足了胃口唯恐潘俊不同意，谁知潘俊这次竟然主动说了，自然喜不自禁。

“钱不钱的倒也无关紧要，不过在场的各位给做个见证，如果明天出了什么事情千万别怪在我的头上啊！”矮胖子煞有介事地说道。

一旁的人都抱着看热闹的心态点了点头。说完那掌柜的掌着灯带着潘俊一行人，来到了二楼靠西的一个雅间门口，那雅间上的锁已经生锈了，锁上还贴着一张镇妖符，看来掌故所言非虚。

掌柜的掏出钥匙打开那把锁，一推开门一股陈腐的味道从里面冲出来，燕云不禁连打了几个喷嚏。这房间很久无人居住，已经落满了灰尘。潘俊四下打量了一番，一张床，一张桌子，两张椅子，还有一些简单的摆设，然后径直走到窗前，推开窗子，一股新鲜的空气立刻从外面吹了进来，潘俊向外张望了一下，在那窗子正对面不远处有一棵已经干枯的老槐树，他不禁微微笑了笑。

掌柜在离开之前再三叮嘱，如果有万一的话他不负任何责任。待掌柜走之后，时淼淼凑到潘俊跟前道："你真相信那掌柜所说的话？"

潘俊望着门口轻轻摇了摇头："虽然他所说的恶鬼作祟之说是假，不过那白骨应该不会是假的！"

"哦？"时淼淼疑惑地望着潘俊，"如果真的有白骨，难道不是……"

他的话未说完只听有人轻轻敲了敲门，潘俊道："进来吧！"

那矮胖子推门走进来，满脸堆笑地说道："怕几位晚上饿，特意让厨房给您几位做了夜宵！"说完矮胖子向空空如也的床瞥了一眼说道，"一会儿我让小二拿一床新的铺盖来！"他说着瞥了潘俊一眼，见潘俊始终微闭着眼睛轻轻闻着那茶的味道，似乎并未理会他说什么，于是向时淼淼和欧阳燕云二人点了点头退了出去。

"潘俊，你是不是察觉到了什么？"时淼淼凑到潘俊的耳边小声说道。

这时门又被推开了，小二弯着腰抱着一床干净的被褥出现在门口，他走到窗前将床铺好之后笑着退了出去。

燕云赶了一天的路早已经累得精疲力竭了，见到那铺好的软绵绵的床便向床边走去。

"等等……"潘俊忽然叫住燕云。然后站起身来端着茶水缓步走到床边将那茶水一股脑全部泼在了床上，燕云和时淼淼一脸惶惑地望着举动怪异的潘俊。

过了片刻，潘俊说道："你们看……"

只见那被清水湿透的原本干干净净的白色褥单，竟然已经变成了淡黄色。二人看了床单更是不解。

"怎么会变成这样？"燕云抢在时淼淼前面问道。

月影晃动，凤吊山中清风徐过，这朋来客栈中所有的客房都已经熄灭了烛火，唯独那二进院的一间小屋子中依旧人影晃动，矮胖子摸着锅盖头坏笑着：“这回又捞一笔！”

“掌柜的您为什么看重他们下手啊？”小二一面摩拳擦掌一面问道。

“呵呵，你没看见那姑娘骑的那匹马吗？那可是万里挑一的良驹啊！”矮胖子第一眼看到潘俊一行人，眼睛便从未离开过燕云胯下的那匹飞鸿，“还有他们背的行囊！”

“哦！”小二恍然大悟，跷起大拇指，“掌柜的就是掌柜的，果然厉害！”

“你小子还得多学几年！”矮胖子说起话来几乎都要笑出声了。

“对了，掌柜的，那药放了这么多年还能用吗？”小二担心道。

“放心吧，前几天我还特意试了试！”矮胖子笑得两只小眼睛早已眯成了一条细缝。

“这会儿也差不多了吧？”小二向窗子外面张望了一下道，“三更了！”

“嗯，我估计那些小虫子已经办完事了。”矮胖子说完带着小二道，“走！”

二人蹑手蹑脚地来到潘俊等人的门前，轻轻一碰门，那门竟然没有上锁，二人摸黑走进房间，窗子大开着，两人一前一后缓慢向床边走去，正在这时他们身后的房门忽然被关了起来，屋子里的灯也紧跟着被点亮了，只见潘俊正坐在椅子上低着头，脸上挂着笑意，他们刚一转身时淼淼和燕云出现在了他们的身后。这两个人见再无退路立刻跪在地上求饶。

潘俊站起身道：“我只问你们三个问题，如果让我听出来有虚假的地方，”潘俊指了指那张床，“你们会用的，我也会用！”

“爷，爷，您说，您说……只要小的知道一定如实相告，绝不敢隐瞒啊！”矮胖子“咣咣”地在地上磕着头道。

“你真的见过那对夫妇吗？”潘俊第一个问题便让矮胖子一愣。他踌躇一会儿侧着脸点了点头：“他们两口子确实住在这间屋子！”

“然后呢？”潘俊追问道，“是不是你们两个人害死了他们一家三口？”

“不，不，不！”矮胖子连忙摆手否认，“我晚上所说的大多都是实情，只是……只是……”

“只是什么？”潘俊有些焦急地说道。

“那女子再次回到旅馆的时候确实只是她一个人，我当时询问她丈夫的下落，谁知她却瞪了我一眼，我见也不便再问，于是就安排她住在了这里。第二天早起的时候她便早已没了人影！”矮胖子回忆道。

“那这是谁教你的？”潘俊指着那张床，矮胖子立刻明白了，“这也是那女子教的，他们第一次来的时候她的丈夫与我还算是谈得来。我们这里每到夏天便会有白蚁作祟，那女子便将一包药递给了我，说可以将那药倒在地上，四周用火围成圈，这药可以将那些白蚁尽数引来，这样便可以避免蚁患了。”

“后来你发现这东西果然有效，而接着你又发现成千上万只蚂蚁可以瞬间将一个人变成一堆白骨而不留丝毫痕迹！”说话的是时淼淼，起初她一直站在矮胖子身后，此时缓步走到他的面前，那矮胖子听到这里早已经大汗淋漓了，似是而非地点着头。

潘俊坐在椅子上心中却如翻江倒海一般，过了一会儿他幽幽道：“你们走吧！”

矮胖子和小二一听连忙千恩万谢地磕头，起身见燕云横眉冷对地站在门口，二人战战兢兢地避开燕云从门角溜出。

待他们走后，燕云“哼”了一声关上房门，轻轻地说道：“潘哥哥，还真是让你猜对了，这里果然是一家黑店，不过我怎么就没看出来呢？”

“你见过有哪个店主会故意在大庭广众之下讲个关于自己客栈的鬼故事吓唬客人的？”时淼淼坐在潘俊旁边道，“他那样说不过是看透了你的心思，知道把那个故事说得越是离奇恐怖，你就越是想一探究竟。这样就中了他们的圈套。他再三说万一遇到意外概不负责，如果咱们今晚真的死在这里，明早变成一堆白骨的话，那么这掌柜便可以堂而皇之地对别人说，他再三劝说我们依旧不听，最后落得这样的下场也只能是我们自认倒霉了！”

燕云虽然听得明白，但这话从时淼淼口中说出让她心中感觉不快。她拄着下巴坐在潘俊面前的椅子上：“潘哥哥，你是怎么知道他们用的伎俩的？”

潘俊笑了笑："其实那本来便是木系驱虫术的入门之学，诱虫术。这间屋子坐西朝东，你看看窗外！"

燕云站起身伸长脖子向窗外眺望，时淼淼也向外望去。过了一会儿燕云一脸失望地说道："外面黑乎乎的，什么也没看见啊！"

"那棵老槐树？"时淼淼盯着不远处的那棵老槐树说道。

"嗯！"潘俊点了点头，"本来听那个掌柜的描述我就怀疑是蚂蚁作祟，当我看见那棵枯死多年的老槐树之后便确信无疑了！"

"那诱虫术是什么意思？"燕云两条柳眉拧在了一起。

"其实是一种药。"潘俊解释道，"对于每一种虫来说所用的药材都不一样，比如蚂蚁所要用的药材必须甜味极重，这种诱虫之药平时储藏不会招致蚂蚁，但是如果是被人放在被褥之中，人一旦躺上去必然发热，那药的甜味便会伴随着热气飘出数里，将数里之外的蚂蚁全部引来，床上之人便会被蚂蚁活活咬死！"

"不过……不过人被蚂蚁咬噬的时候难道不会疼吗？疼的话一定会大叫的！"燕云一个问题接着一个问题地问道。未等潘俊开口时淼淼便微笑了起来，燕云极不耐烦地瞥了她一眼道，"时姑娘，你笑什么？"

"呵呵，燕云我问问你，"时淼淼显得颇有耐心地说道，"你和你爷爷一行人从新疆来到北平一定住过很多客栈吧？"

"当然了，不然我们睡在什么地方？"燕云和时淼淼说话总像是吃了枪药一般。

"那你一路上见过哪家客栈的掌柜，会殷勤到晚上给客人免费送上一餐夜宵呢？"时淼淼的话让燕云努起嘴想要反驳，但仔细想来确实没有人送过夜宵，这才恍然大悟："原来这……"燕云指着还放在桌子上的茶和糕点。

潘俊点了点头："这里全都被他们下了迷药，这就是为什么那些人被活生生地咬死也没有发出一点声音的原因！"

"这些人实在是太可恶了。"燕云狠狠地敲了一下桌子。

"不仅如此，"时淼淼站起身走到门口，"刚刚咱们在这房间里说话那么大的动静，隔壁的人竟然没有一点儿反应，说不定他们也被下了迷药！”

“这种人死不足惜。”说完燕云便从椅子上跳起来向门口走去，却被潘俊喝住：“你做什么去？”

“我去杀了那两个人！”燕云向来疾恶如仇，敢作敢为。

“不可。”潘俊厉声道，“咱们现在要尽快赶到河南与冯师傅他们会合，不能在路上再生事端耽搁时间了。”潘俊想到庚年的一席话顿然觉得心头一沉，也许他的话的真伪也只有金系的君子金无偿知道了。

燕云听了潘俊的话这才愤愤地坐回到椅子上。

“你们在屋子里休息一下，我出去透透气！”潘俊说完站起身推开门走了出去。

“时姑娘，你有没有觉得潘哥哥有点反常？”燕云虽然对别的事情大大咧咧毫不顾忌，但是对潘俊却颇为上心，平日里潘俊遇见诸如今晚所谓客房闹鬼之事必定会选择离开，而今天却主动要求住下，硬生生蹚这个浑水。“他是不是有什么心事啊？”

“可能吧！”时淼淼早已注意到潘俊自从那个大雨瓢泼的晚上回来之后便一直忧心忡忡，虽然表面上看不出什么变化，但时淼淼隐约觉得潘俊心里一直在矛盾着什么，或者与掌柜所说的那个女人有关，瞬间时淼淼做了一个决定。

凤吊山虽然地处北方，但极为难得的是这里的山竟然如桂林之山一般绮丽瑰伟，远处的山峰如刀劈斧砍一般突兀地从地上冒出来，四面均是光秃秃的崖壁，崖壁上偶尔能看到数处黑压压的洞穴。

在朋来客栈不远处有一条大河穿绕于山间，此时蒸腾起缭绕的水汽将远近的山峰装点得如同人间仙境一般。潘俊轻轻推开朋来客栈的大门走了出去，夜晚的湿气很重，打在身上一会儿便化成了露珠。潘俊脸色煞白，嘴唇青紫，刚关上大门便差点痛倒在地。他强忍着疼痛，又向前走了几步，浑身再无力气，身上所有的关节都传来阵阵酸痛，喉咙干燥，连眼角也有磨痛之感。

他坐在距离朋来客栈数丈外的一块石板上，剧烈的疼痛让他几欲昏厥。身体像是一会儿被丢进了冰窟窿，一会儿又被扔进了老君八卦炉中。太快了，实在是太快了，潘俊在心中暗想。

眼前的景象渐渐模糊了下去，他觉得眼皮越来越沉。但只是一瞬间，刚刚那种感觉就像是被抽走了一般荡然无存了，只是左手腕依旧隐隐作痛。潘俊轻轻拨开衣袖，在左手腕往上一寸左右的地方有一处指甲盖大小尚未完全结好疤的新鲜伤口。

潘俊将衣服捋下叹了一口气，正在这时他听到不远处朋来客栈的门轴发出一阵轻微的“吱呀”声，他回过头借着朦胧月色隐约看到一个影子鬼鬼祟祟地牵着一匹马从客栈里走了出来，四周打量一番见无人这才关上院门，蹑手蹑脚地牵着马走出百步，然后翻身上马扬尘而去……

傍晚时分两匹马出现在距离石门城门十几里的地方，欧阳燕鹰一行人整整走了一个下午，总算是隐约看到那座被称为“火车拉出来”的城市了。燕鹰心中一直思忖着一个问题，那便是这石门现下依旧在小日本手里，这两个人带着一个孩子当然并不扎眼，最扎眼的便是跟在他们身后的那只藏獒——巴乌。

“金龙……”燕鹰止住马道，“咱们商量点事儿！”

金龙坐在段二娥马前撇着头望了燕鹰一眼，这孩子一路上未与燕鹰说过半句话，恐怕他还在为爷爷的惨死而迁怒燕鹰呢。

“能不能把巴乌暂时留在城外？”燕鹰脸上带着微笑商量道。没想到金龙将小脸往旁边一扭，根本不理燕鹰这茬儿，燕鹰见自己热脸却贴在人家冷屁股上，心中多少有些不快，却又不好动怒接着道：“你瞧巴乌这体态，这气势，一般的狗哪比得了，万一要是被小鬼子看上了牵了去，你舍得吗？”

虽然金龙对燕鹰颇多不满，但是这几句话却着实打动了金龙。金龙想了想道：“好吧，只是把巴乌放在什么地方？而且……”金龙面露难色道，“而且巴乌只吃我喂的食物，别人给的是绝不会吃的！”

“其实我们在石门也不会停多久，多说一两天的时间，我想巴乌就算是不吃不喝也没问题吧！”燕鹰提议道，“至于放在哪里……”他向四周打量了一番见不远处有一个农家，笑着说道，“咱们先把巴乌寄放在村子里，等我们离开石门的时候再带上怎么样？”

金龙咬了咬嘴唇，过了片刻才点了点头。

那农家从未见过如此大的一条狗，如果不是燕鹰多给了几张票子是死活也不会答应的。最后终于同意将巴乌寄放在他家中的地窖之中，金龙将巴乌带到地窖里，这地窖不算太大，满地都是稻草，燕鹰和段二娥站在地窖口看着金龙紧紧抱了巴乌一会儿，然后将地上的稻草抱到地窖一角，为巴乌简单做了一个窝。

“巴乌，你要等我回来！”金龙又抱着巴乌道，“现在爷爷也走了，这世上我只剩下你一个亲人了！”那巴乌似是能听懂主人的话一般，喉咙里发出“呜呜”的哀叫，段二娥见此情形不禁眼眶一阵湿润。

将巴乌安排停当之后天已经擦黑，这三人才快马加鞭向石门赶来，趁着城门未关进入城中。

与北平相似，这石门的城门边依旧驻扎着日本人的哨所，几个伪军一脸严肃地盘问过往行人，其森严程度绝不逊于北平。因为这石门是南北交通的要塞，军事地位显著，当年日军进攻之时将华北将近三分之一的兵力驻扎于此，所以伪军也不敢怠慢。

只是燕鹰三人并不显眼，所以进得城中也未遇什么阻力。进入石门后燕鹰便向人询问布叶街的所在，那人详细叙述了一番，燕鹰虽未记清但是已经大抵知道应该如何走了。

这夜间的石门颇为热闹，各色的人行走于街市之间，变戏法的、说大鼓的、卖膏药的云集于街道两旁，树林掩映之间尚有数家茶座。燕鹰牵着马带着段二娥和金龙一面打听，一面寻找冯万春之前交代的旅店所在。

大约半个时辰之后他们出现在布叶街口，远远便看到一个匾额上书“聚贤客栈”四个鎏金大字，燕鹰微微笑了笑道：“前面终于到了！”

来到客栈燕鹰叫小二开了两间上房，然后将马牵到后面马圈之中。之后小二引着段二娥和欧阳燕鹰进入客房之中，燕鹰此时早已经饿得前胸贴后背，于是吩咐小二做几道可口的饭菜。

“冯师傅还没有来吗？”段二娥见小二已经走了出去，将门推开一道缝向外张望着。

“嗯，应该是的！”燕鹰倒上一杯茶自顾自地喝了起来。

“你知不知道冯师傅究竟去哪里了？”段二娥坐回到椅子上，燕鹰拿起茶壶给段二娥倒了一杯水同时摇了摇头，“他只说有些事情要去办，让我们到了石门之后就来这聚贤客栈等他！”

说话间小二敲了敲门，燕鹰应了一声，那小二将几盘热气腾腾的菜摆在桌子上道：“看几位风尘仆仆像是从外地来的！”

“嗯。”段二娥接着说道，“来这里寻亲的！”

“哦！”小二一面摆放着几个菜一面点头道。

“对了小二，这石门有什么好玩的吗？”燕鹰有些好奇地问道。

“呵呵，这您算是来着了！”小二笑眯眯地说，“听说最近华北影院正上映着周璇主演的有声电影《西厢记》呢！”

“电影？”燕鹰从未听过这个词，不禁更加好奇。

“嘿嘿，这您就不知道了，好像和看大戏一样！”小二说着搔了搔脑袋，“其实我也没看过。”

段二娥觉得这小二有些可笑。

“几位客官慢用。”说完小二退了下去。

“段姑娘，不然我们晚上去看看那个什么什么电影吧？”燕鹰一面提议一面吃着饭菜。

“呵呵，晚上我给你看个更好玩的东西！”段二娥说着冲狼吞虎咽的金龙笑了笑道。

吃过晚饭之后段二娥让伙计找来一块大木板，伙计虽然不明就里却还是送来了一块废旧的桌板。段二娥让燕鹰将门关上之后，掏出匕首在那桌板的正中央钻出一个手指大小的洞。金龙和燕鹰二人又是好奇，又是不解。这丫头究竟在鼓捣什么东西。

一会儿工夫段二娥已经是香汗如雨，她放下手中的匕首微笑道：“成了！”

“什么成了？”燕鹰走到桌子旁边拿起那块木板左看右看也没看出个所以然来，“段姑娘，你说的那个比电影还好看的不会就是这块钻了洞的木板吧？”

“呵呵！”段二娥笑了笑低头对金龙说，“小龙想不想看姐姐给你变个戏法？”

金龙当然欢呼雀跃，拍着手道：“好哇，好哇！”

“嗯！”说完段二娥从包裹中将那个河洛箱拿了出来放在桌子上，燕鹰下意识地向后退了两步，正所谓一朝被蛇咬十年怕井绳啊。“燕鹰你过来把这块木板立在桌子中央！”

燕鹰走过去按照段二娥所说将木板立住，然后段二娥又对金龙说：“小龙，你去把烛台拿过来！”金龙双手将烛台捧在手里端到段二娥近前，段二娥微笑着说，“金龙你向后退三步，然后把烛台正对着我手里的河洛箱！”

金龙点了点头，向后退了三步靠近门口，只见随着金龙一步步地后退，在他对面的墙上出现了一个巨大的黑影，而且他越是向后退那个黑影越大，金龙惊喜地笑道：“姐姐，我看到了！”

随着那黑影不断地放大，隐约可以看到黑影的一面似乎有一个小小的缺口。段二娥放下手中的盒子，然后招手将金龙唤到近前，对着蜡烛一看，这一面正好是河图，不禁欣喜地笑道：“这个盒子是河洛箱里的河箱！”

燕鹰此时手中依旧握着那块木板却怎么也想不明白，为什么中间隔着一块木板，竟还能看到木板后面那个清晰的黑影。

“太神奇了！”燕鹰啧啧称赞道，“没想到你们老祖宗还有这般本事啊！”

“这算什么啊！这河洛箱机关的设置才算得上是精妙，不过一时之间我也打不开！”段二娥一脸窘相道，“总是觉得哪里不对！”

“应该是口诀不对！”一个声音从门外传来，接着房门被推开了，走进一个中年汉子，他肤色偏黑，脸上线条刚毅。

“冯师傅！”燕鹰和段二娥异口同声地说道。

来人正是冯万春，他大跨步走进房间顺势将房门关上，拿起桌子上的河箱道：“我小时候就听父亲曾经提到过，这五系驱虫师之中以这金系驱虫师机关之术最为厉害，而这最为精妙的便数这河洛箱了。”

“哦？您知道河洛箱？”段二娥见冯万春轻轻抚摸着那河箱道。

“只是听说过一些，后来也曾在金无偿师父那里见到过。”冯万春望着河洛箱道，“这河洛箱的开启之术只有金系的两个弟子知道，别人即便是听到也是学不会的！”

“嗯。”段二娥点了点头，“爷爷曾经说河洛箱是依据河图和洛书，经过前辈先人多年研究制成的，这上面的黑白圆圈便是启动的开关。要按照口诀依据五行方位以及所对应音律轻轻叩击才会打开，如果稍有失误便会喷出毒针置人死命！”

“是啊！”冯万春叹了口气。

“段姑娘，你这么聪明怎么会忘记了口诀呢？”燕鹰稍有埋怨地说道。

“其实口诀我倒是记得，只是你有所不知，爷爷说这河洛箱的开启口诀是会随着节气和星象的变化而变化的，这变化足有上千种之多，他所传授给我的也只是其中最基本的口诀。”段二娥的话让燕鹰越听越糊涂。

“好了，先不说这个了。”冯万春放下手中的河箱问道，“这个孩子是……”

“恐怕是金家的后人，只是不知道他父母是谁！”说完燕鹰指了指挂在金龙脖子上的明鬼，冯万春盯着那只明鬼点了点头。“那就让他和我们一起去河南吧，也许金无偿能揭开这个孩子的身世之谜吧！”冯万春说完站起身来，“你们也早些休息吧，明天早晨我们启程去河南！”

燕鹰和段二娥两人双双点头。这一夜金龙一直睡在段二娥房中，他安详地享受着段二娥怀里的温暖。

艳阳高照，段二娥帮金龙洗了脸之后来到隔壁的燕鹰门前，轻轻在门上叩击了两声，内中无人回应，正在这时小二在下面喊道：“姑娘，那位客官今晨已经离开了！”

“啊？”段二娥一脸诧异地望着楼下的小二。

“他给你留了一封信！”说着小二从柜台下面拿出一封信小跑着来到段二娥身边，将一个信封递给段二娥，“那位客官天刚亮就起来离开了！”

段二娥微微点头，一面拆信一面向自己的房间走去。信上的内容很简单：段姑娘，我要去处理一些事情，安阳见！段二娥拿着那封信推开了冯万春的房门，冯万春看完信不禁狠狠地敲了一下桌子道："燕鹰没有说他要做什么去吗？"

段二娥皱着眉头想了想，忽然一个危险的念头闪过她的脑海："他会不会回到了将军圃？"

这话一出口冯万春不禁狐疑道："回将军圃？"

"嗯，我们就是在那里遇到金龙的！"段二娥说到这里脸色已经微变。

冯万春越听越糊涂，拉着段二娥道："你倒是详细说说你们在将军圃究竟发生了什么事情？"

段二娥咬了咬嘴唇将巧遇金龙爷孙二人，一直到金龙爷爷惨死，前后详细陈说了一遍，冯万春一面听一面皱着眉头，当他听完之后自顾自地在房间中踱了两圈忽然止住脚步，"啪"一下狠狠地拍了一下桌子道："不好……"

一阵疾驰的马蹄声从路边的小径传来，落在草窝中的蟋蟀被马蹄扬起的一块石子击落在地，幸好未伤及要害，立刻一蹦一跳地钻进了更深的荒草中。马上的少年神色平静，呼吸均匀，双腿夹着马肚一路狂奔。

其实燕鹰心里始终放不下的，便是自己的鲁莽害死了金龙的爷爷，如果不是为了护送段二娥和金龙二人，他当时便去找那些小鬼子为金龙的爷爷报仇了，现在终于找到了冯万春，燕鹰也算是松了一口气。他一夜未睡，天刚蒙蒙亮便起身离开了。

待段二娥早上敲他房门的时候他早已经到了数十里之外了，燕鹰快马加鞭地向将军圃的方向而去，路上只是稍微歇息了一下，所谓歇息也只是吃了几口干粮喝了几口水而已。当他来到将军圃附近的时候已经接近傍晚，西面飞霞满天，如同火烧一般。燕鹰止住马，从马背上跃下走到大树前轻轻抚摸着粗壮的树干，也正是在此处他们与金龙爷孙邂逅。

燕鹰的脑海中又回想起那晚将军圃所见的一幕，坍塌的房子里躺着数十具烧焦的尸体，其中不乏妇女和孩子，燕鹰似乎隐约听到他们在烈火之中的哭泣和哀号声，而鼻子里仿佛又闻到那股浓重的尸体烧焦的味道，他胃里不禁一阵剧烈地痉挛。

他狠狠咬着牙，一拳重重地打在树上，接着又骑上马猛地夹了一下马肚，那匹马长嘶一声向将军圃飞奔而来。这一路上燕鹰心中一直在忖度那伙土匪和日本人的来历，思前想后却始终理不出个头绪来，便只得再返将军圃。他记得那群土匪曾在将军圃留下两匹马，而那皮猴的鼻子极灵，想必可以嗅着那马鞍上的味道找到那群土匪的老巢的。

想到这里他又夹了一下马肚，此处距离将军圃不过十余里，那匹马飞奔而至，远远地依稀可以看到将军圃低矮的民房，只是此时的将军圃早已经物是人非了。燕鹰骑着马缓缓前行，忽然一束火光从将军圃升起，燕鹰立刻止住了马，只见那火光只是亮了一下便立刻熄灭了。他心中暗自庆幸，难道将军圃中尚有幸存者？他刚要拍马前行不禁又犹豫了起来，当天晚上他趁着金龙睡熟之时找遍了将军圃，不要说人，即便是牲畜也被日本人杀死了。这火光……

燕鹰将马拴在道路一旁的树下，摸了摸腰间的短刀趁着月色悄悄潜入将军圃。这空山幽谷此时静悄悄的，只有夏虫不厌其烦地鸣叫着，更显幽静。燕鹰一路小跑而来，他伏在圃子旁边的荒草丛中观察着周围的动静，忽然又是一道火光从墙角的方向而来，忽明忽暗，犹如萤火虫一般。

“啪！”声音不大，却很清脆，只见那明明灭灭的火光立时掉在了地上，“谁他妈让你抽烟的！”一个汉子轻声说道。

“嘿嘿，实在忍不住了叼一根！”另外一个人答道。

“告诉你们，都他妈小心着点儿。”刚刚那汉子声调稍微提高了一点说道，“老大说那臭小子知道老头子死了肯定会回来找咱们报复的，咱们就给他来个瓮中捉鳖！”

“可是……那小子会招那怪物啊！”一个声音忧心忡忡道，“咱们这几个人还不够给那几个怪物塞牙缝的，这不是摆明了让咱们送死吗？”

“你懂个屁。”那汉子怒骂道，“你看见那小子手里的哨子没有，那些日本人说只要不让那小子吹哨子怪物就不会来，而且……咱们还有秘密武器！”

另外几个人恍然大悟般地“哦”了一声。

燕鹰虽然隔着十几米却听得清楚，他恨得牙齿咯咯作响，心道如果就这几个人不用召唤皮猴想必也能摆平，只是却不知道他口中所谓的秘密武器究竟指的是什么，管不得那么多了，先制服这几个人再问出那些日本人和刀疤脸的下落再说。这样想着他蹑手蹑脚地摸到那几个人身后的巷子中，屏住呼吸小心翼翼抽出腰间的短刀，又在地上摸了摸，捡起一块石子轻轻向自己身后掷去，那石子不偏不倚正打在一旁的树上，发出“啪”的一声。

“谁？”几个土匪警觉地站起身向四周望去。

“刚刚你们有没有听到动静？”刚才说话的那个土匪问道，“你！去看看！”

“我？”虽然燕鹰看不见他们的表情，但不难猜测出那个土匪吃惊的样子，“咱们一起过去看看吧！”

“他妈的，让你去就去，怎么那么多废话啊。要是个大姑娘你不是比谁跑得都快吗？”这句话引得一旁的人一片小声哄笑。

“去就去，说不定还真是个小媳妇呢！”那个人一面站起身扛好枪一面道，“到时候你们可别和我抢……”

那个人转过墙角向前面望了望，只看到一棵大树，正要扭头忽然嘴被人捂住，脖子一凉，像是一片雪花从脖颈掠过，接着汩汩的鲜血从脖子中喷涌而出，想要叫可是嘴被人捂得严严实实的，一会儿工夫便无力地倒在了地上。

燕鹰将那人小心地拖进一旁的草丛，又来到转角处守好。

过了片刻他们始终未见那个土匪回来，领头的那个道：“他妈的这小子究竟做什么去了？这么久也不见回来！”

“说不定是真的遇见大姑娘，自己在那里享受呢！”另外一个起哄道。

“可不是嘛，现在这年头兵荒马乱的见到个娘们儿不容易，不行，不能让这小子吃了独食，我去瞧瞧！”刚刚起哄的那个站起身将枪放在地上，大大咧咧地向那边走去，刚一转过拐角便被燕鹰一刀致命。

又过了一会儿，那领头的见这两人都没回来，心中疑虑顿生：“不好，他们可能出事了，走，咱们过去看看！”

他这话刚一出口便见一个黑影从拐角处走出，那黑影低着头右手握着一把短刀，几个土匪你看看我，我看看你，都咽了咽口水。正要动手只听一阵奇怪的笛声从那黑影口中传出，原来燕鹰出来之时早已将那笛子含在口中了。

笛声毕，燕鹰趁那几人还未反应过来，一个脚步冲上前去，手中短刀顺势抵住最前面那人的脖子，白光一闪，接着短刀已经迫近到第二人的面前，那人连忙闪身向后退，同时胡乱开了一枪，那枪声在空山之中回荡，余下两人早已是吓得屁滚尿流，燕鹰见那两人向两旁而去亦不追逐。正在此时他的耳边又传来一阵笛声，这声音与自己的笛声相似，却显得有些尖锐。

燕鹰一愣，他依稀记得爷爷多年前曾经和他说过，这火系驱虫师数百年前便分成两派，一派是住在新疆“火焰山”附近的欧阳家，另外一派则远走日本，最后定居在富士山附近。虽然两家人都会操纵皮猴，但欧阳家族主要强调自身的修养，皮猴作为辅助，而日本那支则更强调皮猴的控制，因而他们手中的皮猴相对体格更健壮，也更生猛。只是燕鹰却从未见过，在他犹豫间那笛声已经停歇，而奎娘带着另外两只皮猴也咆哮着赶到了燕鹰身边。

奎娘一如既往地伸出火红色的舌头，在燕鹰的手背上轻轻舔着，接着后面的两只皮猴也重复着奎娘的动作。而就在此时，山野间又传来了一阵皮猴的咆哮声，那声音越来越近，似是正向他们的方向而来。奎娘似乎已经察觉到危险的迫近，挡在燕鹰前面，小脑袋上的那双大眼睛圆瞪着正前方。

那声音在快要接近燕鹰附近的时候忽然消失，几只皮猴分三面将燕鹰围在正中间，忽然一个黑影从对面的房顶上猛冲下来，直奔站在燕鹰前面的奎娘，奎娘毫不示弱，双脚蹬地一跃而起与那黑影搅成一团。

直到此刻燕鹰才看清那黑影是一只皮猴，不过比奎娘足足高出一头，身体呈青褐色，獠牙粗大尖锐。它的一只爪子已经深深嵌入奎娘的左肩，奎娘吃痛低吟一声，张开嘴向那只皮猴咬去，那皮猴的反应极其灵敏，脑袋一偏，双腿蹬在奎娘腹部，一下子弹到数米之外，奎娘的身体重重摔在燕鹰面前。

燕鹰长到现在还是第一次见到奎娘被打败，他心疼地望着奎娘，刚要上前，谁知又从左右两侧跳出两只皮猴，与刚刚那只相似，只是体型稍小一点。

它们几乎是同时从左右两侧发动了攻击，来势汹汹。一直护在燕鹰身边的两只皮猴毫不畏惧，迎敌而上，在燕鹰身边混战起来。

虽然那两只皮猴比燕鹰的皮猴相对强壮，但一时之间也并未占上风，只见身边黑影晃动，早已分不清究竟谁是谁了。燕鹰迈步走到奎娘身边，它左肩受了重创，鲜血汩汩地从伤口中流淌出来，发出淡淡的腥臭味。

奎娘一双大眼睛圆瞪着燕鹰，十分爱怜。这皮猴是母系群居动物，与蚂蚁极为相似，一个种群之中只有一只母性皮猴，其繁殖期非常长，每三年一次，每次都在深冬季节。因为皮猴身上无毛，如果在寒冷之地很容易被冻死，因此一直生活在炎热的沙丘地带。皮猴一胎多子，但只能活下三个，其他的不是饿死，就是被同胞兄弟活活咬死。这是因为皮猴身上只有三个乳头，且皮猴从小领地感极强，一旦咬住其中一个乳头便不允许其他兄弟再吃，否则便是一场残杀。

所生之子全部为雄性皮猴，更为奇特的是，如果其种群之中的母性皮猴暴亡，不久之后便会有雄性皮猴变成母性皮猴。这便保证其种族可以绵延不断。

这奎娘比燕鹰年纪还大，算得上是燕鹰的长辈，平日便一直保护着燕鹰。而如今……燕鹰伸出手，奎娘伸出舌头轻轻地舔着，像是受到了极大的安慰。忽然眼前的那只皮猴一跃而起直奔燕鹰而来，燕鹰怒不可遏，刚抽出短刀那皮猴便已经追到面前，他顿时觉得手臂一阵发麻，手中的短刀落在地上。那只皮猴立刻伸出爪子向燕鹰面部而来，燕鹰见无路可退，心中一阵绝望，不想自己今天竟会死在这皮猴手中。

谁知那爪子刚刚碰到燕鹰的脸，那皮猴小小的脑袋上竟然伸出一只爪子，它的身体微微颤抖了两下，指着燕鹰的爪子无力地垂了下去。原来刚刚奎娘趁着那只皮猴不注意的时候忽然发起攻击，用尽全力将爪子插进了那只皮猴的脑袋。

燕鹰一见得救心中大喜，谁知另外两队混战在一起的皮猴之中，忽然伸出一只爪子直刺奎娘的胸口，奎娘狂吼一声，血液便从它的胸口喷了出来。燕鹰弓下身子以迅雷不及掩耳之势捡起地上的短刀，用力一挥，将那只皮猴尚在奎娘胸口中的手臂切断。奎娘这才重重地摔在地上。

燕鹰丢下手中的短刀扑在奎娘身上，奎娘身体剧烈地颤抖着，一双大爪子在燕鹰身上轻轻地抚摸着，努力地张开嘴，吐出火红的舌头向外伸了伸，燕鹰连忙递过手背，奎娘用力伸了伸舌头，身体忽然停止了抽搐。

“回来！”正在这时在燕鹰对面出现了三个穿着中山装的男人，看样子都是二十几岁，其中一个男人高吼一声之后，两只皮猴立刻脱离了战斗，回到他们身边。

“你们……”燕鹰站起身来，他的两只皮猴虽然不落下风但也是伤痕累累，而对面的两只一只失去了一条胳膊，另外一只也受了重伤。

“你叫欧阳燕鹰对吗？”其中一个日本人操着一口并不流利的汉语说道，“我们找你很久了！”

“去你妈的小日本！”说着燕鹰便向前冲了过来，谁知刚走了两步自己的身体便像是被吸住了一样一点点下沉，他曾经见过这种驱虫术，只见自己脚下的地面开始下沉，身体随着向下滑动，他连忙扭过头道：“回去！”

那两只皮猴对视了一下，然后抱起奎娘的尸体三跳两跳便离开了，燕鹰微微闭上眼睛，他数日之前见过这种虫术的厉害，这陷阱是土系驱虫师用一种名叫蚁狮的蚂蚁制造出来的，不要说人，即便是马进入其中也会被蚁狮啃成白骨的。

脚下的陷阱越来越大，越来越深，他的身体完全没入到陷阱之中，已经无法呼吸了，渐渐地眼前陷入了一片漆黑。

“啊？”段二娥吃惊地望着冯万春道，“不……不会那么严重吧？”

“十有八九。”冯万春叹了口气说道，“燕鹰现在去就等于自投罗网，他们知道你们肯定会回去报复，一定已经张开网在等着你们了！”

“那怎么办？”段二娥悔恨地咬着嘴唇。

“你和金龙在这里再住一天，我这就去寻燕鹰，希望能追得上他！”说完冯万春拿起帽子走出了屋子。

一会儿的工夫冯万春就骑着快马离开了客栈，段二娥手把窗棂暗自祈祷燕鹰千万不要出事。

“嘿嘿，太君，我就说这小子肯定会来的！”燕鹰觉得脑袋一阵阵地疼痛，幽幽地睁开眼睛，眼前的光线很亮，似乎还有几根黑色的柱子，在那柱子外面晃动着几个人影，又是一阵剧烈的痛感传来，燕鹰缓缓地闭上了眼睛。

“他刚刚是不是醒了？”那个日本翻译自从队长被金龙爷爷杀死之后，便暂时代替队长发号施令，本来他已将刀疤脸押解回来，后来刀疤脸出了个主意，瓮中捉鳖，日本翻译这才饶了他一命，这次他见燕鹰已经被擒获，原本悬着的一颗心总算是落了地，心想这日本人以后应该不会迁怒于他了。

“没……没有吧……”刀疤脸看了一眼监牢中道。此监牢位于距离将军圃二十几里之外的一个小据点。

“你们……”那个日本翻译对旁边的两个日本兵说道，“把他抬到我的房间去！”

两个日本兵“哈依”了一声，打开牢门一前一后进去将燕鹰抬了出去。这让刀疤脸大为不解，却又不敢开口问，过了一会儿说道：“太君，我可以走了吗？”

“还不行……”那日本翻译摇了摇头道，“你……留下来帮我！”说完那个日本翻译自顾自地向自己的房间走去，刀疤脸站在后面小声咒骂着却也没有办法。

燕鹰再次醒过来的时候发现自己正躺在一张床上，环顾四周，在他一旁是一张桌子，桌子的后面挂着“膏药旗”，还有一口日本军刀。他撑着身子爬起来，觉得浑身酸痛，正在这时一个日本军人推开房门，端来一些酒菜放在燕鹰对面的桌子上，然后向他行了个礼便退了出去。

燕鹰心里好生奇怪，这些小日本是不是吃错药了。燕鹰下了地，他不知此时已经是第二天的中午了，整个人都已经饿得饥肠辘辘，看着桌子上的饭菜也不管三七二十一了，狼吞虎咽地吃了下去，酒足饭饱之后燕鹰又坐回到床上。

片刻后那个日本军人推门走了进来，看到杯盘狼藉的桌面，微微笑了笑。将碗碟收拾好，正要离开却被燕鹰叫住：“嘿，你……你们准备什么时候动手？要动就快点，爷爷我已经等不及了！”

那日本军人行了个礼退了出去，燕鹰嘴里咒骂着趴在床上。正在这时他的耳边隐隐传来一阵轰鸣声，燕鹰从床上爬起来向外望去，只见两辆黑色轿车正缓缓驶入，那轿车的后面跟着两辆大卡车，车上站着几十个荷枪实弹的日本兵。车子停下之后那些日本兵纷纷从车子上跳下来排成两排。燕鹰不禁有些好笑，心想，娘的，杀我用不着这种阵势吧！

想到死他还真是有一点怕，他忽然想起了姐姐，想起了母亲，他拿出一只揣在怀里的明鬼，放在掌心轻轻摩挲着，“明鬼啊明鬼，恐怕我这辈子都不能再用你了！”燕鹰说到这里轻轻在明鬼身上叩击了几下，谁知那明鬼竟然一下从他的手中跳了出去，直接跃出窗口。

这明鬼燕鹰一直视若珍宝，见它竟然从窗口跳了出去，如果不是窗子上有护栏，他恨不得也随着明鬼一起跳出去，他忙冲到门口，但是那门已经被日本人从外面反锁上了。

轿车的车门被那个日本翻译殷勤地打开了，一个三四十岁的中年女人从内中缓步走出，刚迈出一步只见一个黑点从上面飞下来，中年女人向后退了一步，只见那物事落在地上发出“啪”的一声轻响瞬间裂成了两半，她身后的保镖连忙走了过来，她挥了挥手。

那日本翻译弓下身子刚要捡那物事，谁知女人却轻喝一声：“慢……”她看着地上被摔裂的翠绿色有些像蟋蟀的明鬼，弓下身子将那两半碎片小心翼翼地拾起，放在手绢中，然后道：“他在哪里？”

“在佐藤队长的房间里！”日本翻译毕恭毕敬地说道。

“我要先见见他！”女人说完跨步向面前的三层楼里走去，剩下日本翻译和随从面面相觑，虽然他们早些时候便接到了电话，要好好对待那个会操纵皮猴的少年，还特意让几个人先行到此帮他们，却始终猜不透这上峰究竟在想什么。不过见那中年女人走了过去也颇为无奈地跟在后面。

刚上楼梯便听到楼上传来了一阵剧烈的撞门声，那中年女人停了一下便快步向楼上走去，后面的人紧跟其后，来到三楼佐藤小队长的房门口，那敲门的动静更大了。

“他妈的小日本快点开门让老子出去。”里面的人大吼着说道。

女人站在门口沉吟片刻，扭过头问道：“房间钥匙呢？”

日本翻译连忙从守卫手里接过钥匙，递给了那名中年女子，她接过钥匙犹豫了一下将钥匙插进了插孔，里面的人似乎察觉到有人在开门停止了吵闹，女人的手轻轻转动了一下，只听“咔嚓”一声，里面的人立刻将门拉开，一个箭步从门口冲了出来，推开站在一旁的女人便向外冲，却被几个日本兵拦住了。

“都他妈的让开，让老子下去！”燕鹰大骂着。

“天惶惶，地惶惶，我家有个夜哭郎……”那女人轻声说道。燕鹰听到那声音停止了动作，将头压得极低：“路过行人念三遍，一觉睡到大天亮……”燕鹰一面默念，一面淌下一行热泪。

女人走到燕鹰身后轻轻拍了拍他，燕鹰转过身见女人手中托着那已经裂成两半的明鬼，他抬起头注视着眼前的女人。周围的人都用一种好奇而惊讶的眼神望着这青年还有那四十岁左右的中年女子。

七 土匪帮，雾锁凤吊山

山高林密，水汽缭绕，落在草叶上形成一颗颗露珠，沉甸甸的。三匹马从旁急驰而过，那露珠受到震颤滚落在地。

“潘哥哥，怎么了？”燕云骑在马上一面揉着眼睛一面问道，“怎么忽然要趁夜离开客栈啊？”

“我刚刚回去的时候见那掌柜骑着马偷偷摸摸离开了客栈，想必是去找人了。”潘俊说着让那马放慢了速度。

“潘哥哥什么时候胆子小起来了！”燕云满不在乎地说道，“区区几个毛贼咱们三个还对付不了啊？”

潘俊微微一笑并未回答，骑着马继续前行，其实他倒真的是有些怕，尤其是看到子午的那封信便更迫不及待地想赶在冯万春等人之前到达安阳，否则……他不敢想下去，也许不会那么糟，子午信中所写不过也是猜测而已。不管怎么样还是先赶到安阳吧！

想到此处潘俊轻轻在马背上拍了一下，那马便狂奔了起来。燕云此时也来了精神，赶上潘俊道：“潘哥哥咱们赛赛谁跑得快！”说完燕云吹了一声口哨，飞鸿长嘶一声，扬起如钵盂大小的前蹄在地上猛蹬一下便向前狂奔而去。待潘俊想要止住燕云之时，她早已经奔出二三里了。

时淼淼拍马上来与潘俊并驾齐驱：“你是不是有什么心事？”

“嗯？”潘俊放慢速度盯着时淼淼。

“那天在胭脂阁你高烧不止的时候，曾经一直不停地在喊着一个人的名字！”时淼淼说到这里望了潘俊一眼，却见他的表情未有丝毫变化。

“那……应该是个女人吧？”时淼淼顿了顿说道。潘俊长叹了一口气依旧没有说话，时淼淼接着说道，“我想今天你起初听到掌柜所说的话，就已经猜到他口中那个骇人听闻的故事，说的就是诱虫术了吧，据我所知诱虫术是只有木系家族才有的闭门之术，想必便是因为这样你才决定留下静观其变吧！”

“唉！”潘俊长叹了一口气说道，“时姑娘果然聪明。”

“你这话不像是在夸我。”时淼淼顿了顿轻咬嘴唇脸上掠过一丝羞涩道，“她……对你很重要吧？”

潘俊紧紧握住缰绳，脸上露出一丝痛苦的表情，那双幽怨哀伤的眼睛再次浮现在他脑海深处。

“咱们快点赶路吧！”

潘俊的话音刚落，只听密林深处传来一个汉子的吼声。

“你们走不了了！”汉子的话掷地有声。接着两旁的树林骚乱了起来，马蹄声，嘶鸣声，受惊的飞鸟惊叫着从密林深处腾空而起，潘俊和时淼淼四顾而视，黑乎乎的树林中有数十个身影不停地晃动着。

片刻之间十几匹马，三十几个人已经将潘俊和时淼淼围在了中间，他们外形彪悍，手中的武器也各式各样，王八盒子，三八步枪，洋炮，甚至还有人手中提着大刀。而为首的则是一个三十五六岁，个子不足五尺，光头的油面胖子，他端着手中的枪指着潘俊道：“你小子今儿哪儿也去不了了！”

“呵呵！”时淼淼瞥了这群人一眼，手轻轻按在三千尺上，“我们想走，任凭你们拦得住吗？”

那土匪头子见说话的是个女子，用枪口搔了搔头，伸长脖子细细观察了时淼淼一番道："嘿，今天还真来着了，这小娘们儿长得真是俊俏啊！"

"当家的，那就抢回去做个小！"一旁马上的一个小头目道。

"去去去……"土匪头子瞪了那个头目一眼道，"这……得做大！"他色眯眯地望着时淼淼说道。

他的话音刚落，只见时淼淼的手轻轻一抖，一道白光闪过，三千尺已经从她的袖口抖出，那土匪头子按说也算是个眼疾手快的人，心知不好连忙低下头，只听耳边"嗖"的一声，再回头看，身后那个骑在马上的头目胸口正在喷血。

他咽了咽口水："等等等等……那……那小妞，你懂不懂江湖规矩，话刚说到一半你就动起手来了！"时淼淼听见这话心中不免有些好笑，这土匪打家劫舍竟然在此讲起规矩来了。

那土匪见时淼淼将手按在马上，才一面回头一面直起身子："那个……把人给我带上来！"

不一会儿工夫两个土匪押着燕云从前面缓缓走来，潘俊心里有些后悔，燕云为了和自己一起走，已经将召唤皮猴的笛子放在自己这里了，否则的话凭借着那些皮猴这几个土匪算得了什么。但见燕云似乎并未受伤，心里才总算是稍微好受了一些。

在燕云的身后那个朋来客栈的掌柜的也骑着马跟了过来："老大，就是他们三个！"

"那……那马呢？"土匪头子见他们只把燕云押了过来便问道。

"这小蹄子见中了我们的埋伏就吹了一声口哨，那匹马跑得太快我们追了半天也没追上。"胖掌柜解释着。

"废物……"土匪头子暗骂道，"这丫头是你们的人吧？"

潘俊点了点头："不知当家的想要些什么？"

那土匪头子摸着脑袋想了想，又将潘俊一行人上下打量了一番道："这年头出来都是为了混口饭吃，不过……"

正在这时土匪头子身边的一个人和他耳语了几句，只见那土匪头子一愣，吸了一口冷气道："嘿，你这么一说我看着倒还真像啊！"

"是啊，当家的！"这两个土匪小声嘀咕着，虽然听得不算完整但隐约也能听到一些。那人在他耳边说完，土匪头子清了清嗓子，谨慎地瞥了时淼淼一眼，见她的手始终紧握着缰绳，这才说道："要不然这样吧，你们和我上山住两天如何？"

"上山？"潘俊知道这上山便是绑票，但他们并不知道自己的来历，为何要来这一手呢？

"怎么样？"土匪头子见潘俊思忖半刻，有些不耐烦地问道。

"如果我们不去呢？"时淼淼神色镇定，语气冰冷地说道。

那土匪头子听到时淼淼的话，下意识地低了一下头："嘿嘿，这位姑娘，虽然我不知道你用的是什么暗器，不过我们也不是吃素的。"他扭过头对身后一个高瘦的土匪道，"炮头，让他们也见识见识！"

他的话音刚落，只见那个炮头猛然抽出腰间配枪向天空鸣放两枪，枪声在这山谷之中显得格外响亮，惊魂甫定的飞鸟再次被惊起，扑腾着从草窝间腾空而起，只见那炮头扬起手中配枪又是"啪啪啪"连着三枪，三只飞鸟应声落在了地上。

这动作一气呵成之后，他将枪瞄准了燕云的脑袋。潘俊和时淼淼都未想到这土匪堆里会有这样的神枪手，也是一惊。

"这回你看呢？"土匪头子扬扬得意道，"您是跟着我们走，还是让这小丫头魂归西天，就看您的决定了！"

燕云两腮气得鼓鼓的，心想如果那笛子在的话，顷刻之间就让你们这群人见鬼去。但此时此刻却也无能为力。

"好！"潘俊长出一口气道，"我随你们去，不过你要先放了她们两个！"

"潘俊！"

"潘哥哥！"

燕云和时淼淼简直不敢相信自己的耳朵，不禁异口同声地说道。只见潘俊微微摇了摇头，这两人心想潘俊心中一定是有了打算。

那土匪头子又搔了搔脑袋道："人我是可以放了，不过……要等你先跟我进了山寨再说！"这土匪头子早已经吃过了时淼淼的苦头，所以绝不敢轻举妄动。

"呵呵！"潘俊微微笑了笑。

谁知正在此时一个喽啰骑着一匹快马从对面飞奔而来，他一脸血污，见到那土匪头子便结结巴巴地说道："当……当家的，不好了……小……小日本趁着刚刚咱们不在，偷袭了山寨，现在……现在正向这边来了！"

"你他妈说什么？"那土匪头子一听日本人抢占了山寨，立刻揪住那喽啰的领子道，"日本人偷袭了山寨？那咱们那几十口呢？"

"他们……死的死逃的逃了！"那喽啰也就十七八岁的样子，此时更是泪流满面。

"不可能，绝不可能，咱们刚刚出来不到一个时辰，山寨地势险要，日本人绝不可能在这么短的时间内就抢了山寨。"那土匪头子说到这里，一把将喽啰丢在地上，掏出腰间的配枪，"你再他妈的敢胡说八道老子毙了你！"

那喽啰被土匪头子推了一个倒栽葱，立刻爬起身来道："是真的当家的，是真的！"

"你他妈再敢胡说，这里距山寨不过十余里，难道鬼子用的都是他妈的无声枪吗？这么近一点动静都没有听到？"土匪头子已经拉开了保险。

"他们是从后山爬上山寨的，还没等我们反应过来，家里剩下那几十号人的枪就已经被缴了！"喽啰哭诉着，"他们缴了所有人的枪之后便将山寨所有的人都捆绑了起来……接着……接着……"他说到这里脸上露出极度恐惧的神情。

"你他妈的倒是说啊！"土匪头子急忙催促道。

"他们……他们都是恶鬼！"喽啰大号着，"他们把所有人都绑起来，然后用刺刀在那些人身上乱戳，乱戳！"

土匪头子顿时觉得眼前一阵天旋地转。"你是说山寨里所有的人吗？"这次说话的是另外一个头目。

"是……"喽啰喘息着，"女人和孩子，还有那十几号兄弟都被他们用刺刀捅死了！"

“你呢？那你怎么没死？”土匪头子从马上跳下来狠狠拉住那喽啰的领子道，“怎么就你一个人逃出来了？”

“我……我是趁乱从寨子里摸出来的！”那喽啰说完像是泄了气的皮球一般倒在了地上。

“他们有多少人？”土匪头子问道。

“少说也有一百多人！一半的人从后山爬上来，还有一半的人是寨门打开之后从前面进去的！”喽啰有些急切地说，“他们现在正在向这边来！”

“当家的，咱们怎么办？”另外一个头目询问道。

“杀回去！”

“杀回去！”

未等这土匪头子开口，身后数十个土匪便举着枪高喊道，其中一个嗓门大的喊道：“当家的，以前咱们和小日本算是井水不犯河水，现在这群狗日的已经打上门了，咱兄弟不愿意做缩头乌龟！”

“是啊！杀回去！”这群土匪听说老巢被端了，群情激奋，恨不得立刻杀回去与小鬼子血拼。

“他妈的，老子豁出去了。”那土匪头子狠狠啐了口唾沫说道，“都给老子上马，咱们会会这群小鬼子去！”说完之后他先跳上了马，虽然这土匪头子个子不算高，但动作倒是利落。

谁知上了马刚拨转马身却被潘俊一把拉住了，那土匪头子挣了两挣，发现对方臂力甚大，立刻扭过头怒目相视：“你他妈干什么？”

“你觉得就凭你们这几十个人，能打得过那群日本人吗？”潘俊紧紧抓着那个土匪头子说道，“他们既然攻打你们的山寨，而且向这个方向而来，必定事先做了周密的准备，你们现在回去那不等于是自投罗网吗？”

那土匪头子一愣，又用力地挣开潘俊的手：“老窝被人家烧了，还不吭不响连个屁都不敢放，那以后还怎么在这地界混啊，说出去都让人笑话！”

“呵呵，难道你的面子比你这些兄弟的命都重要吗？”时淼淼冷笑着说道。

“你个娘们儿懂什么？”一个喽啰瞥了时淼淼一眼说，谁知他的话音刚落，时淼淼的手微微一抖，一根三千尺从衣袖中抖出紧紧地“粘”在那喽啰的步枪上，紧接着“咔嚓”一声，那步枪的枪筒和枪身已经裂成了两半。喽啰一惊之下将损枪丢在了地上，这一幕让在场的人都是一惊，没想到这美艳的女子出手竟然如此之快。

土匪头子咽了咽口水，正在思忖的时候，旁边一个人说道：“当家的，这位先生说的也有几分道理啊，君子报仇十年不晚，咱们这样去真的白白送死了，那以后想报仇也没机会了！”

土匪头子再次上下打量了一次眼前这个二十几岁的年轻人，微微点了点头：“那你说我们现在怎么办？”

“避其锋芒！”潘俊一字一句地说道。

一会儿工夫潘俊与这一干土匪已经行至朋来客栈附近，时淼淼与燕云同乘一骑。直到此时潘俊才知道那土匪头子号称钻地龙，名吴尊，刚刚用枪的那人是山上的炮头。这土匪一般有所谓“四梁八柱”，四梁分为内四梁和外四梁，合称八柱。这炮头便属于这内四梁之一，主要执行家法，首要条件便是“管直”（枪法准）。

这一路上吴尊始终时不时地盯着时淼淼看，似是唯恐她什么时候心情不悦，忽然抽出那袖中藏着的暗器一般。谁知他们刚刚透过迷雾隐约看到那朋来客栈，便看到客栈门口出现了二十几个黑影。

“等等！”吴尊忽然喊道，“你们看看前面那些是不是日本人？”

他的话音刚落似乎前面那些人也发现了不远处的他们，未等吴尊回答耳边便听到一声枪响，只是那人的枪法实在欠些火候。

“他妈的，这群小日本也忒嚣张了！”虽然那一枪并未伤及任何人，但是吴尊依然掏出配枪道，“兄弟们，下马准备，现在咱们是被这群小日本围住了，左右是个死，那就他妈死得爷们儿点！”

本来这群土匪也窝了一肚子的火，一听前面是日本人哪里还管它三七二十一，纷纷下马将枪上膛，匍匐在地开始拼命向对方发起了攻击。对面的人当然也毫不示弱，一瞬间枪声四起，在这狭长的山谷中此起彼伏。一些原本投宿在朋来客栈之中的客商均被这突如其来的枪声惊醒，慌不择路地从后门奔出，也顾不上货物仓皇逃命去了。

潘俊、时淼淼、欧阳燕云伏在吴尊旁边，潘俊一直有些不解，这一路行来从未遇见日本人的据点，这些日本人怎么会忽然出现在朋来客栈呢？

正在这时他们身后也传来了一身枪声，那枪声之中还夹杂着马蹄声，这声音快速地接近。

“当家的，咱们被前后夹击了！”一个喽啰附在吴尊耳边焦急地说道。

“他妈的，兄弟们给我冲！”吴尊虽然身材矮小，但此时脸上却颇有几分英雄之气，他拉住马一纵身跳了上去。此时东方刚刚现出鱼肚白，而原本弥漫在眼前的浓雾也渐渐消散，吴尊终于看清了对面那二十几人的样子，他连忙命令手下停手大喊道：“对面是什么人？”

对面的人似乎也发现他们面前的这群人有些怪异，止住了枪，“你们是哪个部分的？”喊话的是一个中年男人，吴尊一听这声音眼前一亮，不禁大笑着说道：“孙队长，我是吴尊！”

这话一出口，对面原本匍匐在地的一个人站了起来，他穿着一身民国军官的衣服道：“吴当家的！”

吴尊这时也站起身来，其他的土匪随着吴尊纷纷站起，均是松了一口气跟着他向朋来客栈走去。

两人一见面不禁叹道这真是大水冲了龙王庙啊，只是那孙队长打量了潘俊一行人一眼，有些奇怪，问道:“您是……”

这话还未说完只听他们身后又传来了几声枪响，枪声是从他们后面而来。孙队长惊异地望着吴尊道：“后面还有人？”

“是鬼子！”吴尊扭过头。此时已经隐约可以看到，一大队鬼子兵正在向这个方向疾奔而来，前面是鬼子的骑兵，粗略估计也不下四五十人，后面还有一大群鬼子的步兵。距离此处不过数百米而已。

吴尊手下不过三十几人，而孙队长手下也不过十余人而已，这一群人在鬼子面前明显有些势单力孤，那些鬼子快速向这边行进，想要逃脱似是已经不可能了，潘俊忽然说道：“先让所有人都进客栈！”

吴尊与孙队长对视一下，均点了点头，立刻下令所有人下马冲进了客栈。此时的客栈早已人去楼空，胆小的商人们早已被起初的几声枪响吓得魂飞魄散，作鸟兽散了。他们进入朋来客栈立刻将门紧闭，几个土匪喽啰手握着步枪把守在门口，余下诸人全部退到了客栈里面，从二楼向外张望。

只见那群日本人迅速将朋来客栈围拢了起来，此时才算看清这些日本人的数量，不下二百人。他们里三层外三层地围在朋来客栈外面，却似乎并没有进攻的意思。

“这群日本鬼子究竟想做什么？”吴尊伏在窗口探头出去向外望着问道。等了半天却没有人回答，他扭过头见孙队长正上下打量着潘俊一行人，不禁快步走上去说道，“老哥，刚才我说的话你听到了没，这群小日本把咱们围在这里却不进攻究竟想做什么啊？”

“哦？”此时孙队长才缓过神来。

“你过来瞧瞧，这群日本人的举动真是太奇怪了！”孙队长跟着吴尊走到窗口，只见那群日本人退到距离客栈十几步远的地方，将客栈围了个水泄不通，却似乎并未接到进攻的命令，因此只是站在门口似乎在等待着什么。

“确实有些奇怪，你仔细看看，围着咱们的这群日本兵的皮都不太一样啊！”孙队长弓着身子看了半天，“他们好像在等什么人……”

“当家的，当家的！”说话的是朋来客栈的那个矮胖掌柜，他此时站在吴尊身后，忽然指着那群日本兵中一个穿着便装的年轻人道，“那个……那个是我的小二啊！”

“什么？”吴尊扭过头一把拉住矮胖掌柜的衣领道，“我他妈的算是明白了，原来这奸细是从你这里出来的，老子他妈毙了你。”

矮胖掌柜一脸无辜地“扑通”一下跪在地上道：“当家的，我也是才知道，这个狗日的竟成了日本人的走狗了！”

“等等……”潘俊走上前来阻止道，“现在即便杀了他也是于事无补，而且我相信他的话，不然他现在一定不会和咱们一样被困在这客栈中了！”

“我说你还真觉得自己是个人物啊？”吴尊怒气冲冲地将枪指向潘俊说道，“我告诉你刚才那是相机行事，现在我执行家法你也想来干涉，你算老几啊？”

潘俊微微笑了笑。这时孙队长一步跨了过来，夺了吴尊手中的枪说道：“你小子发什么神经啊？你知道他是谁吗？”

“他……”孙队长这句话着实将吴尊问住了，他那双小眼睛滴溜溜转了几圈，伸出手示意孙队长过来，然后附在其耳边小声地说了几句什么。孙队长越听越诧异，最后嘴不禁微张开了：“真有这件事？”

吴尊连连点头：“这事小弟怎么可能骗你啊！”

“你啊，真是鬼迷心窍！”孙队长拍了吴尊肩膀一下说道，“老弟啊老弟，今天你还真是被那些人摆了一道！”

孙队长说完拉着吴尊，走到潘俊面前极为恭敬地说：“老弟，记不记得几年前你曾问我，你身上所中的毒这世上有没有人能解，我当时和你说如果真的有人可以帮你解毒的话，那么恐怕只有一个人了！”

“记得，记得啊！”吴尊激动地说，“当时大哥说京城有个潘爷，深居简出，虽然年纪不大但是却深通医道，只是……”吴尊似乎有些明白了孙队长的意思，又仔细地上下打量了潘俊一番道，“这位难道是……”

“当然了，这位就是京城名医潘俊潘爷啊！”孙队长拱手道。

“啊？”吴尊诧异的表情挂在脸上，打量着潘俊，又半信半疑地指着潘俊说道，“这……这位是潘爷？”

孙队长点了点头：“我骗你干吗！”

只见吴尊脸上的表情又是惊讶，又是疑惑，又是惊喜，又是悔恨，一步上前紧紧抓住潘俊的手说道：“潘爷，小的实在是有眼不识泰山，冒犯了您啊！”

潘俊微微笑了笑，摇了摇头瞥了一眼尚且跪在地上的那个矮胖掌柜。吴尊立刻明白了潘俊的意思，扭过头在矮胖掌柜的身上踢了一脚说道：“你他妈还跪着干什么？真的等老子一枪崩了你啊？”

那矮胖掌柜一骨碌从地上爬起来，战战兢兢道：“谢谢当家的，谢谢当家的！”

“谢谢潘爷，今天不是潘爷在这里，我他妈就一枪毙了你！”吴尊在那矮胖掌柜的身上又是一脚。

“谢谢潘爷！”矮胖掌柜作揖道。

“你起来吧！”潘俊瞥了一眼那矮胖掌柜说道，“只是我还有一件事想问你！”

整整过去了大半天的时间，从早晨一直到午后，那些日本人始终围在朋来客栈外面却没有任何进攻的迹象，似乎一直在等待着什么。潘俊将那矮胖掌柜叫进一件雅间，在里面单独说了半个时辰有余，矮胖掌柜才满头大汗地从里面走出来。站在外面的吴尊早就等得有些不耐烦了，见矮胖掌柜出来便急切地问：“潘爷找你有什么事？”

还未等那矮胖掌柜回答，潘俊便推开门走了出来。吴尊见潘俊出来立刻毕恭毕敬地作揖道：“潘爷……”

“吴当家的你随我进来！”潘俊说着转身走了进去。

吴尊笑眯眯地跟在潘俊身后走了进去，潘俊让吴尊坐在椅子上，伸出右手，将手指轻轻按在吴尊的脉上，时不时轻轻按动他的脉搏。吴尊一直提心吊胆，他自从中毒之后数年找了无数的所谓名医，最后却都束手无策，这唯一的希望便寄托在这位京城名医身上了。这几年他整日忖度着能到北平去一次，寻这名医为自己祛毒，只是一来他担心这所谓京城名医未必可信，不去还能心存幻想，如果去了也是束手无策，那么连最后的希望也破灭了。二来便是因为这毒不发作和正常人无异，一旦发作便像是变了一个人一般，身体和关节像是有无数的虫在啃食一般难受。

潘俊给他把脉的时候一直微闭着眼睛，吴尊那双眼睛却一直注视着潘俊的表情，可是他发现根本不可能从他的脸上读到任何信息。过了有一炷香的工夫，潘俊才睁开眼睛。

“潘爷……”吴尊见潘俊睁开眼睛连忙问道，“我这毒……”

潘俊站起身走到窗口，窗外依旧是那些荷枪实弹的日本兵。他沉吟片刻，这片刻可算是折磨死吴尊了，他焦急地站在潘俊身后，却又不敢继续询问，唯恐潘俊的话会让他仅存的希望一下子破灭。

“吴当家的，你能不能讲讲中毒的经历？”潘俊忽然开口说道。

吴尊心想这潘爷也真是与之前的那些“名医”大不相同，把脉之后不说自己是否有救，却询问起中毒的经历了。

“这件事说来话长。”吴尊叹了口气说道，“这事发生在三年前，当时听说日本人有一批物资要从此处经过。自从日本人来了之后，他妈的过往的客商少了大半，我们平日里也经常偷袭这些日本人的物资队，也算是为抗日做点贡献。不过说来也奇怪，一般日本人的物资都从大路通过，我们经常要翻山到公路上伏击。这次得到的消息却是日本人的一个小队要从这边的小路经过，既然肉已经到了嘴边，就没有不吃的道理。于是我便和兄弟们开始准备偷袭日本人的那个物资小队，可是……”

吴尊说到这里表情忽然变得异常痛苦，也许是那夜偷袭的过程太过残忍了吧。

原来当天晚上吴尊带着手下数十号弟兄，早早便埋伏在小路两旁，这地界四面环山，山势陡峭，只有这中间的一条路，倘若鬼子的物资队果真从此处通过的话，便一定会中埋伏。当天晚上依旧大雾弥漫，人趴在草窝之中，一会儿身上便被水汽打湿了，等了几个时辰却始终未见一个人影。

吴尊开始怀疑消息的可靠性，不过那传信之人颇有些威望，于是便耐着性子命手下人与自己一起继续等待。话说时间一刻刻地过去，夏天又是夜短天长，眼见东边已经隐约变红，人困马乏之时他们的耳边传来了一阵脚步声。

脚步声一起所有人立刻来了精神，都瞪圆了眼睛盯着眼前的小路，大概一炷香的工夫，一小队穿着黑色上衣乔装打扮的日本人才出现在视野之中，吴尊数了数有十一二个人，他们身后是一辆马车，那马车上用一块黑布盖着什么物事，黑布上则用绳子绑得结结实实。

吴尊舔了舔嘴唇，心想自己手下四五十号人，眼前这十几个人应该不在话下。当那些日本人走近之时他猛然放了一枪，那几个日本人都是一惊，出乎意料的是他们并未如吴尊想象的一般惊慌失措，十几个人立刻围在马车旁边，掏出手枪警戒地向四周瞭望。

枪声便是土匪进攻的信号，四五十个土匪忽然从草窝之中跳出，向那十几个人进攻。那十几个人以马车为掩体躲在马车后面开枪，这群日本人似乎经受过特别的训练，枪枪打头，几乎一枪一个，还未靠近马车吴尊便损失了十几个弟兄。

吴尊心里骇然，不管是这群日本人的身法还是枪法，都与之前遇见的那些大为不同，不过现在也是骑虎难下，只能硬着头皮往上冲。幸好手下有几个枪法极佳的炮头，虽然死伤过半但总算是人多占据了优势，那十几个日本人总算是都被干掉了。

他笑眯眯地走到那架马车前面，从一个喽啰的手里接过一把匕首刚要割断绳子，忽然自己的脚像是被什么东西缠住了一样，他激灵一下，赶紧向后退了一步，只见一个受伤的日本人紧紧地抓着自己的脚踝，口齿不清地说道："不要碰……"吴尊哪里管得了这么多，掏出枪照着那日本人的脑袋便是一枪。之后拿起匕首将绳子割断，几个喽啰跳上车将那块黑布翻开，让他们倍感失望的是里面竟然是一块巨大的锈迹斑斑的铁板。

"当家的，这块铁板不会是金子做的吧？"一个喽啰说着轻轻敲了敲那块铁板，只听见"空空"的声音。

"我看不像！"吴尊跳上马车细细观察着那块铁板，铁板大概有三尺长，三尺宽，上面有两个小小的凹槽，"他妈的，这群日本狗弄得这叫什么玩意，竟然还当个宝！"

虽然不知这铁板究竟有何妙用，不过吴尊这个人是个宁滥勿缺的主儿，好歹这东西也是折了十几号弟兄换来的，就这样白白扔掉太过可惜，于是他命人将那辆马车赶回了山寨。

却说那块铁板被吴尊运回山寨之后，便搁置在柴房之中不再过问。事发半月之后，一个自称龙青的人带着手下十几个人忽然来到山寨之中，攀谈中吴尊得知这龙青此行目的便是那块生锈的铁板。吴尊也是个老江湖，本以为那东西是废铁一块未放在心上，既然龙青特意为那块铁板来此，便只当是送一个人情给他。谁知就在龙青将那铁板运走的当天晚上，吴尊忽然觉得身体不适，便急忙找来郎中，那郎中唯唯诺诺地告诉吴尊他中毒了，却不知究竟中的是什么毒。当天夜里吴尊的病情忽然严重了，整个人癫狂起来，遇人便疯狂地扑上去，胡乱啃咬，几个人也制不住他。而第二天早晨起来又和平常人无异。

吴尊将自己的遭遇详尽讲述一番之后，始终望着潘俊，只见潘俊一直背对着自己望着窗外。过了片刻潘俊才转过身："你是说三年前带走那块铁板的是龙青？"

"嗯！"吴尊连连点头，"后来我还特意派人到北平打听过这个人，据说这个人确实有些来头。"

"三年前，龙青。"潘俊缓缓坐在椅子上，口中念叨着这几个词，忽然他一抬头正好与吴尊四目相对。

"潘爷……"吴尊的笑容尴尬地挂在脸上，"我这毒……"

"哦！"潘俊这才回过神来，"你身上的毒倒是没有大碍。"说完潘俊从口袋中掏出一粒药丸递给吴尊道："这颗药分两半，一半用温水服下，另外一半化掉之后敷在肚脐上，三日内必好！"

吴尊听完这话如获至宝般地接过那粒药丸，小心翼翼地揣在怀里，又轻轻拍了拍，这才抬起头问道："潘爷，您还有什么吩咐吗？"

"你先出去吧！"潘俊坐在椅子上轻轻挥了挥手，吴尊笑眯眯地退了出去，轻轻关上房门。潘俊坐在椅子上，连续几天发生了太多的事情。刚刚那吴尊所中之毒，毫无疑问依旧是青丝上面的毒药，只是毒性不同而已。现在似乎所有的事情越来越复杂，三年之前龙青与吴尊都中过青丝之毒，而将这两个人联系起来的却是吴尊口中那块其貌不扬锈迹斑斑的铁板。

铁板？这个词瞬间闪过潘俊的脑海，几天前，没错，就是在几天前，霍成龙在临死之前曾经与他提起过在日本人的军械库中见到过一块铁板，难道这两者是同一件物事吗？

潘俊觉得自己的脑子越来越乱，眼睛微闭，心中默念起《道德经》，这是木系潘俊的必修课，每每心绪不定之时他便会默念此经，渐渐地他的心终于再次平静了下来。

青丝、摄生术、龙青、吴尊，还有那块铁板。这每一个词的背后都隐藏着一段怎样的故事呢？

忽然外面传来了一阵喧闹声，潘俊缓缓睁开眼睛，刚一开门燕云便撞了进来，额头上满是汗水地说：“潘哥哥，你快过来看看！”说完也不管旁人拉着潘俊直奔窗口，此时孙队长与时淼淼正站在窗口两侧向外张望，见潘俊走来孙队长让出自己的位置小声说道：“潘爷，你瞧那边又来了一队日本人！”

潘俊微微点了点头，透过窗口向外望去，果然在通往前面的路上有一队日本人正小跑着向这个方向而来。这队日本人有三四十人，日本人的后面是一辆马车。忽然吴尊大叫起来：“他妈的这群狗日的东西究竟想做什么？”

“当家的你看那车上不是咱们的人吗？”矮胖掌柜手指着窗外小路上的那辆马车上的人说道。其他人也顺着矮胖掌柜手指的方向望去，只见那辆马车上居然坐着三四个穿得花花绿绿衣衫不整的女人。

“我操他妈的小日本！”吴尊暴跳如雷地指着窗口说道，“兄弟们跟我冲出去！”

话毕吴尊已经抽出腰间的佩枪，怒气冲冲地便要向楼道冲去，谁知却被潘俊一把拉住，吴尊扭过头一脸不解地望着潘俊，只见潘俊点了点头道：“先看看这些日本人究竟想做什么！”

“兄弟，先听潘爷的！”孙队长拉住吴尊的手，从他手里将那把枪夺下来。只见那群日本人来到朋来客栈前面，将那辆载着四个女人的马车停在门口，这时一个鬼子队长模样的人走到朋来客栈前面，对身边的那个“店小二”小声说了几句什么，那“店小二”点了点头说道：“掌柜的，吴当家的，这位山田队长有话要和你们说！”

“少他妈来这个，有屁就快点放！”吴尊怒不可遏地站在窗口，也不像之前一般顾忌日本人的枪口大声地喊。

店小二又在那鬼子队长耳边轻轻说了些什么，接着又大喊道：“吴当家的，山田队长说了，只要您交出这店里的那三个人就放了你们，咱们井水不犯河水！”

“井水不犯河水？你问问小日本偷袭了老子的山寨，杀了老子的人这也叫作井水不犯河水？”吴尊扯着嗓子大喊道。

“山田队长说之前多次邀请吴当家的合作，只是当家的您却一直不从，山田队长这才迫不得已出此下策，您看，太君已经将您的家眷全都带来了。”店小二说着指了指车上的几个女人。

“当家的，救救我们啊！”女人的双手被绑在后面，头发凌乱地呼喊着，“当家的……”

吴尊望着那几个女人，扭过头在那光头上狠狠地挠了几把，原地转了几圈走到窗口说道：“小日本，有什么事情尽管冲着老子来，有本事别对女人动手！”

“吴当家的，山田队长说了只要您交出店里的那几个人，皇军不但放了这些女人，山寨也会还给您，如果您乐意，皇军愿意与您合作。”店小二的话彻底激怒了吴尊。

“放你姥姥的狗臭屁！”吴尊大骂着左右环顾了一下，从一个喽啰的腰间抽出一把手枪，照着那店小二就是一枪，谁知那店小二早有准备，这一枪却只打在他旁边的石头上。

“吴当家的，你别敬酒不吃吃罚酒，现在你们已经被两百名皇军重重包围了，里面的那三个人与您非亲非故，何必为了他们几个自寻死路呢？”刚刚那一枪这店小二虽然躲了过去，但仍心有余悸，因而说话的时候眼睛不禁一直盯着吴尊手中的枪。

“当家的……”一个女人大喊道，吴尊怔了一下望着那个女人说道：“月红！”

“当家的！”女人嘶哑地吼着，“山寨上上下下几十口都被小鬼子杀了，他们死得惨啊！这群小鬼子知道你不肯就范，所以才先偷袭了山寨，用我们来威胁你。当家的你口口声声和我们说你是个爷们儿，是纯爷们儿，今天怎么了？怎么手软了，让一群日本鬼子吓住了，还是见到女人的裤裆就走不动道啊？”

“我……”吴尊知道这叫月红的女人是在激自己，却也被气得浑身颤抖，牙齿咬得格格作响。

“别唯唯诺诺的像个娘们儿。”女人声嘶力竭地喊着，“你如果和这些日本鬼子勾结，那我月红就算是变成鬼也不会放过你！”说完女人霍地从马车上站了起来，一纵身向站在自己一旁马背上的山田队长扑去，那山田队长怎会想到这女子会忽然来这么一手，根本毫无防备。月红这一扑便是奔着山田队长的耳朵去的，她一口咬住山田的耳朵，凭借着自己身体巨大的下坠力，只觉口中一阵咸腥味便倒在了地上，将半颗耳朵从口中吐出。

那山田骑在马上双手抱着哗哗流血的耳朵，口中唧唧哇哇地乱叫。几个日本兵快速聚拢了过来将月红架起，月红大声喊着：“吴尊，你个孬种还不如个娘们儿，别说老娘跟过你，算是老娘瞎了眼，如果你还算是个爷们儿的话就别让老娘死在日本鬼子的枪下！”

吴尊咬了咬牙忽然抽出手中的枪瞄准月红的脑袋就是一枪，月红张着嘴却没有发出任何声音，脸上露出一丝笑意，一串眼泪从她眼角流淌下来。这一枪可吓坏了车上其他的女人，她们尖叫着，哭喊着。

“兄弟们给我听好了，先把这群乱叫的女人给我统统杀掉！”吴尊说完又是一枪，这一枪又是不偏不倚打中了车上女子的脑袋，那女人还在哭喊，全然没有注意。接着枪声便如同雨点一般地响起，那些日本人立刻匍匐在地开始还击。

客栈中四五十人，客栈外面则是数倍于自己的鬼子，枪声在这山水之间不停地回荡着。

“潘爷，您不会用枪，和两位姑娘暂且跟着掌柜到后面歇息。”孙队长带着潘俊几个人走到后面说道。

潘俊摇了摇头，刚刚吴尊杀妻那一幕让潘俊的心中久久不能平静，木系驱虫师崇尚道家的中庸思想，因此木系驱虫师才能在其他几系驱虫师家族日渐没落之时始终屹立不倒。从前潘俊一直坚信这种中庸是在韬光养晦，可今时今地他忽然觉得那只是一种苟延残喘罢了。

“给我一把枪！”时淼淼镇定自若地对孙队长说道。

“您？”孙队长显然不太相信自己的耳朵，只见时淼淼表情冰冷语气平缓地重复道：“给我一把枪！”

孙队长这才掏出自己的配枪递给时淼淼，时淼淼接过枪在手上轻轻掂了掂，“镜面匣子！”然后瞥了潘俊一眼便走了出去，外面日本人的火力很猛，原本一直把守在院子门口的土匪们都已经退到了屋子之中，吴尊亲自上阵，站在门口的墙边向外射击。

由于占领了院子，日本人在墙上硬生生挖了几个洞，将重机枪架在洞口处向内中疯狂扫射，火力压制。吴尊等人的火器与日本人的枪械根本不能同日而语，只能在机枪换枪筒的间隙向外射击，火力自然大打折扣。

他狠狠地咬着牙，心中的怒火却无法发泄，只能看着墙上的火舌在不停地喷射，谁知忽然从他身后射出一枪，那枪法极准，此处距离墙壁有六七十米，竟然不偏不倚地打进了机枪眼中，那机枪一下子哑了火。

吴尊不觉大叫：“炮头，好枪法！”

谁知那炮头说道：“这枪不是我打的！”

吴尊一愣连忙扭过头，只见时淼淼站在自己身后，身体快速移动，又是“啪啪啪”连着三枪，原本架在墙壁上的那四挺机关枪全部哑了火，吴尊来不及叫好立刻带着弟兄向外疯狂射击。

外面枪声不断，而潘俊与欧阳燕云还有孙队长一直坐在里面的雅间之中，外面的枪声时而密集，时而稀疏，燕云早已经按捺不住在屋子里打起转来。“潘哥哥，把笛子给我，我去召唤皮猴！”

潘俊抬起头看了看一脸自信的孙队长道：“孙队长，谢谢你们的援手，但是我真不希望这么多人为了我潘俊白白送了性命！听这枪声恐怕吴当家的手下也已经死伤过半了，继续僵持下去的话恐怕最后大家全会命丧于此啊！”

“潘爷。”孙队长微笑着说道，“再稍等片刻，再稍等片刻！”

“嗯？”潘俊不解地望着这个三十岁上下，皮肤偏黑的中年男人，似乎有些面熟，他似乎发现了潘俊在看着自己，讳莫如深地笑了笑。

正在此时吴尊忽然风尘仆仆地从外面走了进来说道：“他妈的，这群狗日的开始放火了”

“啊？”潘俊与孙队长都是一惊，显然孙队长未料到日本人会来这一招。

“你们跟我到楼上看看！”说着吴尊带着三个人来到了楼上，躲在楼口旁的窗子边上，见那群日本人拿着两把喷火枪正在向朋来客栈喷火，火红色的火舌在这漆黑的夜晚显得格外可怖。

汽油味、烧焦味一股脑地从窗口冲进来。

“怎么办？”孙队长有些焦急地看了看表，“再有一个小时，不，半个小时的时间就足够了！”

“孙哥，什么一个小时半个小时的？”吴尊见孙队长焦急的模样不禁问道。

“唉，说什么都来不及了！”孙队长拍了吴尊一把说道，“兄弟，现在咱们还有多少人？”

“算上咱们几个，现在能动的也不超过二十个人了！”吴尊的话让孙队长的脸色一下子沉了下去，他紧紧地咬着嘴唇沉吟片刻，忽然一拳打在墙上说道：“就这些人，咱们给潘爷杀出一条血路送他们出去！”

“好！”吴尊点了点头，正在此时外面的日本人忽然唧唧哇哇地大叫了起来。潘俊和几个人好奇地走到窗口，谁知刚一靠近窗口一枚黑色的物事便向他们猛冲了过来，潘俊手疾眼快急忙将几个人压低在地，那物事速度极快地从窗口冲进来直接撞在对面的墙上。潘俊扭过头向身后搜索，只见身后的墙上有一摊小小的血迹，而在那墙角处缩着一只已经撞死的鸟。潘俊将那只鸟捧在手中瞥了一眼身旁的这几个人，几个人也一样惊讶地望着他。

忽然一个喽啰气喘吁吁地从楼下跑上来，他的脸早已经被烟熏得黑一块红一块了，他停在吴尊面前剧烈地咳嗽着，断断续续地说：“当……当家的，鸟……鸟……”

“什么鸟？”吴尊抓着那喽啰的肩膀用力地摇晃着说道。

“一大群，一大群鸟，铺天盖地的！”喽啰的脸上表情复杂，惊恐、喜悦交织在一起。

潘俊听到这里低下头推开窗子，只听得窗外确实传来唧唧喳喳的鸟叫声，而那原本朦胧在水汽之中的月光此时更显得昏暗。远处刀劈斧剁般的山间，无数的鸟从中飞出，铺天盖地般地笼罩在这朋来客栈上空，犹如一大团乌云一般。

“孙大哥，你听没听说过这凤吊山的传说？”吴尊望着天上的那些鸟说道。

“嗯！”孙队长幽幽地说道，“以前听人说起这凤吊山里住着大群的凤凰，可不知为什么每到夏秋季节，这些凤凰会在夜晚冲入人家，这凤吊山便是由此得名！”

“对啊！”吴尊痴痴地望着漫天飞舞的鸟说道，全然忘记了此时这朋来客栈正在燃烧着熊熊大火。巨大的火舌如同黑暗中的怪兽一般一点点吞噬着客栈。

忽然又是一只鸟从空中直扑下来，潘俊连忙躲闪，接着第二只，第三只……越来越多的只有拳头大小的鸟儿，如同飞蛾扑火一般冲进朋来客栈这座熊熊燃烧的烈火之中。

外面的日本人开始狂乱地向天空放枪，但是那些飞鸟像是早已经做好了涅槃的准备一般无所顾忌，它们眼里只有那熊熊燃烧的烈火。日本人慌了，他们开始怀疑自己的对手究竟是什么人，何以召唤如此多的飞鸟前来助阵。

半个小时，这半个小时里日本人的枪声由强变弱，最后消弭在飞鸟的叫声之中，这半小时是完全属于那群涅槃的凤凰的，熊熊的大火并未让它们有一丝畏惧，在飞鸟的扑火之中那火势渐渐消减了下去。

直到大火完全扑灭那飞鸟才全部散开，又消失在了远处的山间。日本人这才回过神来，而此时他们的耳边却传来了一阵马蹄声，一条长长的火龙从小道中蜿蜒而来，当前的几个汉子大喊道：“谁敢动我家潘爷……”接着整个队伍都在山中大喊道：“谁敢动我家潘爷……”声势之大响彻山谷，日本人见势头不妙连忙撤退，又是一阵雨点般的枪声在这山谷中回荡。

持续了整整一夜的枪声渐渐消失，最后只剩下七零八落的响声。东方渐渐翻出鱼肚白的时候，潘俊等人才从已经烧得残破不堪的朋来客栈走出来，此时的朋来客栈早已经换了一副模样，灰突突的墙上满是枪眼，在客栈之中散落着上万只鸟的尸体，浓烟早已散尽，但依旧能闻到一丝烧焦的气味。

一阵马蹄声从远处而来，停在朋来客栈门口，外面的人轻轻一推门。那扇早已经摇摇欲坠的木门轰然之间倒在地上，激起一片尘土。一个汉子腰间插着两把佩枪出现在门口，阳光散在那汉子的脸上有些刺眼，一时之间潘俊根本看不清汉子的长相。

只见那汉子在门口驻足左右张望了一会儿急切地说："我家潘爷在哪儿？"

未等潘俊说话，他身后的孙队长早已经走上前去说道："大哥，潘爷在这里啊！"

那汉子听到这个声音三步并作两步跨上前来，上下打量着潘俊，此时潘俊也看清了那汉子的模样微微笑了笑。

"潘爷，还记得咱不？"那汉子紧紧握着潘俊的手说道。

"孙石，孙当家的！"潘俊在半个月前曾经救过此人一命，恍然间他扭过头再看那个孙队长，脑海中立刻闪过了他的模样，原来他一直看这个人面熟的原因便是当时这个孙队长的打扮像是一个随从，而今天却是一个国民党军官的打扮。

"哈哈……"孙石大笑道，"没想到潘爷还记得咱！"

"多谢孙当家的出手相救！"

"潘爷你太客气了！"孙石握着潘俊的手走到里面的屋子里说道，"潘爷您有所不知，在您来之前我们有个大山寨便得到了消息，说是潘俊离开北平，他身上携带着关于驱虫师家族宝藏的秘密。我担心潘爷这一路上有危险，于是便让兄弟在这一路上寻找您的踪迹！"

潘俊此刻才明白原来孙队长之所以那么自信满满却是因为这孙石已经早有了安排。

"多谢，多谢！"潘俊起身作揖道。

"唉……潘爷，我这条命是您救回来的，就算是一命抵一命也是应该的。而且您的那车草药不知救了多少人，你说这话就是看不起我孙石是个土匪！"

"怎么会，如果没有您出手相救的话，恐怕我今天也做了这日本人的刀下之鬼了！"潘俊微笑着说道。

"潘爷此地不宜久留，您还是先随我到山寨去细谈吧！"孙石担心日本人会忽然集结部队反扑回来。

潘俊叹了口气说道："恐怕这次不行了，我还有一些事情要赶去河南，只怕在路上耽搁的时间长了。"

“哦！”孙石点了点头，眉头紧皱着思量片刻说道，“也好……”然后冲身后的一个喽啰喊道：“去把我的短枪拿来！”

那喽啰立刻从门外孙石的马上拿出一把手枪，那是一把左轮手枪，被擦拭得一尘不染，喽啰恭恭敬敬地将手枪交到孙石的手中。孙石接过枪在手上掂了掂说道：“潘爷，我知道你不会用手枪，不过这把枪你随身带着，这附近山头的大小土匪都认识这把枪，谁也会给我孙石几分薄面，你带着它保你一路上畅通无阻！”

潘俊又惊又喜地接过那把枪递给一旁的时淼淼，站起身与孙石道别，孙石虽然再三挽留却还是被潘俊谢绝了。刚一出门燕云便站在门口吹了一声口哨，不一会儿工夫只听一阵马蹄声，一匹高头大马从林子中冲了出来，停在众人前面。燕云笑眯眯地骑上马，潘俊和时淼淼也双双上马，与孙石道别之后沿着前面的小路向河南而去。

八 山穷处，柳暗桃花源

这一路上燕云一直眉头紧锁，忽然她开口问道："潘哥哥，昨晚上那群鸟是不是你家的驱虫之术？"

潘俊微微笑了笑，然后摇摇头，其实起初潘俊也感觉那些鸟来得颇为怪异，始终想不明白，后来看见这陡峭的山势和那蜿蜒于山间的大河恍然明白了什么。

"是啊，虽说火系是控制动物，但是却没有人可以一下子控制这么多的鸟冲向火海啊！"燕云自言自语道。

"燕云，任何驱虫之术都不能做得如此完美！"潘俊停下马淡淡地说，"只有一个'人'可以做到！"

"谁？"燕云好奇地望着潘俊，时淼淼也有些奇怪。

潘俊笑了笑指着远处的大山说道："只有它们啊！"

"你说那山？"燕云听了潘俊的话更加疑惑了。

"你们都见过每年秋天会有成群的鸟向南方飞吧？"潘俊自顾自地说道，

“很多大型的鸟因为没有天敌，所以喜欢白天向南飞，而大多数小鸟唯恐天敌的伤害只能选择在夜间飞行，而白天它们便栖息在这山中，这些鸟在夜晚飞行的时候只能靠着月亮引路。昨天晚上大雾弥漫，月光暗淡，那些鸟恐怕是将着火的朋来客栈当成是云雾缭绕的月光了，因此才会毫不顾忌地冲进火海之中啊！”

潘俊的解释欧阳燕云听得似懂非懂，她不明白为什么那些鸟每年都一定要飞往南方？只是潘俊说了她便认为那必然是真的。而时淼淼却在心中暗叹，眼前这二十来岁的年轻人竟然能看出如此玄妙的东西，心中更加赞许。

他们一路行了三四十里却依然没有走出小路，忽然他们身后传来一阵马蹄声。潘俊和时淼淼都是一惊，难道是土匪，抑或是别的什么？这段时间他们经历的事情太多了。

却说欧阳燕鹰独自奔向将军圃之后，冯万春和段姑娘万分焦急，随后追上前去。马蹄声越来越近，转眼之间两匹马已经出现在了将军圃前面。冯万春拉住缰绳，坐在马上向四周眺望，忽然草丛中的一匹马跃入了眼帘。他向身后的段二娥招了招手然后骑着马走进草丛。

“冯师傅，这马确实是燕鹰的！”段二娥将手中的缰绳递给金龙，自己从马上跳下来牵着那匹马说道。

“你们先在这里等着，我到里面看看！”冯万春说完在马屁股上拍了两下，那匹马向将军圃狂奔而去。段二娥轻轻抚摸着那匹马，她已经担心了整整一天，本来昨日发现燕鹰失踪他们便想出城来寻，谁知他们刚走到城门口，却听闻石门监狱发生了越狱事件，因此城门早已关闭，无奈之下他们只得在城中又等待了一日，第二天早晨才匆忙离开石门，赶到将军圃的时候已经快接近中午了。

大约半个时辰之后冯万春骑着马从将军圃中奔出，此时他脸色凝重，在段二娥前面勒住马说道：“唉，恐怕咱们真的是来晚了，这村子里空空如也一个人也没有，只有几摊血迹！”

“啊？”段二娥惊叫着说，“那燕鹰呢？”

“村子里有打斗过的痕迹，恐怕他这次是真的中了日本人的埋伏！”冯万春说到这里狠狠地攥着拳头，“潘俊把你们交给了我，唉……”

“那咱们现在怎么办？”段二娥虽然平日里颇为冷静，但此时早已经失了方寸，只求冯万春能想出个办法来。

“你们两个先在这里等一会儿，我到附近打探一下，希望能找到燕鹰的下落！”他的话音刚落整个人忽然怔住了，他侧着耳朵眉头微皱。

“怎么了，冯师傅？”段二娥见冯万春一脸严肃于是问道。

“一人一骑！”冯万春一字一句地说完向远处望去，只见燕鹰骑着一匹马已经出现在路口，此时正快速向他们的方向狂奔而来。

“那……那不是燕鹰吗？”段二娥简直不敢相信自己的眼睛，原本她以为燕鹰中了埋伏必死无疑，此时燕鹰竟然活生生地出现在了自己的面前，心中不禁一阵狂喜。

转眼间燕鹰已经大汗淋漓地奔到他们面前，在他的马上挂着一个包袱，那包袱下面已经被血染红了。他来到众人面前跳下马，脸上的表情亦是万分诧异：“你们……你们怎么会在这里？”

他的话还未说完只觉得脸上一阵火辣辣的疼痛，接着是段二娥那双怒气冲天的眼睛。“你……为什么打我……”燕鹰诧异地望着段二娥。段二娥沉重地喘着粗气却始终一句话不说。

“燕鹰，你是怎么回来的？”冯万春望着毫发无伤的燕鹰说道。

“哦！”燕鹰将目光从段二娥的方向移到了冯万春身上，“我来这里是为了给金龙的爷爷和乡亲们报仇，正好遇到了那群土匪，于是就尾随着他们上了山。”说着燕鹰将马背上的那个包裹解下来扔在地上说道：“金龙，你瞧！”

他将包裹打开，里面竟然是一颗血淋淋的人头，不是别人正是那土匪头子刀疤脸。金龙有些害怕地将头别向一边，燕鹰笑了笑将人头包裹起来说道：“本来我想将这个人的人头带回来，祭奠金龙的爷爷，然后再去石门找你们，谁知你们已经赶来了！”说完燕鹰憨憨地笑了笑，又瞥了一眼段二娥，只见她目光已经柔和了下来，正在上下打量着自己。

“哦！没受伤就好，没受伤就好！”冯万春总算是长出一口气说道，“那咱们就祭奠完金龙的爷爷，赶紧向安阳进发，恐怕这个时候潘俊他们早已经到了！”

一行人来到金龙爷爷的墓前，这一路上段二娥始终与金龙同乘一骑远远地跟在燕鹰身后，燕鹰时不时扭过头看一眼段二娥，她却立刻将头别向一边。这一切都被冯万春看在眼里，他不禁微微笑了笑。

祭奠结束之后，冯万春便叫金龙与自己同乘一骑，骑上马轻轻拍了一下马背之后那匹马飞也似的向前面冲去。段二娥瞥了燕鹰一眼刚要上马，却被燕鹰拦住，抓着段二娥的手说道：“对不起，是我太莽撞了！”

段二娥的手在燕鹰的掌心，心中忽然有种奇妙的感觉，她的脸“唰”的一下变得绯红，过了好一会儿才将手从燕鹰的手中抽出低声说道：“没受伤吧？”

燕鹰见段二娥已经不再生气，连忙满脸笑意地用拳头捶了捶自己的胸口说道：“没有，你瞧……”

段二娥拦住燕鹰脉脉含情道：“快上马吧，一会儿又落在冯师傅后面了！”

“好！”说完两个人双双上马追赶冯万春，行了数里燕鹰隐约看到冯万春的身影，燕鹰这才轻轻地拉了拉缰绳，那马减了些许速度，段二娥见燕鹰减了速度自己也将速度放慢了许多。

“怎么了？”段二娥见燕鹰低着头欲言又止的样子说道。

燕鹰叹了口气说道：“在我杀死刀疤脸之前听到了一些关于金龙的事情！”

“金龙？”段二娥来了兴致，因为金龙的身上也有一只明鬼，因此段二娥对其倍加疼爱，所以一说是关于金龙的事情段二娥立刻专注了起来。

“嗯！”燕鹰轻轻地拍着马背与段二娥并排前行，“刀疤脸在临死前说他曾见过一个婴儿的身上带着一只明鬼。”

“那婴儿的父母呢？”段二娥追问道。

燕鹰低着头沉默片刻说道：“刀疤脸说十年前的那个冬天，他为了上山当土匪纳投名状遂在山下等了数日，终于见到一家三口驾着马车而来。他见左右无人便动了歹意，一枪便杀了那赶车的男人。后来又用那孩子要挟车上的女人将她侮辱之后才带着男人的头颅回到了山上。”

“那么说金龙就应该是那对夫妇的孩子了！”段二娥若有所思地说道，“那后来呢？金龙的母亲呢？”

燕鹰摇了摇头：“刀疤脸说他离开的时候那女人还一直在，后来就再也没有见过了，至于金龙的父亲，恐怕咱们用明鬼在那溪泉旁边所找到的那具尸体就是吧！”

段二娥微微点了点头，抬起头望着前面冯万春与金龙的背影，眼睛中闪烁着一丝晶莹的液体。

“燕鹰，谢谢你！”段二娥忽然之间的话让燕鹰一愣，他扭过头奇怪地望着段二娥。

“谢谢你为金龙报仇了！”段二娥说完轻轻拍了一下马背，跟上了前面的冯万春，两人说了几句之后段二娥将金龙抱到了自己的马上。燕鹰微微地笑了笑，此刻他心中更是翻天覆地，他掏出怀里那已经裂成两半的明鬼叹了一口气，然后扬起手运足了力气将手中的明鬼掷向远方，这才轻轻地拍了拍马背跟上了前面的人。

一行人从将军圃赶到石门外面的农家将巴乌接出来，巴乌见到主人，在地窖中欢蹦乱跳地摇着尾巴，金龙抱住巴乌轻轻抚摸着它的背。接出巴乌冯万春才带着这行人继续向南而去，当天晚上他们便在邯郸城外的一个农家投宿。睡至半夜，段二娥忽然被一阵笛声吵醒，她正欲起身见一旁的金龙正紧紧地抱着自己的胳膊睡得正香。她轻轻地将手从金龙的手臂中抽出，披上外套走了出去。

外面月光如华，夜风夹杂着淡淡青草的香气从身边吹过，让人有种迷离的感觉。段二娥在门口站了片刻，见一个人坐在对面的房顶上，身边还有三个形同鬼魅的怪物，她知道那是燕鹰在召唤皮猴。她在门口站了一会儿其中一只皮猴似乎察觉到了她的动静，向这边望了望，燕鹰也随着那皮猴的目光向段二娥望了过来，然后轻轻在皮猴耳边说了什么，皮猴顺从地离开了。

段二娥见皮猴离开才向前走去，穿过一道门，前面的院子里摆放着一架梯子，她沿着梯子上去，燕鹰在房顶伸出手拉住段二娥，二人并肩坐在房顶上。

“段姑娘，你有没有想过有一天会遇见你的父母？”燕鹰望着远处的月亮说道。

“很小的时候想过，总是想母亲会是一个什么样的人，父亲又是一个什么样的人，但是现在……”段二娥低下头沉默了一会儿说，“现在已经淡忘了！”

“如果有一天你发现你的亲生父母还活着，会不会立刻去找他们？”燕鹰这个问题像是在问段二娥，更像是在问自己。

“会啊！肯定会立刻去寻找他们！”段二娥有些向往地说道，“如果他们现在还健在的话，我一定会一直守在他们身边，一刻也不想离开！”

燕鹰听了段二娥的话微微笑了笑，之后又是沉默。

“听燕云姑娘说你陪着爷爷来中原不就是为了寻找你母亲吗？”段二娥忽然想起燕鹰以前经常将这件事挂在嘴边，而这次回来却一次也未曾提起过。

“嗯！”燕鹰含含糊糊地回答道，“不说这个了，听冯师傅说再有一两天就到安阳了，到了之后我想和姐姐说自己先回新疆，你……”燕鹰咬了咬嘴唇说道：“你愿意和我一起去新疆吗？”

段二娥微微笑了笑站起身：“天色不早了，早点回去休息吧，明天还要赶路呢！”

“可是……你还没回答我的问题呢！”燕鹰见段二娥准备下去追问道。

“呵呵，如果能将金龙托付给金家人的话，我倒是真想去新疆看看！”段二娥说到这里脸色早已绯红，只是背对着燕鹰他看不到而已，她顺着梯子快步走下直奔房间，空留燕鹰一人坐在房顶上端详着月亮：姐姐，如果是你，你会怎么选择呢？

燕云忽然打了一个寒噤，然后将衣服在身上裹了裹，这座破庙不知荒废了多久，虽然草草收拾了一下但依旧能闻到一股呛鼻的发霉的味道。

“嘿嘿，师叔您感冒了？”吴尊一面往火堆里加了一把柴火一面说道，借着火光燕云见吴尊长得圆头圆脑，再加上那一双小眼睛颇有些滑稽，不禁微微笑了笑道：“你还没拜师成功呢，怎么就叫我师叔了？”

吴尊瞥了一眼坐在燕云旁边的时淼淼小声地说道：“嘿嘿，精诚所至，金石为开嘛，师叔还希望你多给我美言几句啊！”

“我？”燕云诧异，撇着嘴瞥了一眼时淼淼，心道这吴尊若是想拜潘俊为师自己倒还说得上话，关键是现在他偏偏想拜那个冷冰冰的时淼淼为师，自己本来便和她不睦，哪里能说上半句话啊！“我劝你还是出去求求潘哥哥吧！”

吴尊连忙点了点头，刚要起身却见时淼淼已经睁开了眼睛：“求谁也没用，我不会收你为徒的！”

“师父，嘿嘿，您别那么绝情嘛！”吴尊向前凑了凑，见时淼淼眉头微皱，又连忙向后退了两步说，“师父，我虽然资质愚钝，但是您那几手枪法确实让我折服，您就收下我吧！”

“你还要我说几遍才能听懂啊？”时淼淼有些不耐烦地说道。

“师父，您别生气，别生气！”吴尊笑眯眯地赔着笑脸说道，“我先出去透透气，您二位先休息一会儿！”说完吴尊站起身向庙外走去，潘俊此时正坐在门口，浑身大汗淋漓，刚刚那一阵痛感较之以往有增无减。吴尊坐在潘俊身边叹了一口气说道：“潘爷，您能帮我说说情吗？”

潘俊扭过头望着吴尊说道：“你为什么执意要拜时姑娘为师？”

“唉，您有所不知，这么多年来我自诩枪法虽然算不得天下第一，但也说得上未逢敌手，昨天晚上见师父她老人家那几枪，我才知道原来真是人外有人天外有天。所以你们走了之后我便将剩下的人交给了孙当家的，一路追赶你们而来！”吴尊说着掏出手枪轻轻擦拭着，“谁知师父她怎么也不肯收我为徒啊！”

“呵呵，没想到吴当家的对枪如此痴迷。好，我便帮你求求时姑娘，不过丑话说在前面，我去了也不一定行啊！”潘俊说着站起身拍了拍吴尊的肩膀，吴尊立刻笑逐颜开地点了点头，谁知潘俊一回头便见时淼淼早已站在他们的身后，冷冷地望着眼前的这两个人。

“时姑娘，吴当家的一番诚意……”

“别说了，我不会收的！”时淼淼未等潘俊说完便打断了他的话。

“师父，您就收下我吧。”吴尊跪倒在时淼淼面前哀求着，谁知时淼淼冷冷笑了笑转身回到了庙中，空留下潘俊与吴尊二人面面相觑。

接下来这一路，吴尊一直跟着潘俊等人，他这人虽然以前当过土匪，但此时却如同一个小跟班一般，对潘俊、燕云，尤其是时淼淼倍加照顾。往往骑着马跑在前面探路，待潘俊一行人赶到之时早已将客栈打点好了。潘俊和燕云都对吴尊赞许有加，只是时淼淼却似乎始终对吴尊毫无好感。

安阳地处河北与河南交界之处，因为手中拿着孙石的枪，因此路上虽然遇见几波土匪，但并未出现任何纰漏。两天之后一行人终于来到了安阳境内。

“师父，你们慢行，我先去前面看看这附近有没有打尖儿的地方！”吴尊说着拍马向前而去，虽然时淼淼始终不承认他这个徒弟，但他对时淼淼却倍加尊重。只见他骑着快马顷刻之间便消失在了小路尽头，潘俊这才扭过头对时淼淼说：“时姑娘，你是不是能考虑考虑……”

“不能！”时淼淼的语气毫无回旋的余地，接着她头也不回地骑着马紧跟了上去。

“嘿，这个人怎么这样，整天一副冷若冰霜的模样。我看那吴尊也真是贱命一条，热脸去贴人家的冷屁股，人家就是一点情面都不留！”燕云见时淼淼对吴尊的态度压抑不住心中的怒火说道。

“燕云，别这么说，恐怕时姑娘是有难言的苦衷吧！”潘俊深知在这五系驱虫师之中唯独木系与水系的规矩最严，早就听闻这水系驱虫师历代只有女子，即便是诞下男婴也会被放入水中溺死。

“苦衷，就她有苦衷啊？瞧她那样子好像全世界都欠她的一样！”燕云说话的声音越来越大，时淼淼忽然勒住缰绳止住马扭过头望着燕云。

燕云这姑娘的脾气秉性是吃软不吃硬，这火系家族的暴脾气在她身上体现得淋漓尽致。她见时淼淼冷冷地望着自己当然不甘示弱，催马上前对着时淼淼道：“我说的就是你，怎么样？有本事你杀了我！人家吴当家的大小也是个山大王，对你恭恭敬敬的，你还摆起架子来了！”

时淼淼嘴角微微上扬哼了一声：“如果你可怜他就让他拜你为师吧！”说完时淼淼扭过头在马上轻轻拍了一下，那马狂奔着向前而去。

燕云瞪着时淼淼远去的背影，努起嘴来诺诺说道：“如果他真愿意拜我为师，我倒是乐意教他一些火系虫师的绝技！”

潘俊笑了笑与燕云并驾齐驱而去。

这天傍晚一行人终于来到了安阳城北距离县城十余里的武官村，远远地便见村口矗立一人一骑，燕云一眼便认出眼前之人并非旁人，正是潘俊的家仆潘璞。于是立刻在马上拍打了几下，飞鸿嘶鸣一声，向前狂奔而去，到潘璞前面猛地拉住缰绳，飞鸿前脚在空中踢了两下之后停在了原地。

“潘璞叔，您怎么会在这里？”燕云既惊讶又开心，这一路行来总是危机四伏，此刻终于遇见一个熟人心中自然痛快了许多。

“呵呵，少爷让我提前来这里等你们！”潘璞微微笑着牵住飞鸿的缰绳。

“冯师傅他们来了吗？”燕云从马上跳下来满脸欢喜地问道。

潘璞摇了摇头，此时潘俊与时淼淼一行人已经来到了近前，潘璞连忙上前帮潘俊止住了马道：“少爷，一切都准备停当了！”

潘俊点了点头：“冯师傅还没来吧？”

“还没有，不过算时间如果路上没有出意外的话应该也会在这一两天便到了！”潘璞一面说着，一面望着早已经跳下马，满脸堆笑牵着时淼淼马的吴尊。

“好，那咱们先回去再说吧！”潘俊招呼所有人跟着潘璞向武官村内走去，这武官村位于安阳城北，早年间多是一些贩卖药材皮货的商人在此安家，因而村子并不大。这村子三面环山，山势颇为险要，中间有一条干涸的溪流，恐怕只有在雨季之时才会涨满水。一行人随着潘璞沿着溪流而上，穿过数十户人家的村落一直向内中走去。

离开人家行走数里之后，小路开始沿着右面陡峭的山坡蜿蜒而上，道路狭窄只容得一人一骑单行而过，越往上走山势越险，道路越窄。燕云坐在马上向左侧望去，不禁感觉到一阵眩晕，就连脚也阵阵发麻，此处距离谷底少说也有百丈之深，如若这马忽然惊住必定会坠入山谷之中，摔个粉身碎骨。

道路一直蜿蜒直至山顶，转过山头眼前的景色竟然峰回路转，在这山中竟然藏着一个小小的山坳，山的那边是光秃秃怪石嶙峋的山坡，而山的这一边则古木参天，绿树成荫，虽只是一山之隔却如同两个世界。众人驻足在山顶之上无不惊诧。

在那苍翠的林木之间隐约可见一座依山而建的二进院落，在山顶与院落之间搭建起一座悬空的吊桥，这桥横空而建，桥身距离谷底少说也有百丈之深。走在桥上微风吹过，那桥面便开始吱呀作响，让人提心吊胆，唯恐山风骤然而起将那桥吹塌。

这桥从山顶直通向院落门口，院门前有一棵参天古树，潘俊一行人在古树前面下了马。潘璞连忙走上前去，轻轻推开那扇被漆成红色的大门，燕云走在后面四顾而视，忽然觉得眼前的景致与京城的双鸽第似乎有几分相似之处。时淼淼见燕云迟迟不走，便抢在她的前面迈进了宅子之中。

这第一进的宅子正中种着一棵高大的古松，粗略估计也应有上百年的树龄了，淡淡的松油味弥漫在宅子之中，潘璞带着几个人走进正中的大堂，大堂里的摆设倒是与北平城中的双鸽第一模一样。

“潘哥哥，这个宅子怎么和京城中的双鸽第如此相似？”燕云望着屋子中的摆设说道。

“欧阳姑娘您有所不知，虽然这两处宅子有些相似，不过那双鸽第却是依照着这座宅子而建啊！”说话的是潘璞，“按理说这才算得上是潘家的祖宅，听祖辈人说潘家最早一直生活在安阳，后来才被皇帝赏识入了京城，但潘家老人们依然住惯了这座宅子，于是便依着这宅子的模样在京城修建了双鸽第！”

燕云听完潘璞的介绍微微点头，坐在潘俊旁边的椅子上。

“大家赶了几天的路都应该累了吧，先随潘璞去休息吧。我们暂且在此间休息几天等冯师傅他们到来之时再做计较！”潘俊朗声道。

几个人随着潘璞走了出去，潘璞给他们一一安排了房间之后才回到正厅之中。此时潘俊正焦急地等待着潘璞，一见他走进来便急忙上前一步说道：“事情查得怎么样？”

潘璞贴在潘俊的耳边轻轻说了几句，潘俊脸色骤变：“真有此事？”

潘璞点了点头：“千真万确，少爷。”

潘俊低着头在大厅内缓慢地踱着步子，眉头微颦，忽然他觉得胸口一阵剧烈的疼痛，那痛感瞬间袭遍全身，豆大的汗珠倏忽间便从潘俊的额头冒了出来，他觉得浑身酸软无力，潘璞连忙扶住潘俊，惊异地望着他道："少爷，您是怎么了？"

"先……先扶我进密室！"潘俊忍着身上的剧痛一字一句地说。

潘璞点了点头，这房子的构造与北平城中那座双鸽第毫无二致，在正厅一旁有一个暗格，潘璞轻轻按下机关，暗格轰然敞开，潘璞将潘俊搀进密室中。这密室只有一两丈宽，里面摆设极为简单，一张泛黄的画像，下面是供桌，在地上有一个蒲团。在蒲团旁边的书架边上摆放着一张床。

潘璞将潘俊放在床上，只见潘俊躺在床上双手紧紧抓着床单，手背早已被汗水打湿，他的脸青一阵红一阵。潘璞站在旁边焦急地搓着手，急得如同热锅上的蚂蚁，大概一炷香的工夫，潘俊终于长叹了一口气，此时他的衣服早已被汗水湿透。

"少爷……"潘璞端着一杯水递给潘俊，潘俊接过水喝了一口，顿时觉得身体轻盈了许多。

"少爷，你这是……"潘璞接过茶碗无奈地说了句，"你这是何苦呢少爷……"

"你看出来了？"潘俊有气无力地说。

"嗯，是啊，少爷。"潘璞低垂着头又倒了一杯水递给潘俊，"少爷，你怎么会……唉！"

"潘璞叔，你应该还记得我姐姐吧！"潘俊此时已经渐渐恢复了体力，说起话来自然也有力得多。

"唉，我怎么会忘记媛小姐呢，不过老爷曾经严令所有人不准在您面前提起关于她的任何事情！"潘璞低着头痛苦地回忆着。

"我记得姐姐离开的那年，我刚好过完八岁生日，姐姐从外面回来的时候给我带了一只很大很美的蝴蝶！"潘俊回忆着，正如当日他在胭脂阁的那场梦境一样。潘俊的脸上显出一些宽慰的神情，过了片刻他的眉头忽然拧紧，"可是后来却不知她为何中了摄生术，被父亲驱逐出了潘家大院，父亲曾经说过摄生术是木系驱虫师的禁忌之学，中者无救，而且那虫在成年之后泛滥成灾。不过我却一直隐隐觉得姐姐还活着，她一定还活着。在父亲过世之前便将所有摄生术的虫卵毁掉了，直到大伯让时姑娘给我传话说，他近半年一直在调查一件事，那件事与摄生术有关，如果他一旦遇到不测便与北平章仪门那仵作联系，而当我到达之时仵作早已死在青丝之下，我见那棺椁之中藏有一具女尸，那女子便死于摄生术。”潘俊说到这里眼前开始模糊了起来。

外面电闪雷鸣，潘俊手中握着短刀，轻轻将那女子的手臂割开，并未见到半点血迹，取而代之的却是数枚如同珍珠般大小的虫卵。“摄生术无解，摄生术无解”，他一直口中默念着这句话，然后将手中的短刀扬起轻轻在自己的手腕上割下一刀，将那枚虫卵按进了自己的体内。

他不相信这摄生术真的无解，他相信姐姐还活着，依旧活着。

“糊涂啊，少爷，您真是糊涂！”潘璞抱头痛哭着说道，“少爷啊，摄生术自来无解，难道您不知道吗？中了摄生术的人少则一个月，多则三个月便会被虫噬而死啊！”

“我何尝不知啊！”潘俊淡淡笑了笑说，“父亲过世之前我亲眼看到他将所有的虫卵都焚毁了，现在过去了十几年，摄生术再次出现，那么这个世界上除了我姐姐之外，不可能还有别人拥有虫卵。既然她没有死，那么她便一定找到了什么可以破解摄生术之法！”

“而且，北平已经开始出现死于摄生术的人了，如果摄生术果真无解的话，那么我活下来又有什么意义呢？”

“少爷……”潘璞用手擦了擦眼泪说道，“你错了，其实媛小姐确实在十几年前便死了！”

“不可能，那这摄生术的虫卵是谁带来的？”潘俊盯着潘璞说道。

潘璞一直低垂着脑袋，身体微微颤抖着：“媛小姐是我亲手所葬！”

这话一出口，潘俊的身体剧烈地颤抖了起来，他一把抓住潘璞的手：“潘璞叔，你抬起头。”潘璞微微将头抬起来与潘俊四目相对，又连忙躲闪开。

“你看着我！”潘俊有些愤怒道，“你告诉我，你刚刚和我说的究竟是不是真的？”

“少爷！”潘璞一下子从椅子上滑落跪在地上，闷声闷气地痛哭道，“老爷生前曾经让我在他面前立下重誓，无论何时也不要将这些事情告诉任何人，更不可以告诉你！”

“潘璞叔，你告诉我都是什么事情，你们究竟对我隐瞒了多少事情？”潘俊向来冷静，此时此刻他却再也冷静不下来了。

“少爷，小姐离开的时候你还小，很多事情你都不知道。”潘璞被潘俊扶起来坐在床头娓娓说道。

潘俊的姐姐潘苑媛比潘俊整整大了十岁，在潘俊出生之前潘家几个男孩子相继夭折，当时重男轻女的思想极为严重，所谓不孝有三无后为大。潘俊出生的时候母亲便见了大红，因此潘俊从未见过母亲的模样，父亲虽然对潘俊疼爱有加，但终年在外奔波，因此潘俊从小便与相差十岁的姐姐相依为命。

到潘俊七岁那年，正值情窦初开的潘苑媛竟然喜欢上了北平城中一个著名的戏子，那戏子长得秀气俊朗，大潘苑媛五岁，两人情投意合，不久之后潘苑媛便与那戏子居住在了一起。潘家在北平城中当属大户人家，而那戏子属于下九流之人，这门不当户不对的恋情立刻遭到了潘俊父亲的反对。

不过潘苑媛自小性子便倔，宁死也要与那戏子在一起。潘俊的父亲虽然起初坚决反对，但终因爱女心切，最终勉勉强强答应了这门婚事。谁知就在潘苑媛兴高采烈地为即将到来的饱经磨难的婚姻准备之时，那戏子竟忽然提出与潘苑媛分手。

潘苑媛万念俱灰，她回到家中将自己紧锁在房间之中，整日无精打采。正所谓福无双至祸不单行，就在她心灰意冷的时候，竟然发觉自己有了喜脉。这未出门的大家闺秀竟然有了身孕很快便在下人们之间传开了，也很快传到了潘俊父亲的耳朵里。

他连夜返回家中，一见女儿的走路姿态便已经猜出一二。他怒不可遏地将潘苑媛叫到房中训斥一番，并让她立刻服用堕胎之药。谁知潘苑媛却抵死不从，最后冲进父亲的密室将那虫卵倒入自己的口中。

潘俊的父亲知道，这摄生术的虫卵一旦在人体内孵化开来必定会招致灭城之祸，于是他气愤地将这个不肖之女赶出了家门。在一个大雨滂沱的夜晚，潘苑媛跪在自家门前，大雨将她整个人都打湿了，她在潘府的门口一直跪到午夜才伴着大雨离开了北平。

潘俊的父亲知道中了这摄生术之毒的人往往会在三个月内暴毙，中者无救，如果一旦蔓延开来后果不堪设想，于是便私下命潘璞等人追查潘苑媛的下落，终于他们一路赶来发现潘苑媛独自一人回到了安阳的旧宅子。

潘璞立刻向潘俊的父亲禀报了此事。潘俊的父亲前思后想，终于咬了咬牙道："我不能因为自己的女儿累及全城百姓！"说完他拿出一个纸包递给了潘璞。潘璞跟随潘俊的父亲数十年，对这纸包里的物事当然心知肚明，这里面是用丹顶研磨成的粉，剧毒无比，一旦入口便会置人于死地且无药可救。潘璞双手捧着那包丹顶"扑通"一声跪在潘俊父亲面前，苦苦哀求。潘俊的父亲亦是左右为难，如果这摄生术真的泛滥了，那恐怕将会是一生铸成的无法弥补的大错，最后他还是咬咬牙挥了挥手。

潘璞虽然有些心不甘，但是老爷的命令却不敢不从，于是便偷偷潜回潘家老宅，谁知聪明绝顶的潘苑媛早已发现了潘璞的行踪，出乎潘璞意料的是潘苑媛将潘璞引进宅中。潘璞一直在潘俊父亲出门的时候照顾他们姐弟，这潘苑媛一口一个潘璞叔叫得潘璞心中酸痛无比，不禁潸然泪下，将老爷的话一五一十地都说于了潘苑媛。

潘苑媛听完潘璞所说微微笑了笑，然后斟了两杯酒道："潘璞叔，父亲让您拿来的丹顶呢？"

潘璞一愣，早已知道这个倔强的姑娘在想些什么，他立刻推诿道："小姐，我潘璞一生未做过对不起老爷的事情，今天我也破个例，你走吧！"

"呵呵，我走了你回去怎么和父亲交差？"潘苑媛释怀地笑了笑，伸出手说道，"潘璞叔，给我吧！"

潘璞这才迟疑着将揣在怀里的那包丹顶递给潘苑媛，潘苑媛接过丹顶一面将纸包打开一面说道："潘璞叔，您是看着丫头和弟弟长大的，丫头知道自己做错事了，我瞎了这双眼睛看错了人。不过丫头在临走之前还想求您一件事！"听到这里潘璞早已经泪流满面，颤颤巍巍地说道："小姐，你说，别说一件事，就是一千件，一万件，只要小姐说了，我就算是上刀山下火海也帮您做到！"

潘苑媛微微笑了笑，两颗眼泪夺眶而出，滴落在酒杯之中："潘璞叔哪里话，其实也没有那么严重，弟弟刚一出生母亲就过世了，一直与我相依为命，如果我死了只怕弟弟以后会更加孤单，潘璞叔您答应我帮我好好照顾弟弟。"

潘璞听完哽咽道："小姐您放心，就算您不说我潘璞也会这样做的，如果我潘璞以后做一件对不起小少爷的事情，愿遭天谴。"

潘苑媛满意地眯着眼睛，几颗眼泪再次从眼眶滚落下来："谢谢潘璞叔，丫头的第二件事也希望您能答应！"

"小姐，您说吧！"潘璞抹着眼角的泪水说道。

"我死了之后，希望潘璞叔将我埋在一个风景秀丽偏僻的地方！"潘苑媛将那盛着丹顶的纸包丢在一旁。潘璞点了点头："小姐放心，潘璞一定会给你选一个好去处！"

"谢谢潘璞叔！"说完潘苑媛拿起酒杯将那掺着丹顶的酒一饮而尽，然后剧烈地咳嗽两声，嘴角溢出一丝血迹，她望着潘璞，似笑非笑的表情僵在了脸上。

潘璞讲完事情的始末之后已经是老泪纵横。潘俊一直不停地摇头："不可能！你说姐姐是被你毒死的，这绝不可能！"

"少爷，我对不起你！"潘璞"扑通"一声再次跪倒在地，这个突如其来的打击对于潘俊来说实在太重，让他一时难以招架。

潘俊直觉得胸口处如翻江倒海，脑子一阵阵地眩晕。他不停地喘息着，胸脯快速地上下浮动，忽然他紧紧抓住潘璞的双肩道："你记得姐姐埋在什么地方吗？"

潘璞愣了一会儿，之后连忙点了点头："那个地方我一辈子也不会忘记的！"

"带我去。"潘俊的语气中毫无退让的余地，与潘俊在一起这么久，潘璞还是第一次见到潘俊如此方寸大乱。潘璞点了点头扶着潘俊下了床，两人一前一后离开了潘家老宅。

走出潘家老宅之时已夜幕降临，潘璞在前面带路，潘俊一手按在胸口上气喘吁吁地跟在后面。木系潘家所研习的驱虫之术最讲究的便是中庸，所谓泰山崩于前而岿然不动。为了让后代能做到此种地步，从小潘家人便使用一种名叫“心斋”的药物，这种药物药性奇特，对于心态平和之人不但可以强身健体，还能延年益寿，而对于那些性子火暴之人则如同毒药一般。

此时潘俊心绪难安，那体内淤积多年的心斋之毒开始发作，让他胸口憋闷，嘴唇发紫，眼冒金星。他连忙在心中默念《道德经》，一会儿工夫心中总算平静了许多，胸口亦不再那般憋闷。

潘璞带着潘俊沿着院落左面的一条蜿蜒小径向后面的山顶而去，这条小径常年无人行走，原本便不宽敞的道路此时更被漫过腰间的荒草覆盖住了，潘璞在荒草丛中拨出一条路向山顶走去，他们二人在小径中走了大约半个时辰，潘璞忽然在一片开阔地停下了脚步。

此处距离潘家老宅有一里之遥，在潘家老宅正上方，从此处便可以看清潘家老宅的全貌，此时袅袅的炊烟已经从潘家老宅升腾起来。潘璞指着眼前的那片开阔地：“少爷，小姐就埋在这里！”

潘俊循着他手指的方向望去，只见在这半山腰的地方有一处小小的平台，上面的草较之四周的荒草要稀少得多，似乎有人特意打扫过一般，在那平台的中央还有一个小小的坟头，坟头旁的荒草有被烟熏的痕迹，潘俊瞥了潘璞一眼。

“这……”

“此前每年路过安阳的时候，我便会回到这里来祭拜一下小姐，这些年从未间断过！”潘璞深深地叹了口气，“无论如何，小姐最后还是死在我的手中，不过……”潘璞摇着头说道，“少爷，小姐本不该死啊，我给她的那包丹顶其实早已被我换掉了，可是小姐吃了之后竟然……”

潘俊叹了一口气，无力地坐在姐姐的坟前，这么多年他一直在暗中寻找着姐姐的下落，而且他始终坚信姐姐没有死，她一定还活着，哪怕是此刻他正坐在姐姐的坟前依旧不肯相信这个事实。

他沉默良久，忽然从地上站起身来抽出腰间的那把短刀，开始发疯一般地挖着姐姐的坟头。潘璞连忙上前阻拦，可是潘俊哪里肯听，他一把将潘璞推倒在地，“别拦着我！”

潘璞倒在地上，痴痴地望着潘俊，见他一下一下地将那土包上的土挖开，自己也从地上爬起来，站在潘俊对面赤手空拳地陪着潘俊挖起了那座坟包，不一会儿工夫两人的手都已经被土包上的沙石划破，却没有一个人停下。

那土包本也不大，这两人在上面挖了半个时辰终于将土包全部移开，一口已经腐败的棺椁出现在两个人面前。潘俊瘫在地上，后背、额头满是汗水，他爬到姐姐的棺椁前面轻轻拂去上面的尘土，十年时光，那棺椁上面生了很多植物细小的根系，如蛛网一般密布在棺椁上面。潘俊将棺椁上面的物事清扫一空，却始终有些犹豫是否打开棺椁。

“少爷……”潘璞见潘俊犹豫不决便说，“打开吧！”

潘俊点了点头，二人一前一后分别用手抠住棺材上盖的前后两处，稍一用力这早已腐败的棺盖便被两人撼动了，潘俊给潘璞使了个眼色，两人再一用力只听“啪”的一声腐败的棺盖被二人从棺材上搬了起来，随着那棺盖被抬起两人向内中一望都是一惊。

植物的根系早已钻进了棺椁之中，白色的细丝在棺椁之中密密交织，棺椁里面的被褥早已腐败，一见光便化作了灰尘。让两人更加惊异的是里面竟然空空如也，未见尸骨，只见在那棺椁下面有一个容得一人进入的洞口。

被盗了？

这个危险的念头瞬间闪过潘俊的脑海，他顾不得许多立刻跳入棺椁之中，棺椁下面的那条隧道极深，阵阵寒气夹杂着湿润的水汽从内中透出，让潘俊不寒而栗。

“怎么会这样？”潘璞大惊失色地说道。

“你确定姐姐被你葬在此处吗？”潘俊一面向洞口内眺望一面问道。

“绝对不会错，我当时就把小姐葬在这里了！”潘璞望着棺椁下面的洞口说道，“只是当时却没有发现有这么一个洞口啊！”

“带了火折子没有？”潘俊向那洞口扫视一圈说道。

“少爷，难不成您要下去？”潘璞一面掏着火折子一面问道。

“别问那么多了！”潘俊有些不耐烦地接过潘璞的火折子，“如果我半个时辰没有出来的话，你就到山下去叫人！”

未等潘璞答应潘俊已将火折子揣在怀里，口中衔着那把短刀，将身体小心翼翼地顺进了洞口。潘璞趴在棺材旁边焦急地望着潘俊，只见他眉头微皱忽然又松开，渐渐地整个人都消失在了洞口。

潘璞这才上前站在洞口前面喊道：“少爷，你小心点！”

“没事，这里面有台阶！”潘俊小心翼翼地摸着洞口四壁，脚下踩到了什么坚硬的物事，他弓下身子，忽然脚下一滑重心倾斜，整个人如同坐在一个斜坡上一般快速地下滑。潘俊心想这下完了，下面不知会是什么东西。

潘俊两手在四周的洞壁上乱抓着，只感觉四周都滑溜溜的，根本没有着力的地方，下滑了一段忽然他的手抓住了一根绳子，这才止住了身体下落的趋势。他一手抓紧绳子，另一只手从怀里掏出火折子放在嘴边轻轻吹了一下，火折子亮了起来，潘俊向下一看不禁倒吸了一口冷气，此时潘俊正坐在一个下滑的坡道之上，再向下数米便是密密麻麻倒立的木桩。

潘俊心中暗自庆幸，如果不是这根绳子恐怕自己今天便要命葬于此，他向四周扫视一圈，发觉在木桩一旁有一块不大不小的空地，他大略记住了位置，然后熄灭火折子深吸一口气猛一用力向前一冲，身体便冲了过去，谁知这绳子因为年久早已腐败，他这一用力那绳子竟然断成两截，潘俊心头一凉，冷汗瞬间便从脊背冒了出来，身体凭空下落，虽然有一些向前的趋势，但潘俊心知这力道不足以让自己跳出那用倒立木桩制成的陷阱。

只听“咔嚓”一声，潘俊的脚先着地，几根木桩竟然被他的力道折断，潘俊止住身子，幸好脚下的木桩亦应该是多年前之人所为，因此早已腐烂，否则身上必定被戳出几个窟窿来。

他在洞中经历的这一切上面的潘璞虽然不知，但这声音却听得清楚，他心急如焚地向内中喊道："少爷，您没事吧？"

潘俊掏出火折子轻轻吹亮之后说道："没事，你放心吧！"说完他拿着火折子向四周张望，这地道下面的空间极为宽阔，如同一个小小的暗室一般，他小心翼翼地向前挪动着身子，唯恐这里面另有陷阱，走了几步他发现在这暗室之中竟然有一张桌子，桌子上摆放着一盏煤油灯，潘俊又惊又喜，只怕这煤油灯中的油早已挥发掉了，他试着点那煤油灯，谁知他一点之下煤油灯快速地燃烧，原来在其下面接着一根长长的陶瓷管子，那管子环绕在这暗室的周围，火光沿着煤油灯的灯口快速燃烧起来，犹如一条火蛇一般，瞬间整个暗室便都被照得如同白昼一般。

此情此景潘俊有些熟悉，半月之前他与段二娥、欧阳姐弟在那金家的密葬之中也曾见过这样的暗道机关，只是这机关如何会出现在这里？正在潘俊百思不得其解的时候他的目光忽然被眼前的几张图牢牢地吸引住了。

在那桌子一旁的墙上挂着几幅已经泛出绿毛的挂图，图纸上的内容让潘俊一时之间瞠目结舌。墙上一共挂着五幅图，这五幅图的内容正好对应着金家密葬之中的五个关口：音壁、棋塔、虫海、勾崖、纵横，在这每一关的下面都详细画着这关卡的暗道机关。

潘俊轻轻舔了舔嘴唇，他看完那几幅图又向一边望去，在这暗室的更深处有一张床，床上的被褥早已生霉，发出一股难闻的味道。潘俊心中暗想难道这里便是金无偿另外一个徒弟金银的住所？不过只是看样子已经有太久无人居住了，那么金银究竟去了哪里？

潘俊一面想着一面在屋子里寻找着什么，忽然他的目光被床头的一幅字画吸引住了，他连忙上前两步走到那字画前面，那字画上的字体潘俊再熟悉不过了，正是姐姐潘苑媛所书。他惊喜若狂地在这暗室中叫道："姐，你在不在啊？"

暗室里的回音不停地回荡在潘俊的耳边，却始终无人应答。一直守在洞口的潘璞听得分明，急切地问："少爷，小姐在里面吗？"

"不，只是这里有她写的字！"潘俊将那幅字画从墙上摘下来，小心翼翼地折叠好放在怀里，对上面的潘璞说道，"潘璞叔，你先下山去帮我找一根绳子，这暗室好像只有上面这一个出口。”

“哦，好好好，少爷您稍等一下啊！我马上回来！”潘璞说完向四周望了望，此时天早已黑了下去。他站起身，刚刚两个人拼命挖开这墓地的时候倒是没觉得累，此时反而觉得浑身酸痛，但他却顾不得那么多，沿着来时的小径匆忙向山下奔去。

且不说潘璞如何回到潘家旧宅，单说这潘俊见潘璞离开，又轻轻按了按自己怀里的那张潘苑媛的墨宝，在这暗室之中四处打量着，希望能在这个暗室之中找到更多姐姐活着的证据，只是他煞费苦心地在这里又寻找一圈，却始终未发现任何新的东西。潘俊有些疲惫地坐在那张木床上，胸口此时已经不像起初那般憋闷，但依旧有些难受。他双眼微闭心中默念《道德经》，忽然他的耳边响起一阵轻微的脚步声，那声音极近，从那脚步声判断绝不是潘璞。

潘俊心知这必是冯师傅教给自己的土系驱虫师的八观之术，他竖起耳朵几乎能听见那人的喘息声，他蹑手蹑脚地从床上站起向那声音的方向走去，忽然那脚步声似乎就在自己的身边停止了，他猛然睁开眼睛向头顶上的洞口望去，只见一个黑影倏忽间消失在了洞口，潘俊向上喊道：“谁？谁在上面？”可是却始终没有应答，潘俊再次在心中默念《道德经》，耳边却始终没有出现任何声音。

潘璞拿了绳子匆忙从老宅子中奔出，他刚一出门恍然间眼前闪过一个黑影，他定睛望去却发现什么也没有，心中虽然诧异，但此时送绳子要紧，便也没有多想，向山顶而去。

九

金枝颤，国破山河在

两人回到宅子中时已经是深夜了，他们刚一跨进宅子的大门便发觉有个人站在门口，潘俊一下子便认出那人是时淼淼。

“时姑娘，你怎么会在这里？”潘俊勉强从嘴角挤出一丝笑容。

“等你……”听了时淼淼这话，潘璞识趣地向时淼淼点了点头，将绳子背在身后走进了老宅子。此时燕云和吴尊二人正坐在正厅聊着什么。

“等我？”潘俊望着潘璞的背影渐渐走远疑惑道。

“潘俊，有些事情我想还是说明白了比较好！”时淼淼从潘俊身边走过，一直走到宅子门口的那几棵参天古松旁。

“我不太明白时姑娘的意思！”潘俊站在时淼淼身后说道。

“唉，潘俊，我希望你能把所有想做的事情都告诉大家，不要让大家像没头苍蝇一般跟着你到处跑。本来与冯师傅约好来安阳，可是你却没有和我们商量就又去了北平，而你对在北平发生的事情却一直讳莫如深。”时淼淼口气冰冷却步步紧逼，“来到安阳你也从未对大家说过你的计划，我们这样没头没脑的究竟要到什么时候？”

“呵呵，时姑娘原来说的是这件事！”潘俊微微地笑了笑说道，“我想冯师傅他们这两天便会到了，等他们到了我便将所有的事情都告诉你们！”

时淼淼听了潘俊的话，盯着他看了良久然后叹了口气，语气也柔和了下来说道：“潘俊，你别怪我，对于驱虫师家族的事情我一点也不想参与，我现在唯一想做的事情就是早日为母亲报仇！”

“时姑娘，你的心情我能理解！”潘俊知道时淼淼之所以卷入这场风波，全部是因为她的母亲——水系前一任的君子死于这青丝之下，虽然潘俊几经周折终于使她相信，这世界上除了潘俊之外，还有其他人会用青丝，但至今为止却始终未找到杀死时淼淼母亲的真凶。

回到正厅内潘璞正在与燕云叙旧，这燕云是个话匣子，遇见熟人便滔滔不绝地说了起来，将这一路上所经历之事一股脑地讲给潘璞，潘璞倒有些心不在焉，他一直关心着另外一件事。

直到将近午夜的时候大厅中的人才散去，潘俊走进自己的房中，将那张姐姐的墨宝展开放在桌子上，上面的几个字是如此熟悉，她一定还活着，只是她现在身在何处呢？

潘俊端详了一会儿，将墨宝小心折叠起来放在书架上，打开窗子，今晚月朗星稀，四周群山的轮廓在天际间显得格外清晰。他长叹了一口气，仅仅一个月的时间发生了太多的事情，逃离北平，来到安阳追查金系驱虫师下落，这所有的事情就像是一个颇具传奇色彩的故事，只是这故事却多了几分悲壮。他微微笑了笑，正在这时一个黑影从他眼前掠过，潘俊心头一惊，燕云忽然出现在了窗口，她笑眯眯地望着潘俊说道：“潘哥哥，你在想什么？”

未等潘俊说话燕云已经从窗口跳了进来，轻轻拍了拍身上的尘土。

“燕云，这么晚你怎么还不休息？”潘俊见燕云大摇大摆地走到自己的床前坐了，下来问道。

“嘿嘿，睡不着啊！”燕云上下打量着潘俊的房间说道，“不知为什么，这几天我心里总是惴惴不安的，好像有什么事情要发生了一样！”

“可能这段时间发生的事情太多，有些神经紧张了吧！”潘俊说着走到桌子前面坐在椅子上，“要不要我给你开几味有助睡眠的药啊？”

“别，别，别，我还用不着那东西！”燕云从床上跳下来说道，“潘哥哥，其实我一直都想问你一件事！”

“嗯？”潘俊微微地皱着眉头望着燕云道，“什么事？”

“嗯……”燕云咬了咬嘴唇，平日里这姑娘说话从不避讳，今天忽然吞吞吐吐倒是让潘俊有些好奇。

“什么事你说吧，如果我知道的话一定会告诉你！”潘俊鼓励道。

燕云又咬了咬嘴唇：“其实是关于子午的，我记得当时子午给了我一封信，可是我一直不知道那封信上究竟写了些什么内容！”

潘俊释怀地笑了笑：“你说这件事啊？”

“嗯！”燕云难得表情认真地盯着潘俊说，“当时他把信交给我的时候和我说一定要亲手把这封信交给你，在此之前不准任何人看！”

潘俊在怀里摸了摸，掏出子午的那封信递给燕云说道：“信你可以看，不过你看完之后里面写的任何一个字都不能泄露出去！”

“啊？”燕云又惊又喜，她起初只是想来问问，谁知潘俊竟然将信递给了自己，她犹豫着接过那封信，“里面写的东西很重要吗？”

潘俊点了点头。

燕云拧着眉头想了一会儿，轻轻地将那封信展开，一双大眼睛注视着信上的那几行字，看完之后不禁大张着嘴，一脸惊讶地望着潘俊道：“子……子午在信上说的是真的吗？”

潘俊摇了摇头：“宁可信其有不可信其无！”

燕云忽然惊叫了起来：“如果他说的是真的话，那我岂不是又做错事了！”

潘俊微微笑了笑：“没事的，记住这信上的内容不能和任何人说。”

燕云将信小心翼翼地放在潘俊的案前点了点头：“我绝不会和任何人提一个字的！”

“对了，潘哥哥，下午潘璞叔给我们安排房间的时候，特意叮嘱我们千万不准去二进院落，不知为什么？”燕云这丫头的好奇心似乎比任何人都要强。

潘俊心头微微一颤，脸上的表情却依然平静：“那里是家族的禁地，只有木系的君子才可以进去，其他人是禁止入内的！”

“哦！”燕云似懂非懂地点了点头。本来火系欧阳家族规矩极少，自从到了北平之中，燕云忽然觉得自己倒像瞬间变成了傻子，各种各样的规矩冲进脑子，她不懂却只好对这些规矩敬而远之。

潘俊不知睡了多久，恐怕是这将近半个月的时间里睡得时间最长，却是最累的一次，各种怪异的梦冲进脑海。他醒来的时候阳光已经透过窗纸射了进来，暖暖的让人有种慵懒的感觉，他心想如果这样的日子一直持续下去该有多好。他贪恋地在床上翻了个身，恍惚之间又睡着了。

再醒来的时候这老宅子忽然热闹了起来，一个熟悉的声音传进他的耳朵。

“潘俊，我们来了！”这声音正是土系驱虫师君子冯万春，潘俊一个骨碌从床上坐起来，赤着双脚迎了出去。冯万春见潘俊如此模样，不禁停在他前面大笑道，“哈哈，看来潘爷也有不修边幅的时候！”

“冯师傅说笑了，快快快，快请进来，我现在日盼夜盼，就希望你们能平平安安地到达安阳！”潘俊向他身后望了望，见燕云此时正拉着燕鹰的手上下打量着，而段二娥的身边则多了一个十来岁的小男孩，还有一只与那孩子个子差不多大的一条巨犬。

“这是……”潘俊指着一直拉着段二娥的手，怯生生的小男孩问道。

“哦！”冯万春扯着嗓门说道，“这个说来话长，潘爷我们这一路上是又渴又饿，你总不能让我们站在门口和你说吧！”

潘俊自觉有些失礼，连忙拉着冯万春的手将其带入正厅，然后吩咐潘璞让厨房做菜。这几个人坐定之后，这两队人马总算是全部顺利到达了安阳。

潘璞一面在厨房中奔波，一面忙于给这几个后来的人找住处。这宅子虽大，但是住的地方并不多，最后只能安排三个女子住在一间屋子中，燕鹰与金龙和吴尊住在一起，冯万春与潘俊住在一间房子中。

晚餐极为丰盛，一桌子人围拢在桌子前面，席间大家各说路上所见趣事，只有时淼淼与燕鹰一直保持着沉默，时淼淼自顾自地吃了一些之后便离开了座位，而燕鹰一直坐在燕云身边偷偷地望着周围的人，似乎是在寻找着什么。

酒过三巡菜过五味，冯万春已经喝得醉醺醺不省人事，潘璞与吴尊二人将其驾到潘俊的床上，刚一离开便听见冯万春如雷般的鼾声，吴尊不禁窃喜道："看来今晚有潘爷好受的了！"

潘璞笑了笑跟着吴尊走了出去，这酒席尚未散去，吴尊与燕鹰也喝了不少，却始终不忘时不时用余光瞥一眼一直面无表情的时淼淼。

晚饭之后潘俊让他们各自回到房中休息，余下的事情明日早晨再作商议。吴尊和燕鹰早已烂醉如泥，相拥着走进了房间，而燕云也是一脸兴奋地拉着段二娥走进了房间。唯独时淼淼始终坐在远处，直到潘璞将餐具撤下之后才站起身来。

"时姑娘……"潘俊叫住了时淼淼，她扭过头微微笑了笑说道，"还是明天再说吧！"说完之后她便自顾自地离开了厅堂。

潘俊见所有人均已离开便匆匆走进房间，刚刚冯万春在离席之时曾有意无意地在潘俊的肩膀上轻轻拍了一下，旁人恐怕不觉，但冯万春曾将土系秘术亲口传授于潘俊，因土系驱虫师经常于暗穴之中行走，往往说话不便，于是便发明了一些手势。潘俊心知冯万春假意喝醉，实是不想别人听到他们谈话。

他刚一进房间便发觉冯万春已经坐在了桌子前面，见潘俊进来拱手道："席间有些话不方便说，于是才出此下策！"

潘俊微微笑了笑说道："不知那件事冯师傅是否查到些端倪？"

"嗯！"冯万春点了点头，"诚如潘爷所料，只是时间急促一时间还无定论啊！"

"唉！"潘俊听完这话脸上毫无喜色，更多的是忧虑，"我倒希望冯师傅回来告诉我，我的猜测全是错的！"

"潘爷小小年纪却料事如神，冯某佩服。"冯万春这句话确实是发自内心。潘俊摆了摆手。

"对了，与段姑娘在一起的那个孩子真的是金系的后代吗？"潘俊这一晚上目光始终未曾离开过金龙，他隐隐觉得这孩子的来历非比寻常，只是碍于当时人多不能多问。

“唉，这孩子在我回来的时候便已经在了！”冯万春叹了口气从椅子上站起来说道，“听燕鹰和段姑娘说他确实是金家的后代，不仅如此，他还有一只明鬼，我想这足以证明他的身份了！”

“嗯！”潘俊若有所思地点了点头，“只是不知他究竟是谁的后人。”

“恐怕这件事只能找金无偿给咱们答复了！”冯万春踱到潘俊身边说道。潘俊点了点头。

“潘俊，我听燕云这丫头说你们这一路上也遇见了不少事啊？”那燕云吃饭之时口中便未曾停过，将那凤吊山万鸟袭朋来客栈之事说得天花乱坠。潘俊微微笑了笑，然后将事情的前后因果讲了一遍。

说完之后冯万春诧异地望着潘俊：“真有此事啊？”

“嗯，我之前曾经看过一些关于这方面的典籍，并非如燕云所说那般神秘！”

“哦！”冯万春若有所思地点着头，点上一根烟双手抱臂望着窗外。

而在隔壁的房间中另外一个人亦是双手抱臂，一双眼睛盯着窗外的月亮发呆，此人正是欧阳燕鹰，席间他一改常态一直沉默寡言，时不时看一眼口若悬河、滔滔不绝的姐姐，心中复杂至极。

自从来到潘家老宅燕鹰便一直闷闷不乐，这一切都被段二娥看在眼里，她隐隐觉得燕鹰似乎在隐瞒着什么，他并不像潘俊那样有极深的城府，即便胸中翻江倒海，脸上依旧是面不改色。所有的事情都已经写在了燕鹰的脸上。

“啪啪啪！”一阵轻微的敲门声传进了燕鹰的耳朵，他向床上扫视了一下，见吴尊与金龙都已睡熟，蹑手蹑脚地走到门口小声问道：“谁啊？”

“我！”门外传来了段二娥有些沙哑的声音。这一路上段二娥偶感风寒，虽无大碍，但喉咙却有些沙哑。潘璞在晚饭前特意给段二娥熬了一碗药，喝下去之后顿时好了大半。

燕鹰再次扭过头见床上吴尊已经响起了平稳的鼾声，这才轻轻地将房门拉开走了出去，见段二娥手中抱着一个用黑布包裹得严严实实的盒子问道：“段姑娘，这么晚你找我有事？”

段二娥的脸一下子红了起来，微微低下头道：“我……想问问你今晚喝多了没有！”

“呵呵！”燕鹰自觉胸口一阵暖意，他微微笑了笑道，“只是头稍微有些晕，没事的！”他的目光再次落到段二娥怀里的盒子上，“这么晚你抱着这个出来做什么？”

“哦！”段二娥像是忽然想起了什么，抬起头说道，“我刚刚是想看你喝醉了没有，如果没事的话陪我去将这个交给潘俊哥哥吧！”

“为什么？”燕鹰不解地问道。

“我想潘俊哥哥那么聪明，想必一定能知道打开这个盒子的方法！”段二娥从门缝向房内看了看说道，“可能里面有关于金龙身世的东西吧！”

燕鹰亦是向内中望了望，沉吟片刻点了点头说道：“好吧！”说完他将门紧闭上，随着段二娥走过房门外的甬道向潘俊所住的房间而来。

一阵轻微的敲门声从门口传来，潘俊对冯万春做了一个噤声的动作，冯万春点了点头从窗口移到床边。

“潘俊哥哥，你睡了吗？”段二娥轻声问道。

“是段姑娘啊！”潘俊说着瞥了一眼冯万春，他已经倒在床上佯装熟睡。此时潘俊才下了地穿上鞋走到门口，推开门见燕鹰与段二娥站在门口，段二娥的怀里紧紧抱着一个黑布包裹的盒子。

“怎么了？段姑娘有什么事吗？”潘俊好奇地望着站在门口的两个人。段二娥与燕鹰对视了一下：“潘俊哥哥，能找个安静的地方说话吗？”

潘俊愣了一会儿点了点头，带着两个人来到大厅，在背面靠近书架的墙壁上轻轻叩击几下，暗门缓缓打开。“进里面说吧！”

几个人分前后鱼贯而入，潘俊最后走进，又在机关上按动几下，暗门缓缓关闭。段二娥环顾了一下这间密室，之后径直走到床边将一直紧紧抱在怀中的那个用黑布包裹的盒子放在床上说道：“潘俊哥哥，这个东西是我和燕鹰循着金龙身上的明鬼发现的！”

说着段二娥轻轻地将盒子上的黑布拆开，一个上面画着黑白圆圈的木盒出现在潘俊的眼前，潘俊一惊，三步并作两步走到床前，轻轻抚摸着那个木盒说道："段姑娘，你知道这是什么吗？"

"嗯！"段二娥点了点头，"爷爷在世的时候曾经和我说过关于河洛箱的事情，他说河洛箱是金系驱虫师的祖先依照着河图和洛书制作而成的精巧机关盒，这盒子中装着金系驱虫师不传的宝贝。"

"嗯！"潘俊点着头，当时离开道头村的时候，金无意确实对自己说过这河洛箱中的物事关乎金系驱虫师的命运，却因为时间紧迫未像段二娥说得这般透彻。

"听爷爷说打开河洛箱有两种办法，一种是河洛箱拥有者根据自己的需要设定的方位，这是最简单最直接的方法，可是眼下谁也不知这河洛箱上一代的拥有者是谁。还有另外一种方法打开，这种方法是金系驱虫师通用的口诀，不过只是个口诀，因为随着时节变化，河洛箱自身的机关也会随之变化，因而想要用这种方法打开它几乎是微乎其微！"段二娥有些失望地说道，"而且这河洛箱本应该有河箱和洛箱两个，我们只找到了一个而已！"

潘俊听完段二娥的话笑了笑："你们等等！"说完潘俊急匆匆按下机关打开暗门走了出去，在密室中的两人不知潘俊究竟作何打算，均是面面相觑，大概过了一炷香的工夫那道暗门再次打开，潘俊怀中抱着一件与床上那盒子几乎一模一样的箱子出现在两人面前。

段二娥不可思议地望着潘俊道："潘俊哥哥，这只应该便是河洛箱中的河箱吧！"段二娥接过潘俊手中的河箱，修长柔嫩的手指在箱子上面轻轻游走，在靠近箱子中间的部位她的手指停了下来，抬起头满脸笑意地说道，"没错，这确实是河箱！"

"你爷爷在我们临行之时曾经和我说这河箱遗失多年，我当时猜想这箱子恐怕是在金顺手中，谁知我将他捉来一问发现这箱子果然是在他的手里。只是当时他却将箱子当了出去，几经周折才算是将这河箱拿到！"潘俊长话短说将这河箱的来历大致说了一遍。

“原来是这样啊！”段二娥的眼睛始终盯着那两只箱子，只是燕鹰却一直站在一旁洞若观火般冷眼视之，始终不说一句话。

“对了，段姑娘，燕鹰，我一直想听你们说说发现那孩子的过程。”潘俊让燕鹰坐下，自己则站在一旁说道。

“哦！”段二娥咬了咬嘴唇，将在将军圃发生的一切一五一十地与潘俊说了一遍，大约过了多半个时辰段二娥才长出一口气，“事情的经过就是这样的！”

“哦！”潘俊若有所思地皱着眉头，“听你们这样说，看来金龙确实是金系的后代，可是他怎么会被人遗弃在将军圃那个荒山之中呢？”

“哦！对了，还有一件事！”段二娥指了指燕鹰道，“燕鹰，你不是说金龙的父亲是被那个叫刀疤脸的土匪头子所杀吗？”

燕鹰点了点头：“确实，我审问刀疤脸的时候他是这样说的，他说十年前曾经为了投名状在将军圃附近的大山之中杀了一个侏儒，还侮辱了他的妻子！”燕鹰一面说，脑海中的记忆渐渐断裂成无数的碎片。

幽暗的地牢中挂着几盆篝火，地牢中的光线随着那篝火闪烁明明灭灭。刑房中弥漫着一种刺鼻的焦灼味和一种恐惧的不安，让人刚一进入便觉得心情沉重。这间刑房有十米长，八米宽，一进门，对面的墙上摆放着各色折磨人的刑具，斧、刀、锯、钻、凿、鞭，一应俱全，应有尽有，在那刑具旁边是一张铁椅子，铁椅子后面挂着几条锁链。此刻椅子上正坐着一个半死不活的人，满是血污的脸上有一道深深的伤疤，他上身赤裸，胸口处有一道刚刚烫烙过的痕迹，即便是在此时也还散发着难闻的焦味。

燕鹰站起身来缓步走到那人的面前，见他已经昏死过去，从旁边的木盆中舀出一瓢冷水一用力将水全部泼在那人的身上，原本昏死的人一激灵醒了过来，剧烈的疼痛立刻让他叫苦不迭。

“大爷，大爷您饶命啊！”刀疤脸声嘶力竭地呼喊着。此刻他怕了，他真的怕了，汗水和尿水早已经将裤子打湿，左眼微闭着，干涸的血迹将眼皮和眉毛粘连在一起。

“现在你知道怕了？”燕鹰俊眉冷对，牙齿咬得“咯咯”作响，“你闯进将军圃的劲头哪去了？”

“不敢，不敢……”刀疤脸狼狈地说道，“早知道您在，无论如何我也不敢冒犯您的虎威啊！”

“哼！”燕鹰冷笑着向后退了退，在燕鹰的身后是一个火炉，炉火熊熊燃烧，在那炉火上面放着一个已经被烧得通红的烙铁，燕鹰刚刚便是用这把烙铁将刀疤脸烙得晕死过去的，此刻他再次拿起烙铁吐了口口水，只听“滋啦”一声，已经变成了水汽。

此时那声音在刀疤脸听来比鬼哭狼嚎更加瘆人，他不禁打了一个寒战，身体下意识地向后缩了缩，但此时整个人都已经被锁链绑在椅子上如同粽子一般，想躲也躲不掉。

“大爷，大爷，您放过我吧！”刀疤脸剧烈地喘息着，惊恐地看着燕云悠闲地摆弄着手中的烙铁。

“放过你？”燕鹰像是在自言自语。

“对了，对了大爷，您放过我吧，有一件事您一定很想知道！”刀疤脸忽然想到与燕鹰在一起的那个小孩子。

“哦？”燕鹰似笑非笑地说道，“我真不知道你还有什么事情能让我有兴趣的！”

“有，有，这件事您一定有兴趣！”刀疤脸抓着那根救命的稻草说道，“您一定不知道那个和您在一起的小孩子的父母在哪里！”

这话一出口燕鹰眉头微皱，手轻轻一放，烙铁“啪”地一下掉入火炉之中溅起几粒火花，他将自己的椅子反过来，手支在椅子的靠背上顶着刀疤脸问道：“你知道金龙的身世？”

“嗯，嗯！”刀疤脸见自己的话果然引起了燕鹰的兴趣连连点头道，“主要是我认识那孩子脖子上挂着的那个东西！”

“你是说明鬼？”燕鹰想起自己最初注意到金龙也是因为金龙脖子上挂着的明鬼。

“对，和刚刚金先生给您的那只一模一样！”刀疤脸点着头说道。

“好，那你倒是说说，不过……”燕鹰说到这里，侧过头看着旁边那一排刑具说道，“这里的新鲜玩意可真是不少，如果我发现你有一句隐瞒的话，我便让你将这里所有的刑具都试一遍！”

刀疤脸咽了咽口水：“如果我告诉您，您能不能放我一条生路？”

“那就看你说的我是不是满意了！”燕鹰从旁边的桌子上拿过一把顶端带着弯钩的刑具轻轻敲了一声，那东西发出“哐当”的一声，

刀疤脸将如何枪杀金龙父亲和用还在襁褓之中的金龙要挟其母就范之事一五一十地讲给了燕鹰。“我将那女人丢在一旁，拿出刀将那个侏儒的脑袋砍了下来，谁知正好看到那个……哦，那个明鬼！”刀疤脸讲完以后见燕云始终盯着墙角，“大爷……我讲完了！”

燕鹰此时才长出一口气，微微点了点头，然后从椅子上站起来，随手将椅子的方向扭正，走到一旁的刑具架前上下打量着，似乎在寻找着什么，忽然燕鹰的目光盯住一个小小的刀片，那刀片外形如同一个小铲子，却异常锋利，燕鹰将那刀片拿下来轻轻吹了吹刀刃，走到刀疤脸面前。

“大爷，你说过如果我全部告诉你的话就会放过我的！”刀疤脸不知燕鹰究竟要做什么，咽着口水盯着燕鹰手中的刑具。

“我是说如果你说的让我满意的话，我就会放过你！”燕鹰说着猛地出手，拿刀直奔刀疤脸两腿之间而去，只听刀疤脸惨叫一声，一摊血水已经渗透裤子流淌了出来。燕鹰这才将刀片拔出，轻声说道，“可是你的话让我不满意，很不满意！”说完将手中的刀片扔掉，又到刑具架上寻了另外一把刑具……

“燕鹰……燕鹰，你怎么了？”段二娥拉了一把走神的燕鹰说道，燕鹰一激灵，见潘俊一直在注视着自己，才接着说道，“那刀疤脸说他杀死的那个侏儒应该便是金龙的亲生父亲吧，至于那个被他侮辱的女人，从那之后他便再也没有见过！”

“哦！”潘俊听完燕鹰的话点了点头，但他隐隐地感觉燕鹰有些奇怪。

“也许现在所有的谜都只有找到金无偿才能得到答案！”

“嗯，是啊！”段二娥应和着说道，“不过潘俊哥哥你现在打探到金无偿的下落了吗？”

潘俊点了点头：“我已经派潘璞打探过了，他确实在安阳城中！”

段二娥微笑着望了燕鹰一眼：“那咱们什么时候能见到他？”

潘俊叹了一口气说道：“想要见到他却要大费周折了！”潘俊沉吟片刻幽幽道，“无论如何我们也必须要见见他！”

“好了，时候不早了，你们这几天赶路也累了，早点回去休息吧！”潘俊看了看时间。此时已经二更天了，段二娥和燕鹰点了点头，她刚要转身忽然停住了脚步，望着潘俊欲言又止地咬了咬嘴唇。

“怎么了，段姑娘？”潘俊见段二娥似乎颇为犹豫于是问道。

段二娥瞥了燕鹰一眼说道：“潘俊哥哥，有一件事我不知道应不应该和你讲，或许燕鹰也和我的感觉一样！”

“哦？什么事？”潘俊见段二娥犹豫的样子，心想她所说之事必定极为严重。

“关于冯万春冯师傅！”段二娥顿了顿说道，“自从潘俊哥哥让我们分头来河南之后的几天时间里，冯师傅忽然失踪了，他在临行之时告诉我和燕鹰自己去前面打探，之后在石门会面。可是我总觉得冯师傅在秘密地做着一些不为人知的事情！”

“如果是我多心自然是好，可万一……”段二娥说到这里，见潘俊一直皱着眉头便将后面的话全部咽了回去，“燕鹰，你是不是和我感觉一样？”

“这……”燕鹰迟疑了一下说道，“恐怕真是段姑娘你多心了，我想冯师傅去前面探路自然有他的道理，再说咱们不是刚一到石门，冯师傅便找上门了嘛！”燕鹰的话让段二娥极为诧异，她盯着燕鹰，而燕鹰却似乎一直在有意回避着她的眼神。

“嗯，段姑娘所虑有理！”潘俊拍了拍段二娥的肩膀说道，“你们两个早点回去休息吧！”

段二娥这才与燕鹰一起离开了潘俊的密室，两个人刚一出正厅段二娥便停下了脚步，燕鹰向前走了两步察觉到段二娥站在自己身后冷冷地望着自己。

“燕鹰，你是怎么了？”段二娥不解地盯着燕鹰的背影说道。

“没什么！”燕鹰闭着眼睛狠狠地咬着嘴唇尽量装出一副冰冷的语气说道。

“可是我觉得你最近好像变了一个人一样！”段二娥上前两步走到燕鹰面前说道，“我知道你和我的感觉一样，冯师傅离开的几天难道你不怀疑吗？可是你为什么在潘俊哥哥面前那样说呢？”

燕鹰低着头微微地喘息着，段二娥双手抓住燕鹰的肩膀说道：“燕鹰，还记得在密葬中的时候吗？我们早已经历过了生死，你究竟发生了什么事情，能不能告诉我！燕鹰你看着我的眼睛，将所有的事情都告诉我可以吗？”

谁知燕鹰忽然像被激怒了一般一把将段二娥推开，用力的瞬间燕鹰便已经开始后悔了。燕鹰这一下的力道虽然不大，但段二娥却从未想到燕鹰会如此对待自己，根本就毫无防备，她的身体顺着燕鹰力道的方向向后猛冲过去，后脑重重地撞在了甬道的立柱上，段二娥只觉得天昏地暗，眼前一黑竟失去了知觉。

燕鹰心头一慌根本没想到这一下会如此严重，他上前两步抱住段二娥轻轻地叫道：“段姑娘，段姑娘！”

过了良久段二娥才缓缓睁开眼睛，她的后脑还阵阵作痛，见燕鹰抱着自己便拼命地摆着双臂挣扎，谁知燕鹰却越抱越紧，任凭段二娥如何挣扎始终不肯放手，直到段二娥觉得自己有些累了停下手，燕鹰才将紧抱着的手臂稍微松了松。

“唉！”段二娥叹了口气说道，“燕鹰，不管在你身上究竟发生了什么事情，你要记住我们始终是在一起的！”

燕鹰身体微微颤抖着，点了点头，段二娥轻轻拉开燕鹰的手站起身来，用手扶住额头，嘴角轻撇。

“对不起，段姑娘！”

段二娥摇了摇头并未回答，径直沿着甬道向前走。刚走出几步，燕鹰忽然追了上来，在段二娥的耳边轻轻说了几句什么，段二娥微笑着点了点头：“好！”说完段二娥轻轻地揉着后脑走进了房间。

燕鹰望着段二娥远去的身影，一层薄薄的愁云悄悄地笼罩在胸口。他左右环顾了一圈见四周无人，这才迈着步子向宅子门口走去，却始终未发觉在黑暗处藏着一双眼睛已将刚刚发生的一切尽收眼底了。

轻轻推开那扇红漆大门，门轴发出轻微的“吱吱”声，燕鹰在门口站了一会儿。夜风从前面不远处的溪流吹上来，带着淡淡的水汽和青草的清香，夜枭在这山坳之中不厌其烦地鸣叫着，宛若婴儿的哭泣般，让人有种不寒而栗的感觉。朗月之下的参天古松拖着长长的影子直至宅门，一瞬间燕鹰竟然有种自己此时身处午后的感觉。

不过他马上便清醒了过来，他漫步走向通往对面山顶的那座吊桥，随同潘璞进来的时候，燕鹰便被眼前这座横架于两山之间的吊桥震惊了，且不说这吊桥长度，便是这高度就会让所有看到它的人感到一阵心惊肉跳。

这吊桥的始点是对面的山顶，而终点则是这边山坳之中凸出的一个平台，两者之间至少也有百十来丈，即便是这吊桥距离谷底最浅的地方也足有数十丈之高。因而即使是一阵微风吹过，站在桥上的人也会觉得吊桥颤抖得厉害，唯恐忽然坠下，不过就是这种心惊的感觉让燕鹰迷恋不舍。他经由前面的小径走上那座吊桥，站在桥中央，夜风时而从桥下直冲而上，时而横穿桥身，陈旧的铁链在夜风中发出冰冷的撞击声，燕鹰张开双臂，身体靠在吊桥一旁的铁索上想象着自己如同夜枭一般翱翔于这夜晚的天际。

片刻之后燕鹰睁开双眼从怀里抽出一根短笛，短笛放在口中，一串奇异的音律从燕鹰的口中传出，这音律燕鹰吹得有些滞涩。曲毕，一会儿工夫燕鹰的耳边传来了一阵“呜呜”的号叫声，那声音像是从极远的地方传来一般，在群山之间飘忽不定，如同夜里哭泣的鬼魅。不一会儿工夫三个巨大的黑影出现在吊桥的另一端，燕鹰叹了口气坐在吊桥上，背靠着一根铁索。

脚步声响起的时候，燕鹰向潘家老宅的方向瞥了一眼，见一个女子正站在小路前面左顾右盼，他一眼便认出这人正是自己的姐姐欧阳燕云，几乎是与此同时燕云也看到了坐在吊桥中央的燕鹰。她三两步便跑到桥头，望着下面黑压压的谷底和眼前夜风中摇晃的吊桥，燕云停住了步子：“燕鹰，你这么晚跑到吊桥上做什么？”

原来刚刚燕鹰追上段二娥便是求她转告燕云自己会在门口等着她，段二娥轻轻将燕云推醒，将这些话告诉了燕云，燕云心道这臭小子又在搞什么鬼？虽然是这样，毕竟燕鹰是自己的亲弟弟，她还是披上外套来到了宅子外面，直到看见那个坐在吊桥上的黑影，心知必定是燕鹰这才急忙跑了过来。

“姐！”燕鹰见到欧阳燕云，从桥上站起来，深深地吸了一口气说道，“你过来！”

燕云来的时候见到那谷底，便觉得身上的鸡皮疙瘩一阵阵地往外冒，现在这深夜根本看不见谷底，她一看到那黑漆漆的深谷便心惊肉跳了，哪里还敢走上去。

“燕鹰，你发什么神经啊？”燕云怒道，“快点给我过来……”

“姐，奎娘死了！”燕鹰说“奎娘”两个字的时候泪水一下子从眼角奔涌而出，奎娘惨死在自己面前的那一幕他始终无法忘怀。

“什么？”燕云不敢相信自己的耳朵，她抬起头望见在那吊桥对面站着三只皮猴，“傻弟弟，你尽说笑，你前面那不是奎娘吗？”

燕鹰低着头轻轻地摇了摇：“姐，奎娘真的死了，它是为了保护我才送命的！”

燕云见燕鹰低着头泪流满面不像是在骗自己，但眼前那三只皮猴却又是怎么回事？

“燕鹰，你过来和姐姐说奎娘究竟是怎么死的？”燕云招手对燕鹰说道。

燕鹰擦着眼泪从吊桥中央一步步地向燕云的方向走过来，刚到燕云身边便紧紧地抱住燕云，泣不成声地说道：“姐，咱们走吧，咱们回新疆吧，好吗？”他哭泣着的身体剧烈地颤抖着。

燕云轻轻地拍着弟弟的后背，其实她何尝不想尽快回到新疆呢？在新疆的时候她从未想过人会如此地复杂，所有人的笑脸都是开心的表现，而现在她必须要学会从那些人的笑脸中看出他们内心中最恶毒的想法。

“乖，弟弟，告诉姐奎娘是怎么死的？”燕云柔声对燕鹰说道。

“姐，我为了替金龙的爷爷报仇独自一人去寻找刀疤脸，本想返回将军圃去寻找线索，谁知却中了埋伏……”燕鹰靠在姐姐怀里将那天晚上在将军圃所发生的事情悉数说了一遍。燕云听完拧起眉头说道：“你不是说自己闯入了刀疤脸的山寨吗？”

燕鹰痛苦地摇了摇头：“姐，那是我说给他们听的！”

欧阳姐弟从小便与奎娘生活在一起，感情早已超过人和动物了，此时听到奎娘真的死了，燕云不禁也淌下泪来，忽然她像是想起什么似的推开弟弟，柳眉微颦地说道：“那……你既然中了埋伏又是怎么出来的呢？还有……”燕云指着对面的三只皮猴手指颤抖地说，“那三只皮猴是怎么回事？”

“姐！”燕鹰的喉结微微颤动了一下说道，“我见到妈了！”燕鹰这句话让燕云的身体猛然一颤，她一把抓紧弟弟直勾勾地盯着他蒙眬的眼睛。燕鹰确定地点了点头，微微闭上双眼，两滴滚烫的泪水从他的眼角滑落，正如那天晚上一样。

“天惶惶，地惶惶，我家有个夜哭郎！”那个四十多岁的女人哽咽地低吟着。原本一直在挣扎着的燕鹰忽然停住了动作，泪水毫无来由地盈满眼眶，“路上行人念三遍，一夜睡到大天亮！”他嘶哑地说道。缓缓扭过头，那女人伸过手展开，那枚碎裂成两半的明鬼出现在燕鹰的面前。

周围诸人奇怪地盯着这一少一老，一男一女，燕鹰望着眼前的女人分明有几分熟悉之感，而眼前的中年女人的眼里也盈满了泪水。

“燕鹰……”女人含着眼泪微笑着说道。

“你是……”所谓梦里寻她千百度，蓦然回首，那人却在灯火阑珊处。眼前这个女人无数次地闯进燕鹰的梦中，几乎占据了他所有的记忆，他曾无数次设想过与她见面之时会是什么情景，却从未想过会在此处相遇。“娘……”这个字在燕鹰的身体里被积压了十几年，被无数次地演练，而此时此刻这简简单单的一个字，却足以感天动地。

“燕鹰！”女人向前一步紧紧抱住燕鹰，轻轻抚摸着他的脑袋。这一幕出乎在场所有人的意料，所有人都震惊了，除了一直躲在角落中的那个脸上有一道丑陋伤疤的土匪。此时他手心出满了汗，他蹑手蹑脚地贴着墙面小心翼翼地向外走，谁知一个不小心竟然“哎哟”一声从楼梯上跌了下来。

所有人都将目光移到了他的身上，只见他连忙从地上站起来，满脸堆笑，摆着手说道：“没事，没事！”正要一瘸一拐地向下走却被燕鹰喝住：“站住……”

刀疤脸一听不好，头也不回地向下猛冲，可他却忘了这是什么地方，刚跑出几步便被三五个日本兵拦住了去路，将其架了回来。

“娘，这个人害死了我的救命恩人，能不能把他交给我处置？”燕鹰扭过头望着母亲说道。

燕鹰母亲微微点了点头，朗声道：“这是我儿子欧阳燕鹰，以后谁如果敢动我儿子一根汗毛，便是与我金素梅为敌！”这金素梅虽是一介女流，但这几句话却说得颇有气势，旁边的日本人连连点头口呼“哈依！”

“先把他关起来！”金素梅说完拉着燕鹰走进了佐藤小队长的房间，母子二人一别十数年，金素梅离开新疆欧阳家的时候燕鹰还是个乳臭未干的孩童，而如今却长成了一个大小伙子。燕鹰更是好奇母亲身为一个中国人何以能让这些日本人如此服服帖帖。

金素梅见燕鹰一脸狐疑，早已猜到他在想什么了：“儿子，你是不是好奇母亲为什么能在日本人中有如此威望啊？”

燕鹰点了点头。金素梅微微笑了笑说道：“孩子，如果让你跟我在一起你愿意吗？”

燕鹰一时之间未明白金素梅的意思，有些疑惑地说道：“和母亲一起？帮日本人吗？”

“哈哈！”金素梅听完燕鹰这句话禁不住笑了起来，轻轻地在燕鹰的鼻梁上刮了一下说道，“我的小儿子可真傻啊，现在母亲只不过是在利用这群日本狗而已，一个弹丸小国整日痴迷地在做大国梦会有什么前途？”

“利用这些日本人？”燕鹰重复着母亲的话，更是不解母亲这话究竟是什么意思。

“对！”金素梅坐在燕鹰身旁搂着他的肩膀说道，“这些日本狗一厢情愿地以为用武力便可以征服中国，殊不知那弹丸岛国的所谓大和文化如何能与我华夏泱泱五千年文化相提而论？但是这些人也有一个好处，当他们把幻想当成事实的时候便会变得疯狂，因为只有在他们疯狂的时候我们才能利用他们，只有在内忧外患之时那个东西才会出现！”

“那个东西？”燕鹰望着得意的母亲眉头皱紧，“是什么？”

“驱虫师家族的绝密，那是一个可以颠覆历史的秘密。”金素梅说到这里站起身向窗外望去，“相传这个秘密只有在天下动荡之时才会出现，得之便可以得天下！”

“啊？”燕鹰从未听说过这些事，他诧异地望着母亲，心中有些怀疑眼前这个女人究竟是不是自己日思夜想的母亲。燕鹰清楚地记得自己小的时候每晚睡觉前都会啼哭不止，虽然看过很多医生，但所有人都束手无策。母亲来自中原，一日傍晚母亲从书房中走出，手中拿着几张纸，上面写着字。母亲抱着燕鹰将那些纸贴在道路两旁的树上，一面贴一面教燕鹰：“天惶惶，地惶惶，我家有个夜哭郎，路过行人念三遍，一夜睡到大天亮！”说来奇怪，自从那时开始燕鹰便每晚不再哭闹，直到母亲离开之后燕鹰还会在每晚睡觉之前自己口中默默念着那几句话。

“燕鹰，你是我唯一的儿子！”金素梅抓住燕鹰的手说道，“如果你不帮母亲的话便没有人会帮母亲了！”

“可是……可是我不知道怎么才能帮您啊！”燕鹰吞吞吐吐地说道。

金素梅凑到燕鹰耳边轻轻对他说了几句，燕鹰的脸色大变，当金素梅说完之后他的嘴巴大张着：“妈妈，您说的一切都是真的吗？可他们都是好人啊！”

“哼！”金素梅鼻息微动，“那是因为他们还不知道这几大家族真正的秘密罢了！”

“母亲，我不能这样做，即便我想，姐姐也不会同意的！”燕鹰以姐姐为借口推诿道。

“我的傻孩子，你和燕云都是我的亲生骨肉，如果不是这样的话你们恐怕此刻早已经不在人世了！”金素梅最后几个字说得极其冰冷，让燕鹰心头猛然一颤。

“那……让我想想吧！”燕鹰咬了咬嘴唇说道。

“好，如果你想好了就按照娘说的做！”金素梅轻轻在燕鹰的额头上吻了一下说道，“明天早晨你就离开这里去找他们吧！”

“嗯！”燕鹰点了点头，金素梅还要与燕鹰说些什么，谁知这时却响起了一阵敲门声，金素梅立刻绷住脸冷冷道：“进来！”

只见那日本翻译推开门站在门口行了一个礼，腰杆挺得笔直说道：“金先生，有您的电话！”

“是谁打来的？”金素梅轻轻帮燕鹰舒展着衣服冷冷地说道。

“是松井司令！”日本翻译回答得干净利落。金素梅将手按在燕鹰的肩膀上，从怀里掏出一把笛子递给了燕鹰说道：“儿子，我听他们说奎娘死了，这个送给你，如果有意外的话它们会保护你！”说完金素梅在燕鹰的脸颊上吻了一下，随那日本翻译走出了房间。

十 黑影现，森森潘家宅

燕鹰说完这些觉得口干舌燥，因为刚刚的哭泣自己的脑袋也有些微痛。燕云听着弟弟的话一直沉默着，过了片刻她才说道：“她一次也没有提起父亲吗？”

燕鹰摇了摇头：“没有！”

“呵呵，一夜之间忽然离家出走，一去十几年。她从来没有想过给这个家带来过什么。”燕云说到这里眼泪早已滚落下来，“她的心里从来只有她自己而已，父亲为了寻找她几近疯狂，最后终日酗酒自杀而死，这一切她不曾想过。”

“姐，你别说了！”燕鹰哭泣着说道。

燕云站起身来叹了一口气说道：“爷爷是死在日本人手中的，这个仇我一辈子也不会忘记，想让我和日本人同流合污，哼！除非我死！”

她的话音刚落忽然潘家老宅的方向传来一阵犬吠声，燕鹰知道那正是巴乌的声音，两人一起向潘家老宅的方向张望，忽然一个黑影从眼前闪过，飞过潘宅院墙，一骨碌坠入院子外面的荒草丛中消失了。

“走，咱们去看看！”燕云一把抓住燕鹰的手快速地向那片荒草丛奔去，他们刚到潘宅门口，便见段二娥与时淼淼两个人已经夺门而出，他们几个人对视了一下。

“往那个方向去了！”燕鹰见姐姐盯着时淼淼的眼睛简直在冒火，于是连忙说道。

话音刚落时淼淼便抢在前面向那片荒草丛中奔去，燕云毫不示弱紧随其后，段二娥一只手还按在脑袋上，恐怕刚刚撞得那一下确实不轻。燕鹰抱歉地向段二娥点了点头，跟在姐姐后面向那片荒草丛中跑去。

当潘俊和冯万春、潘璞来到门口的时候只见段二娥一个人站在门口，剩下三人早已经消失在了草丛之中。

“怎么回事？”冯万春一面穿着外衣一面问道。

“刚刚我和时姑娘在房间里睡觉，忽然见窗口闪过一个黑影，巴乌立刻狂吠了起来，于是我和时姑娘就追了出来正好遇见燕云和燕鹰两个人，他们好像也看到了那个黑影，三个人已经追上去了！”说着段二娥指了指眼前的那片草丛，潘俊顺着她手指的方向望去不禁皱了一下眉头。

正在这时燕鹰、燕云、时淼淼三人气喘吁吁地从荒草中走了出来。

“找到了吗？”段二娥走上前去向燕鹰问道。

燕鹰无奈地摇了摇头：“山上的草太茂盛了，不要说人，连个鬼影子都没见到啊！”

“时姑娘……”潘俊见时淼淼自顾自地向宅子中走去不禁叫道，“真的是个人影吗？”

时淼淼不置可否地拧起眉头，潘俊似乎明白了什么便不再追问，见时淼淼回到了房间之中，余下几个人也都回到了各自房间。

只有潘璞一直跟在潘俊身边走进正厅，悄悄在潘俊耳边说道：“少爷，昨天晚上我回来拿绳子的时候也见到了一个黑影！”

“嗯！”潘俊点了点头，他想起那时他在洞穴之中见到的那个黑影，可那个黑影究竟是什么人？潘俊忽然怔住了，脑海中闪过一个人，难道是在北平城中频频出现的那个人？他似乎一直在跟着自己，自己的一举一动都被他看在眼里，可是他究竟是什么人呢？

关于那个黑衣人潘俊始终猜不透，他总是时隐时现，似敌非敌，似友非友，与他保持着一段不远不近的距离。他叹了一口气，阵阵的刺痛再次从关节传来，潘俊连忙打开密室，独自一人忍受着千虫啃食的滋味，当这一切结束之后，他将那河洛箱放在一旁，自己靠在墙上和衣而卧。而这一晚失眠的人大有人在，燕云始终望着窗外的月亮无论如何也睡不着，无数的念头冲上心头，越想整个人似乎越精神，后背渗出的汗水已经将薄薄的睡衣打湿了。燕云索性从床上坐起来，轻轻推开窗子。月朗星稀，山中的那轮明月此刻显得出奇之大，一个巨大的光晕笼罩在月亮周围，“月晕而风，础润而雨”，这是燕云小的时候母亲告诉她的，这么多年过去了屡试不爽。

“为什么？”燕云的耳边响起一阵轻微的呼喊声，她猛然一颤，扭过头见睡在一旁的时淼淼嘴唇微动，身体瑟缩着，被子已经被她踢到了一旁。“这一切是真的吗？”时淼淼带着哭腔呓语道。燕云又是一惊，她沉吟片刻，轻轻挪动身子将时淼淼身上的被子向上拉了拉，忽然一件物事从时淼淼的衣服中滑落，她定睛一看，眼睛像是被什么东西电了一下，冷汗倏忽间从她的后背冒了出来。

“月晕而风，础润而雨。”远在千里之外的北平城东一个四合院里，金素梅披着外套双手抱在胸口，站在窗前望着被一个巨大光晕笼罩着的月亮轻轻说道：“要起风了！”

“金先生，您多穿一点衣服免得感冒！”在金素梅的身后站着之前一直监视着潘俊的那个青衣，此刻他穿着一身中山装，头发油光可鉴，身体笔直地站在金素梅身后数步远的桌子旁边。

金素梅将衣服裹了裹：“唉，罗秀，这些年你一直在我身边，从东北到北平，难为你了！”

青衣听了这话有些感激地说：“我的这条命是金先生给的，能为金先生办事是我罗秀前世修来的福气，我罗秀赴汤蹈火在所不辞！”

金素梅将窗子轻轻合上，迈步走回到桌子前面，坐在椅子上看了一眼站在一旁的罗秀：“坐下吧！”

罗秀愣了一下，然后从身后拿了把椅子坐在金素梅的对面。借着烛火金素梅望着罗秀的脸，竟然不知不觉淌下泪来。

“金先生……”罗秀跟随金素梅足有十年之久，眼中的金素梅早已是巾帼不让须眉，从未见她落过一次泪，任何时候都能安然处之，只是此刻金素梅忽然落泪，罗秀一时有些不知所措。

“没事！”金素梅摆了摆手，罗秀这才再次坐在椅子上，然后试探着问道：“您是因为燕鹰的事情吧？”

金素梅长叹了一口气：“十余年再次见到他们，唉……”

“金先生，前些日子您让我化作青衣，暗中跟踪潘俊一行人寻找的那个姑娘莫非是……”罗秀忽然想起半个月之前那鸡毛店中发生的一幕。

金素梅点了点头：“她是燕鹰的姐姐，叫燕云，现在也该到出嫁的年纪了吧！”

罗秀不再说话，低着头用余光盯着眼前这位四十来岁却风韵犹存的女人。十年前的那年秋天，罗秀跟随剧团远赴沈阳演出，他与剧团中一个名叫殷然的姑娘青梅竹马，本想赚些钱两人成婚。谁知命运却和他开了一个不大不小的玩笑，当天他们演出之时，一个喝得醉醺醺的日本兵忽然冲上台去，抱住殷然又亲又抓，剧场瞬间乱作一团。

这罗秀从小也学了些武戏，有几分身手，一怒之下拿起一根手臂粗细的木棍便向那日本人砸去。那日本兵见势不妙，一闪之下这一棒却砸在了殷然的头上，瞬间殷然的鲜血溅了一脸。殷然望了一眼罗秀便倒地气绝而亡，那日本兵见此情景站在一旁哈哈大笑。

罗秀怒起再向那日本兵砸去，谁知那日本兵早已将枪口对准了自己的脑袋，手指抵在扳机处。值此千钧一发之际，一个穿着披风的中年女人忽然从椅子上站起来，走到那日本兵前朗声道：“住手！”

日本兵哪里肯听，一脚将罗秀踢倒在地踩在脚下。将枪口对准那女子胸口，谁知这中年女子毫无惧色，目露寒光，正在此时一队日本宪兵从外面奔进，本来那日本兵自觉眼前的形势那女人必死无疑，谁知那些日本宪兵竟然站在女人面前恭敬道：“金先生……”

那日本兵见势不妙立刻扔掉手中的枪，马上向中年妇女鞠躬，中年女人走到罗秀面前将他搀起道："你想报仇吗？"

罗秀此时怒不可遏，恨不得现在便食其肉，寝其皮，听了这话连忙点了点头，目光如炬地望着眼前的这个中年女人。说完女人从怀里掏出一把手枪打开保险递给罗秀："会开枪吧？"说完女人戴上帽子便自顾自离开了剧场。

只听"啪"的一声从剧场中传来，女人的脚步微微停滞了一下，嘴角露出一丝诡秘的微笑，接着她身后传来了一阵匆忙的脚步声，罗秀追上那中年女人，满头是汗，"扑通"一下跪在女人面前说道："金先生，谢谢您的大恩大德，我愿意跟随在您的身边！"

金素梅轻轻抬了抬帽檐，瞥了一眼跪在眼前的罗秀微微道："你叫什么名字？"

"罗秀！"罗秀坚定地说道。

"枪归你，你归我！"说完金素梅迈开步子向前走去，罗秀将那把手枪放在怀里跟着她而去。

这十年来罗秀一直陪在金素梅身边，鞍前马后，饮食起居，照顾得无微不至。金素梅是一个城府极深之人，脸上永远挂着一种神秘的微笑，鄙夷、可怜、憎恶，所有的表情都掩盖在那微笑之下。

只有今晚，那用微笑制成的神秘面纱似乎荡然无存了。罗秀长出一口气，见金素梅吸了一口气，将眼角上的泪痕擦拭干净说道："让你办的事情怎么样了？"

"一切都安排妥当了。"罗秀做事金素梅向来不会问第二次，不过只有这件事除外，她似乎对这件事格外在意，在意到需要反复过问每一个细节的程度，唯恐发生任何纰漏。

"好！"金素梅轻轻揉了揉额头，"天色不早了，你先去睡吧！"

罗秀站起身向金素梅鞠了一躬然后退了出去，金素梅在桌子前面坐了片刻，走到床边拿起电话，在上面拨了几下，听筒里传来了长长的等待音。

片刻之后电话那边响起了一个男人的声音："喂！"

"真抱歉这么晚给你打电话！"金素梅柔声说道。电话那边的人愣了一下，忽然咆哮了起来，大声说道："你说的我都照办了，你究竟想怎么样？"

“我只是想和你谈谈！”金素梅耐着性子，尽量保持语气平和。

“别再做梦了，现在都什么时代了？那些梦也该是醒醒的时候了！”对面的男人语气平静了许多。“驱虫家族的秘密如果真的可以改变历史的话，前面那么多的先人早已经做到了，怎么会等到现在呢？”

“唉，我今天不想和你说这件事！”金素梅语气疲惫地说道，“我打电话只想告诉你，一切小心吧，松井老家伙已经开始注意你们了！”

“什……什么？”男人显然没料到金素梅会这样说，不禁有些诧异，他停了一会儿说道，“我们？我们指谁？”

“呵呵……”金素梅淡淡笑了笑，“我知道无法劝阻你，正如你无法劝阻我一样，但是你一定要小心，现在日本在战场上屡屡受挫，他们眼下唯恐手中的几个大城市出现骚乱，所以会对一些盯上的人下手。”

“为什么要和我说这些？”男人的语气中有些感激。

“你好自为之吧！”说完金素梅挂断了电话，她打这个电话之前便想了很久，她伸手从怀里掏出一块凤雕玉佩，白如凝脂，做工精湛，宛若一只凤凰展翅腾空，栩栩如生，在烛光下散发着柔和的光，金素梅轻轻抚摸着玉佩叹了一口气站起身来向外面走去。

这四合院虽然深处北平城东错综繁复的街巷之中，但四周的守卫却极其森严。她披了一件衣服，轻轻推开房门向一侧的偏门走去，偏门之处有两个站岗的日本兵，见到金素梅立刻挺直了身子，金素梅径直走入院落中，推开房门，里面亮着一盏灯。

金素梅进了房间，轻轻将房门关起，在房间左边的床上躺着一个一直昏迷不醒的人，此人身上的伤势早已见好，却始终沉睡不醒。金素梅站在那人的床前，拳头紧握，牙齿咬得“咯咯”作响，不过一瞬间她却松开了拳头叹了口气，坐在床边望着眼前的人拧着眉头：“其实我早该杀了你们，不过幸好老天有眼，你们得不到的，我马上就要得到了！”

说完之后她站起身来走到一旁的墙边，墙上挂着一幅唐伯虎的《山路松声图》的临摹本，她轻轻将那幅画拨到一旁，在那画后面有一个小小的暗格，她将暗格打开，从内中捧出一个盒子轻声说道："如果我不在新疆待那么多年，恐怕真的无法拿到这火系驱虫师的秘宝！"

金素梅痴痴地抚摸着眼前的箱子，盯着躺在床上的人微微笑了笑，她真想让床上那人看看此刻自己的笑是多么得意，可是那人却一直沉睡着。半个月之内她寻了无数的名医，所有人的回答都一样，此人身体早已经恢复却不知什么原因始终无法醒过来。

她叹了口气，将装着秘宝的盒子小心翼翼地放进暗格之中，迈步缓缓走了出去。在她关上房门之后，床上那人的手指轻微颤抖了一下……

一阵尖锐的鸣笛声刺破了北平城中的宁静，一辆黑色的轿车疾速向北平城东而来，前面两辆摩托车上分别架着一挺歪把子。车上坐着一个五十多岁鬓角有些斑白却精神矍铄的日本男人，他便是在日本的那支火系君子，名叫松井尚元，而在副驾驶的位置上坐着一个二十多岁的年轻人，是他的孙子松井赤木，两人目光中充满了怒气，向北平城东的这所四合院驶来。

轿车停在门口的时候，守在门口的日本兵快速走到轿车前面极为恭敬地打开车门，那个五十多岁的男人从车上下来，打量了一下四周的环境，对那个日本兵叽叽咕咕地说了几句日语，那日本兵小跑着回到了四合院中。

一会儿工夫那个日本兵从里面小跑着出来打开了院门，松井尚元抻了抻衣角随着那日本兵走了进去。

在金素梅的那间卧室中，日本兵端来一套茶具，松井尚元与松井赤木坐在桌子对面，金素梅拿起一壶水不紧不慢地刷洗着茶具。

"不知松井先生这么晚来这里究竟有什么事？"金素梅目不转睛地望着眼前的茶具，将茶具刷洗干净之后，她捏起一旁的茶则从茶壶中取出一些茶叶。

"呵呵，我们今晚来这里不是与金先生探讨茶道的！"松井尚元语气有些怨愤地说道。

"哦？"金素梅瞥了一眼松井尚元又将目光汇聚在茶具之上，"松井先生不是一直以儒雅君子自居吗？这茶道更是您的得意之处，今晚怎么会不谈茶道呢？"

"哼！"松井赤木忽然拍了一下桌子，放在他前面的茶杯则被他这般一震掉落在地上，发出“啪”的一声脆响，摔得粉碎，“为什么潘俊他们去往河南你得到消息却密而不报？”

金素梅瞥了松井赤木一眼冷冷笑了笑：“松井先生，这里可不是北平宪兵司令部，如果您想发脾气的话我看你找错地方了！”她的话音刚毕，一把匕首已经插在了桌子上，距离松井赤木的手掌只有毫发之遥。

松井尚元拍了拍松井赤木然后说道：“金先生请您原谅，赤木他也不是有意冒犯您的！”

金素梅将茶壶盖打开放在一旁，慢条斯理地拿起水壶，轻轻将水注入其中，盖上盖子，又在茶壶外面轻轻浇了一遍热水。“我已经将潘俊的行踪上报给天皇陛下了，如果你们有什么不解的地方可以去向他询问！”

松井尚元虽然知道金素梅这句话是推诿之词，却奈何不了她，只是淡淡笑了笑道：“金先生，如果您掌握了潘俊的行踪可否告诉我们，我们也可以助您一臂之力！”

金素梅瞥了他一眼，对松井赤木说道：“呵呵，看来你要学的东西还很多。”然后扭过头对松井尚元道，“如果有需要的话我会找您的！”

“嗯，时候不早了，金先生早些休息吧！”松井尚元说完站起身给松井赤木使了一个眼色，两人这才离开屋子。

金素梅倒了一杯茶，色泽翠绿，香气浓郁，轻啜入口甘醇幽香，饮后感太和之气弥漫齿额之间，此无味之味，却也是至味。

“落日平台上，春风啜茗时。

石阑斜点笔，桐叶坐题诗。

翡翠鸣衣桁，蜻蜓立钓丝。

自逢今日兴，来往亦无期。”

金素梅站在窗边口中轻吟道，望着松井祖孙离开不禁微微冷笑。松井尚元与松井赤木回到了车里，松井赤木怒气冲冲地说道：“爷爷，这个女人也太嚣张了！”

松井尚元心中亦是怒气冲天，虽然他是火系驱虫师，但是多年来松井尚元一直想改变火系驱虫师那种怒气冲天的性格，因此自从年轻之时便开始研究茶道以求修身养性，自以为修养已经与圣人无异，其实也不过如此。

“可是现在咱们却拿她没什么办法！”松井尚元叹了口气说道，“开车！”

“我一直不明白她究竟是什么人？”松井赤木扭过头望着一直闭着眼睛，眉头紧锁的松井尚元说道。

“野心家！”松井尚元一字一句地说道。车子快速地在北平城中穿行，车外那轮明月的光晕已经渐渐消弭，微风轻轻吹过，果如燕云所料，真的起风了。

十一 寻密函，穴居毒狼蛛

燕云此刻双眼直勾勾地盯着时淼淼身下之物，借着窗口的月光燕云见那东西黑黢黢的，此刻竟然在时淼淼身下爬行着，燕云惊叫一声拿起枕头将那黑乎乎的东西扫到了地上。

段二娥闻声立刻爬了起来，月光下见燕云脸色惨白地指着地面。段二娥立刻明白了过来，连忙起身将自己身旁的灯点上，凑近一看只见在地上趴着一只硕大的蜘蛛，那蜘蛛见光之后立刻停止了动作，如同死了一般停在地上不再动弹。

段二娥生性胆子不大，见到那蜘蛛自觉冷汗岑岑，瞬间浑身起了鸡皮疙瘩，她咽了咽口水小心翼翼地走到那蜘蛛前面，只见这只蜘蛛有拳头大小，身体和步足密生黑、白及棕色茸毛。头胸部梨形，前部隆起，中间有黑、白相间的辐射状斑，两侧呈黄白色。腹部椭圆形，背面密布黑色小斑点，中间有黑褐色的心脏斑。段二娥从未见过如此奇特的蜘蛛，她抬起头看了一眼欧阳燕云，只见燕云痴痴地望着那只蜘蛛，不可思议地说道："这……这里怎么会有这种蜘蛛？"

“燕云姐，你见过这种蜘蛛吗？”段二娥见燕云一副惊恐的表情不禁问道。

段二娥话音未毕燕云已经跳上床，时淼淼此时眼睛依旧微微闭着，她轻声在时淼淼耳边叫了两声：“时姑娘，时姑娘！”可是时淼淼像是根本听不见一般，表情痛苦地瑟缩着身体，像是极冷一般。燕云立刻将时淼淼身上的被子除去，然后将时淼淼的上衣轻轻撩开，将她翻转过来，忽然她的目光盯住时淼淼后背上那两个小小的血点，血点周围的皮肤已经变成了紫黑色。

“段姑娘你快去叫潘哥哥！”燕云一面说着一面趴在时淼淼的身上用力吸住那两个小小的血点，顿然觉得口中一股腥臭味，嘴唇一阵麻麻的感觉，她起身“哇”的一口将毒血吐到地上，抬头看着段二娥此时正怔怔地看着自己，不禁有些焦急地说道：“段姑娘，快点，快去叫潘哥哥，迟了恐怕就来不及了！”

段二娥这才转身推开门，跌跌撞撞地向正厅奔去。

燕云又将嘴贴在时淼淼的后背上用力地吸了一口，这蜘蛛的毒性极强，燕云吸了两口之后只觉口唇火辣辣地疼痛，她轻轻擦了一下嘴唇，谁知嘴唇已被那蜘蛛之毒腐蚀破裂，渗出血来。

“啊……”这时时淼淼终于长出一口气，燕云见这方法果然见效，立刻将嘴唇再次贴在时淼淼的后背上又吸了一口，这次吸出来的毒液已经少之又少，她吐出毒血，觉得嘴边火辣辣地疼痛。时淼淼挣扎着转过身子，微微张开眼睛盯着满嘴是血，嘴唇已经微微肿起的燕云叹了口气说道：“欧阳姑娘，你这又何必呢？”

“呵呵！”燕云笑了笑，觉得自己的嘴唇又麻又疼，整张嘴似乎已经不属于自己了一般，“你还是少说话为好，以免这毒随着血液走遍全身，那时候就是神仙来了也救不了你了！”虽是当此之时，燕云嘴上却依旧不肯放过时淼淼。

“如果……如果我死了的话……”时淼淼断断续续地说道，“燕云应该高兴才是！”一直以来时淼淼都叫欧阳燕云为欧阳姑娘，此时她忽然改口叫燕云，让燕云觉得有些不习惯。

“一码归一码！”燕云将时淼淼的衣服穿好说道，“我只是不喜欢你和潘哥哥在一起而已，其实对你这个人……”燕云顿了顿接着说道，“再说如果没有你和我抢潘哥哥的话也少了不少趣味！”

时淼淼从嘴边挤出一丝微笑，却不再说话，微微闭上眼睛，一行细密的泪水从她的眼角缓缓流淌下来，燕云见时淼淼忽然流泪慌忙问道：“时姑娘是不是很疼？”

时淼淼摇了摇头，胸脯微微颤抖着，燕云这才放下心来，她将时淼淼的被子拉过来给她盖上。忽然燕云觉得脑袋一阵眩晕，身上有些麻木的感觉：“时姑娘，你一定没见过这种蜘蛛吧！”燕云挣扎着说道。她的声音微弱，时淼淼根本没有听见，只见燕云靠在后面的墙上说道：“这种蜘蛛叫穴居狼蛛，以前在新疆的时候……那时候我曾经见到有人被咬伤……被咬伤之后别人就是这样把他身体中的毒吸出来的！”倦意越来越重地压过来，燕云恍然回到了新疆，那光秃秃的山岭，远处飘浮着的热浪，灼灼反光的砂岩，她的脸上露出一丝安详的表情。

潘俊推开门的时候见时淼淼躺在炕上人事不省，而燕云的嘴唇高高肿起，靠着墙坐在时淼淼的身旁也是不省人事。段二娥轻轻拽了一下潘俊的衣角，指着地面上那只依旧一动不动的蜘蛛，潘俊顺着段二娥手指的方向望去不禁大惊失色，他立刻拉过时淼淼的手臂，手指按在时淼淼的手腕上，时淼淼的脉迟而有力，一息不足四至，兼有滑、涩、细等脉象，此是阳不胜而阴气血寒所致。想那蜘蛛之毒必定是属寒。

他又凑到燕云的身边，按住其手腕，燕云脉象与时淼淼无异，只是稍轻而已，他见燕云口唇肿胀破裂已略知一二。他把完脉沉吟了片刻说道：“段姑娘，幸好燕云将时姑娘体内的毒素吸了出来，不然恐怕真的没救了！”

“嗯！”段二娥点了点头，“潘俊哥哥，现在要怎么做？”

“这种穴居狼蛛毒性极强，一般的药物根本无法解毒。”潘俊沉吟片刻说道，“只能开一副方子先给她们二人服下，帮助她们排除体内的残毒！”说完潘俊从怀里拿出一块布，罩在穴居狼蛛的身上将其包裹好之后拿在手中，说道：“你先在这里照顾她们，一会儿我让潘璞将药送来！”

“嗯！”段二娥点了点头说道，“那她们什么时候能苏醒过来？”

潘俊摇了摇头说：“恐怕要一两日的工夫吧！”说完便走了出去。

潘俊开了方子吩咐潘璞，照着方子拿药熬好之后送至女眷的房间，自己则回到密室之中将那穴居狼蛛放在桌案上。那狼蛛常年生活在荒草丛中的地下巢穴，毒性极强，只要一滴毒液便可以将一头牛毒死。潘俊曾经听父亲说起过这种蜘蛛，父亲告诉他在为数不多的蜘蛛之中，这狼蛛是属于可以驯服的那种，它们可以成为杀人利器。早期的木系驱虫师曾经用其身上的毒制成“化尸水”，只要将人身上拉出一道血痕，将蜘蛛毒做成的药水滴在上面，一两个时辰之后那尸体便会化作一摊血水。

不过让潘俊大为不解的是这种穴居狼蛛一般只有在新疆、西藏、内蒙古、甘肃等少数地区才有，它是如何出现在这中原之地的呢？他细细地观察着眼前的那只狼蛛，忽然眼前的那只狼蛛像是被激怒了一般，猛然向潘俊的脖子扑来，潘俊手疾眼快向后退了两步，狼蛛一击未成快速地向床边爬去，潘俊连忙用布将那狼蛛盖住，然后抓起来拿过一个盒子将其放入其中。

潘俊这才长出一口气，不过刚刚那一击潘俊却看得清楚，它一定是经人专门训练过，否则不会直奔喉咙而来，一旦那蜘蛛咬中了喉咙，毒素立刻便会麻痹呼吸肌让人窒息而死。但是究竟是谁控制了这只蜘蛛？又为什么会忽然袭击时淼淼呢？潘俊百思不得其解，此刻他更关心时淼淼与燕云的伤势，虽然与段二娥说她们会在一两天之内苏醒过来，其实他心中也并不那么自信，毕竟这种蜘蛛他从未见过，对其毒性还不是很清楚。

时淼淼与欧阳燕云中毒的事情不胫而走，一大早燕鹰与吴尊等人便来到房中看望两人，得知性命无碍这才放下心来。燕鹰始终牢牢抓着姐姐的手，偶尔瞥一眼躺在燕云一旁的时淼淼，不停地喘着粗气。潘俊进来之时，燕鹰上下打量了一下潘俊，鼻孔微微颤抖了两下。

整个上午燕鹰都守在姐姐的身边，他与燕云的感情早已超越了姐弟，燕云从小如母亲般照顾燕鹰，此刻他宁愿躺在床上昏迷不醒的是自己，而不是燕云。在潘俊、吴尊都走了之后，燕鹰站起身狠狠地关上房门，“啪”的一声惊得段二娥身体猛然一颤。

“燕鹰你怎么了？”段二娥望着满脸怒气的燕鹰说道。

“哼！”燕鹰望着躺在姐姐身边的时淼淼说道，“为什么让姐姐帮她吸毒？为什么吸毒的人不是潘俊？”燕鹰狠狠地咬着牙说道，“只有我姐姐会那么傻不顾性命地去救这个冷冰冰的女人，人家潘爷的命太值钱了怎么会舍得呢？”

“燕鹰，不是那样的！”段二娥争辩道。谁知燕鹰根本听不进去，冲着段二娥说道：“段姑娘，你不要再替他说话了，我早就看透他这种人了！”

“燕鹰，你能不能冷静一下！”段二娥抓着燕鹰的肩膀说道，“你怎么能这么说潘俊哥哥呢？”

“怎么不能说？”燕鹰大吼道，“该冷静的是你啊，段姑娘你想想我们经历的这所有事情，罪魁祸首是谁？如果没有潘俊家的青丝，我们也不会和爷爷来到中原，那样的话爷爷恐怕也不会死，还有奎娘。而你呢？如果不是潘俊将厄运带到了道头村的话，恐怕你们现在依旧安静地生活在那个小村子里！”（详见《虫图腾1》）燕鹰的话像是触痛了段二娥的某根神经，她缓缓地坐在炕边，所有的一切像是一幕幕电影般从眼前闪过。

“段姑娘，等姐姐醒过来，你陪我一起回新疆吧！”燕鹰忽然拉住段二娥的手柔声说道，“那里的人不会像他们一样，嘴上一套心里一套，更不会将自己伪装在一张假面具之下！”燕鹰说着望了一眼沉睡中的时淼淼。

“嗯！”段二娥点了点。燕鹰将脉脉注视着他的段二娥揽入怀中，段二娥身上淡淡的幽香，让他一时之间有些心猿意马，他轻轻凑到段二娥的嘴唇边，段二娥微微闭上了眼睛……

而在正厅之中，潘俊、冯万春、吴尊均皱着眉头，屋子里死气沉沉的，只有一只知了，在院子中的一棵树上不厌其烦地聒噪着。

“潘俊，现在这两个丫头都中毒了，恐怕寻找金无偿的事情要往后拖一拖了！”冯万春惋惜地说道。

潘俊沉吟片刻抬起头来道：“冯师傅，恐怕我们没有那么多时间了。”说着潘俊从袖口拿出一个信封递给冯万春，冯万春疑惑地接过信封，从中拿出那封信，还未看信上的内容，冯万春便早已认出那信上的笔迹，正是出自自己不肖之徒子午的手笔。

“这封信……”冯万春有些恼怒地说道。

“冯师傅，你先看信上的内容！”潘俊知道冯万春一直对子午的事情耿耿于怀，不过此时却不是纠结那件事的时候。

冯万春点了点头展开信，信上写着：陷阱，勿往安阳！

看完信，冯万春立刻将那信收了起来，看了一眼潘俊，见他始终皱着眉头，“这个不肖之徒写的未必是真的啊！”

“唉，起初我也对子午所说的话将信将疑，不过这一路上，尤其是在凤吊山的经历，让我一点点地相信了！”潘俊说到这里，抬起头对一旁的吴尊说道，“吴当家的，我记得你第一次见到我们三个人的时候曾经说过，我们很像某人是吗？”

吴尊听到潘俊叫自己连忙点了点头，用少有的严肃的表情说道：“潘爷说的没错。在您到达凤吊山的前几日，便已经有人暗中通知各大山寨，说近期可能会有三个人从这条小路经过，那个人还大致描绘了你们的模样，而且告诉我们在你们的身上藏着驱虫师宝藏的地图，所以一见到你们，我便认出来了！”

“真有此事吗？”冯万春听完吴尊的话不禁惊慌道。

吴尊点了点头。

“冯师傅，我们离开北平之时才将人分成两队，现在那个人竟然知道哪三个人一起走。”潘俊不可思议地说道，“这件事太可怕了，他们像是对我们的行踪了如指掌。”

“是啊。”冯万春掏出一根烟衔在口中，吴尊连忙掏出火机给冯万春点上，冯万春微微一笑。

“所以这一路上我一直惴惴不安，唯恐你们在我们之前抵达落入陷阱之中啊！”潘俊长叹了一口气说道，“吴尊，我有一件事想让你代我走一趟！”

吴尊点了点头：“潘爷但说无妨，只要有用得上我吴尊的地方，我吴尊没有二话！”他拍了拍胸脯，潘俊凑到吴尊耳旁轻轻地说了几句，吴尊听完笑道：“放心吧潘爷，那我先走了！”

吴尊走后冯万春走到潘俊身边道："潘俊，你这葫芦里究竟卖的什么药？既然知道来安阳是个陷阱，为什么不在我们会合之后就离开啊？"

"唉，冯师傅，一言难尽啊！"潘俊说着轻轻打开了密室的门，"咱们进去说话吧！"

冯万春跟着潘俊走进密室之后，潘俊将密室的门紧锁上这才说道："在你们离开之后我便二返北平，你知道我遇见了什么人吗？"

"哦？"冯万春见潘俊一脸神秘不禁摇了摇头。

"爱新觉罗·庚年！"潘俊长叹了一声说道。

"他？"冯万春从未听过此人的名讳，但既然出自潘俊之口，必定与潘俊明知是陷阱依旧留下有着某种关系，"清朝后裔？"

"嗯！"潘俊微微点了点头，"他是爱新觉罗·奕劻的小儿子。"

"哦，爱新觉罗·奕劻这个人我知道！"冯万春又点了一根烟悠悠说道，"奕䜣之后的总理大臣，不过他与这件事有什么联系？"

"因为当天在他的官邸所说的那番话！"潘俊眉头皱紧，"还记得我第一次见到冯师傅之时，你曾对我说金无偿知道一个驱虫师家族的秘密，那个秘密关乎着几乎所有驱虫师的命运！"

"嗯，对！"冯万春吐了吐沾在嘴角的烟丝说道，"这件事的起因完全是个偶然，今年开春我潜入长春关东军总部，发现了一封密函，那密函是华北日军总司令冈村宁次亲手签发的。当时我挟持了一个日本兵让他将那封密函读给我，谁知听完我才知道，这些日本鬼子在秘密策划一个阴谋，密函中说这金系驱虫师家族掌握着一个重大秘密，密函中严令让金系驱虫师人间蒸发。我忽然想起当年父亲在世的时候曾经和我说过，五系驱虫师均与这金系驱虫师有密切的关联，一旦金系驱虫师覆灭，那么驱虫师家族也便覆灭了。可就在我准备将这个信息送出去的时候却不想被捕入狱！"

"呵呵。"潘俊沉静地笑了笑，"恐怕那个秘密不仅仅关乎着所有驱虫师的命运。"潘俊的语气与当天的爱新觉罗·庚年简直一模一样。

坐在爱新觉罗·庚年院子后面人工湖中的那一层楼阁之上，爱新觉罗·庚年似笑非笑地望着潘俊说道：“恐怕我知道的关于驱虫师的秘密要比潘爷您知道的多得多！”

“愿闻其详！”潘俊拱手道。

“潘爷，这驱虫之术古已有之，却从未被古人记录在册。”爱新觉罗·庚年坐在潘俊面前拿起茶碗呷了一口茶说道，“潘爷可知为什么？”

“其实父亲过世之后，我也一直在寻找这驱虫之术的根源，可最后却发现古人对于驱虫之术似乎毫无记载！”潘俊可谓是学贯古今，根本不让任何当代大儒，但身为木系驱虫师的君子，却始终找不出任何关于驱虫师的记录，“这所有典籍之中唯一对虫的介绍便只有在中医医书之中了！”

“对。”爱新觉罗·庚年赞许地说道，“只有中医才将天下之虫分为金木水火土五行，而这五系虫师便是由此而来！”

“那也不对啊！”潘俊疑惑地望着爱新觉罗·庚年，“中医对五虫的分类是：毛虫，有毛之虫三百六十，而麒麟为之长。羽虫，有羽之虫三百六十，而凤凰为之长。倮虫，倮之虫三百六十，而圣人为之长。介虫，有甲之虫三百六十，而神龟为之长。鳞虫，有鳞之虫三百六十，而蛟龙为之长。这毛虫属木，羽虫属火，倮虫属土，介虫属金，鳞虫属水，这与当年驱虫师家族的所驱之虫迥然不同，怎么会是源于此处呢？”

“呵呵，这就是驱虫师先人们的高明之处。”爱新觉罗·庚年幽幽地说道，“他们故意将五虫家族打乱，目的在于让人不能轻易知道驱虫师家族的秘密。两者看似毫不相关，但除了分法不一样之外，虫依旧是那些虫！”

“你口中所说的驱虫师家族的秘密究竟是指的什么？”潘俊越听越觉得离奇。

“还是刚刚的那个问题，潘爷，”爱新觉罗·庚年似乎颇为得意地说道，“既然这五虫早已有之，却为何经史典籍之中只字未提呢？”

潘俊微微摇了摇头。

“只因一个禁忌！”爱新觉罗·庚年长出一口气说道，“潘爷，其实在皇家之内一直流传着一句话，遇战乱，虫师出，得虫者，得天下，三十年，必易主！”

“这句话的意思是每逢天下大乱，或者纷争四起之时驱虫师便会出现，而得到驱虫师家族秘密之人便可以得到天下，之时这天下会在三十年之后易主。便是这易主让所有的帝王对之敬而远之！”

“真有此言？”潘俊简直不敢相信自己的耳朵。

“嗯！”爱新觉罗·庚年缓缓地点了点头说道，“潘爷，时候还早，如果您想听的话那我给您讲几件事吧！”

“好！”潘俊此时觉得自己宛若一只井底之蛙，如此惊世之言却从未听到过。爱新觉罗·庚年之后所说的事情更是潘俊万万也不曾想到的。

大唐初年唐高宗李渊初建国号，根基尚不稳定，但那时北方突厥却兵强马壮，一度从北方打到距离长安城池十余里的驿站，最后唐高宗李渊只能屈尊进贡这才使得北方得以安定。

而到了唐太宗李世民执政之初，国力稍有改善，但前朝情况一时之间却很难改变，当此之时，突厥军队亦在北方进犯不止，经常祸乱北方边境。李世民对此深恶痛绝，却只能韬光养晦。直到国力日渐强盛之时，唐太宗终于开始征讨突厥。

突厥一直生活在北地，以游牧为生，这个民族彪悍异常，对于大唐早已经是虎视眈眈，因此早有准备。李世民御驾亲征，所谓大军未动而粮草先行，李世民起初并未想到这场大战会持续如此之久，再加上运粮队被突厥偷袭，最后几十万大军的粮草岌岌可危。

当时原本运粮的官道早已经被逃荒的难民拥堵得水泄不通，从长安到北地原本半个多月的行程，当时就算两三个月也走不到，而且路上时常会有突厥部队偷袭。眼看粮草殆尽，军心必定大乱，如若不退兵必然会造成哗变，而如果退兵的话之前所有的努力都会化为乌有。

便是在这千钧一发之际，一个自称彭越的驱虫师来到李世民的军营之中。他刚来到寨门口，只听得李世民在营房中喊道：“有高人来也！”外面的护卫不明就里，谁知李世民早已经披着衣服出了帐门，果然见一个鹤发童颜之人站在门口。

李世民将其恭敬地请入帐中，只见在那帐篷之内，有数百只蚂蚁整齐地排列成四个字“送粮人至”。李世民见此人虽然年过古稀，却依旧精神矍铄，不禁问道：“不知先生有何办法运粮于此？”

“不知陛下需要多少粮食？”老者恭敬道。

“三十万石足以！”李世民伸出手说道。

“不知陛下需几日运达？”老者再次问道。

“实不相瞒，军中之粮只够半月之用！”

李世民此言一出老者起身便向外走，李世民连忙拦住道：“先生何故欲走？”

“陛下不以实相告，老朽留在此处亦无益处啊！”老者淡淡地说完，迈步便要向外走。

李世民连忙抓住老者的手臂道：“粮草之事实属军中机密，因此不得已而谎称半月！”

李世民沉吟片刻说道：“也罢，军中之粮现只够两日之用，这绝无欺骗！”

老者听完哈哈大笑，起来说道：“既然如此，陛下需几日将那三十万石粮食运抵于此？”

“当然是越快越好！”李世民扶着老者坐在椅子上说道。

“好，陛下今晚命军士将粮仓立在距此处两里之外，四周架起火把，明日必然会有三十万石粮食出现在粮仓之中！”老者笑着捋了捋胡子，“不过陛下要答应我两件事！”

“如果真有那三十万石粮食，慢说是两件事，便是千件万件朕也答应你！”李世民对于翌日现粮之事终究有些怀疑。

“第一件便是陛下命所有军士，今晚不论听到粮仓出现什么声音也不要惊慌，更不可近观。第二件便是不可将此事说与外人！”老者这两个要求并不过分，李世民听完便照着老者所说，当天下午命人在南面两里之外建了一座足以盛下三十万石粮食的粮仓，四周全部点上火把。

当天下午老者便告别离去，李世民一直对老者的话心存怀疑，这世上能做到此种地步的除神仙之外再无常人了。他在营帐中一直等到子夜，却并未发现有任何动静，如若有人运粮，那三十万石粮食必定是车马喧哗，而此时耳边只有呼呼风声。他心中焦虑，想派人前去查看，转念又想既已经答应老者不去探查，如若去了岂不食言？于是便一直在营帐中左右踌躇。

子夜刚过，忽然外面阴风骤起，外面旗帜飞扬，一个士兵忽然匆匆从门外跑来跪倒在地说道："启禀陛下，南面的粮仓之处传来震天的叽喳之声，唯恐是突厥偷袭来了！"

李世民心想，必定是那老者的运粮之术，于是当即下令所有人严阵以待，不可迈出寨门半步，违者立斩不赦。这道严旨立刻在军营之中传播开来。李世民走到营帐外面，只听那叽喳声果然是从南面粮仓传来，这声音一直到东方放出亮光才结束。李世民立刻亲率军马赶至前方的粮仓，远远地只见粮仓前面的草地早已被踩踏得如同一条通衢大道一般，道路上满是细小的脚印。他来不及细观直奔入那粮仓而去，只见粮仓之中已经盛满了粮食，足足有三十多万石。他不禁仰天长叹道："真乃神人也！"

正在此时一个士兵匆匆而至，他气喘吁吁地跪倒在李世民面前道："陛下，刚刚得到现报，昨夜有数十万只老鼠忽然从京城向此处狂奔而来，今晨在官道和草丛之中发现很多老鼠的尸体。"说着那个士兵将一个已死去的老鼠捧在手心，李世民见那老鼠虽已死去，但是那老鼠的口被撑得比身子还要大，他命人将老鼠的嘴撬开，不禁一惊，满满一嘴的粮食从老鼠的口中落出来。

他一面命人将粮草运入寨中，一面带着人马向官道而去，只见一路上死去的老鼠尸体有上千只，道路两旁的草丛早已被成群的老鼠踩踏得四处倒伏。当他大败突厥之后便四处寻找那人，只是那人已经不知所踪。他只记得此人是一个驱虫师，并且也遵循之前承诺不将此事昭告天下，只是在临终之前将此事密告于李治。

"真有此事吗？"潘俊完全被这个故事吸引住了，虽然他自认博古通今，但今日爱新觉罗·庚年所说之事却让他一时之间变成了井底之蛙。

“是啊。”爱新觉罗·庚年讲完喝了一口水说道，“潘爷，这些东西即便是在皇室之家也属秘中之秘，更何况是你们了。”

“简直不敢相信！”潘俊摇着头说道。

“呵呵，那么接下来这件事就更让你难以置信了！”爱新觉罗·庚年说道，“历史上有一位载入史册的驱虫师，只是从未有人提过他驱虫师的身份！”

“谁？”潘俊不禁问道。

“淮阴侯韩信！”爱新觉罗·庚年肯定地说道，“韩信是驱虫师的后人，也是当时驱虫师唯一的继承人，他曾忍受胯下之辱，起初身为楚国人的韩信曾一度投靠西楚霸王项羽，只是韩信备受排挤，无人重用，最终韩信弃项羽而投奔刘邦。”

“项羽入咸阳之后便将刘邦赶至汉中盆地，在这汉中之地欲往中原却被秦岭所阻，而项羽又将旧时秦地封给章邯、司马欣、董翳，分别为雍王、塞王、翟王，来钳制刘邦，因此刘邦虽有往北之心却苦于无能为力。便是在此时韩信向刘邦献出了‘明修栈道，暗度陈仓’之计。”

“其实当时出汉中进入中原之路有四条，第一条：子午道（时称蚀中道），也就是汉王进入汉中时走的道，此路便是那明修栈道之处。第二条：褒斜道，也就是当年秦惠文王取蜀之道，此路距离中原较近，也是通秦岭两麓的要道。第三条：祁山道，此道是由汉中西至甘肃略阳后，折向西北，经下辩、西县，北入甘肃天水的陇西地区，再越过陇山东下关中。三国时诸葛亮数次北伐于魏，用兵祁山，走的就是此路。第四条：傥骆道，始通于三国，是穿越秦岭，连通关中与汉中最近捷的古道路。唐代德宗、僖宗避兵火，均经由此路至汉中，但此路却‘屈曲八十里，九十四盘’，非常之险仄。而韩信走的却是当时根本就不存在的一条陈仓小路。纵观史书，世人只知韩信暗度陈仓，诸葛孔明二出岐山之时走的便是此路，但却无人知晓韩信是如何得知此路的。”爱新觉罗·庚年说到这里微微笑了笑说道，“其实在韩信暗度陈仓之前那陈仓小路根本就不存在！”

“不存在？”

“是啊！”爱新觉罗·庚年说到这里甚为激动，“其实在韩信拜将之前便已经暗中探访这汉中四周的山势，他要为汉王刘邦选择一条通往中原的捷径，这条捷径必须第一要快，第二能够出奇制胜。最终他将那条即将开辟的道路选在了陈仓这个地方。而他这次所用之术亦是家传驱虫之术，即用数以万计的蚂蚁将那条本不存在的道路开掘了出来，这便是军事史上的奇迹‘明修栈道，暗度陈仓’中陈仓古道的来历。”

“这还不止，当项羽被困于垓下之时，韩信又巧妙地运用驱虫之术驱使蚂蚁，在项羽的营帐中排布成一个‘亡’字，摧毁了项羽最后的一点卷土重来的信心！”爱新觉罗·庚年接着说道，“借助驱虫之术，韩信几乎成为了当代名将，不过这驱虫师的秘密还是不胫而走被刘邦所知，刘邦想得到这驱虫之秘，而韩信却始终守口如瓶，最后刘邦以谋反之名将韩信招入长乐宫内，被吕后所害。而从那之后刘邦唯恐天下之人还有驱虫师后人，便四处派人搜查，不仅如此，所有关于驱虫之术的文字也全部被焚毁！”

爱新觉罗·庚年说完之后，潘俊陷入了深深的沉默之中。若如他所说，如果掌握了驱虫师的秘密便可以操纵万虫的话，也许真的可以颠覆所有的历史，那么日本人之所以如此渴望得到那个秘密便也顺理成章了。

潘俊将那天之事一口气诉于冯万春，发觉冯万春一双眼睛始终盯着正前方，手中的烟早已燃烧干净，只剩下地上的一堆烟灰。

“冯师傅！”潘俊轻声叫道。直到此时冯万春才回过神来，只觉手指一痛，连忙将手中的烟蒂弹到地上。

“你相信爱新觉罗·庚年的话吗？”这句话潘俊像是在问冯万春又像是在问自己，这一路之上潘俊一直不停地向自己问这个问题，他知道木系驱虫师可以控制蚂蚁，但是至多不过千余，火系驱虫师可以控制老鼠，但再多也不会成千上万。

“得虫者，得天下！”冯万春朗声大笑道，“现在我倒是对这驱虫师家族的秘密更加好奇了，我想看看究竟是一个什么秘密可以有这么大的作用！”

“是啊，所以我才会执意留下来。”潘俊踌躇了一会儿说道，“冯师傅，子午信上所说十有八九是真的，所以我希望你能带着时姑娘和欧阳姐弟离开此地。”

“你这小子当我是什么人？我冯万春还真没怕过什么，若是说死也已经死过好几回了，这条命活一天就算是赚了一天！”冯万春这几句话说得颇有些英雄气概，“你放心，如果真有得天下的好事我不会和你争的！”

潘俊知道这是冯万春的笑谈：“我知道冯师傅早已将生死置之度外，但太多的人在此处只能是白白送命而已！”

“呵呵，潘俊啊潘俊，你真是聪明一世糊涂一时啊！”冯万春叹息道，“既然我们已经落入了陷阱，那么这么多人走了他们肯定会马上动手，到时候恐怕连见金无偿一面的机会都没有了！”冯师傅这话说得不无道理。他早已看出，潘俊一副既来之则安之的神情似是已经想出了办法，现在说这个恐怕是对自己的办法还没有十分的把握而已。

“好吧！”潘俊终于释然地抬起头说道，“如果你们真的要留下来的话就必须按照我所说的去做！”

“嗯！”冯万春早已领教过这个年轻人惊人的智谋和胆识了，他微微点了点头。

走出密室的时候吴尊早已满头大汗地坐在正厅之中，潘璞正在给吴尊斟茶两人攀谈着什么。见潘俊、冯万春二人走出来，潘璞和吴尊两人都站起身来，吴尊从口袋中掏出一封信递给潘俊道：“果如潘爷所料，这封信昨天便到了！”

“好，辛苦了！”潘俊拍了拍吴尊的肩膀说道。吴尊咧开嘴一笑道：“我先过去看看师父！”说完吴尊走出了正厅，冯万春望着吴尊离开的背影说道：“嘿，潘俊，时丫头有没有答应吴尊拜她为师啊？”

“应该还没有！”潘俊也觉得这吴尊虽然身上依旧有些匪性，但人却豪爽，心直口快。

“嗯，我想这小子一辈子也不可能投到时丫头的门下！”冯万春收回目光一面掏着烟一面说道。

“哦？”潘俊坐在冯万春旁边的椅子上，“精诚所至金石为开嘛，我想吴尊的诚意早晚有一天会打动时姑娘的！”

“嘿嘿，这个我倒是可以和你打个赌！”冯万春坏笑着说道，“我保证时丫头绝不会收他的！信不信，我拿一百万和你赌！”

“为什么？”潘俊好奇于冯万春竟然如此肯定。

“嘿嘿，先别问，你就说敢不敢打赌吧！”冯万春此时笑眯眯地叼着烟，如同个顽童一般盯着潘俊说道。

“好，既然冯师傅这么有兴致我就凑这个彩头！”潘俊笑着说道。

“来来来，潘璞你要不要也下一注啊？”冯万春对潘璞招了招手说道。潘璞端着茶壶走过来给潘俊和冯万春二人均倒了一杯水说道：“冯师傅的胃口那么大，我还是当个见证人吧！”

“嗯，行，也好！”冯万春一脸顽皮地说道，“潘爷你这个赌输定了，一会儿给钱啊！”

“冯师傅你还没说为什么这么肯定呢！”潘俊追问道。

“嘿嘿，不瞒你说啊！”冯万春神秘兮兮地靠近潘俊说道，“这水系驱虫师一门向来都是只有女人。”

“哦？难道关于水系驱虫师的传说都是真的？”潘俊小时候听大伯曾经说过这水系家族与木系家族在五系驱虫师之中规矩最重，有些规矩往往趋近于残酷。相传在水系驱虫师家族之中只有女孩，生下来的男婴都会被溺死。不过因为水系家族隐藏极深，很少与其他家族有所往来，因此这些也只是传闻而已，没想到在这里被冯师傅证实了。

“那根本不是什么传说，水系家族的人本来就是这样的！而且……”冯万春左右看了看，然后招了招手让潘璞靠近说道，“还有更离奇的呢！”

“哦？”潘俊的好奇心完全被冯万春勾起来了，“还有？”

“对，这水系的女人也有人叫她们螳螂女！”冯万春的话让潘璞一脸惶惑，想了一会儿而问道：“冯师傅，我看时姑娘简直就是天仙下凡，怎么叫人家螳螂女呢？”

“呵呵！”潘俊微微笑了笑说道，“潘璞叔，恐怕冯师傅说的并非是她们的长相。我记得《本草纲目》上云：螳螂，骧首奋臂，修颈大腹，二手四足，善缘而捷，以须代鼻。深秋乳子作房，粘着枝上，即螵蛸也。房长寸许，大如拇指，其内重重有隔房，每房有子如蛆，卵至芒种节后一齐出。螳螂多有食夫的习性！”

潘俊说完冯万春不禁跷起了大拇指，猛吸了一口烟说道，“这水系的女子在结婚之后一旦发现自己怀孕了，便会毫不留情地将自己的丈夫亲手杀死，如果怀上的是女孩便一辈子不再嫁人，如果是男孩的话便会将其溺死，然后再找第二个男人。”

听完冯万春所述，潘璞扭过头看了看潘俊，说道：“那少爷岂不是惨了！”

潘璞这句话逗得冯师傅大笑不止，直笑得肚子有些疼了才算停歇：“所以我和你们说啊，这水系家族极其忌讳男子，你想时丫头会收吴尊为徒吗？认输了吧！”

“对了少爷，现在时姑娘和欧阳姑娘都中毒了，咱们的行程是不是要变一下啊？”潘璞见二人都不再笑于是问道。

“不变。”潘俊思量片刻说道，“你去安排吧，明天我和冯师傅去见金无偿！”

“好！”说完潘璞退了下去。冯万春也站起身来说道：“我去看看那两个丫头！”

十二 河洛箱，巧藏五行术

潘俊点了点头，冯万春离开之后，潘俊将吴尊带回来的那封信展开，看了一遍，微微笑了笑。这封信是管修写来的，那天管修开车送他从北平出来之时，他曾暗中拜托管修帮他调查一件事，告诉管修如果有结果的话，便把信寄到安阳城中的甲骨堂。

这甲骨堂是潘俊家的祖业，但是知道的人却并不多，主要经营药草。名字便是取自让安阳扬名之一的甲骨文，那最早发现甲骨文的王懿荣便是在中药龙骨中找到的甲骨文，后又在殷墟之中大量发掘。甲骨文一时之间蔚然成风，于是便将之前的药铺改为甲骨堂。

潘俊掏出火折子轻轻吹了吹，火折子燃起火苗，那封信瞬间化作了灰烬。此时潘俊心中已经有了几分把握，只是还有一些事情他不清楚，他要把自己所有的猜测一一验证，只有这样他才能做到十拿九稳。

潘俊曾在离开北平之时答应时淼淼将霍成龙与卞小虎的头颅交给他们的朋友下葬，后因形势所迫潘俊一直未能遂愿。于是在管修送潘俊出城之时便暗中告诉管修霍成龙和卞小虎的头颅所在，而且暗中叮嘱管修务必调查他们的真实身份。潘俊总是隐隐地觉得，在霍成龙与卞小虎的身后隐藏着什么秘密。

事实证明潘俊的猜测是正确的，管修确实是个不可多得的人才，几日之内他就将两颗头颅交给了他们的人，不仅如此他还查得此二人身份。霍成龙与卞小虎原本均属北平驻军，其连队驻扎在卢沟桥以北，在卢沟桥事变之时这个连队仅存四人，卞小虎和霍成龙便是其中的两个幸存者。

这些潘俊早已知晓，可管修后面所写的内容却让潘俊大吃了一惊。在1937年卢沟桥事变之后，卞小虎与霍成龙二人便回到了南京并受到嘉奖和重用，后因上海洪帮智松堂堂主通电“请缨抗战”，二人被戴笠派往上海参加淞沪会战。战事一起，戴笠亲往上海，八月建立“苏浙行动委员会”，这便是国民党青浦特训班。而作为参加过卢沟桥事变与淞沪会战的得力干将，两人自然成为了青浦特训班的第一批学员，而他们此次的主要任务便是秘密保护驱虫师家族，寻找时机将其秘密转移。

潘俊长叹了一口气，他走到正厅门口，午后的阳光和煦，晒在身上暖暖的。也许看过冈村宁次那封密函的人不仅仅冯万春一个人，否则BIC（国民政府军事委员会调查统计局，简称军统）也不会特意派人保护他们。阳光洒在潘俊身上让他有种前所未有的倦意，从事发至今，不过半个多月的时间里，都是从那个午后开始的（详见《虫图腾1》），这短短的半个月时间里发生了太多的事情，像是一场梦，潘俊总是在想这会不会就是一场梦，也许自己依旧躺在北平城中自己的床上，抑或是回到十几年前的那个午后，姐姐潘苑媛回来的那个午后……

不过这一切不可能只是个幻想而已，潘俊深知此时自己的处境。所有人都希望得到驱虫师家族的秘密，而这个秘密究竟是什么谁也不知道。可是即便是这样，这所有事情的始作俑者居然是日本驻华最高指挥官冈村宁次的一封密函，他又是如何得知这个秘密的？即便是日本的那一支火系驱虫师所知的也不过是与欧阳雷火的相似而已，他可以确定爱新觉罗·庚年所说的事情欧阳雷火必定不知道……他觉得脑袋像是要炸开了一般疼痛，无数的疑问在脑子里乱窜，他需要休息一下了，需要冷静地将所有的事情前前后后仔仔细细地想一遍，也许他真的疏忽了什么事！

想到这里，潘俊走到正厅旁边自己的床边躺下，阳光从敞开的窗口洒在他的身上，这种感觉极好，如果一直这样下去该有多好……

不知睡了多久，潘俊睡得很沉，隐约地他觉得眼前出现了一个女人，那女人似乎在轻轻抚摸着他的脸颊，感觉是那么熟悉，像是多年前姐姐的手一样温柔，只是那感觉持续的时间过于短暂，转眼之间便消失了。他想动一动可身体却像是注进了铅水一般沉甸甸地无法动弹。他又沉沉地睡去。

他察觉到有人站在自己面前的时候才从床上坐起来，只见段二娥一脸惊喜地望着自己却始终说不出话来。

“段姑娘，怎么了？”潘俊惊异地问道。

“潘哥哥，我找到开启洛箱的方法了！”段二娥的话也让潘俊立刻惊喜了起来，“你快跟我过来看看！”

“嗯！”潘俊下了床穿上鞋跟着段二娥走了出去。原来午后的时候段二娥见燕鹰一直照顾着欧阳燕云和时淼淼，便走出去找金龙，谁知这孩子竟然淘气地爬到院子中的一棵大树上去抓知了。

段二娥走到近前，金龙唯恐段二娥责怪自己，慌忙之间竟然一下子没有抓住从树上跌落下来，幸好那树不高，人并无大碍，只是那树下有一个小小的水坑，这金龙却弄了一身的污泥。段二娥从潘璞那里寻来几件大人的衣服要给金龙换上，谁知金龙却死活不肯。

问他原因却又不说，最后才吞吞吐吐地说道：“你是女的，我是男的，男女授受不亲！”

段二娥是又好气又好笑，一把将金龙揽在怀里说道：“你个小鬼头懂得倒不少，我是你姐姐，你是我弟弟，哪来那么多男女授受不亲的说法啊？”

金龙这才同意段二娥帮他换衣服，谁知金龙将衣服脱下之后段二娥却是一惊，在金龙的背后有数个像是胎记的烙印。在段二娥的询问之下她才得知原来这烙痕在他小的时候就有，就连金龙的爷爷也不知这究竟是胎记，还是金龙家人怕其丢失而特意烙上去的。段二娥仔细端详那烙印的方位、大小、形状，忽然皱紧的眉头一松，上面那烙印极有可能便是这河洛箱中洛箱的机关破解之术。就这样，她一脸喜悦地来到了潘俊房中，谁知潘俊正在熟睡之中，她知道几日以来潘俊从未睡过一个好觉，于是便一直站在旁边守候着，直到潘俊醒过来她才将这个喜讯告诉了潘俊。

潘俊跟着段二娥经由甬道来到后院，只见这后院之中空荡荡的，在院中放着一个木盆，木盆对面的绳子上挂着几件金龙换下来的衣服。

“唉，这小子跑到哪里去了？”段二娥见金龙已经没了踪迹，向四下望了望，“潘俊哥哥，我去找找他，这个淘气鬼不知又去哪里捣乱了！”

潘俊迟疑地点了点头，向前面的那木盆旁边走去。段二娥走过甬道四处寻找金龙，她将前后院落以及所有的屋子都搜看了一遍，却始终未发现金龙的影子，不禁焦急了起来。她一面四处寻找一面叫道：“金龙，金龙快出来吧！姐姐找不到你！”她的喊声将聚集在燕云和时淼淼房中的吴尊、燕鹰、冯万春等人都惊了出来。

“怎么了段姑娘！”冯万春一出门便见段二娥已经急得满脸通红。

“金龙不见了，刚刚我走的时候他明明还在这里的啊！”段二娥无助地指着潘俊所在的位置说道。

“丫头，丫头你先别急，会不会这小子调皮跑出去玩了？”冯万春安慰着段二娥说道，“你最后看见金龙是什么时候？”

“小半个时辰前，那会儿我去找潘俊哥哥了！”段二娥说到这里不禁已经急出了眼泪，燕鹰拿出一块手帕递给段二娥，她轻轻擦了擦说道：“明明刚刚还在这里的！”

“巴乌呢？”冯万春想起一直跟着金龙的那条藏獒。

“好像巴乌也不见了！”段二娥说到这里更觉事态严重了，眼泪再次盈满眼眶。她一直呵护着金龙，不仅因为两个人都是弃婴，而且都是与爷爷相依为命，再加上都与金系驱虫师有着或多或少的关联，因而对金龙的感情早已超越了同情，更像是遇见了自己分别多年的亲弟弟一般。此时金龙忽然失踪，段二娥心里比谁都着急，而丢失金龙的事情又是自己造成的，她心里更是比让自己死了还难过。

“丫头，你先别哭，巴乌跟着就应该没事！”冯万春一面拍着段二娥，一面望着一直在院子中四下打量着的潘俊，“那只藏獒就不是一般人能对付得了的，再说他只是走了没一会儿，燕鹰、吴尊咱们三个到外面找找看！”说着冯万春向身后的两个人招了招手。燕鹰还想安慰段二娥几句，见她泪眼汪汪地望着自己便明白，与其无力地安慰不如现在将金龙找回来，他向段二娥保证似的点了点头，跟着冯万春和吴尊两个人匆忙向宅子外面走去。

他们刚一离开，潘俊便走到段二娥身旁说道：“段姑娘，你留在这里照顾一下时姑娘和燕云。”说完潘俊匆匆穿过甬道走回正厅，他缓缓走到自己的床前专注地看了片刻，然后站起身来走到暗门前面轻按开关，又在密室中打量一番，忽然他想起那只穴居狼蛛，便快步走到桌子前面将盒子掀开，果然盒子里空荡荡的，那只穴居狼蛛早已没了踪影。

潘俊刚刚在梦中曾感觉眼前有一个人影闪过，但他却并未在意，此刻他可以肯定刚刚一定有人来过，想必那个人就是那只被训练过的穴居狼蛛的主人，可是他（她）究竟是谁呢？

正在此时，潘俊的眼睛盯住了地面上一个正在跳动的物事，那是金顺在北平之时交给潘俊寻找金银踪迹的明鬼。自从来到安阳之后潘俊便将那只明鬼放在了这密室之中不曾碰过，何以此时这明鬼竟然自己动了起来？

只见那只明鬼一直贴着暗门的门口不停地跳跃，却始终出不了暗门，潘俊迟疑着走了过去，轻轻按动开关，那道暗门轰然而开，只见那只明鬼又是一跃，竟从密室之中跳了出去。出去之后明鬼的速度显然快了很多，潘俊紧随其后，此时已经是傍晚时分，那明鬼出了宅门便向左面的那片荒草丛而去，潘俊快步跟在后面，唯恐这明鬼会忽然消失在荒草之间。

它在草丛中一跳一跃，宛如真正的蟋蟀一般，不时发出“吱吱”的声音，时而停在草尖，时而落在石块上，沿着那条被荒草漫过的小路一直跳了上去。潘俊一路跟来，只见那明鬼来到前日潘璞所说的潘苑媛的墓地，忽然纵身一跃跳进了那棺椁之中。

潘俊三步并作两步来到那棺椁前面，只见从棺椁下面的那个洞口正散发着微弱的光。潘俊心头一热，难道金银回来了，正在此时他觉得脑袋一沉，脖子上挨了重重一击。他挣扎着扭过头，只见一个黑衣人站在自己的身后，眼前的影子越来越模糊，这本来已经黑掉的天更显得漆黑一片，潘俊重重地倒在了地上。

一个时辰之后，冯万春、吴尊、燕鹰三个人聚在吊桥一头会面了。一个时辰前他们兵分三路，冯万春沿着吊桥到外面的村子去寻金龙，燕鹰召唤了皮猴从对面的山坡而下，在下面的深谷中寻找，而吴尊负责在潘家旧宅附近的草丛中找寻，怪只怪这吴尊是个矬子，这附近荒草茂盛，潘俊经过之时他竟然没有看到。他们聚在桥头相互一问均是频频摇头，此时天色已晚，只盼金龙自己玩累了已经回到了潘家旧宅。

几个人回到宅子才知原来不仅金龙没有回来，便是连潘俊也没了踪影。潘璞担心潘俊的安危，一直在房间中踱来踱去。

“潘璞，这附近全部都找遍了也没有金龙的影子，只剩下这宅子的后院了！”冯万春突然想起在进入这宅子之时，潘璞便告诉所有的人，这宅子的后院是潘家禁地，绝不可以轻易进去。

“冯师傅，您的意思是……”潘璞说到一半便摆手道，“不可能，绝不可能，金龙绝不可能进入后院的！”

“为什么啊？”段二娥听冯万春这样一说，将所有的希望都寄托在潘家旧宅的后院之中，此时段二娥寻金龙心切，正如那久病乱投医之人一样，听风便是雨。

“因为……”潘璞表情为难地咬着嘴唇说道，“你们就相信我吧，金龙绝不可能进入后院的！”

“你倒是说说原因啊，潘璞叔！”段二娥哀求道，好像金龙果真在后院一般。

微弱而柔和的灯光照在潘俊的身上，他缓缓睁开眼睛，脑袋传来阵阵的痛感，头顶是黑乎乎的洞顶。他的手在床上摸索着，忽然攥住了金龙的小手，这时他隐约觉得似乎有人在盯着自己，一骨碌从床上坐起来，同时手下意识地在腰间摸了摸。

“在这里！”一个女子的声音从潘俊对面传来，潘俊抬起头，对面的灯光很亮，刚刚苏醒的他还有些不适应，他用右手挡住强光，终于看清了眼前的那个女人。她身材高挑，穿着一件黑色紧身衣，头发扎起，只是脸上遮着一层轻纱，一双眼睛冰冷地望着潘俊，那眼神似乎具有某种穿透力，让人身上也觉得冰冷，她的右手上拿着潘俊盛着青丝的盒子。

“呵呵！”潘俊朗声笑着，放下挡在额头上的手，坐在床上瞥了一眼躺在自己一旁酣睡的金龙，脸上盛满了笑意。

“你笑什么！”女人语气冰冷，将那灯光的一丝暖意也掠夺了去。

“我本应该早点想到的！”潘俊一面说一面轻轻地揉着眉头说道，“姐，我终于找到你了！”

潘俊的话让对面女子的目光一下子柔和了下来，她缓缓将手中的那个盒子放在桌子上，将头别到身后说道：“小俊，你怎么知道是我？”

“其实我刚一回到这安阳的旧宅就听提前回到这里的潘璞叔说，这里好像有人住过，当时我并没有太在意。因为这座旧宅虽然偏僻，但是偶尔来几个避难之人也是有可能的！”潘俊站起身走到桌子前面，坐在潘苑媛对面的椅子上说道，“后来我从潘璞叔口中得知了关于你的事情！”

“还有把我葬在这里的事情吧！”潘苑媛冷笑着说。

“嗯。”潘俊点了点头接着说道，“我当时来到此处便发现了里面的这个密室，再加上墙上所绘的这几张图纸，猜想必然是金系驱虫师之前的居所，我听金顺说金系驱虫师习惯住在地下。但是那时我根本没想到这里竟然是金银的住所。来到这里的那天我便听到了一阵脚步声，抬起头的时候一个黑影从洞口闪过，我想那个黑影就应该是姐姐你吧！”

潘苑媛叹了口气，微微地点了点头，如果不仔细观察的话恐怕根本察觉不到。

“而真正确信你还活着的却是那只穴居狼蛛。”潘俊第一次受到那只蜘蛛袭击的时候便怀疑是有人训练过这种蜘蛛，而训练这种毒性极强的蜘蛛的人也只有木系驱虫师可以做得到。“姐，这么多年你去了哪里啊？”潘俊说着凑到潘苑媛的面前，谁知潘苑媛却忽然出手将潘俊推倒在地：“不要过来！”

“姐，你怎么了？”潘俊从地上站起来，盯着一直未看清脸的姐姐问道，“姐，这么多年来我一直在到处找你，你走了之后父亲严令家中所有人不许再提起关于你的事，因此父亲将很多原来的老人都赶出了潘宅！”

“呵呵，他始终是这样的，从来不曾改变过！”潘苑媛语气冰冷地说道。

“后来潘璞告诉我你已经死了，但是我始终不相信。我知道你还活着，一定活在什么地方在看着我。”潘俊说到动情处不自觉地走到潘苑媛的身旁，将手轻轻搭在她的肩膀上说道，“姐，这么多年我不知道你究竟经历了多少事情，不过不管怎么样我始终是你的弟弟，从小相依为命的亲弟弟！”

“呵呵，小俊，我已经变了。”潘苑媛冷笑两声站起身来，背对着潘俊走到前面的火烛处低着头说道，“我已经不再是以前的潘苑媛了。”

“姐。”潘俊上前一步说道，“跟我回家吧！”

“家？”潘苑媛的语气中充满了讥讽，“我还有家吗？”潘苑媛用手按住额头轻轻啜泣着，“当我怀着孕回到那个所谓的家的时候，他却将我反锁在了房间里，认为我丢尽了潘家的脸面。当我中了摄生术之后更是将我逐出了家门，甚至还让潘璞追杀我到此，那早已经不是我的家了，潘家宅门就是一个吃人不吐骨头的地狱！”

“后来姐姐你是如何活下来的呢？”其实潘俊早已经猜出个八九，但始终希望从潘苑媛口中听到确凿的实情。

“唉，当时我真以为老天爷终于开眼了，谁知最后却又是被戏弄了而已！”潘苑媛长出一口气，眼角淌着眼泪，痛苦的回忆如同平静湖面上的涟漪一般从湖心一点点向岸边扩展开来。

当时潘璞虽然按照老主人的吩咐带着丹顶来到了潘家旧宅，却在外面观察了几天始终下不得手。潘璞跟随老主人多年，虽然未曾如潘俊和潘苑媛一样从小学医用药，但毕竟长期生活在潘家，耳濡目染得多了便也多少通晓药理，他深知所谓“丹顶”即鹤顶红其实是无毒的，那些所谓见血封喉的“丹顶”不过是砒霜而已，只因很多砒霜是从红信石中取得，内中掺杂颇多的杂物，因为呈现红色，一些附庸风雅之士便误认为此物便是丹顶，这样以讹传讹最终将丹顶说成是见血封喉的剧毒之物。

潘璞既不想违逆老主人的意思，又下不了手。便想到了一个办法，老主人只是让小姐吃下“丹顶”却并未说是毒药，于是他便偷偷换来了真正的“丹顶”。话说这“丹顶”虽然无毒，却遇见了个五毒攻心的掌柜的，他以为这人买鹤顶红必定是毒药，于是便将一包有毒的砒霜交给了潘璞。潘璞再三追问这究竟是不是真的“丹顶”，那掌柜的拍着胸脯保证必定是真货。

便是这样阴差阳错地弄巧成拙，潘璞本以为潘苑媛服下的是真正的“丹顶”，谁知却与老主人给自己的“丹顶”一模一样，就这样潘苑媛喝了那杯毒酒之后很快便毒发。潘璞见自己竟然弄假成真，伤心欲绝之余在潘家旧宅后面的山坡上将潘苑媛厚葬。

却说潘苑媛中了丹顶之毒本是必死无疑，而她在此之前却身中摄生术。《辍耕录》中早有“以毒攻毒”一说，而中医之中诸多方剂便是依照“以毒攻毒”的原则开出，毒用得好不但不会害人反而会救人。这丹顶之毒正好与摄生术相克，因此在潘苑媛“死后”不久便又奇迹般地复活了，但是她醒来却发现自己眼前漆黑一片，四周只有极其狭小的空间。她立刻明白了自己的处境，于是拼命在狭小的棺椁中四处拍打着，希望有人能听见棺椁之中的声音。

此时潘璞早已含泪离开了潘家旧宅，即便是不离开也肯定不会听到。而谁也不曾想到潘苑媛的拍打声却被住在这地下的金银听到了，这金系驱虫师常年生活在地下，金银听到潘苑媛在棺椁中的拍打声立刻起身从自己所住的地穴挖了上去，半个时辰后便在棺椁下面挖出了一条足够一人通过的洞穴。此时潘苑媛早已挣扎得没了力气，再加上棺椁四壁密不透风已经昏死过去。金银从棺材下面挖出一个小洞发现里面的女子尚有微弱的呼吸，于是便将其从棺材中救了出来。

潘苑媛苏醒过来的时候，见四周都是昏暗的灯光以为自己已经死去，此时正在地狱之中。谁知正在此时一个其貌不扬的侏儒从一旁走过来对她轻声说道：“姑娘你醒了？”

潘苑媛扭过头见那侏儒先是一惊，金银本来长相平平，再加上灯光昏暗宛若地狱中的小鬼一般，潘苑媛连忙向后退到墙边说道：“你是谁？”

“哦！我叫金银，一直住在这里，昨晚听到小姐在棺椁中乱敲，便将您救了下来！”金银说着将一杯水放在潘苑媛的床头，心知自己的长相必定是吓到了眼前的女孩，连忙扭过头远远地走开了。

潘苑媛颤颤巍巍地向前凑了凑望着金银的背影，她常听人说鬼是没有影子的，然而眼前的金银却有影子，她不禁微微一笑道：“没想到你真的是人啊？”

“呵呵！”金银憨笑着却始终背着身子。

“你怎么不转过来啊？”潘苑媛捧起眼前的水杯，几口便将杯中水喝了个干净。

“我怕……”金银迟疑了一下说道，“我怕吓到姑娘！”

“唉，没事你转过来吧！”潘苑媛觉得眼前这侏儒颇有意思。

“还是不要了！”

“你不过来的话那你也得告诉我水在什么地方啊？”潘苑媛本来刚刚中毒复活，再加上苏醒过来的时候在棺椁之中大喊大叫，此时嗓子干得早已冒烟了。金银一听连忙转过身来快步走到潘苑媛的身旁，此时潘苑媛才看清金银的模样，浓浓的眉毛，眼睛稍微有些小，嘴唇有些厚，皮肤偏黑，虽然算不得好看，却也不像之前感觉那般可怖了。

不一会儿工夫，金银小跑着又端过来一杯水递给潘苑媛，潘苑媛感激地接过水杯一面喝，一面对眼前背对着自己的金银微笑着。有时候缘分就是这样地不期而遇，两个素昧平生的人竟然在这个狭小的山洞里生活了起来。金银是个心地淳厚的人，几乎潘苑媛问什么便答什么。但潘苑媛却对自己的身世来历只字不提，她不提金银便也不问。

但身世可以隐藏，身上所中摄生术却无法隐藏。潘苑媛深通药理，她知道尽管起初那“丹顶”之毒与摄生术以毒攻毒算是勉强救了她一命，但却并非解毒之法，因为这种以毒攻毒的方法太过猛烈，恐怕身上的摄生术未曾彻底清除早已被折磨致死了，如果想清除身上的摄生术只能另寻他法。

金银每天都看着潘苑媛痛苦难耐，心中焦急如焚，却因不通医理，不懂医术，只能干着急而帮不上半点儿忙，而且她发作的频率越来越快，发作的时间也越来越长。而更糟糕的事情是潘苑媛不仅中了摄生术，这肚子还一天天地在隆起。潘苑媛知道如果再找不出破解摄生术的办法，不仅是她，就算是这腹中的孩子也会和自己一起死掉。

随着发作的频率越来越快，她渐渐对摄生术了解得越来越深，终于那种可以破解摄生术的药草被潘苑媛找到了，而知道这种药草的人少之又少，潘苑媛也只是隐约记得这种药只有一个地方才有，那便是新疆。

当潘苑媛告诉金银自己要只身启程前往新疆寻找解药的时候，金银立刻要求与她同往，一来她有孕在身需要人照顾，二来这么长时间的相处金银对潘苑媛有一种说不清道不明的感觉，这种感觉之前他从未有过，也从未敢有过。但是临行之前金银告诉潘苑媛，自己要先到北平一趟向师父告假，潘苑媛听完之后点了点头。金银这一去，来回用了一周时间却未见到师父，只见到了师兄金顺。于是他便将那明鬼交给了金顺让他转交给师父金无偿。

一周之后，二人踏上了前往新疆的路途，这一路上金银对潘苑媛照顾有加，几乎无微不至。潘苑媛觉得眼前这个男人虽然是个侏儒，但却为人实在，比那些油头粉面的无情戏子要踏实得多，便也对他渐渐产生了感情，最后以身相许。他们在新疆待了一个月之后才听说那种草药虽然生长在新疆，而那种植草药之人早已去了西藏，除他之外无人知晓种植的方法。于是二人再次动身前往西藏。

潘苑媛在西藏诞下了金龙，之后在西藏生活半年有余，终于那种草之人被潘苑媛诚心所感，收她为入门弟子，一行人回到新疆再用半年有余的时间将草药种植出来，果然那草药对摄生术有奇效，只一棵便解除了潘苑媛身上的摄生术。就这样他们那年秋末启程从新疆返回北平，潘苑媛之所以回北平是想告诉父亲这摄生术并非无解。

谁知路上却遭遇了刀疤脸，金银死于刀疤脸的枪口之下，而潘苑媛也被刀疤脸侮辱。此时她万念俱灰，原本所有的憧憬在那场大雪之中都变成了白皑皑的一片空白，她将金银和他视如珍宝的河洛箱安葬在溪流中之后便启动了明鬼，将金银告诉自己的河洛箱的开启之术烙在了金龙的后背上，然后将金龙放在了将军圃附近，直到看见金龙被人抱走之后，才哭泣着跌跌撞撞地离开了将军圃。而那只藏獒也是他们从新疆临行之前潘苑媛的师父所赠，她将其留下保护金龙。

潘苑媛一口气将所有的事情说了一遍，扭过头泪流满面地望着依旧在床上安睡的金龙，目光柔和了下来。

“姐，你从未回去看过金龙吗？”潘俊见潘苑媛泣不成声，遂问道。

“没有，从来没有！”潘苑媛长叹了一口气说，“我怕自己的这副模样会吓到他！”

“什么？”潘俊的话音刚落，只见潘苑媛已经将脸上的面纱除去，潘俊看见潘苑媛的脸顿然怔在了原地，那个原本漂亮的脸蛋早已经荡然无存了，此刻潘苑媛的脸上布满了数条深深的刀疤，如果初次遇见确实让人胆战心惊。

“姐，你的脸……”潘俊想问潘苑媛的脸是被谁弄成这样的，还未说完便见潘苑媛微微笑了笑说道：“所有的不幸全都是因为这张脸，如果不是它的话也不会被那个戏子所骗，更不会遭人侮辱，所以我便用刀将脸刮花！”

潘俊紧紧地咬着牙，喉咙微微颤抖了两下，他感觉自己的脸上竟有隐隐的痛感。

“姐，今天你出现在潘家旧宅是为了金龙？”潘俊忽然想起了什么。

只见潘苑媛木然地摇了摇头：“其实我根本不知道金龙会和你们在一起，这些年我一直生活在潘家旧宅，几日前我从北平回到旧宅的时候发现潘璞竟然出现在旧宅之中，我不想让潘家人再找到我，于是便搬到了这里。可是我忽然发现自己从新疆带回来豢养的穴居狼蛛并未带出来，这种蜘蛛的毒性极强，我一直用来防身。于是昨天晚上我便悄悄地潜入到了潘家旧宅，谁知刚将狼蛛招出便被巴乌发现了，无奈之下我只能作罢。今天午后我趁着你熟睡的时候进了密室，谁知却看到了一只明鬼，那只明鬼与之前金银准备交给他师父的那只毫无二致，那只明鬼的口诀是金银根据我当时谎称的名字的音节编出的，我于是便试了试，谁知那明鬼竟然动了起来。正在我好奇的时候忽然听到了外面的脚步声，唯恐被人发现我立刻将明鬼放在地上走出了暗室！”

“后面的事情也许便是天意了，我刚一出正厅便见那个女孩子进入了你的房间，我绕到后院正准备翻墙离开的时候，忽然见到院子中间一个光着身子的小男孩，他的后背上竟然有我留下的烙印。于是我便将金龙迷晕带到了这里。我知道凭着小俊的聪明一定会找到这里的，于是便一直在等着你！”潘苑媛说完了之后将脸上的黑纱戴上坐在了旁边的椅子上。

“姐，你是说你前几天去过北平？”潘俊的脑海中出现了一副可怕的画面，他仰起头望着姐姐，只见潘苑媛冷笑着说道：“我知道你在想什么。”

“没错，小俊，北平城中的摄生术是我放出去的！”说到这里，潘苑媛原本柔和的目光再次变得冰冷了起来，“我之所以会变成这样全都是那些世俗的人造成的，我要报复，报复所有的人，所以我将摄生术种在了北平。”

“那仵作呢？”潘俊追问道。

“对，那仵作也是我杀的，用的便是青丝。”潘苑媛毫不掩饰地说道，“任何阻止我的人都要死，而且必须死！”

“这么说在北平城中一直跟踪着我的黑衣人也是姐姐？”潘俊不可思议地说道。

“黑衣人？”潘苑媛凝住眉头沉吟片刻说道，“小俊，你也见到那个黑衣人了吗？”

“什么？难道不是姐姐吗？”潘苑媛的回答大出潘俊的意料。

只见潘苑媛缓缓地摇了摇头：“这半年里我只去过北平城两次，一次是去种摄生术，第二次便是那天晚上杀死了那个仵作。而且我从未跟踪过你。”

“真不是姐姐的话那个黑衣人会是谁呢？”潘俊的眉头早已拧成一团，本以为他已经找到了答案，却没想到最后只是竹篮打水一场空，“姐，听你所说的意思你也见过那个黑衣人？”

“没错，我不但见过他，似乎他对潘家了如指掌，而且……”潘苑媛伸出自己的右手，将袖子撸开，只见她的右臂上布满了红色的血丝，潘俊见了又是一惊：“姐，你被人下毒了？”

“嗯，这毒便是半年前被那个黑衣人所下，我本想过几年再开始报复，谁知我却被下了剧毒，时日无多只能将计划提前进行了。”潘苑媛咬着牙将袖子落下。

正在此时，潘俊忽然身体剧烈地抽搐了起来，痛苦地抓着身后的墙壁，手臂上青筋迸出，豆大的汗珠倏忽间从额头上冒了出来。潘苑媛立刻站起将潘俊扶到桌子旁边，将手按在他的手腕上，片刻脸色大变道：“小俊，你怎么也中了摄生术？”

潘俊痛苦地对潘苑媛笑了笑，只是那笑意立刻被痛苦的表情所掩盖，他双手把住面前的桌角，指甲几乎全部插进了桌子的木头中。潘苑媛连忙从口袋中拿出一包银针，动作娴熟地从中抽出三根，手指在潘俊的后背上量了几下之后将那三枚银针分别插入潘俊的魂门、胃仓、灵台三处穴位，轻轻捻动手中的银针，潘俊顿时觉得气血通畅了许多，痛感也渐渐减轻了。大概一炷香的工夫，潘苑媛将三枚银针取出，潘俊才算恢复了过来。

“小俊，你身上怎么会有摄生术？”潘苑媛盯着潘俊问道。

“是我自己所种！”潘俊叹了口气说道，“姐，如果这摄生术一旦泛滥，恐怕整个北平城都会遭殃，那时候我身为行医济世之人，却不能为民解忧倒不如死在他们前面！”

“唉！”潘苑媛长出一口气，她知道潘俊从小便宅心仁厚，别人说出这样的话她也许不以为然，但潘俊的话却一定是出自真心。“小俊，替姐姐照顾好金龙！”说完潘苑媛将一包东西塞给了潘俊道，“破解摄生术的药材在河洛箱中。”说完之后潘苑媛便向金龙走去，轻轻地抱了抱金龙，然后将其放下。转身轻轻在墙上敲击了两下，一扇暗门轰然敞开，“今天咱们见面的事情别告诉任何人，一会儿山下的人便会上山来救你和金龙。”说完之后潘苑媛走进暗门，那暗门又是轰地一下紧闭上了。

潘俊抢到前面在墙上四处敲击，却始终未发现机关的所在，他将手中的纸包展开，里面是一些白色的粉末，潘俊捏起一点放进口中尝了尝，不禁微微地笑了笑。

正在众人为是否进入潘家旧宅后院的事情争论不休的时候，忽然外面传来了一声犬吠声，屋子中的人立刻都停止了争吵，他们相互看了看，不约而同地向门外奔去，吴尊虽然个子矮小，但这时候却是冲在了最前面。他奔到门口将宅门推开，只见巴乌正站在门口狂吠着，见到人之后便向右面的荒草丛中奔去。

“快点跟上！”冯万春说完，吴尊等人便跟着巴乌向荒草丛中跑去，巴乌一直跑到山顶上的荒草平台上一个土坑处，然后不停地狂吠着，这次依旧是吴尊第一个到达，他向那土坑中一看，只见里面竟然闪烁着灯光。

“有人在里面吗？”吴尊冲着洞口喊道，而此时冯万春等人也已经跟上来了。

“吴尊？”潘俊回应道。

吴尊笑眯眯地扭过头对身后的人说：“潘爷，潘爷在里面！”

“快，快问问金龙是不是和他在一起！”段二娥赶紧问道。这一下午已经将段二娥折磨得生不如死了，此刻终于得到了些消息。

“好好好！”吴尊扭过头刚要说话只听潘俊说道，“金龙也在里面，他睡着了，找根绳子拉我们上去！”

“好！”吴尊答应道，“金龙在里面，只是睡着了。”

“你们先在这儿，我去拿绳子！”跟在最后的潘璞说着沿着小路回到了潘家旧宅，片刻工夫潘璞带着绳子回来了。绳子放下，潘俊抱着熟睡中的金龙从那地穴中爬了出来。

刚一出来段二娥便赶紧奔到潘俊身边，抱住熟睡中的金龙，见他面色红润，呼吸平缓这才算是放下心来，泪水不禁再次在她眼眶中转动起来。

“好了，好了，总算是有惊无险！”冯万春拍了拍段二娥，又意味深长地看了一眼潘俊，“走，咱们快回去吧，都还没吃晚饭呢，潘璞啊一会儿我和你下厨给大家做两个拿手的东北菜！”

说完一行人便向山下走去，刚走出几步潘俊忽然抓住了吴尊的手。吴尊扭过头见潘俊对他使了一个噤声的手势，继而在他耳边轻声说了几句什么。吴尊眉头紧皱，听完潘俊的话他有些为难地望着潘俊道：“潘爷，这不会是真的吧？”

“唉，其实我比你更希望这仅仅是我的怀疑！”潘俊望着前面下山的一行人说道，“照我说的做吧，这件事就拜托你了！”

“多谢潘爷！”吴尊拱手道，然后快步跟上前面的队伍。

回到潘家旧宅，潘俊让段二娥将金龙抱到自己的床上，冯万春跟随潘璞到厨房去做他的“拿手好菜”，而燕鹰和吴尊两人则到时淼淼的房中去照顾两个昏迷中的病人。

潘俊命段二娥将金龙翻过身来，然后轻轻将金龙的衣服除去，只见金龙的后面出现十五个看似毫无规则的小指肚大小的烙印。他拿过纸笔将金龙后背烙印的方位悉数画在一张纸上，然后拉过被子给金龙盖上。

“潘俊哥哥，金龙怎么一直在睡觉啊？”段二娥见金龙迟迟不醒，又有些焦急地问道。

“呵呵，不碍事！”潘俊微笑着说道，“一会儿让潘璞熬一碗醒神汤给他服下便会醒来的！”说完潘俊站起身走进密室中，将河洛箱从密室中拿出递给段二娥道：“段姑娘，你能分辨出这两个箱子哪个是洛箱吗？”

“嗯！”段二娥接过两个箱子在箱身上轻轻抚摸，然后将手中的箱子递给潘俊道，“这个便是洛箱了！”

潘俊接过洛箱，将其拿到一旁的桌子上，唯恐一时不慎钢针射出会伤到金龙和段二娥。他将洛箱平放在桌子之上，将那张纸铺在箱子之上，拿过毛笔蘸了些水按照宣纸上所画的那些黑点将宣纸滴透，依法炮制，将宣纸上十五个烙印全部滴透，这才将毛笔放在一处，小心翼翼拿起宣纸。

宣纸起，只见那洛箱上原有的四十五个黑白点上已经有十五个点落了水痕。段二娥将金龙放在一旁，好奇地走到潘俊身边，盯着盒子上有水痕的十五个点不禁眉开眼笑道：“金龙后背上的烙痕果然便是这洛箱的开启之术啊！”

“嗯！”潘俊点了点头，双手抱在胸口，皱着眉头望着那洛箱十五个沾满了水痕的点思忖着，却迟迟未动手。

段二娥是金系传人，早已看出潘俊迟疑的端倪，其实她心中也倍感疑惑，这河洛箱的机关之术是金系驱虫师穷尽几代人的智慧才制成的，现在即便有这十五个点，却不知应将这十五个点如何顺序按下，一旦失误便会射出钢针，着实让人头痛。

潘俊盯着那洛箱看了良久，原本拧紧的眉头瞬间舒展开来，脸上露出难得的笑容，他不禁叹息这金银的良苦用心：“金银当初在设置这个洛箱的开启之术时，必定也是将其所有的心血全部放在其中了！”

“哦？难道潘俊哥哥已经想到如何开启这洛箱了？”段二娥见潘俊一脸喜悦，便问道。

“嗯！”潘俊指着那河洛箱上的四十五个黑白点说道，“这洛箱上的四十五个点的方位与洛书的方位完全一致，洛书古称龟书，相传是背负在神龟身上的，其方位是戴九履一，左三右七，二四为肩，六八为足，以五居中，五方白圈皆阳数，四隅黑点为阴数。”

段二娥盯着洛箱上的黑白点，不禁微微点了点头，然后扭过头望着潘俊。

“这点一共有十五个，这十五个点的排布正是应了那洛书的三五之说，实是三五合一之意！”潘俊指着上面的十五个沾水点啧啧称奇道。

“潘俊哥哥，我听爷爷说这洛书与五行相关，而五行又分阴阳，这阴阳五行便只占了二五，那第三个五在哪里？”段二娥疑惑地问道。

“呵呵，段姑娘你有所不知，所谓三五便是中五三家之数，论之中五，共五文，北第一文为水，西第二文为火，东第三文为木，南第四文为金，中第五文为土。木生火为一家，积数二三为一五；金生水为一家，积数一四为一五；土居中央为一家，积数自为一五。三家相见，是谓三五合一。三五合一，总是一阴一阳。”潘俊的话让段二娥似懂非懂。

“而这中五一文，便是这元牝之门。”潘俊指了指洛箱上几个聚集在一起的水痕说道，“这门生之在此，死之在此，顺之在此，逆之在此，五行错乱分散亦在此，五行总整攒簇亦在此。得此则五元皆生、五物皆化，喜怒哀乐之性，变而为仁义礼智之性，失此则五元皆伤、五物皆发，仁义礼智之性，变而为喜怒哀乐之性。”

“而这仁义礼智信五者便是五常，五常中仁五行木，对应的方位是东；义五行金，对应的方位是南；礼五行火，对应的方位是西；智五行水，对应的方位是北；信五行土，对应的方位是中。”潘俊接着一边说一边轻轻在中间那三个点依次轻轻敲击一次，然后说道，“仁义礼智，皆本于信也，便是中间这三个点，信于仁，则能仁。”然后又敲击了东面的三个点，接着说道，“信于义，则能义；信于礼，则能礼；信于智，则能智。一信而仁义礼智，无不随心变化。”他快速依次敲击着洛箱上的水点，完毕之后，只听那洛箱之中传来“吱吱”的响声，段二娥与潘俊两人眼睛都痴痴地盯着眼前的洛箱，那声音越来越大，接着“咔嚓”一声，洛箱上面的盖子从左向右弹开了。此时两人才向前走了两步，当他们看到洛箱内中之物均是一惊，段二娥疑惑地望着一旁的潘俊……

“潘俊哥哥，怎么会这样？”段二娥望着打开的洛箱有些失望地说，原来这洛箱之中并没有她之前所想的所谓“虫器”，取而代之的却只有一个中等长短粗细的干瘪的虫子。潘俊小心翼翼地将那虫子取出来，凑到鼻子前面闻了闻，立刻皱紧了眉头，他知道这便是姐姐潘苑媛所说的摄生术的破解之物，只是此前他却万万不曾想到那个可以破解摄生术之物竟然会是这个！

“我听爷爷说这河洛箱中所盛之物均是金系虫师的虫器，可是……”段二娥惶惑地说道。

“段姑娘你先别着急，想必此间的虫器早已被人取走了！”潘俊心想这件事也许潘苑媛会知道，只是却不知何时才能再见到她！

潘俊将那洛箱关上之后交给段二娥，而此时冯万春端着一个大盆子从外面走进来，他身上系着白色的围裙俨然大厨一般，刚一到门口便高呼道：“油着！”段二娥被他这样一逗不禁笑了出来。这“油着”一般是北方的厨子们常喊的一句话，因大宴时人来人往，恐有人冷不丁出来将油溅在身上，故为了提醒别人而常喊这一句。冯万春说完这一句对跟在身后的潘璞说道，“来来来，搭把手，让你们尝尝咱东北的名菜！”

说完潘璞已经搬过一张桌子，冯万春将那个大盆子放在桌子上，之后指着那大盆子说道：“潘俊，这道菜你肯定没吃过！”

潘俊和段二娥都好奇地向那个大盆子中望去，只见里面又是西红柿、茄子、南瓜、青椒、扁豆、土豆，又是蘑菇、豆腐，在那上面还摆放着五花肉和粉条，好不热闹。

“冯师傅，这……这能吃吗？”段二娥从未吃过这种奇奇怪怪的菜，不禁撇着嘴问道。

“能吃吗？”冯万春故意将脖子伸得老长，将这个“吗”字咬得极重说道，“闺女，我跟你说，你吃的时候还真得注意点。”

“注意点什么啊？”段二娥闻了闻那菜的味道。

“小心别一下子把筷子都生吞了去！”冯万春笑着说道，“这叫大乱炖，来，你尝尝，我老冯难得出手，不能让你这小丫头片子砸了我这金字招牌啊！”

段二娥吐了吐舌头，拿起筷子夹起一块土豆放在嘴里，还别说虽然这菜品相不佳，但味道绝对属于上品，她不禁竖起大拇指说道：“嗯，冯师傅这菜果然好吃啊！”

“我就说嘛，这就和臭豆腐一样的！”冯万春说着掏出一根烟点上说道，“闻着臭吃着香，这菜是看着丑，吃得香！”冯万春特意将这“丑”字谐音“臭”笑着说出。

说话间潘璞已将其他的几道菜端了上来，这才让段二娥去叫燕鹰与吴尊，过了一会儿段二娥带着燕鹰走了进来说道：“吴老大说他先留在那边照顾他师父，等咱们吃完找人替他他才过来，让咱们给他留点菜！”

“吴尊这小子真是没话说！一会儿老冯我一定下厨再给这小子做两道拿手菜！”冯万春掐灭手中的烟坐在椅子上说道。

“冯师傅真是偏心啊！我和燕鹰跟着你走了一路也没见你做两个小菜给我们吃！”段二娥一面夹着菜一面说道。

“丫头你想吃什么，和我老冯说，我一会儿做给你！”冯万春拿起筷子撸了撸袖子说道。

“嘿嘿，那倒不用，不过冯师傅得把你这做菜的手艺教给我！”段二娥笑嘻嘻地说道。

“哈哈，这丫头还真是贪啊！”冯万春拿着筷子指着段二娥说道，“好，以后我这冯氏厨艺就收你做这唯一的弟子了！”

“谢谢师父！”段二娥这话茬接得倒是快。

几个人有说有笑地吃完这顿饭之后，潘俊唤来所有的人说道：“明天我和冯师傅带着段姑娘进安阳去寻金无偿，吴尊和燕鹰你们随同潘璞在家照顾时姑娘和燕云。”

“潘俊，你已经知道金无偿的下落了？”冯万春凑到潘俊近前说道。

潘俊点了点头，其实潘俊看到管修的那封信之后便已经猜出个大概，既然霍成龙与卞小虎一行人的目的是暗中将驱虫师家族转移，而金无偿又是在霍成龙的策划下离开的北平，想必此时金无偿必定在国民党军统的保护之下。明白了这一层他便已经猜出个大概，而且潘俊此前一直派潘璞暗中打探，所以此时他心中早已有数。

“少爷，还是让我和你们一起去吧！”站在潘俊一旁的潘璞说道，“这安阳城中现在一直不太平，恐怕少爷去了会遇见不测啊！”

潘俊摇了摇头说道：“潘璞叔，如果我们在两日之内还没有回来的话，这里还得拜托你立刻带着大家离开旧宅。”

“少爷……”潘璞还想说什么，只见潘俊轻轻地摆了摆手，潘璞从小看着潘俊长大，知道潘俊一旦做了决定便极难改变，虽然心中担心潘俊安危却也只能摇了摇头退了下去。

事情安排妥当之后，潘俊回到了卧室，这一夜潘俊依旧与冯万春住在一起。子夜刚过潘俊便起身走到了厨房，将那草药放在砂锅之中用文武火熬了半个时辰，熬好后将其倒在一个碗里。那汤药散发着淡淡的香味，潘俊将那汤药一饮而尽，顿时觉得身体阵阵发热，胸口舒畅了许多，深通药理的他立刻便明白姐姐的话，果然这就是治疗摄生术的特效药。谁说摄生术无解？

这一夜是潘俊一行人过得最平静的一个晚上，这极难得的平静也许是预示着一场更强烈的暴风雨吧！潘家旧宅中的知了似乎通晓人情一般，今晚出奇地安静，潘俊回到卧室拄着胳膊在桌子上睡着了。而此时院子中的那棵树下出现一个影子，他在那树下的树洞里摸了一下，原本平静的表情一下子惊喜了起来，他从里面掏出一张纸条揣在怀里，警觉地四下观望，直到确定没人之后才迈着步子向门口走去……

十三 甲骨堂，泪散百年店

而在距此不远的安阳城中，金素梅的心却始终无法平静下来，几十年的苦心经营终于要见分晓了。虽然她平日里将自己保护在厚厚的伪装之下，但此时的她却再也抑制不住心中的那份狂喜了。

她忽然想起多年之前，亲王府中张灯结彩，侍女们穿着漂亮的衣服，满脸堆笑地穿行于前厅与中堂之间的回廊中，手中端着果品蜜饯，在中堂后面的凉亭上，额娘吻着她的额头。她穿着一身小巧的旗袍，在额娘帮她穿鞋的时候淘气地拨弄着额娘头上的金钗。

后堂的堂会中正在唱着《白蛇传》中的经典剧目，这是她最喜欢的剧目，每逢堂会的时候她必会点这个剧目。每每这个剧目开始的时候，还是孩子的她便会全神贯注地盯着眼前的舞台，台上戏子一颦一笑，一举手一抬足都让她久久难忘，尤其对台上扮演白娘子的青衣情有独钟。而今天那青衣的嗓子似乎格外好，气口全走在板上，如天籁之音。听到此处她连忙推开额娘向后堂跑去，几个侍女焦急地跟在她身后，唯恐稍有差池。

她跑到后堂寻了一个靠前的座位，盯着眼前的这场戏。这戏班是从广德楼中请来的，一曲结束按照规矩，烟花齐放。她仰起头望着夜空中灿烂的烟花，宛若身处梦境一般。只是今天的烟花好像放的时间格外地长，长到天上已经没了烟花，耳边依旧能听到燃放的声音。身边所有的人都惊慌失措起来，他们都向门口的方向望去，只有她依旧傻傻地盯着黑漆漆的天空，等待着会在那夜空中忽然出现一个巨大的烟花。

可是她等来的却是被额娘抱起，急匆匆地跑回到房间中。之后的一切在她的记忆深处已经模糊了，人总是下意识地将某些痛苦的记忆忘记，但是自己总忘不掉的便是那耳边狂乱的枪炮声，白色皮肤蓝色眼睛的强盗狰狞的微笑，被侮辱的侍女们的惊叫、狂奔、凄厉的哭声、冲天的火光，还有额娘将匕首刺入胸口染在她身上的血迹。

金素梅摇了摇头，不敢继续回想下去了，她的眼眶已经不知不觉盈满了泪水，稍一颤抖便会夺眶而出。有时候记忆这东西就是这么奇怪，你越是想记住的东西往往越容易忘记，而那些一辈子也不愿回忆的创伤，却记得格外清楚。她记得阿玛将她抱到身前，轻轻抚摸着她的笑脸说道：“儿啊，你已经不再是一个小女孩了，你要为母亲报仇。”

金素梅对父亲的话似懂非懂，却坚定地点了点头。阿玛对她的表现很满意，轻轻在她的脸上吻了一下，阿玛的胡子有些扎，但她却觉得格外温柔。然后阿玛将她带到一个太监面前说道：“带走吧！”

“王爷，您可要想清楚啊，这可是一件极为冒险的事情，如果出现任何纰漏的话，小格格的命可就没了！”老太监颇为惋惜地说道。

阿玛握着金素梅的小手说道：“她是爱新觉罗的子孙，能为大清而死该是她的荣耀！”

年幼的金素梅虽然对两个大人所说的话听不明白，但这个“死”她却在几天前看过太多次了，她哭闹着说道：“阿玛，阿玛，我不要死，我不要离开阿玛！”

谁知她的话一出口，阿玛猛然将她的手甩到一旁说道：“带走！”

老太监低下头瞥了一眼阿玛，低着头对她说：“和硕格格跟老奴走吧！”

（清朝自顺治帝起，亲王之女称为“和硕格格”，汉名为“郡主”，下文中还有“多罗格格”等，此处不详加介绍。）说着老太监拉着她便向外走，她哭闹着死活不肯离去，阿玛见状走上前去掏出一把寒光逼人的匕首，抵在她的胸口，此时她忽然意识到从前那个和善慈祥的阿玛已经不在了，她停住了哭闹被老太监拉着向外走，刚走出几步阿玛忽然厉声道：“等等！”

她以为阿玛改变了初衷，谁知阿玛三步并作两步走到她身边，从自己怀里掏出一块玉佩揣在她的怀里，然后轻轻拍了两下：“不管过了多长时间，你始终要记住自己是爱新觉罗的子孙。”说完阿玛拔出那把匕首插进了自己的胸口，含泪说道，“儿啊，这世上你再没有任何亲人了，所以你不用有任何牵挂了。”

金素梅扑在已经气绝的阿玛身上哭了好久，最后才木然地被老太监带走，之后所发生的一切对于她来说简直是一场噩梦，不堪回首的噩梦。

金素梅狠狠地咬着嘴唇，手指紧紧抓着眼前的一个茶杯，似乎要将其捏碎一般。正在这时门外忽然传来了一阵轻微的敲门声，金素梅长出一口气，轻轻擦掉眼角的泪痕说道：“进来吧！”

罗秀推开门从外面走了进来，手中拿着一张纸条说：“金先生，棋已经活了！”

“哦！”金素梅长叹了一口气，这早已经在她的意料之中了，只是时间早晚的问题。

“金先生，您不舒服吗？”罗秀见金素梅眼睛有些红，于是问道。

“罗秀，这些年来你有没有想过当初我为什么要救你？”这些年来罗秀始终想不明白的也正是这个问题，在此之前罗秀只是剧场中一个小小的戏子，才不惊人貌不压众，却不知为何颇受金素梅的青睐，乃至于重用，并且一直带在身边。他虽然疑惑重重，却从不敢多问半句，因此当金素梅今晚忽然说起这件事的时候，罗秀立刻怔住了，他摇了摇头说道：“是金先生看我可怜吗？”

“呵呵！”金素梅拿起桌子上的一个竹签，轻轻挑了挑眼前的蜡烛。虽然那时候白炽灯已经极为普遍，但是金素梅却一直喜欢这烛光，她总是觉得这烛光中有一双眼睛在看着她。“还记得当天你们在剧场中所演的剧目吗？”

“记得，我一辈子也不会忘的，是《白蛇传》。”罗秀连忙回答道。

只见金素梅微微笑了笑，却并不说话，沉吟片刻金素梅才低着头摆了摆手说道："时候不早了，你也早点回去休息吧！"

"哦！"罗秀的表情略微有些失望地站起身，忽然他想到了什么，停住了脚步说道，"金先生，不知您注意到没有，松井那老头这段时间似乎太安静了！"

"呵呵！"金素梅淡淡笑了笑，"你先回去休息吧！"

罗秀虽然心中有些担忧这松井尚元祖孙两个，但见金素梅如此坦然，想必早已想好了对付的办法，便鞠了个躬推开门离开了。确实金素梅早已想好对付那对日本狗的办法了。

"日掩鸿都夕，河低乱箭移。虫飞明月户，鹊绕落花枝。兰襟帐北鋆，玉匣鼓文漪。闻有啼莺处，暗幄晓云披。"潘俊站在窗前说道，此时冯万春已经穿上衣服从床上坐起来了。

"好兴致啊！"冯万春是个粗人根本听不懂潘俊这诗中意思，也只能附庸风雅了，他皱了皱眉头说道，"昨晚做了一夜的噩梦，梦见和几个老家伙一起！"

"是冯师傅的朋友？"潘俊微笑着说道。

"嗯，算是朋友吧！"冯万春一面揉着脖子一面说道，"不过都死在鬼子枪下了，看来他们是想我老冯了。"

听到这话潘俊怔住了，他望着冯万春若无其事地走出房间，脑子里将事情的前后想了一遍，他不希望出现任何纰漏，更不希望失去任何一个人，任何一个！

草草吃过早饭之后，潘俊、冯万春、段二娥一行人骑着马离开了潘家旧宅。段二娥在临行前，金龙死死地抓着她的手，无论如何也不愿放开，最后段二娥实在无奈便答应金龙回来的时候做好吃的，金龙这才松开手，目送着他们一行人缓缓离去。

此地距离安阳城并不远，安阳地处河南河北交界，八大古都之一。自从一八九九年王懿荣在安阳发现了甲骨文后，安阳便更加热闹了，各色人慕名而来。此时安阳却也沦丧到日本人的手里了。

潘俊等人快马加鞭，不一刻便来到这安阳城下，安阳城中以日伪军居多，城门处早已有一条长长的等待进城的队伍了，潘俊等人下了马，排在那些人身后，段二娥一面走一面向四周打量着，只见眼前这些日伪军颇为松散，不像石门那般给人一种严阵以待的压迫感。

三人进入安阳城也比较顺利，伪军只是象征性地在他们身上搜了搜之后，便放他们进入安阳城中。这安阳不愧是古都，街道和商铺无不透露着古雅之气。进入城中之后，一行人走进城门不远处的一个茶馆，茶馆规模虽小，却也修建得颇有几分古风。

走进茶馆潘俊挑了一个靠窗的桌子坐下，段二娥和冯万春二人坐在潘俊的旁边。小二见有人来便满面红光地跑过来，一面擦拭着桌子一面与几个人搭讪："几位客官是喝茶，还是打尖儿？"

"先给我们来一壶茶吧！"潘俊说着掏出票子放在桌子上，小二拿起票子向里面喊道："好茶一壶……"伴随着这吆喝声小二将抹布甩在肩上，虽然是在这年月，但这茶馆之中尚有人喝茶。

"潘俊哥哥，一会儿我们怎么办？"段二娥见潘俊盯着外面不远处的城门口说道。

潘俊扭过头见冯万春也在看着自己，便颇为自信地说道："段姑娘莫急，一会儿自然会有人来！"冯万春与段二娥两人面面相觑，不知这潘俊葫芦里究竟卖的什么药，而此时那店小二已经端了一壶茶走到他们近前道："几位爷，您要的茶来了！"

店小二边说边极为熟练地摆上几个茶碗，然后将那茶倒在茶碗中，只觉阵阵清香从那茶碗中散发出来。

"西湖龙井！"潘俊幽幽地说道。

"嘿，这位客官一看便知是懂茶的主啊！"店小二见潘俊只是闻了闻便能说出这茶的名字，不禁赞叹道。

"哪里！"潘俊谦让道，"难得在这么一个小店能喝到雨前龙井啊！"

"这位客官果然是行家啊！"店小二听潘俊竟然能说得如此详细，不禁更加赞叹，"别看我们这店面不大，不过这茶却绝对是上品！"

“什么是雨前龙井？”段二娥好奇地望着这二人。

“这位姑娘你有所不知，在清明前采制的叫明前茶，谷雨前采制的叫雨前茶。”店小二赶紧解释道，“向来就有雨前是上品，明前是珍品的说法。”

“小二哥也是懂茶之人啊！”潘俊喝了一口茶，顿然觉得味道清洌，幽香四溢。

“嘿嘿，我从小便在这茶馆跑堂，没吃过猪肉总见过猪跑嘛！”店小二见潘俊夸自己有些不好意思地说道。

“小二哥，看你们茶馆的生意好像有些萧条啊！”潘俊将话题岔开说道。

“唉，不瞒您说，我们这茶馆虽然不大，但生意却一直不错，这几天不知道日本人又发什么疯，忽然开始到处抓人，很多人都不敢上街了，您瞧……”小二指着窗外，几个穿着伪军服装的人拉着一条杂毛狗，一面走一面在过往的行人身上仔细打量着，不时将行人拉住上下查看一番然后才放行。

“我们进城的时候这些人也并未为难我们啊？”冯万春不解地说道。

“现在的安阳啊，是有进无出。”店小二一面提起茶壶给潘俊续了一杯茶一面说道，“这几日安阳的旅馆都已经住满了，进来可以，但是却绝不放人出去！”

“从什么时候开始的？”冯万春凝住眉头问道。

“三四天前吧……”小二说到这里指着外面说，“嘿，你们看出事了吧……”

潘俊等人向窗外望去，只见不远处传来了一阵喧哗，那几个伪军正围着一辆马车在叫骂。

“你他妈的怎么驾车的啊？”为首的那个二十几岁的伪军破口大骂道，“你要是把老子的神犬撞死，让你吃不了兜着走！”那车夫早已被吓得脸色发白了。

这时候从车厢中走下一位穿着西装戴着金丝眼镜的瘦瘦的男人，他一出来便满脸堆笑地掏出烟给那为首的伪军奉上，那伪军板着脸摆了摆手，他又向另外两个伪军奉烟，见他们也不抽这才将烟收起来道：“刚一进城这马慌了，不想撞到了您的神犬！”

他扭过头见那杂毛狗躺在地上已气绝而亡，不禁也是出了一头的汗。“要不我赔您些钱吧！”

“赔钱？”为首的伪军扯着嗓门说道，“你不知道这是皇军的神犬啊？赔钱？赔钱它能活过来吗？”

“要不然我给您买一条比这更好的狗，您看成吗？”金丝眼镜男人掏出手帕擦了擦汗说道。

“那不行，我们都和这狗有感情了，我告诉你它比你都听话。”为首的伪军指着地上的那只已经断了气的狗说道。

“那您说怎么办啊？”眼镜男人此时一点办法也没有了。

“车扣下，明儿这狗下葬，你得过来披麻戴孝！”为首伪军一句话让眼镜男人一下子惊住了，倘若给这狗披麻戴孝岂不成了狗儿子，如若不答应必定是难以脱身了。他咬了咬牙说道：“嗯，听您的！”

“好，带足了钱再来给你这狗爹戴孝啊！”为首的伪军挥了挥手，两个跟班跳上车大吼道：“下来，下来，都他妈滚下来，这车扣下了！”他们将车上的人都赶了下来。

这金丝眼镜男青年家境殷实，也曾到日本求学，对日本文化倍加推崇，回国见哪里都不如日本好，如果不是这父母不能换掉早已经丢弃了，却没想到今天在这里变成了狗儿子。

那金丝眼镜男一家人搀扶着走进了安阳城中。只见几个伪军将死狗丢在街角，几个人上了车子向这茶馆方向而来，转眼之间，那辆马车已经停在了门口，三个人下了车向茶馆走来，一进门便大声喊道：“小二呢？”

小二嘴里咒骂一句，笑容马上从脸上冒出来，走了过去道：“几位老总，你们喝什么茶啊？”

为首的那伪军一面说一面在靠近门口的桌子前坐下，四周打量着，最后目光落在潘俊一行人的身上：“小二，你们店里最近有没有什么可疑的陌生人啊？”

“嘿嘿，您瞧您说的，我们这开店的每天不都来来往往不少陌生人嘛，至于这可疑的倒真是没见到过啊！”店小二嘿嘿笑着说道。

“不会吧！”为首的那伪军站起身向潘俊几个人走来，正在此时一个老头从门里走了进来，见潘俊几个人说道：“哎哟，外甥你是什么时候来这安阳的？”老头一面说着一面走到潘俊面前抓住他的手说道。

潘俊一愣，见眼前这老人有几分面善，于是笑着站起来说道：“刚来一刻！”

“你瞧你们来了也不提前打声招呼！”老人故作责怪地说道。

冯万春与段二娥两人面面相觑，不知这老人是真是假。而此时那为首的伪军已经走到潘俊的桌子前面，扭过头对老人说道：“这个人是你亲戚？”

“老总，这是我外甥，这个是我外甥媳妇，这个是他家仆人！”老人指着段二娥和冯万春说道。

“哦！”为首的那伪军摸着下巴几根稀疏的胡子，望着潘俊几个人说道。

老人赶紧掏出几张票子，塞在为首的伪军的手中笑着对小二说，“快，快把雅间打开让几位老总喝茶，去把最好的龙井拿来给几位老总沏上！”

“不是陌生人就好，最近上面下来消息，八路在这一代活动猖狂，让他们几个在安阳多住几日，等一段时间风声过了再走！”为首的伪军将票子揣在怀里，和两个随从跟着小二迈着四方步，嘴里哼着小曲走进了雅间。

见他们走进雅间之后，老者才对潘俊使了个眼色，让他们跟着自己走向后院，这后院还算是宽阔，后院那间房子后面不远处便是城墙。

老者将几个人引进屋子中，这屋子分左右两间，老者将潘俊等人带进右面的房子之后请他们落座，然后自己走了出去。只听左面的屋子中传来一阵窸窣之声，然后老者带着一个女孩走进房中，两人“扑通”一声齐刷刷地跪倒在地道：“恩人！”

冯万春与段二娥两人面面相觑，而潘俊却终于想起了为何见到老者如此面善，原来他们便是潘俊在回到北平路上所救的那对父女。

“快快请起！”潘俊搀扶起老人和他的女儿说道，“她的病怎么样了？”

“吃了您开的方子果然见了奇效，这才吃了几副汤药便已经可以下地了！”老者不无惊喜地说道。

“那就好，那就好！”潘俊望着老者的女儿感叹道，“您怎么搬到安阳来了？”

“呵呵，恩人有所不知，我祖籍便是这安阳，那天晚上您给我闺女看完病之后第二天我们便回到了安阳。这间茶馆之前原是我兄弟经营，我们便来这里投奔他了。这几日我兄弟到江浙去采办茶叶去了。”老人娓娓将前后之事陈说了一遍道，“恩人您怎么也到安阳来了？”

“哦，只是探亲访友！”潘俊笑了笑，老人已经看出些端倪，知道潘俊必有不可告人的隐情，“恩人您既然来了便在这里住上几天，近日安阳城是有得进没得出啊！”

“呵呵，谢谢你的好意，一会儿我的朋友便会到此接我。”潘俊推辞道。

“那也好，那也好，不过恩人您在离开安阳之前一定要到小店来一趟，我们好置办一些安阳的特色菜款待恩人啊！”老人很是诚心，但潘俊却不知是否真的能来，只是客气地点了点头，“以后别叫我恩人了，叫我小潘便好！”

“这可不行，这可不行！”老人连连说道，“那不是折煞我一家人嘛！”

正在此时前面的茶馆中忽然传来了一阵喧哗声，不一会儿小二从前面跑了进来说道：“掌柜的，刚刚来了一个人好像是找这几位的！”

“嗯？”老者诧异地抬起头看了看潘俊，只见潘俊微微点了点头说道：“我们这就过去。”

一行人随着小二走进前面的茶馆，只见刚刚在那雅间中的伪军正在与一个四十岁上下穿着考究的中年男人攀谈着。

“七爷，您今天怎么得空到这儿喝茶啊？”为首的那个伪军极为恭敬地掏出烟双手奉上，见中年男人接过烟之后掏出火柴给他点上。

“呵呵，我来接个人！”中年男人说完向外张望了一下说道，“你们几位今天怎么这般清闲在这里喝茶啊？”

“唉，忙里偷闲，忙里偷闲！”为首的伪军坐在他旁边说道。

“听说你们最近几天抓了不少人啊！”中年男人目不斜视地望着外面。

“唉，这口给人家当狗的饭不好吃啊！”为首的那人说道，“要不是七爷您照应，小的们早就饿死了！”

“别这么说，咱们是鱼水情深嘛！”正说话间潘俊等人已经从后面走了出来，中年男人扭过头一见潘俊，脸上立刻露出了笑容，三步并作两步走上前去说道：“东家，您什么时候到的？”

这中年男人便是潘俊家在洛阳城中那甲骨堂的掌柜，名叫刘衎，家中排行老七，这甲骨堂在安阳也是数一数二的药店，再加上刘衎为人圆滑世故，因此知道不知道的人都尊他一声七爷。昨日吴尊来甲骨堂取信之时，潘俊便让他告诉刘衎，一两日内到这茶楼来接自己，刘衎昨日已经在此等候一天却始终未见潘俊踪影，今天一早便再次急匆匆赶来，终于见到了潘俊。

“这位是……”为首的那伪军见刘衎竟然对这二十来岁的小子如此恭敬，不禁惊讶道。

“这是我家东家。”

“哎呀，失敬失敬！”为首的伪军一面拱手，一面狠狠地瞪了一眼茶楼掌柜，心想，娘的这老头胡乱攀亲。

潘俊微笑着拱了拱手。

“东家咱们回去说吧！”刘衎说着让出路。潘俊向几个伪军点了点头之后离开了茶楼，几个伪军像是打了鸡血一般，点头如捣蒜。

却说潘俊等人钻进刘衎早已停在门口的马车中，马车一路向甲骨堂驶去。车上刘衎将近来安阳所发生之事悉数讲给了潘俊，这安阳虽是文化名城，八大古都，但其军事地位却远不及石门那般重要，因此日本驻军向来不多，多为伪军。不过这几日却听伪军的几个高官说军营中似乎秘密调来了一些日本人，他们均是乔装之后进入军营的。想来这安阳本也是日本人管辖，日本军队进驻当属名正言顺，却不知是什么原因弄得遮遮掩掩的。

这几日更是来了一道莫名其妙的指令，只许进不许出，也并未说什么时候才可以自由进出。

潘俊听完刘衎的叙述之后，始终一句话也未讲，冯万春的眉头微微皱起，抬起头想和潘俊说些什么，却见潘俊的脸上挂着少有的愁容，也便将到了嘴边的话咽了回去。马车一路行至甲骨堂的后院才算停下。

这甲骨堂在安阳的名声不下于北平城中的虫草堂，坐落于安阳最繁华的街道之中，平日这里便是车水马龙，往来之人络绎不绝，近日加之日本人有进无出的命令，原本滞留于此间的商客、游人便全部聚集于此。毕竟是八大古都之一，而且大禹治水、文王演易、妇好请缨、苏秦拜相、西门豹治邺、岳母刺字等典故尽出于此，往来于此间也并不觉得乏味。而那伪军于此处盘查也相对较少。

刘衔见甲骨堂正门的街道早已被堵得水泄不通，便命车夫将马车赶至后门。甲骨堂占地极大，从正门绕到后门便需要横跨一条街。马车叮叮当当地来到甲骨堂后院，刘衔下车将车帘撩开请潘俊一行人进入。

甲骨堂前院是药店医馆，而这后院则有二进，一进院供学徒长工居住，二进院则是刘衔的住所。这后门便开在一进院中。潘俊刚一下车便闻到从这甲骨堂院落中传来的淡淡药香。刘衔在门上轻轻敲了两下，一个伙计打开门将一行人引入。只见这一进院落中到处摆放着成袋的药物，在靠西的一间草棚中正在熬制着什么药物。临近的一间屋子外面则有十几个人手中提着开好的药排队等待。

“那些人在做什么？”段二娥从未见过在这后院中还会有病人提着药排队的情景。

“呵呵，姑娘您不知道这甲骨堂与京城中的虫草堂本是一家，便沿袭虫草堂旧制，免费替病人熬制汤药！”刘衔一面伸出手将他们请入二进院，一面微笑着回答道。

“哦！”段二娥若有所思地应道。

这二进院落与一进院落俨然两个世界，庭院假山，花木甬道，应有尽有。刘衔将其一行人引入正厅，请潘俊等落座之后唤人去沏茶，自己则站在潘俊一旁。

“刘衔叔，我让吴尊告诉你帮忙打听的事情怎么样了？”潘俊见下人将茶奉上退了出去后问道。

“少爷，吴尊说完我便上下活动，已经知道您所说那人的下落了！”刘衔极为恭敬地说道。

“德胜赌坊！”刘衔一字一句地说道，“据说这老头一家人在一群特务的保护下进了德胜赌坊，便没再出来过。”

“德胜赌坊！”潘俊不禁笑了笑，这些军统特务最青睐藏人的去处无外乎赌场与妓院，刘衎这样说根本不出潘俊意料。

“潘俊，咱们现在怎么办？”冯万春见潘俊似乎早已将所有的事情安排停当便问道。

“咱们在这里稍作休息，待天黑再去这德胜赌坊！”说完潘俊吩咐刘衎找两间屋子，让段二娥与冯万春稍作休息。当刘衎将一切安排妥当回来的时候，见潘俊始终站在窗前望着窗外。

潘俊的脸上挂着一丝淡淡的忧伤，这刘衎虽未见过潘俊几次，但听闻这年纪轻轻的青年给人的感觉是一种不可抗拒的威严，而今天这忧伤的神情他还是第一次见到。

刘衎在潘俊身后站了很久，潘俊丝毫没有察觉，他完全沉浸在痛苦之中了。其实那件事他早已经注意到了，但是他想不通为什么，或者说他尽量避讳不去想。每每想起那件事的时候，他一直在欺骗自己，甚至在进入安阳城的时候他还尚存少许的希望，而安阳城里的一切却让他仅存的那一点希望完全破灭了。

“少爷！”刘衎在潘俊身后轻轻呼唤了一声，潘俊这才回过神来，连忙将眼角上的泪水拭去，招呼刘衎坐下说道，“刘衎叔，谢谢你这么多年一直帮忙照料甲骨堂！”

“少爷何出此言，全都是刘衎应当应分的，如果说谢，只能是我谢谢少爷和老主人！”刘衎虽然和别人说话颇有架子，但在潘俊面前却十分谦卑。

“刘衎叔，甲骨堂现在还有多少学徒、伙计？”潘俊坐在椅子上问道。

“从大扎柜以下，总共有二十七个人！”刘衎颇有些自豪地说道。

“好！”潘俊沉吟片刻说道，“你的家眷呢？”

“哦，我接到少爷上一封来信的时候就按照少爷所说，已经将家眷全部送往浙江嘉兴老家了，只剩下我自己一个人了！”刘衎在一周之前曾接到潘俊的亲笔书信，信中潘俊让刘衎将家眷秘密转移。

“那就好，那就好！”潘俊站起身拍了拍刘衎的肩膀重复道。

“少爷，您究竟要在安阳做什么事啊？”刘衎也站起身望着潘俊说道。凭着他多年在江湖上摸爬滚打的经验，他已经嗅到了一股淡淡的血腥味，而且自从他将家眷迁走之后，他便发现在他家的宅院外面时常出现可疑的人。

“唉，刘衔，今天晚上甲骨堂关门之后你将所有的学徒，伙计遣散了吧，你也尽量早些离开甲骨堂！”潘俊拧住眉头说道。这个决定对于潘俊来说是如此之难，甲骨堂是潘家最早的医馆，此前无论战乱还是祸患从未关闭过，而此时潘俊却不得不做一个他最难做的决定。

“好！”刘衔回答得痛快，接着说道，“我晚上便给学徒和伙计发些盘缠，将其遣散，不过就让我留下来吧！少爷对这安阳城还不甚了解，有我在少爷做什么事情也会方便些！”

潘俊扭过头望着刘衔，见他脸色刚毅，目光炯炯有神，于是抓着他的肩膀点了点头。

“只是甲骨堂就这么关了真是有点可惜啊！”刘衔惋惜地说道。这几十年他早已觉得甲骨堂这百年老号已经是自己的家了。

“我又何尝不心疼呢！”潘俊扶住刘衔的肩膀说道，“国破山河在……”

“对了，我让你准备的东西都准备好了吗？”潘俊忽然想到了什么说道。

“嗯，少爷放心吧，那些草药咱们这里本来便有，少爷交代之后我便将其全部准备好了！”刘衔为人虽然世故圆滑，但做事却极其谨慎，这也便是几十年来潘俊父亲能如此放心地将甲骨堂交给他的原因。

“好，刘衔叔多谢了！”潘俊目光如炬，望着窗外，鼻子中依旧缭绕着那浓郁的药香。

“不过不知少爷要那些药草做什么？”刘衔疑惑重重地说道。

潘俊淡淡笑了笑，他抬起头看看天空，约莫时间已经差不多了吧。

吴尊在潘俊一行人走后便回到时淼淼和燕云两人的房间中守候着，已经过去了一天一夜，两人依旧没有苏醒的迹象，吴尊向潘璞要来一些糖水，拿起一块棉帕蘸了少许的水，轻轻在时淼淼的嘴唇上沾了沾，潘璞不禁被吴尊所动，说道：“没想到吴当家的对时姑娘竟如此关怀备至！”

“唉，不管她认不认我这个徒弟，但在我心里她始终是我师父啊！”吴尊说着忽然停下了，脸上露出一些狡黠的笑容道，“老管家，人家都说一日为师，终身为父，我师父是个女子，应该是终生为母了吧！”

这句话一出口逗得潘璞眼泪都笑了出来，他觉得眼前这个矮个子吴尊着实可爱。正在此时燕鹰拉着金龙也走了进来，自从段二娥走后金龙一直沉默不语，燕鹰花了半天工夫，才将这小子哄得露出了点笑容。

“那个，欧阳大侠，你来喂喂你姐姐吧！”吴尊将手中的碗递给燕鹰，燕鹰盯着那碗看了看，又瞥了一眼躺在姐姐一旁的时淼淼，猛地一挥手将那装着糖水的碗摔在地上，然后他将金龙留在原地，自己跑进厨房中弄了一杯糖水回来坐在燕云身边，轻轻将燕云的嘴唇润湿。

“我说欧阳大侠，您是对我还是对我师父啊？”吴尊有些恼怒地望着燕鹰说道。

“一个土匪，一个冷血。”燕鹰狠狠地咬着牙说道。自从金龙爷爷被害之后燕鹰便对土匪有种莫名的恨意，再加上吴尊张口闭口叫时淼淼师父，这恨意便更加深了一层。

“你小子什么意思？我告诉你欧阳燕鹰你说我可以，不准你诋毁我师父！”吴尊这次是真的怒了，他抢到燕鹰面前大喊道。

“怎么着，想试试？”燕鹰将碗放在一旁站起来，足比吴尊高了一头。

这时潘璞连忙走到两人之间打圆场，将燕鹰按在椅子上，然后拉着吴尊走了出去，一面走一面道：“吴当家的，你和这小孩子生气又何苦呢？”

“唉，我吴尊是土匪没错，但不能在我面前诋毁我师父。”吴尊骂骂咧咧。

“他可能也是这一路上被土匪祸害的，你别和他生气了。”潘璞笑着拍着吴尊的肩膀说道，“一会儿我做两个拿手小菜，咱们两个喝上几杯如何？”

吴尊听完这话眉开眼笑道：“行，就听老管家的。”

“呵呵，算是你吴当家的有口福，我知道这潘家旧宅还藏着一坛好酒。”潘璞神秘兮兮地说道。吴尊听到好酒更是口水直流，他这人平日里三大爱好：好枪，好酒，好女人。

午后，两人在潘家旧宅前院的那棵老树前面摆上一张桌子，潘璞果然做了四五道色香味俱佳的佳肴，只轻轻一闻，吴尊便立刻觉得饥肠辘辘。潘璞左手拿着两个碗，右手中拿着一坛子酒走过来。

“吴当家的，你闻闻这是什么酒？”潘璞将那酒递给吴尊，吴尊将鼻子凑到酒坛子前面，只觉此酒香味浓重厚实，只知是好酒却不知究竟为何酒。不禁摇了摇头道：“这倒闻不出，此酒可有什么来历？”

“哈哈，这酒是贡品御酒。”潘璞将酒坛子打开给吴尊倒上一碗，自己也倒上一碗说道，“吴当家的可能不知，相传康熙十年，康熙的五公主得了怪病，连烧十五天，只能喝水，无法进食，半个月下来，人憔悴不堪，宫内御医绝招使尽，病情不得好转，弄得康熙上朝都没好脾气。众大臣推荐了不少地方名医，但也都解决不了根本问题，公主的病一日甚于一日，头发一缕一缕地掉，牙齿也开始松动。一日，得知太行山边有一陆家老翁，用自酿粮食酒配制的药酒特别灵验，能杀百毒、通血脉、厚肠胃、调阴阳，方圆百里闻名，于是命人快马急驰四百余里，当天取回陆家药酒。说也奇怪，公主喝下这药酒，当天即开始进食，三日后即能下地走动，一个月病好如初。于是龙颜大悦，降旨宣诏太行陆老翁进宫，任职太医馆金牌御医，专事皇室酒道养生，这酒因故得名啊！”

吴尊不等潘璞说完，已经自饮了一杯，果然这酒一入口，口中只觉绵软甘润，果如琼浆玉液一般，一股暖流流淌入腹中，全身舒坦。

“没想到老子这辈子还能享受一次康熙老头的御酒，死了也值了！”吴尊说着将那碗放在桌上，潘璞又给吴尊倒了一杯道：“吴当家的何出此言啊，如果吴当家的喜欢，我这里还存有几坛，临走时都赠予吴当家的！”

“好！”吴尊说完又饮了一杯之后说道，“老管家，你也喝啊！”

两个人边吃边喝，忽然吴尊站起身来说道：“老管家，内急，内急！”说完便急匆匆向后院奔去，潘璞见吴尊一副猴急的模样哈哈大笑起来。

回来之后吴尊的脸已经红扑扑的了，宛如那三月桃花一般。他将那坛子酒拿起仰着头喝了几口，然后见潘璞杯中已空便要倒酒，潘璞连忙以手盖杯说道：“吴当家的，这酒我实在不能再喝，这酒虽好但后劲极大。”

“老管家，你看不起我吴尊吗？”吴尊此时已经大醉，直到吴尊说了这话潘璞才将手从酒碗移开，吴尊指着潘璞笑道，“这才够朋友嘛！”说完又给潘璞倒上一杯，之后举起酒坛子说道，“来，咱们干了！”说完吴尊咕咚咕咚地将那剩下的酒全部喝了下去，潘璞也举起酒杯将杯中之酒喝光。

果如潘璞所说，这酒虽然好喝，但是后劲着实很足。吴尊喝完酒之后便被潘璞搀到了房间之中，他躺在床上鼾声如雷。潘璞看了吴尊一会儿，只见他眼角不知何时淌出泪来，醉梦中不停地喊着：“月红，月红，我吴尊对不住你。来生，来生你做爷们儿，我做你的女人。”然后又像是哄着小情人般色眯眯地笑道：“你说好不好啊？”

潘璞微微笑了笑，这吴尊虽然是个粗野汉子，却实在是难得一见的至真至纯之人啊！潘璞看了一会儿，然后轻轻将房门关上，看看外面的天，时候已经不早了，天边晚霞飞舞。他长叹了一口气，走到房间中拿出一包解酒药喝下，虽然这酒他只喝了三四碗，却也感到脑袋阵阵地疼痛。喝下解酒药之后潘璞便躺在床上，他望着房顶，一行清泪从眼角缓缓淌出，滴在床上。

醒酒药确实有些效力，半个时辰不到潘璞觉得身体轻盈了许多，脑袋也不再那么痛了。这才站起身来将穿着的衣服脱下，走到衣柜前拿出一套黑色的外套换上，推开门缓缓向时淼淼和燕云的房间走去。

推开门见燕鹰始终坐在姐姐前面的椅子上，桌子上的饭菜他一口未动。而金龙则早已经躺在他一旁睡着了，燕鹰听到推门的声音立刻抬起头望着进来的潘璞，他身上的装束让燕鹰一愣，只见潘璞将门缓缓关上之后“扑通”一下跪倒在地。

而在安阳城内的甲骨堂中，潘俊等人已经准备停当，刘衍去前堂将所有学徒、杂役聚集到一起，宣布从今日起甲骨堂歇业三个月，所有人都被这突如其来的消息震惊了，纷纷用猜测不解的眼神望着眼前的掌柜的。

“掌柜的，我们这里大多都是世世代代在甲骨堂做事的人，甲骨堂自从建立以来，只在几代皇帝驾崩之时歇业过一两日，其他不管是逢年过节，或者是战乱灾变从未歇业过，今天忽然歇业究竟为了何事啊？”上了岁数的账房先生不解地问道。

“先生，一言难尽，大家也知道日本人进入安阳之后，这甲骨堂的日子便一日不如一日，却也是实在撑不下去了！”刘衎无奈地说道。

“掌柜的，我们可以不要工钱，只要管吃管喝就行，咱们大家拧成一股绳总能熬过难关的，这小鬼子的尾巴也长不了了！”一个年轻人在人群中喊道，接着数个人纷纷响应，刘衎一时感动得热泪盈眶，最后咬咬牙说道：“大家的心意我刘衎在此心领了，如果这甲骨堂有重开之日一定将各位请回来，大家先去账房那边去领钱吧！”

他的话音一落，只见那老账房先生将算盘一下子掷在地上，甩袖而去，算盘珠洒满一地。刘衎长叹一口气，弓下身子一粒一粒地去捡那算盘珠，几个杂役刚要帮忙却被刘衎喝住，“别动，都别动，我自己来，让我自己来！”

所有人都沉默了，开始排着队来到另外一个年轻的账房前面，依次领取遣散费。当所有人都走尽之后，刘衎才站起身来望着墙上挂着的那个大大的“仁”字愣了一会儿，这“仁”便是甲骨堂生存之本，甲骨堂百余年依靠这个“仁”字打造了一块金字招牌。

正在这时一个杂役匆匆从外面奔来，在刘衎的耳边低声说了几句什么，刘衎一惊连忙说：“快，快将人请进来！”

杂役出去不久便将一个二十几岁穿着一身中山装的年轻人请进了前堂，那年轻人目光炯炯有神，望着刘衎，刘衎打发杂役下去之后年轻人才开口道：“潘爷是不是在此？”

刘衎一怔，只见年轻人急了，上前一步说道：“如果潘爷果然在此处的话立刻带我去见他，否则就来不及了！”

刘衎这才点了点头，带着年轻人经由一进院和二进院的甬道来到正堂，此时潘俊和冯万春、段二娥正坐在正堂喝茶，见刘衎急匆匆走进来，脸上表情也极为惊慌，不禁站了起来。

“少爷，有人想见您！”刘衎的话音刚落，只见从他的身后走出一个人来，冯万春与段二娥两人面面相觑，只见那年轻人三步并作两步走到冯万春面前“扑通”跪倒在地，“不肖之徒子午见过师父，小世叔！”

“子……子午！”冯万春用力地捏着茶碗道。

“我知道师父现在还想杀了子午，但容我先把话说完再杀不迟！”这时潘俊走到子午身边将他搀扶起来说道：“子午，你怎么知道我们在甲骨堂？”

“这便正是我要和你说的事情啊！”子午一脸焦急地说道，“难道燕云没有把我的那封信交给您吗？”

“我看到了！”潘俊淡淡地说道。

“唉！”子午长叹了一声说道，“我在信上不让你们来安阳，小世叔你怎么还坚持要来啊？皇军早已经在安阳给您布置了一个巨大的陷阱，就是等着你们往里跳呢！”

“你说什么？”冯万春拉住子午的手臂说道，“你这个孽徒，是不是你出卖了我们？”

“师父，我子午虽然是日本人，但是也受过您十几年的养育之恩，虽然我此前做了很多对不起您和小世叔的事情，可是绝不会那般无情无义！”子午的语速很快，想必他的心中也是异常着急。

“那究竟是谁？”冯万春拉住子午的领子说道。

“冯师傅，你先别急让子午慢慢说！”潘俊走到前面将冯万春的手拉开，子午这才咽了咽口水说道，“他们起初的计划便是将五个家族的人聚集到北平城中，因此到处用青丝作案，嫁祸给小世叔。可是谁知小世叔奇计出北平，再加上金家人也逃出了北平，因此他们便开始策划另外一场阴谋，以金无偿为诱饵，将你们全部引至安阳城中，然后一网打尽！你们的行踪早已经被藏在你们内部的人秘密告诉了日本人！”

“甚至你们什么时候进入的安阳，现在住在何处，他们全部了如指掌，只等着你们现在去自投罗网呢！”子午焦急地说道。

“这些你是怎么知道的？”冯万春追问道。

“当天燕云本来在龙青的陪同下，将我带到了北平城北的一片乱坟岗中，准备将我杀死！”子午永远也不会忘记那天的情景。

晚风吹过，黑色的乌云像是倏忽间从地下钻出来的一样，风中夹杂着淡淡的腥味，这是暴雨将至的前兆。燕云将子午带到前面的荒草丛中，此处是北平城北有名的乱坟岗，此处丢弃着无数被日本人秘密杀害的中国人的尸体，讽刺的是燕云便要在此处解决掉一个日本奸细的生命。

“啪！啪！”两声枪响在这辽旷的荒草丛中响起，惊起几只躲在草丛中的鹌鹑，扑棱棱地从草丛中飞出，子午心头一惊，心想自己的生命便这样结束了。枪声渐渐消失之后，子午睁开眼睛见燕云满脸泪水地举着枪，原来刚刚她只是朝着天空空放了两枪，子午跪着挪到燕云的面前说道：“姐……”

“你走吧！”燕云闭着眼睛痛苦地说道，“子午已经被我打死了！”

“姐！”子午站起身来想说什么，最后还是闭上了嘴，转身低着头向草丛的另一面走去。

“站住……”燕云忽然恨恨道。子午停下脚步闭着眼睛长出一口气。

“如果下次再让我看到你和你们那群日本狗的话，我的枪口对着的就会是你的胸口了！”细小的雨丝随着风落在燕云的脸上，和泪水一起流下，已经分不清到底是雨水抑或是泪水了。

“姐，子午这条命是属于你的！”说完子午迈着步子缓缓离开了。

说完子午的眼圈有些微红，长长地吸了一口气，接着说道：“小世叔，燕云呢？”

“他们在另外一个地方！”冯万春语气柔和了一些，但并未有好气。

“潘家旧宅？”子午的话让在场所有人的身体猛然一颤，冯万春一把抓住子午说道，“这你怎么知道的？”

“师父，燕云是不是真的还在潘家旧宅啊？”子午显然更关心燕云的安危，“如果是那样的话就糟了，糟了！”

“怎么了？”冯万春问道。

“潘家老宅的地址早已被他们获悉！”子午眼中充满惊恐地说道。

“这点我想到了，因为他一直在我们中间！”潘俊说这句话的时候脸上再次布满了忧伤，从离开北平，潘俊便知道在他们之中还有一个内奸，他曾经怀疑过冯万春，但是当他问起冯万春那土系的秘诀之后，便打消了自己的疑惑，曾怀疑过欧阳姐弟，但是最后他发现这两个人都不具备条件，他们刚刚来北平不久，不可能将事情做得如此机密，他怀疑过时淼淼，因此在离开北平城与冯万春会合的时候便悄悄告诉冯万春，让他暗中调查时淼淼，这也便是冯万春与燕鹰和段二娥在来北平的路上一度失踪几日的原因，可冯万春带回来的消息却让他更加心痛。至于段二娥，她对于此前的事情一概不知，更不可能将他们的行踪掌握得如此透彻。

可是即便是这样他也不肯相信自己的猜测，他一再地劝说自己，希望自己的猜测全是假的，但是种种迹象让他又不得不相信。潘璞，这个从小便陪在他和姐姐身边的忠实的老仆人，竟然会是内奸？潘俊想不明白这究竟是什么原因。

“潘璞！”子午极为肯定地说道，潘俊痛苦地点了点头。

“哦！”冯万春恍然大悟地说道，其实在刘衎的车上之时，他便一直有个疑问，既然安阳城前一日便只能进不能出了，为什么潘璞能在安阳城中行动自如呢，只是当时他见潘俊一脸忧伤，并未问出口。

“但是小世叔一定没有想到，另外一个人也是内奸吧？”子午接着说道。

“另外一个人？”子午的话显然让潘俊也是大吃一惊，他抓住子午的手愣了，半天不敢相信地说道，“你说的是不是燕鹰？”

“小世叔猜到了？”子午颇为惊异地望着潘俊，只见潘俊抓着他的手无力地放开，整个人向一面一倾斜，幸好冯万春手疾眼快将其扶住，否则必定会倒在地上。

“猜到了！猜到了！”潘俊自嘲般地自言自语道，其实他早已察觉到了，燕鹰这几天似乎性情大变，只因他一面悲伤于潘璞的叛变，还有一点便是他相信燕鹰，爷爷被日本人所害的人怎么会出卖自己呢？可是他却错了，他不是神仙，不可能将所有的事情都算在掌心。

“这事情可靠吗？”冯万春盯着子午说道。

“嗯，绝对可靠！”子午一字一句地说道，“我回去之后便因为之前潜伏在小世叔身边对他还算了解，就被任命继续调查此事，因此这些信息都是绝不会错的！”

“究竟是为什么？燕鹰怎么会？”潘俊虽然平日冷静，料事如神，但他却始终想不明白很多事情……

“这个我倒不清楚。”子午有些抱歉地说道，“可我知道他们会在安阳和潘家旧宅同时行动！小世叔！师父！你们现在赶紧离开安阳，这样的话我还可以将你们送出安阳城，迟了恐怕就晚了！”

潘俊抬起头盯着子午，过了一会儿终于冷静了下来，他站起身来拍着子午的肩膀说：“子午，我还能信任你吗？”

子午咬着牙皱着眉头说道：“嗯！”

“好，子午你如果能出城的话，现在便立刻赶到潘家旧宅去保护燕云他们！”潘俊说着望了一眼站在自己一旁始终沉默寡言的段二娥，只见她始终望着窗外潘家旧宅的方向。

“那你们呢？”子午点着头问道。

“我是木系的君子，而你师父是土系君子，有些事情是我们必须要做的！”潘俊长叹了一口气说道。他心中始终有一个信念，一定要将那驱虫师家族的秘密调查清楚，即便是失掉这条命也在所不惜。“快去吧，如果救了燕云他们便带着他们一直向西走，我们如果能出得这安阳城的话，便会在三两日内追上你们，全拜托你了！”潘俊紧紧握着子午的手说道。

“小世叔，师父……”子午眼中含泪，咬着牙转身便向外走，谁知却被段二娥喝住，段二娥将一件物事放在子午的手中，在他耳边轻轻说了几句什么。子午怔了一下然后点了点头，“放心吧，一定办到！”

十四 暗流动，暴雨初来临

子午离开之后大堂里所有人都沉默了，过了一会儿潘俊才长出一口气微笑着说道：“咱们走吧，去见金无偿。”

说完之后潘俊带着几个人走出了甲骨堂，刘衎身上背着一个包裹，里面是潘俊交代的一些药草，他抢在前面去开一进院中的后门，谁知潘俊却拦住了他说道：“走正门！”

刘衎一愣，然后点了点头，一行人向甲骨堂正门走去。今晚的安阳乌云满天，刚刚入夜浓重的水汽便将整个安阳城笼罩其中了，宛若预示着今晚有什么不寻常的事情发生一般。

出了甲骨堂的门之后，刘衎将甲骨堂的门紧锁上，将钥匙揣在怀里，他们迈开步子向德胜赌坊走去。而在不远处的巷口却有一双眼睛正虎视眈眈地盯着他们，见他们出门之后那个人便急匆匆地向巷子另外一端奔去。

这大雾来得实在是有些蹊跷，大多数人刚一出门便退了回去，因此街上空空如也，只是偶然会看到路边躺着一两个醉鬼，他们从来是四处为家的。

刘衎出了门之后便走在最前面，他从小在安阳长大，对于安阳的大小街道就算是闭着眼睛走也不会迷路。他引着潘俊一行人向德胜赌坊而去，刚转过一条街，刘衎忽然停住了脚步，潘俊等人也均停住了脚步，只见眼前几步远的地方站着一个黑衣人。

那个一直监视在甲骨堂旁边的黑影从巷子中奔出，在那条深巷的外面早有一匹马等在那里，他骑上马，轻轻地拍打着马屁股向安阳城东奔去。大约小半个时辰之后，黑影终于钻进了城东的一个小巷中，此间多是民宅。他在一户门口站着两个日本兵的门前停了下来，跳下马之后将缰绳递给了门口的一个日本兵，大汗淋漓地跑进了院落。

罗秀在庭院中焦急地踱着步子，在这个感觉有些阴森的夜晚，罗秀在等待着消息。忽然那个黑影奔到罗秀前面凑到他的耳边气喘吁吁地说了几句什么，罗秀微微地笑了笑，然后摆手让那人下去，这才迈开步子向金素梅所住的房间走去。

在门上轻轻地叩击了两声，金素梅淡淡地说道："进来吧！"

罗秀深吸了一口气，让自己平和下来才小心地推开门走进房间，此时金素梅正坐在桌子前面，手中把玩着那块雕凤玉佩。

罗秀轻轻走到金素梅的身边，似乎唯恐自己的脚步声太大会惊扰到她一般，站在金素梅身边轻声说道："金先生，他们已经动身了！"

金素梅停止了手上的动作，将玉佩紧紧握在手中，笑着说道："好，罗秀，那两只日本狗呢？"

"他们恐怕是想螳螂捕蝉黄雀在后，所以秘密将部队调集到安阳城外五里处驻扎着，而且派人监视着咱们的人！恐怕他们是想在我们成功之后半路拦截啊！"罗秀忧心忡忡地说道。

"呵呵！"金素梅冷冷地笑了笑说道，"罗秀，现在我让你做一件事！"

"金先生请讲！"

"带着咱们带过来的那些人去潘家旧宅，燕云和燕鹰都在那里！"金素梅说到两个孩子的名字的时候声音中稍有一丝柔和，然后说道，"把他们带回来！"

“是！”罗秀坚定地说道。

“还有，你将所有的人都带去，出城之后声势一定要大，让那两只日本狗以为咱们已经动手了。”正如罗秀所想，金素梅早已经有了对付松井祖孙两个的办法。

“金先生是想让我将那两只日本狗引到潘家旧宅？”罗秀说着有些担忧地说道，“潘俊、冯万春，还有那个叫段二娥的，都已经离开了潘家旧宅，想必我们去了之后，不用一刻便会将剩余的人抓获，到时候那两只日本狗必定会发现这其中有诈，那时候如果他们返回到安阳城怎么办？”

“呵呵！”金素梅冷笑着抬起头望着罗秀，“你觉得潘俊会让我们这么容易得手吗？如果真的像你所说，当初在北平城中那对日本狗便已经将其抓获，怎么会轮到我们啊？如果真有那么简单的事情，我们的对手就不是大名鼎鼎的潘爷了！”金素梅长叹了一口气说道。

罗秀见金素梅用少有的赞美之词夸赞潘俊，不禁有些醋意地说道：“金先生，不瞒您说潘俊这人我也见过，不过是一个二十来岁的毛小子，真有你说的那般厉害？”

“呵呵，罗秀，在我身边所有的人中你算得上是聪明的。”金素梅早已洞悉罗秀的表情接着说道，“但与潘俊相比，却也只能是燕雀望鸿鹄啊！”

“呵呵，我就不信潘俊真的那么厉害，即便如您所说，他最后不也是落在您的手里了嘛！”罗秀不服气地说道。

金素梅淡淡笑了笑，摆了摆手说道：“快去办你的事情吧，记得要把燕鹰和燕云安全带回来！”

罗秀点了点头，刚走出几步却又停下了，他扭过头说道：“金先生，如果燕云姑娘不跟我走怎么办啊？”

金素梅拿起一旁用来挑灯捻的竹签，稍一用力便将竹签折成了两截，冷冷地说道：“那就杀掉她！”

罗秀有些诧异地望着金素梅，见烛光下金素梅的表情冷漠，这才点了点头。虽然他跟随金素梅这么多年，见惯了金素梅的无情，但今时今刻罗秀始终有些难以接受。

罗秀关上门出去之后，金素梅将那根竹签掷到地上。一个侏儒从幔帐后面缓缓走出，满脸堆笑地低下头，用他依然残疾的手将地上的那根折断的竹签拾起来拿在手上，走到金素梅身边颇为熟络地说道："师姐，您这又何必呢？"

金素梅抬起头看了看眼前这个侏儒微微笑了笑说道："金顺，你事情办得不错！"

金顺立刻喜上眉梢，恭维道："还不是师姐您的神机妙算！"

"这河洛箱本来便是亲王府之物，却被这金家人夺去。"金素梅咬牙切齿地说道，"一旦得到驱虫师家族的秘密，我便立刻将那金家老头碎尸万段！"说完金素梅攥起拳头用力地砸了一下桌面。

"大师姐，您何必动怒呢？"金顺一面说一面给金素梅倒了一杯茶，"当年我将留在金老头手里的河箱偷出来，便是为了留给大师姐的，不过……"金顺说到这里，沉吟了片刻说道，"不过这河箱中却空空如也，不知这金老头把里面的东西藏在了什么地方！"

"不急，马上他们便会落在我的手里了，我就不信他们会不说。而且潘璞说他已经在潘俊的手里看到洛箱了，到时候两个箱子凑在一起，这金家老头也便没有作用了！"金素梅盯着那摇曳的烛光，脸上露出一丝得意的微笑。

盯着那摇曳烛光的还有站在时淼淼与燕云屋子中的燕鹰，而潘璞一直跪在他的面前将所有的事情讲了一遍。

几十年前的潘璞还不叫这个名字，他父亲是亲王府的贴身护卫，家境殷实，只是他年幼丧母，每天唯一做的一件事便是等待着父亲的归来。父亲武艺超群，又视他如珍宝，每日回来必会给他带一些泥人、糖葫芦、糖人等小玩意儿。每每父亲练武之时，他便学着父亲的样子在一旁练习，经常不慎跌倒，逗得父亲笑得前仰后合。他希望自己长大之后也能和父亲一样，做亲王的贴身护卫。亲王家小格格诞辰之时，亲王恩许随从家眷参加。他在小格格的诞辰上第一次看到了小格格，只见她穿着一件小小的旗袍，扎着"两把头"，后面的耳边的垂发，梳成扁平状，末端用发带束起，微微上翘，像一只待飞的燕子。在左右人都惊慌失措之中却始终痴痴地望着漆黑的天际，似乎在等待着什么。

她就是小格格，他忽然有种莫名的冲动，等自己长大了一定要做她的贴身护卫。

可是好景不长，那之后的一个夜晚父亲忽然被人送到家中，此时的父亲浑身是血，脸色苍白，气息奄奄，他的身上有数处伤口。

他躺在床上将只有十来岁的儿子叫到眼前，说道："儿子，爹不行了！"

十几岁的儿子望着不时从口中喷血的父亲，哭泣道："爹，爹您要活着，您一定要活着，我去请郎中来，我去找京城最最有名的潘爷来，他一定能治好您的病的！"

谁知他这话一出口，却被重伤的父亲狠狠地打了一个嘴巴，父亲一用力又将一大口黑血吐了出来，他颤抖地伸出手指指着儿子说道："你……你知道爹为什么会受伤吗？"

"啊？"年幼的儿子张大嘴巴，不解地望着父亲。

"儿子，你记住潘家人是咱们的仇人，爹就是中了那潘狗的毒。"说完父亲又吐了一口黑血，年幼的儿子从小只知道潘爷是京城名医，是治病救人的，而今天父亲竟然说自己是死在潘家人的手里，不禁诧异地望着父亲。

"儿啊，如果我死了你会怎么办？"父亲摸着孩子红扑扑的小脸说道。只见孩子从父亲的枕边拿起那把短刀，抽出来说道："我会杀掉所有潘家的人为父亲报仇！"

父亲的脸上露出一丝笑意，他对儿子的回答很满意，轻轻地抚摸着儿子的脑袋说道："儿啊，你还太小，你怎么报仇呢？"

这个问题确实是问住了年幼的孩子，他握着手中的刀茫然地望着躺在床上的父亲，希望父亲能给他指明一条路。父亲会意地点了点头招手让孩子凑到身边说道："孩子，你要忘掉自己的名字，忘掉父亲，忘掉仇恨，然后去潘家寻找机会为父亲报仇！"

孩子听完父亲的话想了想，然后拼命地点了点头："爹，我明白了，我明白了！”

“好儿子，你还记得小格格的模样吗？我们家世代忠于王爷，爹的任务便是保护小格格，可是看来爹再没有能力了。儿子，从今以后小格格便是你的主子，你记住了吗？”父亲说到这里不禁潸然泪下。

“记住了，爹，孩儿都记住了！”儿子想尽量说得快一点，尽量多和父亲说几句话，谁知父亲微笑着向他点了点头，然后又吐出一口黑血，身体开始不停地抽搐，整张床都在父亲的抽搐中颤动着。孩子丢下手中的刀紧紧地抱住父亲，父亲一面抽搐一面口吐鲜血，那血将孩子的脸染得通红，片刻之后父亲再不抽搐，气绝身亡了。

孩子紧紧地抱着父亲，拿过一块手巾，将父亲喷出来的血全部擦拭干净之后将那把匕首揣在怀里，拿过一旁的蜡烛，痴痴地望了父亲好久之后，将那蜡烛丢在了床上，火光之中孩子脸上的泪痕早已干涸，那张本应该满是天真笑容的脸上此刻只剩下了冰冷的仇恨。

孩子始终记得父亲临死前所说的话，这一年他生了一场大病，在街角被潘俊的父亲捡了回来，问及家人之时孩子只是摇头。潘俊父亲见这孩子颇为可爱，当时膝下无子，便将其当作半个儿子养在家中，并取了名字潘璞。再次见到小格格是在潘俊父亲的生日上，虽然她此时的穿着与当时差别极大，但是潘璞还是一眼便认出了小格格。

潘璞说完不禁冷笑道：“潘璞，潘璞，呵呵，潘家一辈子的奴仆！”

“母亲在我们见面之时曾经暗中告诉我，在潘俊的身边有一个人是自己人。他说的那个人就是你吧！”燕鹰想起当时在佐藤小队长房间中，母亲曾在自己的耳边低语了几句，当时母亲说要他帮自己抓住潘俊时，他一时没有同意。不过起初他一直与段二娥一样怀疑在路上失踪几天的冯万春，所以在段二娥向潘俊说出她对冯万春怀疑的时候，燕鹰才会与段二娥发生分歧。

潘璞点了点头说道：“是的，我是奉格格之命一直留在潘俊身边的！”

“潘璞叔你起来吧！”燕鹰微笑着说道，“母亲要你做什么？”

“格格说会派人来这里与我们会合，我们只要在这里静候便可！”潘璞向窗外望了望，“我想格格的人也应该快到了吧。”

“那她们怎么办？”燕鹰指着时淼淼和睡在炕上的燕云说道。

“格格吩咐将时淼淼也带回去，因为她是水系驱虫师的君子，在她身上藏着水系驱虫师的所有秘密！”潘璞将金素梅告诉自己的话如实地禀报了燕鹰。

“哼！”燕鹰冷冷地从鼻孔中吐了口气说道，“这个女人平日里冷冰冰的，像是冰块一样，用所谓的千容百貌将自己打扮得那么妖艳，我倒是要看看这女人究竟是不是个丑八怪。”燕鹰这句话的潜台词便是，如果这女人果然长得漂亮那就给她毁容，要让她变成个丑八怪，说着燕鹰掏出腰间金龙爷爷的那把短刀走到时淼淼的床头。

燕鹰在她的脸上轻轻地摸了摸，在她脸颊的地方似是有一张人皮面具的接口，他将那人皮面具用力从时淼淼的脸上揭去，本来一副不屑的表情竟然僵在了脸上，而站在一旁的潘璞见到时淼淼的那张脸也是一惊，而她已经睁开了眼睛。

“你究竟是什么人？”潘俊低声向眼前的那个黑衣人问道，“为什么一直如影相随？”

那人也不回答，站在潘俊身后的“段二娥”将手缓缓伸入自己的袖中，在她的袖口处藏着她那致命的武器三千尺。

“时姑娘，我劝你还是不要妄动，和潘俊一起离开这里的好！”那黑衣人终于开口说话了，声音低沉而嘶哑，而这句话却让站在一旁的冯万春一头雾水，他茫然地向自己的身后望了望，忽然他的目光盯住了站在自己身旁的“段二娥”，只见她脸上的表情冰冷，与之前见到的时淼淼一般无二。

“你怎么知道我的身份？”“段二娥”冷冷地说道。

“呵呵，我知道的远比你们知道的多，何必要自投罗网呢？”那黑衣人笑了笑说道，那笑声让人听了颇为可怖。

他的笑声刚落只见“段二娥”已经轻轻地抖了抖手，一条白色细丝从她的衣袖中快速而出，虽在黑暗中也能感觉到那巨大的气浪，时淼淼这一招正是那“三千尺”中的“破”字诀，谁知那黑影竟然笑着一纵身上了一旁的高墙，又笑了两声之后没了踪影。

“那斯究竟是什么人？”冯万春见那黑影消失不禁问道。其实这是所有人的疑问，他接二连三地出现，似乎每一次都在帮潘俊，可是他究竟是谁？如果是朋友的话，为什么不以真面目示人呢？

冯万春见无人应答，笑看着自己身边的“段二娥”问道：“你是时丫头？”

时淼淼微微笑了笑，在脸上轻轻一揭，将那张人皮面具从脸上揭掉之后，又拿出一颗药丸放在嘴里，片刻之后清了清嗓子说道：“冯师傅，正是我！”她的声音也恢复了。

“哈哈！”冯万春见此情景不禁感叹道，“那躺在潘家旧宅里的是……”

“是段姑娘……”时淼淼语气平和地说道。

“你这千容百貌的绝技果然厉害，只是我老冯怎么一点也没察觉到。”冯万春扭过头望着潘俊，见潘俊丝毫没有诧异的神情，心中便知这一切必然是潘俊的安排。

原来昨天晚上的时候，潘苑媛在离开洞穴的时候便将一包药交给了潘俊，潘俊尝了尝那药，心知这便是那蜘蛛毒的解药。在他被吴尊等人救上来之后便让潘璞带着冯师傅和段二娥走在前面，而自己和吴尊在后面。他将吴尊叫到身边说出了潘璞是内奸之事以及自己的计划之后，吴尊眉头紧皱，有些为难地望着潘俊道：“潘爷，这不会是真的吧？”

“唉，其实我比你更希望这仅仅是我的怀疑！”潘俊望着前面下山的一行人说道，“照我说的做吧，这件事就拜托你了！”

“多谢潘爷！”吴尊拱手道，然后快步跟上前面的队伍。那句多谢一来感谢潘俊对自己的信任，将如此机密之事、重大之责交给了自己；二来是在潘俊的计划中让吴尊先在无人之时，将自己的师父时淼淼救醒，此为二谢。至于燕云，潘俊恐怕她醒过来后会生出枝节，故先没有施药使其醒来。

而当晚吴尊回到潘家旧宅，便趁着一行人都在品尝冯万春手艺之时，自己谎称照顾师父时淼淼，喂时淼淼服下了那蜘蛛毒的解药，果不其然，时淼淼很快便苏醒了过来。吴尊又将潘俊的话转告了时淼淼。

当天晚上段二娥依旧与时淼淼、燕云同房而眠，在她睡得正香的时候忽然察觉到有人站在自己的面前，她一张开眼睛见时淼淼已经苏醒了过来，刚要开心地去叫别人，谁知时淼淼却对她做了一个噤声的手势，然后帮助段二娥易容成自己的模样躺在床上，自己则易容成段二娥的模样。

听完时淼淼所说，冯万春不无责怪地对潘俊说："潘俊，这就是你的不对了，你也不事先通知我老冯一声儿，我还一直纳闷为什么咱们来要带上段二娥这丫头呢！"

"呵呵，其实这样做只是想瞒过潘璞而已。"潘俊每逢提起潘璞总有些心酸，"本来我想潘璞知道时姑娘随时可能苏醒，凭着时姑娘、燕鹰、吴尊三人可以对付得了他，谁知……"

"谁知燕鹰也临阵倒戈，所以刚刚你才会如此着急是吗？"说话的是时淼淼，她叹了口气，"其实这事态的发展已经超出了所有人的意料，潘俊你也不需要自责，段二娥与燕鹰感情甚好，而燕云又是燕鹰的亲姐姐，相信他不会对她俩动手的，只是……"其实此时时淼淼倒是有些担心吴尊的安危了，此刻在潘家旧宅中只有吴尊一人，他期盼着子午能够早点赶到，或许吴尊还有一线希望，虽然她表面上一副冰冷模样，但内心已被吴尊的诚意所动。

"好了，咱们快点去德胜赌坊吧！"潘俊见在路上已经耽搁了太多时间，于是便催促道，而自己却落下与冯万春并肩而行，潘俊一面走一面低声说道："冯师傅，如果这次我们中有人离开安阳的话，就带着剩下的人去新疆找一个人！"说着潘俊将一张纸条递给了冯万春。冯万春瞥了一眼潘俊，见潘俊的脸上挂着从未有过的落寞，冯万春笑了笑将那张纸条塞进潘俊的手中道："咱们要一起离开安阳！"

潘俊闻言不禁有些感动，他深深吸了一口气之后，便与冯万春等人直奔德胜赌坊而去。德胜赌坊距离甲骨堂只有两街之隔，走了小半个时辰，一行人便已经到了德胜赌坊门口。

虽然今晚漫天的乌云将天空遮蔽得漆黑一片且大雾弥漫，但却依旧未能阻挡红了眼的赌徒们的脚步。刚转过街口便见那德胜赌坊里面灯光闪烁，这德胜赌坊又是一座上下两层的建筑，前面是五级的台阶，台阶两旁站着两个彪形大汉，想必是这赌坊中的打手。

而在这台阶前面四五步远的地上是一道石门，两根立柱上雕刻着貔貅、饕餮等招财之物。在石门上面挂着一副匾额，上书“德胜赌坊”。刘衎走在前面跨过那石门径直向台阶走去，那两个靠在门口的大汉见到刘衎，立刻眉开眼笑地拱手作揖道：“哎哟，七爷，您老今天怎么这么得闲也来这里耍两把？”

“呵呵，来了几个朋友带他们到这里玩玩！”刘衎微笑着说道。

两个大汉看了眼刘衎身后的潘俊、冯万春和时淼淼，然后点着头说：“七爷，您里面请！”然后高声吆喝道，“甲骨堂七爷到！”

那边沏茶倒水的伙计立刻应和道：“恭喜发财了您呐！”说完便走到刘衎等人面前伸手将其引向楼梯道，“七爷，您准备玩点什么？”

刘衎四顾环视了一下，只见这门里门外如同两个世界一般，门外的街道之上冷冷清清，而此间却热闹非凡。这德胜赌坊也算得上是安阳城中数一数二的赌场了，下面是散桌，有二十几张，每张桌子上都聚满了眼红的赌徒，其中不乏流氓地痞、小商小贩，所谓“十赌九输”，这些人大多并非阔绰的主儿，只是越赌越输，越陷越深，一赌而难以自拔，最终输得个精光，甚至有些人家破人亡，赔上了性命。而这楼上则都是雅间，供一些有头脸之人豪赌专用，其中不乏一些官员，民国早有“官场如赌场”的说法，民国时期各级官僚聚赌成风早已是公开的秘密，他们参与赌博，并非完全出于娱乐的需要，而是把赌博作为了一种手段，或借机勒索，变相受贿；或巴结讨好上司，凡此种种。

伙计带着一行人来到楼上，这楼上雅间一共八间，半截门帘写着一个“赌”字，潘俊他们进入雅间，这雅间颇为宽绰，分为两间，外面这间中间有张桌子供赌博之用，而里面一间则有床和柜子，应该是供赌徒休息之用。

“您几位想怎么玩？”伙计向刘衎询问道，“咱们这里有麻将、牌九、扑克、纸牌、骰子、宝、担、金钱、百子坦、抓坦……”

“把你们当家的叫来！”未等那伙计说完刘衎便坐下说道。

这伙计知道眼前这位“七爷”在这安阳城中是个手眼通天的主儿，不敢得罪，连忙点头哈腰道：“您几位稍等，我这就去给您请我们当家的！”

伙计赔笑着退了出去。刘衎扭过头望着潘俊，只见潘俊坐在赌桌前，手中摆弄着一个色盅神色平静。一会儿工夫，伙计撩开门帘，一个光头大汉穿着一个白色的汗衫，胸前几颗扣子开着，左臂文着青龙，右臂文着白虎，左手拿着一把紫砂壶，右手盘着一副上好的狮子头走了进来。一见刘衎，那张肥头大耳的脸上立刻挤出了笑脸道：“哎哟，七爷可是稀客啊，什么风把您给吹来了？”他眯着一双小眼睛扫视了一下四周，已将几个人看了一遍，最后目光落在赌桌上，他扭过头责怪伙计道：“嘿，你这个不长眼的东西，七爷来了怎么不给沏茶，快去，沏最好的……”说着他伸出脚象征性地在伙计的屁股上踢了一脚，那伙计一面躲一面赔笑着走了下去。

“七爷，这下人不懂事儿！”那汉子坐在赌桌前的椅子上看着对面的潘俊说道，“七爷，这几位是你的朋友吧？”

未等刘衎说话，潘俊便放下手中的色盅道：“霍成龙，你认识吗？”

潘俊这话一出口那汉子愣了一下，有些慌张地说道，“这，霍什么的是谁啊？”

“呵呵，你不知道霍成龙，应该知道军统吧？”潘俊笑了笑说道。

汉子这次真的愣住了，他凝住眉头站起身将门关上说道：“您是特派员？”

“这个问多了对你没什么好处！”潘俊站起身说道，“金无偿在你这里吧？”

那汉子见眼前这人虽然年纪不大，城府却不浅，绝不是一个寻常的人物，端详片刻点了点头。

“带我去见他！”潘俊的语气毫不留情。那汉子咬了咬嘴唇想了一会儿说道：“特派员，您应该知道规矩！”

“东边出来一阵风！”潘俊轻声说道。那汉子眉开眼笑地说道：“西边死了一老翁！果然是特派员，您跟我来！”

这一问一答却是国民党军统特务的暗号，管修在此前给潘俊的信中曾将这个暗号告诉了潘俊，此时潘俊正好派上用场。

汉子将潘俊等人从屋子中引出，一直带着他们下了楼梯走进后面的院落中。一进后院，潘俊才察觉到这后院中守卫森严，每隔几步便有一个彪形大汉看守着，如果不进入后院，也许前面的热闹场面真能麻痹一些人。

汉子带着潘俊一行人来到前面的屋子，轻轻推开那房门，屋子里漆黑一片，汉子在墙上摸了摸拉了一下开关，一盏白炽灯亮了起来，只见在屋子的左面炕上背着脸躺着一个侏儒。他听到有人走进来便朗声道："你们不用大费周折了，我是不会说的！"

"金老头，这次我们不问你了，你还是和上面的人说吧！"那汉子厉声道。

"呵呵，我倒要看看你们上面究竟是什么人？"金无偿从炕上坐起来，一见眼前的三个人，他简直不敢相信自己的眼睛，这金无偿虽未见过别人，却曾见过潘俊和冯万春。只见冯万春给他使了一个眼色，他会意地说道："哼，又是一群窝囊废！"说完又自顾自地躺在了炕上。

"你……"那汉子一听这老侏儒竟然出口骂自己，不禁扬起手来，却被潘俊拦住了，他拍了拍眼前的汉子说道："你先出去，我们想单独和这老头谈谈！"

汉子一听立刻笑着说："好好！"然后退出了门。

汉子刚一出去，时淼淼便走到门口忽然将门拉开，那汉子本来贴在门上想听听里面的人究竟在说些什么，却未曾想到时淼淼会忽然开门，身子向前一倾差点撞到时淼淼的身上，他尴尬地笑了笑。

时淼淼冷笑了一声说道："我们所说的话你最好还是不要听，知道得越多，死得越快！"

那汉子连连点头说道："是，是，是！"然后退了出去，时淼淼关上门，又看了一会儿，见那汉子果然被自己刚刚那话震住，这才扭过头对潘俊点了点头。

冯万春这时三步并作两步走到金无偿的炕前说道："金老头儿，终于算是找到你了！"

金无偿这时也从炕上坐起来，这金无偿此时已经六十多岁，皮肤黢黑，眼睛不大却炯炯有神，他见到冯万春，一把抓住冯万春的手说道："我真没想到这辈子还能看见你们！"

"唉，这一别有几年了！"冯万春叹了口气说道。

"嗯，上一次见你还是（民国）二十六年你让我帮霍成龙做那双假腿的时候！”金无偿回忆起往事不禁感慨道，“一晃六年了！”

“嗯！”冯万春点了点头，然后扭过头指着潘俊说道，“金老头，这个人你应该认识吧！”

“当然，这位是木系的君子潘俊，北平潘爷！”金无偿说着又向旁边的时淼淼看了看，不禁皱起眉头说道，“看这位姑娘的体态身形像是水系传人啊？”（各系驱虫师均有自家身形，详见《虫图腾1》）

“呵呵，金世伯果然好眼力！”时淼淼微笑着说道。

“不过，你们是怎么到这儿来的？”金无偿好奇地望着冯万春说道。

“嘿嘿，这说来话长，我们今天来这里便是带你走的！”冯万春说着便在地上找寻着金无偿的鞋子，谁知金无偿却一把拉住冯万春的手说道：“我不能走！”

“你这老家伙是不是老糊涂了？”冯万春口不择言道。

“唉，你不知道我的家人还在他们手里！”金无偿无奈地说道，“我家人都被他们秘密转移到了重庆。”

“那你怎么会在这里啊？”冯万春不解地问道。

“唉，因为这个！”金无偿说着从口袋中拿出一封信，递给了冯万春。冯万春疑惑地接过那封信展开，见信上写道：“父亲大人亲启，如果您想知道这河洛箱的下落便在安阳等我！”这封信的落款上写着三个字：“金素梅”。冯万春看完将那封信递给潘俊，潘俊看了这封信也是一脸茫然。

“金老头儿，这金素梅是你的女儿吗？”冯万春怎么也想不明白，如果这金素梅当真是金无偿的女儿，怎么会写这样一封信。

“唉，这事情说来话长！”金无偿叹了一口气说道，“一切都因为那个秘密而起啊！”

“对啊，金老头儿，我们今天来，也是想问问你这驱虫师的秘密究竟是什么。”冯万春接话道。

“相传这驱虫之术古已有之，实乃帝王之术。古有得虫者，得天下，但却不会长久之说。”金无偿幽幽地说道，“因此历代帝王对驱虫之术既向往，又极为避讳。而驱虫师先贤也唯恐单独一人掌握了这驱虫师的秘密，会生出变故，因而将驱虫之术分为金木水火土五个家族。将这驱虫术的秘密藏在这五个家族的秘宝之中。据说只有聚集了这几家的秘宝才能参悟透驱虫师家族的秘密！”

“我记得中医之中已将虫分为金木水火土五虫，只是其划分的方式却与我们家族划分有很大的区别。”潘俊疑惑地说道。

“嗯，这一点先师在世之时曾经提到过，他说先贤将这五虫与五家驱虫师分开应该是故意为之！”金无偿回忆着说道，“恐怕这样做的目的便是要隐藏驱虫师家族的真正秘密吧！”

潘俊点了点头。

金无偿接着说道：“历来只有在战乱之时皇帝才会想起驱虫师家族，而一旦战乱结束，他们唯恐失掉天下，便开始大肆屠杀各系驱虫师。不仅如此，所有典籍之中有关驱虫之术的部分，会被全部销毁。这其中做得最绝，历史上震动最大的，莫过于秦始皇了。”

“你是说焚书坑儒？”潘俊立刻想到那震撼史册的文化浩劫。

金无偿点了点头道：“即便是后来的皇帝，对驱虫师以及关于驱虫之术的书籍也从未放过。历史上多少次文字狱，难道雍正皇帝真的会因为一句‘清风不识字！何故乱翻书？’便将翰林院庶吉士徐骏满门抄斩吗？那汉高祖刘邦的开国功勋韩信因何被吕后所害，他如若真想叛国的话凭借他的智慧岂是刘邦能及的？欲加之罪何患无辞罢了！”

潘俊听金无偿话中之意，似是知道那爱新觉罗·庚年与自己所说之事，他不禁再次陷入了深深的疑惑之中，难道这些都是真的吗？

“与其他四系驱虫师不同的是，这金系驱虫师家族的秘宝被一分为二，叫作虫器，盛在两个箱子之中，一个是河箱，一个是洛箱。金系驱虫师家族相对于其他四系家族较为特殊，因为皇帝在修建陵墓之时最怕的恐怕便是墓穴被盗，因为金系驱虫师主要是研究驱虫之中的金石之术，用于防御，因此皇家都会令我们将驱虫术用于墓葬之中，所以金系驱虫师才在所有驱虫师家族中，得以将所有秘密延续得最为完整。虽然是这样，皇帝也不会放心，因而便将金系驱虫师的秘宝中的河箱藏在皇室中，只有这洛箱在金家人的手中。”金无偿说着轻轻咳嗽了两声。

“可是有一天这个规矩却被人打破了！”金无偿的表情忽然痛苦了起来，他长出一口气，所有已经尘封的记忆全部袭上心头。

那是清朝末年，一日，一个太监忽然来到琉璃厂金家，说亲王要召见金无偿，金无偿心生好奇，因为此时并非修建陵墓之时。他有些忧心地跟着那太监来到了亲王府。起初亲王极为和善，随后他说道：“此时正是国家危亡之际，早听闻得虫者得天下之说，因此今天特意将你请来，便是想让你交出手中的洛籍！”

金无偿闻之当时便愣住了，先师曾再三叮嘱他祖宗的遗训，这驱虫秘密一旦被人用于争夺天下，必定会生灵涂炭，因此便是死也不可将洛籍交给任何人。他将此话如实禀报给了亲王，谁知亲王一听此言立刻大怒，将金无偿关进牢狱之中，然后派人砸毁了琉璃厂中金无偿的店铺，并将其家人带到王府的地牢之中。以其家人要挟金无偿就范，金无偿依旧抵死不从，谁知那亲王竟然手起刀落，将金无偿刚满八岁的小女儿一刀杀死。

金无偿痛若刀绞一般，亲王见金无偿还是不从，于是便将他的伙计一个接着一个地带到他的面前。那是一场大屠杀，在接连杀了五个人之后金无偿终于屈服了。他带着亲王来到那藏着洛籍的乱坟岗地穴之中，趁着亲王拿到洛籍高兴之时从小洞逃了出去。

不几日金无偿才闻讯，原来那亲王已将金无偿家人满门杀害。金无偿捶胸顿足却也毫无办法，就在此时他想到了一个人，那便是潘俊的父亲。潘俊的父亲当时便是京城名医，素来乐善好施，且之前曾与金无偿有过往来。金无偿便趁着夜色潜入了潘家，找到潘俊的父亲，将前后所发生的事情详细陈述一遍，潘俊的父亲不禁拍案而起。

“怎么会有此等事？”潘俊的父亲愤愤不平地说道，“金兄，你先在舍下住上一段时间，等风声过后我们再想办法！”

却说没过多久八国联军便闯进了北京城，那群野蛮土匪烧杀抢掠，无恶不作。潘俊的父亲和金无偿很快便得到消息，亲王府已经被八国联军抢劫一空，宅子也被他们烧了，而亲王和家眷也都死于联军手下。两人一面高兴，一面却又担心起那洛箱的下落。

几天之后，不知潘俊的父亲从哪里得到消息，亲王的小格格会在三天之后被人秘密送到陕西那格格的外公家中，而那洛箱就在小格格的行囊之中。得知此事之后两人便开始秘密准备将那车劫下，抢回洛箱。

金无偿最擅长的莫过于机关陷阱，于是他们早早来到北平通往西安的官道之上布置好机关，只等着小格格乘坐的车经过。果不其然，三日之后那格格所乘之车在十几个护卫的守护下缓缓驶来。

当前的几个护卫根本未曾注意到脚下的陷阱，当他们觉得脚下一软，身体快速下落之时早已经晚了。前面的三个护卫坠入的陷阱之中埋着削尖的木桩，刚一掉入那陷阱便在几个人身上戳出了几个窟窿。

后面的护卫发现不妙连忙围在这车子周围，此时潘俊的父亲从手中射出几根青丝，又是几个人应声倒在了地上。而此时潘俊的父亲与金无偿才从暗处走出，那最后的两个护卫向他们冲来，谁知却不小心踩在了地面的机关之上，数枚绑在树上的短刀齐刷刷地向眼前两个人刺来，一个人当场便死了，而另外一人则气息奄奄，倒在地上昏死了过去。

两人这才走到那马车前，撩开车帘只见里面坐着一个十来岁的小女孩，已经被刚刚的一幕吓得战战兢兢了。潘俊的父亲见两个箱子放在车上，连忙拿起递给金无偿，金无偿不禁大喜过望，本来只想拿到那洛箱，谁知这河箱也在其中。之后金无偿抽出佩刀本想一刀结果了小格格的命，谁知见那小格格长得聪颖可爱，与自己的女儿年龄不相上下，便动了恻隐之心。

离开之时潘俊的父亲检查了所有的人，发现其中一名护卫还有气息，本想将其杀死，却怎奈始终下不了手，刚要转身离去，谁知那护卫忽然拔地而起拿刀向他刺去，他手疾眼快，身形微动，闪开这致命一击之后，手指下意识地按下了青丝的开关，青丝刺入那护卫的胸口，护卫像是泄了气的皮球一般倒在了地上。正在这时他们的耳边响起了一阵嘈杂的脚步声。

他们唯恐被人发现便连忙离开了，回来之后潘俊的父亲拿出一些钱交给金无偿让他重建琉璃厂的店铺，对于这件事，两人约定此后绝不能再向外人提及。而那金无偿给小格格取了个名字叫金素梅，渐渐地金无偿不但忘记了对亲王一家的仇恨，反而对金素梅宠爱有加。这金素梅也乖巧可爱，聪明伶俐，只要金无偿所说她便能记得一清二楚。

转眼间金素梅便已经年方二八，出落得美丽漂亮。这金家与欧阳家素有通婚的前例，虽然金无偿对金素梅极为不舍，但见金素梅倒是对欧阳家这门婚事极为乐意，于是便将其远嫁新疆。可是数年之后，欧阳家之人忽然来到北平告诉金无偿，金素梅已经失踪了。金无偿又是着急，又是难过，从此之后金无偿便一直在寻找着金素梅的下落，终于又过了十几年忽然收到了金素梅的亲笔信，金无偿这才来到安阳。

金无偿说完，潘俊豁然开朗了，原来那欧阳姐弟的母亲竟然是亲王格格。他叹了口气说道：“金世伯，现在那河洛箱都在我的手上，我已经打开了洛箱！”

“啊？”金无偿显然有些吃惊地望着潘俊道，“你是如何知道洛箱的破解之术的？”

潘俊大略将如何发现洛箱，金银与姐姐潘苑媛前往新疆，归途不幸遇难，以及金龙之事都说与了金无偿。只听得金无偿老泪纵横，他长叹了一口气说道：“你能同时得到这河洛箱，也是上天的机缘啊！”

“只是……”潘俊皱了皱眉头说道，“这洛箱之中并没有虫器啊！”

“不可能！”金无偿极为肯定地说道，“那虫器是我亲手放入其中交给金银保管的！”

潘俊想了想说道：“金世伯，那虫器是什么模样的一件物事？”

“其实那虫器从外表上看不过是个盒子，里面盛放着上古利器的制作图，你所用的青丝，水系所用三千尺皆出于那盒子！”金无偿叹息道，“只是那图中最为简单的一些兵器而已！”

“金者，利器也。仁者得之则救生灵，恶者得之则起战乱。”潘俊幽幽地说道。金无偿却是一愣道：“你怎么知道这句话的？”

“看来我已经见过那件虫器了！”潘俊回忆着半个月前，他们在金家密葬纵横关的暗格中所发现的那个木箱，可是究竟是谁将那件虫器放入到密葬之中的呢？

“那河箱中装的是什么？”潘俊追问道。

金无偿无奈地摇了摇头说道：“从没有人见过。”

正在此时，外面忽然传来了一阵嘈杂的脚步声，接着赌场当家的匆忙推开门满头大汗地说道：“特派员，不好了，不知谁走漏了风声，这赌场四周忽然冒出了百余日本兵。”他的话音刚落只听外面响起了一阵枪声……

十五 萧墙祸，万鸟袭安阳

这枪声响起的时候，段二娥已经从炕上坐了起来，她眼眶中盈满了泪水，怨怼地望着燕鹰。燕鹰咽了咽口水说道：“段姑娘，怎么会是你？时淼淼呢？”

“燕鹰，你们刚才说的是真的？”段二娥不可思议地摇着头说道。

“呵呵……”燕鹰勉强地笑了笑说道，“段姑娘，如果你是我，你会怎么选择？我记得你曾经和我说过，如果你知道你母亲的去处，一定会不顾一切地奔到她身边，一直守在她身边再也不离开。”

“你错了，如果我的母亲为日本人效力的话，我绝不会认她！”段二娥大声说道。正在此时燕云“啊”了一声醒了过来，虽然她一直处于昏睡状态，但大脑却一直是清醒的，连日来在这屋子之中所发生的一切，她都听得明白，只是自己动不了而已。

燕鹰见燕云苏醒过来连忙走过来搀扶，谁知燕云却一下子拨开了他的手，无力地在燕鹰的脸上打了一记耳光：“燕鹰，没想到你真的会这么做！”

“姐，你们根本不明白，妈妈只是在利用日本人而已。”燕鹰觉得颇为委屈地说道。

“利用？”燕云此时已经渐渐恢复了些许力气，极为艰难地从炕上走下来说道，“燕鹰，你难道忘记爷爷是怎么死的吗？你难道忘记是谁在将军圃害死了金龙的爷爷吗？”她说着望向一旁已经醒来却胆怯地趴在枕头后面，用惊骇的眼神望着这一切的金龙说道。

“是谁以勘探为名潜入咱们新疆的宅院，盗走秘宝的？又是谁杀死了奎娘？这一切你都忘记了吗？”燕云穿上鞋向燕鹰步步紧逼道。

“这一切，这一切，”燕鹰低着头说道，“这一切都是因为潘俊，因为他家祖传的青丝我们才去了北平，就是因为他，爷爷，金龙爷爷，奎娘……”燕鹰哽咽着说道，“这一切我都会算在潘俊的头上！”

只听“啪”的一声脆响，燕鹰顿觉脸上火辣辣地疼痛，燕云这次用尽了全身的力气，她气得胸脯快速上下起伏着，喘着粗气。

“呵呵，呵呵！”燕鹰捂着脸冷笑着，“姐，我知道你喜欢潘俊，喜欢到可以为他不要母亲，不要弟弟，但是他对你如何呢？为什么那个姓时的中毒，他却让你去为她吸毒？为什么他只让吴尊救醒了那个姓时的，却让你依旧忍受着蛛毒之苦呢？”直到此时燕鹰始终还是不知道吸毒是燕云自愿做的，而吴尊与时淼淼在房间中关于怕救醒她可能会一时冲动的那些话，她也听得清楚，因此心中毫无责怪。

“姐，你到现在为什么还在用自己的热脸去贴他们的冷屁股啊？”燕鹰的话再次激怒了燕云，她举起手却被潘璞牢牢抓住，她扭过头怒视着潘璞。

“燕云姑娘，格格一直在期盼着你们兄妹能早日回到她身边呢！”潘璞渐渐卸掉手上的力道，缓缓松开燕云的手。

只见燕云一脸鄙夷地盯着潘璞，那眼神中满是鄙夷、愤怒和仇恨：“呵呵，潘璞，你觉得你这样做对得起潘哥哥一家人吗？”

“杀父之仇不共戴天！”潘璞义正词严地说道。

“杀父之仇？”燕云冷冷地笑了笑说道，“就因为你的杀父之仇，你就甘愿成为日本人的走狗？”

“日本人？呵呵，我从来没有把这些畜生当成过人。”燕云的这句话深深地刺痛了潘璞，他直视着燕云说道，“我只听命于格格。”

“格格！”燕云嘴角微微上扬，身体忽动顺势抽出匕首，说时迟那时快，眨眼便迫近到潘璞的身边向其刺出。谁知潘璞早有防备，身体向一旁一偏，伸手轻轻在燕云的手臂上一弹，燕云顿时觉得手臂一麻，匕首脱手而出掉落在了地上，潘璞顺势抓住燕云的胳膊，将其背在燕云的身后说道：“燕云姑娘，你不是我的对手！”

燕云柳眉皱紧，心中咒骂自己为什么这一击未中反而被擒。

“如果加上我呢？”正在这时他们身后的门被轻轻推开了，只见吴尊双手各握着一把手枪，一把对着潘璞，另外一把对着燕鹰。

段二娥脸上立刻露出了喜悦之色，而潘璞却是一惊道：“你……”

“大管家，我本来是应该喝醉的，不过还是被您吵醒了！”吴尊话虽如此，但其早已在喝酒之前服用了醒酒之药，刚刚那一切不过是装出来的而已，“你瞧你这么大的人了，还欺负两个小姑娘，我都替你臊得慌！”

“那你就试试，看看是你的枪快还是我的刀快。”潘璞背对着吴尊冷冷地说道，直到此时吴尊才发现，潘璞不知何时已经用左手将一把匕首抵在了燕云的后心上。

“你他妈个老不死的，少和老子扯淡。我吴尊连自己的老婆也下得了手。”说着吴尊已经轻轻地扣动了扳机。燕鹰连忙阻止道：“潘璞叔，快放了我姐姐，吴尊是个土匪他说得出做得到。”

其实潘璞本也不想杀燕云，唯恐无法向金素梅交代。他缓缓将那匕首放下，松开燕云的手，燕云被放开之后连忙拉着段二娥，抱起金龙躲在吴尊的身后。吴尊始终双手握着枪，眼睛盯着眼前的燕鹰和潘璞，说道：“你们两个给我退后，燕云姑娘，段姑娘，你们现在快点带着金龙离开这里！”

“那你呢？”燕云问道。

“嘿嘿，放心吧，我自有办法！”吴尊那玩世不恭的微笑依旧挂在脸上，其实连他自己都不相信这句话。

正在这时，潘家旧宅外面忽然传来了一阵枪声，吴尊是玩枪的行家，一下便听出是日本人装备的三八大盖的声音，他不禁一愣。潘璞借着吴尊分神的时候一个箭步追到吴尊身边，吴尊一晃连开两枪，一枪放空而另一枪只是从潘璞的脸上擦过，留下一条细细的血痕。可潘璞已经到了吴尊身边，用力抓住吴尊的手腕，用尽力道，只听“咔嚓”一声，吴尊觉得手腕一阵剧烈地疼痛，接着两只手轻轻地垂下，原来潘璞这一下已经将吴尊的双手折断。

“啊！”吴尊大叫一声扭过头对燕云和段二娥说道，“快走！”

燕云见此情景，连忙拉着段二娥向外面奔去，一行三人慌不择路地向后院奔去，没奔出几步燕鹰已经在前面拦住了他们的去路，而潘璞则将吴尊双手反绑，走到后院之中。

潘家旧宅外面的枪声越来越密集，似乎是两拨人激战了起来。潘璞将吴尊拖到段二娥和燕云的面前丢在地上说道：“我劝你们还是早点跟我们走的好！”

“你个老不死的，你比我吴尊还贪心，要一下子娶两个姑娘是吧！”吴尊虽然两个手腕折断，嘴上却毫不留情，依旧戏谑着潘璞。

潘璞弓下身子道：“吴当家的，你是不是还没吃够苦头啊？”说着潘璞一只手紧紧抓住吴尊的右臂猛一用力只听“咔嚓”一声，潘璞已将吴尊的右臂卸掉。吴尊疼得直打冷战，右臂却已经像是不属于自己了一般，只是因为手被绑着表面还看不出端倪。

“潘璞，你放了吴老大！”燕云大声喊道，潘璞见燕云竟然对自己折磨吴尊如此心痛，然后又低下头说道，“吴当家，你说你好好的在山上当你的土匪多好，干吗非要跑到这里充什么英雄好汉啊？”话毕潘璞稍一咬牙，已将吴尊左边的肩膀卸掉，吴尊疼得冷汗直流，他圆瞪着眼睛盯着潘璞说道：“你个老不死的，老子他妈虽然不是英雄，也比你这条狗好得多！”

“呵，吴老大我看你是小狗掀门帘，全在这嘴上呢。”说着潘璞掏出匕首向吴尊的嘴边而去，燕云大急，慌忙上前阻拦道：“潘璞，你放了吴老大，我……”

“潘璞老狗我操你姥姥，燕云姑娘你们快走，别管……”吴尊最后一个

“我”字还未说出口潘璞早已踹了吴尊胳膊一脚，吴尊吃痛“啊”了一声张开了嘴，潘璞趁此机会，将那把匕首插进吴尊的嘴里，然后用手将他的嘴按住，用匕首在他的口中乱绞。吴尊顿时觉得嘴里一股股咸腥味，潘璞将带血的匕首抽出，吴尊“哇”地吐出一口血水，其中还有一大块被绞烂的舌头。

他怒视着潘璞，嘴里哇啦哇啦，说话已经不成样子了，潘璞见此情景哈哈大笑了起来。吴尊指着燕云几个人皱着眉头，燕云明白他的意思，连忙拉着段二娥向一旁的甬道跑去。

“燕鹰追上他们！”潘璞冷冷地说道。燕鹰已经完全被刚刚那一幕惊住了，他稍一迟疑，然后点了点头跟着奔了出去，燕云他们一直向门口跑去，金龙忽然吹了一声口哨，那巴乌便从正堂中奔了出来。打开宅门，燕云隐约看到几个黑影正从吊桥向潘家旧宅而来。燕云连忙拉着段二娥向宅子左面的荒草丛中奔去。燕鹰追了出来，见他们已经奔向了荒草丛便连忙跟了上去。

却说罗秀带着一队日本兵风尘仆仆地闯进潘家旧宅，在前堂未见到任何人，径直来到后院，一进后院便看到潘璞站在院子之中，罗秀奔到潘璞面前说道：“人呢？”

“燕鹰已经去追了，刚刚那阵枪声是？”潘璞见罗秀身上沾着血迹，不禁惊讶地问道。

“是松井那两条日本狗干的。”罗秀咒骂了一句说道，“金先生让咱们把时淼淼和燕鹰、燕云带回去！”

“时淼淼不在这里，咱们先去找燕鹰和燕云吧！”潘璞说着便要走，罗秀看看倒在潘璞脚下，疼得身体颤抖的吴尊说道：“他怎么办？”

潘璞弓下身子抽出匕首，在吴尊的耳边说道：“让他慢慢享受吧！”说完手快速在吴尊的脚踝上划了两刀，将吴尊的脚筋割断，然后大笑着与罗秀离开了潘家旧宅。

吴尊此时脸上已经完全被鲜血糊住了，他挣扎着想要坐起来，可拼尽全力却始终坐不起来，无奈之下只能趴在地上，双手被卸掉，脚筋被割断，他只能用膝盖一寸一寸地向前爬行。他知道自己还不能死，还有一件事，潘俊交给他的一件事他还未做完，所以他决不能死，否则就算是死了，九泉下的月红也会瞧不起他，他就没办法再说自己是吐口唾沫就是根钉的爷们儿了。

他眼睛盯着前面只有三米之遥的后门，一点点地挪动着身子，所到之处的地面上沾满了他的血迹。几次他无力地停下，甚至睡着了几秒，然后陡然而醒，他觉得那几秒像是睡了几年，他梦见了月红，梦见月红在临死前的那副模样。终于挪到后门前面，那后门恐怕已经多年未有人开启过了，锁链中间的那把门锁已经生出许多锈来。吴尊靠在门上，一点点将自己的身体立起来，终于半跪着嘴可以够到那把门锁了。他拼命地用两只已经不听使唤的手在自己的衣服前乱晃着，忽然一枚钥匙从他的腰间落了下来，“叮当”一声掉在地上，他想要用弯曲的手指勾住那钥匙，却一不小心整个身体都扑倒在地。

下巴重重地摔在地上，让他觉得原本已经痛苦不堪的嘴更加难受，他见那钥匙正在自己的脸旁，努力地向那边挪动了一下，此时吴尊的嘴已经被干涸的血粘住了，他想张开却觉得身上的力气已经用尽。吴尊泪流满面地倒在那把钥匙旁边，停了一会儿，他觉得体力恢复了稍许，便又努力张开嘴，这才将那把钥匙含在口中，又艰难地靠着门，将身体立了起来，用嘴里的钥匙对准那小小的钥匙口，只是那钥匙口太小，而且早已是锈迹斑斑，吴尊试了又试，忽然那钥匙再次从口中脱落，吴尊仰天长啸，呜呜地哭泣，口中含糊不清。

“谁？谁在那里？”子午来到潘家旧宅之时见宅门口敞开着，他一直走到这后院之中才听到吴尊的哭泣声。吴尊听到声音口中呜呜作响，子午手中持着枪循着那声音的方向走去，只见一个人半瘫在门前，嘴巴、身上都是鲜血，在他的身后拖着一道长长的血痕。

“你是……”潘俊忽然想起时淼淼在临行之前在他耳边说过的话，“子午，将这个东西交给潘家旧宅中的矮个子，他叫吴尊。”

子午三步并作两步，走到吴尊身边将吴尊扶住，“你是吴尊吗？”

吴尊轻轻地点了点头，嘴完全被那干涸的鲜血粘在了一起，他已经再无力气张开嘴了，只是在喉咙中呜呜作响，脑袋向下低着。子午向吴尊的身下一看竟然是一枚钥匙，子午先解开绑着吴尊的绳索，然后将那钥匙拿在手中说道：

“你是说这个吗？”

吴尊点了点头，眼睛直勾勾地盯着眼前的那道门，子午会意地点了点头。他将吴尊抱到门边上，然后小心翼翼地将钥匙插进钥匙孔中，轻轻一用力，那把锁发出一声轻微的“咔嚓”声，打开了。子午将锁去掉，去除掉门上的锁链，将大门推开，向内中望去，只见门后便是一个大殿，大殿里黑洞洞的，一股腐败的味道从里面传出来。

子午连忙回过身将吴尊扶起说道：“这里什么也没有啊！”

吴尊摇了摇头，他根本不知道这房子里究竟藏着什么，只是潘俊在后山的洞口之时千叮咛万嘱咐，如果有任何意外便打开后院这道大门。子午望着眼前的吴尊不禁心头一阵疼，他缓缓将时淼淼交给自己的那件物事从怀里掏出，放在吴尊面前说道：“这是时淼淼小世叔让我交给你的！”说着他展开手掌，只见在他的手掌中放着一根三千尺。

吴尊知道这是时淼淼的独门武器，既然她已经将这独门武器赠予了自己，便意味着时淼淼终于认了他这个徒弟了。吴尊身体颤抖着，想要将胳膊举起来，子午会意地将吴尊两条下垂的胳膊拉到吴尊胸前，然后将三千尺放入吴尊的手中。吴尊的嘴紧闭着，用喉咙发出呜呜的声音，但子午隐约听出吴尊的声音虽然含糊不清，但依稀却像是在喊着“师父！”

正在这时一直跟在罗秀后面的松井赤木也带人来到了后院之中，而他爷爷松井尚元早已跟随罗秀等人上了潘家旧宅一旁的荒草丛中。松井赤木身后带着的几个人均是驱虫高手，他见到子午不禁冷冷说道：“叛徒……”

而子午此时早已经捏住了手中的枪，谁知正在此时，松井赤木的目光却被那敞开的大门里面发光的东西吸引住了。那门里散发着淡淡的紫色冷光，那光越来越亮，渐渐地布满了整个院子，忽然一束紫光从内中飞出，在门口停留片刻便毫不迟疑地向一旁吴尊的身上飞去，吴尊吃痛一用力将子午推开，只见那些发光的飞虫一碰到吴尊便立刻燃烧了起来。

在场所有人都是一惊，松井赤木更是惊讶，他知道这是驱虫之术，只是从未见过这种虫子，心想如果得到此术必定在战争中占据绝对的优势，想到此处他便向燃着的吴尊凑了过去。

谁知刚一靠近吴尊，吴尊竟然拼尽全力向松井赤木扑来，吴尊身上的火立刻传到了松井赤木的身上，那些原本停留在半空的飞虫立刻调转方向向松井赤木袭来。松井赤木的身上立刻燃着了，他觉得浑身吃痛，狂奔着，呼喊着，不时向几个随从扑过去。那些来不及躲闪的仆从沾了松井赤木身上的火之后便立刻遭到了飞虫的攻击，一个接着一个，身上全部燃烧了起来。

子午扭过头见吴尊此时已经成了一个火人，不再动弹。这才流着泪离开，刚一出门便看到一串紫色的光点向一旁的荒草丛中飞去。

那些在荒草丛中寻找着燕云、段二娥一行人的日本人也注意到了这些光点，只见潘璞见到那些光点，脸上立刻露出了惊恐的神情。怎么会？怎么会？潘璞心中暗想。只见那些光点在天空中盘旋了片刻之后，直奔潘璞而来，潘璞连忙拉过一个日本兵阻挡，谁知那些飞虫立刻避开依旧盯着他不放。他在潘家长大，深知这虫子的厉害，当年潘俊的父亲本想将这种虫子驯服，却发现这些虫子根本无法控制，只能用木系驱虫师最初级的诱虫术将其引诱出来。任何人一旦吃了那诱虫之药，这虫子便会拼命地向他攻击，而且这种虫一旦靠近人的身体便会立刻燃烧起来，将人活活烧死。潘璞一面躲闪一面回忆着，自己从未吃过那诱虫之药，怎么会……忽然他想起了中午与吴尊喝的那场酒。原来潘俊当天在洞口给了吴尊两包药，一包是治疗蜘蛛毒的，另外一包便是这诱虫之药。潘俊叮嘱吴尊将这药放在潘璞的饭食中，如果潘璞能束手就擒便好，一旦发生不测便将后门打开。

可是吴尊发现潘璞这人做事极为谨慎，想要给他下毒几近于不可能。如果下在饭食中必定所有人都会中毒，就在他左思右想的时候，燕鹰因为喂水之事与吴尊争吵了起来。吴尊心想支开燕鹰的时机到了，因此便上演了中午的一幕。果然潘璞为了将他灌醉请他喝酒，吴尊便想在那酒水或者菜中下药，谁知潘璞却一刻不离。酒到半酣，吴尊心知这是自己最后的机会，于是便中间借故上了一趟厕所，将那药倒在口中，含在舌下，回来之后吴尊抱起酒坛子喝酒的时候将舌下的药全部放入剩下的酒中，之后又给潘璞倒了一杯这才放下心来。

正在潘璞走神的时候，几只虫子向潘璞猛冲了过来，瞬间潘璞的身上着起火来。剧烈的疼痛让他倒在荒草丛中不停地打滚，所有的人都退到了后面，他大声呼喊着：“罗秀，杀了我，快杀了我！”

罗秀掏出枪拉下保险，指着在火中痛苦辗转着的潘璞轻轻抠动扳机，谁知那扳机像是被什么东西卡死了一般，他用力抠了抠，可是扳机却依旧纹丝不动。火中翻腾的潘璞身体剧烈地抽搐着，眼睛渴望地望着罗秀的枪口，可是直到他停止抽搐身体缩成一团，罗秀始终未抠下扳机。罗秀有些愤怒地轻轻磕了磕那把枪，然后轻轻一勾，那枪“啪”的一声射出一条火舌，不过为时已晚。

却说燕鹰一直追着燕云和段二娥来到山顶上的那片荒草地处，前面已无去路，这时燕鹰已经抄近路挡在了燕云的面前。

“姐，跟我去找娘吧！”燕鹰用哀求的眼神望着欧阳燕云。

“如果你真的还认我这个姐姐就放我们走吧！”燕云低着头叹了口气说道。

“姐，你必须和我回去见娘！”燕鹰的态度忽然强硬了起来。

“呵呵，你别再叫我姐姐了！”燕云说着从怀里掏出短笛，含在口中轻声吹着，她的眼泪随着那笛声一滴滴地落了下来，片刻之后远处传来几声夜枭般的呜咽声。

而燕鹰也掏出了那根金素梅送给他的笛子，两首曲子交织在一起，两种声音一种悲凉，一种低亢，正如此时燕云与燕鹰这对姐弟一般。远处那两种皮猴的呜咽声也缠绕在了一起。

顷刻之间只见六只皮猴，三只高大壮硕的出现在燕鹰的身后，而另外三只体型较小的则站在燕云的身后。燕云与燕鹰同时伸出手，为首的两只皮猴均伸出火红的舌头亲昵地舔着两位主人的手背。

接着一场皮猴与皮猴之间的厮杀便开始了，燕鹰的三只皮猴不管在体力上还是速度上都占据了绝对的优势，燕鹰望着站在距自己几米远的姐姐说道：“姐，你跟我回去吧！”

“哼！”燕云咬了咬牙，抽出一把短刀便向燕鹰的那只皮猴冲了过去，她手疾眼快一刀便向那只皮猴的胸口刺去，谁知这皮猴毫不示弱，快速闪身避开燕云这一击，顺势用手轻轻一拍，便将燕云拍出几米远，重重地摔在了金龙身边。那只皮猴见时机来了，一个箭步从地面上跃起，向燕云扑来，燕鹰虽然召唤皮猴也只是应战，所以见自己的皮猴正要刺杀姐姐时连忙呼喊制止，可是那只皮猴早已杀红了眼，哪里能管得了那么多，直直地向燕云猛扑了过去。燕云心知那只皮猴若果真扑到自己的身上，自己必死无疑，她微微闭上眼睛，那瞬间所有的一切在她的脑海中快速地闪过，父亲、母亲、爷爷、潘俊、时淼淼、冯万春……所有的人所有的事情历历在目。

正在此时，一直守在金龙身边的巴乌，忽然一纵身从燕云旁边跃起，一下子咬住那只皮猴的脖子，将其扑到一旁的草丛之中，一獒一皮猴在那草丛中翻腾、撕咬起来。藏獒凶悍异常，但较之皮猴却又逊色得多，如果不是刚刚皮猴未曾注意到巴乌的话，那么恐怕巴乌也不会制住这皮猴。

只见巴乌狠狠地咬住那皮猴的脖子，用力向外拉扯，而皮猴吃痛，那尖锐的爪子不停地在巴乌的后背和胸口乱戳着，瞬间巴乌的身上伤痕累累，可是巴乌却死命地咬着那皮猴不松口，直到那只皮猴身体微微颤动了两下断了气之后，巴乌才颓然地松开口，摇摇晃晃地向金龙走来，忽然它的腿被杂草一绊，竟然摔倒在地。金龙哭泣着扑到巴乌身边，巴乌伸出舌头轻轻舔了舔金龙眼角的眼泪，然后“呜呜呜”地仰天长啸，宛若是在大哭一般。

“巴乌，巴乌，你起来啊！”金龙摇晃着巴乌的身体说道。巴乌似乎是听懂了小主人的话，艰难地用前腿支撑着身体，然后将后腿也拉了起来，它站起身，身体依旧在不停地颤抖着，忽然巴乌再次摔倒在地，它倒在地上抬起头无力地张大嘴巴“呜呜呜”地呼喊着，叫声中带着无数的不舍，无数的留恋，让人听了心碎。这世界上不是只有人才会留恋亲人，留恋这个世界，就算是一只狗也一样，它那叫声像是在祈求上天，再多给它一点时间，一点点也好，只是……

巴乌再也没有站起来，它一直呜咽着流干了身体里的最后一滴血。

而燕鹰的皮猴死了一只之后就明显地落于下风了，燕云的三只皮猴将那两只皮猴团团围在其中，燕鹰被两只皮猴护在中间，向山下且退且战。正在此时一个黑影从平台上的洞口钻出来，那人正是潘苑媛，她见自己的儿子和燕云、段二娥在此处，急忙说道："跟我走！"

说完抱起趴在巴乌身上哭泣的金龙，便跳进了那墓穴中的地道里，燕云和段二娥对视了一下，燕云快速拿出笛子轻轻吹了两声之后，与段二娥一起跳入那洞穴之中。

三只皮猴听到燕云的笛声之后也不恋战，快速向后面狂奔而去，倏忽间便消失在了茫茫月色中。而此时在路上耽搁了片刻的罗秀也赶了上来，他望着站在远处发呆的燕鹰道："少爷，他们呢？"

"在上面！"燕鹰这才缓过神来，跟上去的时候却发现，此时那荒草丛中的平台上空荡荡的。

"一定是在里面！"燕鹰指着一旁的那个小小的洞口说道。两个日本兵走到了前面，从那洞口进入，谁知刚刚落下便传来了两声惨叫，原来这金银所住的洞穴中的那倒立的木桩是可以移动的机关，刚刚潘苑媛见所有人都进来之后便将倒立木桩移到了洞口下面。罗秀连忙命人拿过绳子和手电进入，里面的人确定没有危险之后才与燕鹰两个人进入。只是这地穴中早已经空空如也，燕云与段二娥早已不知了去向。

那些闪光的飞虫在西面的天空中飞舞的时候，安阳城中响起了一阵枪声。金素梅此次来到安阳本来带了数十名日本兵，那些日本兵早已被罗秀带走了。不过她还有另外一支日本兵小队，有五十几个人，是化装之后进入安阳的，为的便是躲过松井尚元的眼线。此时她便带着那五十几个日本兵以及城中百十来名伪军，将这德胜赌坊围得水泄不通。

枪声刚落，原本热火朝天的德胜赌坊立刻安静了下来。已经赌红了眼的赌徒们你望望我，我看看你，停顿片刻，便出奇一致地向门口奔去。刚一到门口便发觉外面一大群日本人正架着机关枪等待着他们，这群人连忙向屋子里奔去，谁知却为时已晚，金素梅一挥手，机枪手便开始向这群赌徒疯狂地扫射。一瞬间，人们尖叫着、拥挤着、乱窜着、践踏着、倒下着，惊慌、惶恐、错愕，写满每一张脸。

一阵扫射之后，那白色的五级台阶早已经被鲜血染得通红，尸体横七竖八地倒在门口。金素梅长出一口气，在她的眼中，这些赌徒等同于行尸走肉一般，死不足惜，因此她眼都不眨，立刻命人冲进院落之中活捉潘俊一行人。

谁知那些日本兵刚刚冲进去，只听里面忽然传来了枪声。军统的特务们在掌柜的带领下开始向外射击，最先进入这赌坊的那几个日本兵首当其冲，纷纷中弹倒毙在地。日本人也不甘示弱，立刻加大了火力，几挺机关枪"突突突"疯狂地向内中扫射，几个躲闪不及的特务中弹而亡。时淼淼走到前面，从一个死去的特务手中拿起一把枪靠在墙后，日本人的歪把子机关枪有个致命的缺点，不能拆卸枪管，一阵扫射之后枪管发热便只能停歇下来。时淼淼深知其理，待那枪声停止后，便闪到窗前瞄准那机枪手，"啪啪"连着两枪，正副机枪手纷纷倒毙。

潘俊与冯万春一起来到后院将金无偿架起道："金世伯，咱们想办法离开这里！"

"现在日本人将咱们团团包围了，哪里还有什么办法啊？"那赌场掌柜的颇为气馁地说道，"特派员，看来咱们也支撑不了多久了，这小鬼子一会儿就要打进来了！"

只见潘俊微微笑了笑，扭过头对刘衎说道："把药给我！"

刘衎点了点头，他始终不明白潘俊为何要将一大包草药带在身上，更没有想到潘俊会在这个时候向自己索要那包草药。潘俊将那包草药打开，对赌坊掌柜的说道："一会儿我将这些草药放在柴草上点燃之后，你让所有人都退到屋子里来！"

赌坊掌柜的点了点头。只见潘俊走到前面的院子之中，这时刘衎早已搬过来一些柴草，潘俊掏出火折子，将那柴草点燃，然后将一包白色的粉末全部放在那燃起的火堆上，瞬间一股浓郁的香味从火堆上升腾而起。

"这是什么味道？"金素梅向一旁的金顺问道，金顺也从未闻到过这种味道，连连摇头。正在此时，一个日本兵忽然指着西面的天空，口中叽里咕噜地说着几句听不懂的日语，接着所有的日本人和金素梅都向西面望去。只见西面的天空一片深紫色，正是潘家旧宅处的飞虫。那紫色飞虫如同一条流动着的紫色河水一般，在这漆黑的天空中向安阳城方向流淌而来。

而此时潘俊一行人早已经退到了后面的屋子中，屋子里的人也透过窗子向外望去，只见那紫色的河流一点点地汇聚到德胜赌坊的上空，盘旋着。那紫色的虫子在天空中越聚越多，像是萤火虫，却比萤火虫要小得多，究竟是什么虫子却谁也不曾见过。

因为前面的枪声已止，金素梅带着那些日本人和伪军来到了后院，一院之隔的两拨人都痴痴地望着天空中飞舞的那些小虫，只见那紫色的飞虫渐渐下落。一个好奇的日本兵走到前面，伸出手来想要接住那只小虫，谁知那小虫刚一碰到他的掌心竟然“腾”地燃烧起来。那日本兵吓了一跳，赶紧向后退了退，微微笑了笑，他的笑意还未在脸上消失，只见对面的那扇门忽然被打开，时淼淼衣袖微颤，数根三千尺从衣袖中射出，用的便是那“破”字诀。三千尺直奔那燃烧的火堆而去，只听“啪啪啪”几声，几根三千尺将那火堆打散，烟火、尘埃快速向对面的那些日本兵冲去，而后时淼淼连忙退回到房间之中。

“里面的人听着，只要交出潘俊、冯万春、金无偿，剩下的人免……”金素梅最后的一个“死”字还未出口，只见身边一个士兵已经痛苦地倒下，数百只发光的小虫向那士兵身上扑来，接着更多的身上沾着那灰尘的士兵无不被这小虫袭击，身上燃起火来。他们呼喊着，扑到旁边士兵的身上向其求救，结果只是把两个人的身体全都燃着而已。

金素梅惊住了，幸好金顺一直站在金素梅的身边，他拉着金素梅便向外跑。而那些身上燃着的士兵也跟着向外奔跑着，金素梅手疾眼快地抽出枪，向身后已经开始燃烧的士兵连开了几枪，那些士兵颓然地倒在地上。他们身上的火慢慢地在这德胜赌坊之中蔓延开来，金素梅一行人退出德胜赌坊的时候，赌坊已经开始燃起了大火，便命剩下的人将这德胜赌坊全部围起来，她不相信潘俊真的会不出来。

当那天空中盘旋着的虫子随着那火堆的消失而渐渐散去之时，屋子里的人都将目光集中在了潘俊身上。而潘俊此时正在心中暗自祈祷着：希望能来，希望能来！

不一会儿工夫，安阳城中传来一阵叽叽喳喳的鸟叫声，天空中漆黑一片，这鸟叫声究竟是从何处传来的呢？只听那鸟叫声越来越响，简直有种震耳欲聋的感觉。夜空中此时多了一片一片的黑云，那黑云即为从四面八方向安阳的方向如潮水般汇聚而来的大群大群的鸟儿。

这安阳城中的居民均被这鸟叫声吵醒，好奇的人们打开房门伸出脖子向外瞭望，那是他们从未看到过的情景。

无数的鸟遮云蔽日般地盘旋在安阳城的上空，似乎都在向安阳城西面的那家德胜赌坊附近聚集。原本便夜色朦胧的夜晚，此时已经彻底变成了漆黑的夜晚，那些鸟叽叽喳喳的叫声如同咒语一般让人听了感到阵阵地头痛。忽然第一只鸟如同一把黑色的利剑，疾飞着向德胜赌场那熊熊燃烧的火场扑去，接着第二只，第三只，所有的鸟奋不顾身地冲进那片火海。

“就是现在！”潘俊说着推开房门，那赌坊掌柜的带着还剩下的五六个弟兄手中握着枪走在前面，而冯万春背着金无偿走在他们的后面，潘俊与时淼淼断后。

推开德胜赌坊的后门，赌坊掌柜的首先冲了出去，守在那里的日本人根本没听到开门之声，他们的耳边已经完全被这鸟叫声所充塞了。待几个人将枪抵在那些日本人的头上之后，他们才慌忙放枪。

“是不是有枪声？”虽然这鸟叫声嘈乱，生性敏锐的金素梅依旧隐约听到了枪响，于是对身边的金顺说道，谁知金顺根本便没有听到金素梅说什么，眼睛一直紧紧盯着天空中冲进火海的鸟发呆。金素梅一怒之下，带着几个日本人奔着这后门而来，她一到后门见后门大开，几个日本兵均已倒毙，连忙带着人沿着街道开始追赶。

“放我下来吧！”金无偿哀求道，“你们快走，带上我也是累赘！”

“你他妈的废话！”冯万春叫骂道，却始终不肯放下金无偿，一直向西边的城门奔去，他心想潘俊一定有办法打开城门，而潘俊却也没了计策，他入城之时本想先将金无偿接到城门处之后，再用诱虫术召唤来那些虫子，谁知金素梅竟然来得如此之快。

忽然他们身后传来了几声枪响，那枪声很近，这赌场掌柜的倒颇有几分义气，道：“兄弟们保护特派员！”几个人听到老大的话，都停下脚步隐蔽在这道路左右两旁，潘俊一行人继续向前走，一直奔到城门口才算停住脚步，此时城门处正有十几个伪军严阵以待，他们早已接到金素梅的命令，任何人也不准在今晚离开安阳。

潘俊几个人在距离那城门几百米的巷口停住了。

“怎么办？”冯万春和时淼淼均眼睁睁地望着潘俊，只见潘俊沉吟片刻说道：“冯师傅，一会儿我出去将他们引开，然后你带着金世伯和时姑娘离开这里！”

说完潘俊看了一眼时淼淼，说道：“如果你们顺利出去的话就到新疆去找这个人！”说完潘俊将那张纸条塞给了时淼淼，之后头也不回地向城门的方向走去。

正在这时忽然一个人推开门从里面走了出来，那个人挡在潘俊的面前，潘俊一愣认出眼前这人不是别人，正是白天见到的那个老者。他一把拉住潘俊道：“恩人，您要到什么地方去？”

“出城！”潘俊淡淡地说道。

那老者想了想说道：“恩人，你这样硬闯城门的话不过是死路一条啊！”

“您有出城之法？”潘俊听出这老者必是话中有话，只见那老者笑了笑在他耳边轻轻说了几句什么。潘俊立刻惊喜道：“真的？”

老者点了点头。潘俊三步并作两步回到了巷角，与冯万春等人说了几句什么，然后带着他们跟着那老头进入了茶馆之中。

他们前脚刚一入那茶馆，而金素梅便已经带人追了上来。如果不是路上那赌坊掌柜等人的阻挡，恐怕会更快一些，金素梅带着人径直走到城门处，得知无人从此处逃脱，这才命人在这安阳城附近搜查。

而此时潘俊一行人早已在那老者的安排下来到了安阳城外四五里处。潘俊向那老者拱了拱手说道：“多谢！”

“潘爷何必如此客气！”老者回礼道。

“咦，你是怎么知道的？”潘俊诧异地望着眼前微笑的老者。只听远处传来了一阵车马之声，远远的一辆马车向这边快速地奔来，那辆马车在潘俊等人的面前停下。

“潘爷，他在车里等着您！”老者说着将潘俊搀扶进了车子之中，潘俊刚一进车子，只见那车子里竟然坐着一个人。

“潘爷，还记得我吗？”里面的人轻声说道。

潘俊虽然看不清这人的长相，但这声音却极为熟悉，他想了一会儿不禁笑道：“原来是你！”

潘俊下车之后，那辆马车载着老者向安阳城的方向缓缓而去，冯万春望着潘俊说道：“这车里的究竟是什么人？”

潘俊摇了摇头，在车里这将近半个时辰的时间里，那人向潘俊讲述了关于金素梅的一切，潘俊听完之后不禁微微地摇了摇头。

“金老头儿，金老头儿！”冯万春忽然发现，自从他们随着那老者进入茶馆中，然后从其茶馆中的地道逃出，金无偿始终一言不发，此时恍然发现金无偿早已经咽气了。潘俊按了按他的脖子，失落地摇了摇头，忽然潘俊盯住了金无偿的脖子，他在金无偿的脖子上摸了摸，然后轻轻一拔，那竟然是一枚青丝。

“咱们接下来去哪里？”冯万春与潘俊将金无偿埋葬之后问道。

“新疆！”潘俊淡淡地说道。

“为什么？”冯万春不解地看着潘俊。

潘俊将那摄生术的事情一一讲给了冯万春和时淼淼听，然后说道：“如果不找到摄生术的解药，北平城中便会瘟疫泛滥，而这摄生术唯一的解药便是那人草！”

“人草？”冯万春望了一眼时淼淼，时淼淼也摇了摇头。

潘俊点了点头重复道：“人草！”

在距此十几里的潘家旧宅谷底，潘苑媛正带着燕云、段二娥、金龙沿着那河谷向外走，在到达大路之后，潘苑媛将金龙交给了段二娥说道：“好好照顾他！”

段二娥点了点头，然后潘苑媛将一个包裹递给燕云，说道：“这个你交给潘俊！”

说完之后潘苑媛爱怜地看了一眼金龙，便头也不回地向深谷中走去，几个人一直目送着这个神秘女子消失在夜色中，才沿着大路向西而去。而潘苑媛却躲在黑暗之中颤抖着，她知道身上的毒又要开始发作了，潘苑媛曾经想过一死了之，免去这诸多痛苦，此刻潘苑媛却想活着，活下去和儿子生活在一起，但不是现在……只有找到他，找到他才能拿到解药，才能维系她的生命，即便他继续让她做一些丧尽天良的事情她也在所不惜。

三日之后燕云、段二娥、金龙终于与潘俊等人会合在了一起。得知吴尊已死，时淼淼有些失落，这天晚上，她独自一人来到了一棵槐树下。树上的螽斯叫得有些低沉。忽然她的耳边响起了一阵脚步声，她扭过头见潘俊手中拿着什么缓缓向她走来。

“你怎么来了？”时淼淼低着头擦干眼角的泪水说道。

“来祭奠一下吴当家！”说着潘俊将手中的物事放在地上，一叠纸和一坛酒。潘俊掏出火折子递给时淼淼，时淼淼迟疑了一下接过火折子，将眼前的纸点燃，不禁又落下几滴眼泪说道：“所有人都变了！”

“嗯！”潘俊点了点头，“所有人都变了，所有人都不像表面看上去的那般简单！”

潘俊说完这句话，时淼淼忽然停下了手上的动作，她瞥了潘俊一眼，没有说话。

“时姑娘，冯师傅在离开北平到安阳的路上曾经离开过几日，你知道他去做了什么吗？”潘俊靠在时淼淼身后的树上说道。

时淼淼依旧没有说话。

“他去了水系驱虫师时家。”潘俊自顾自地说道，“你知道他发现了什么？”潘俊顿了顿接着道，“七十年前时家遭遇了一场灭顶之灾，全家上下无一人生还。时姑娘，你究竟是谁？”

此时的北平，金素梅恼羞成怒地将一只茶碗砸碎，这次不但没有抓到潘俊等人，就连一直藏在潘俊密室中的河洛箱也凭空消失了。她关上房门走过一道月亮门，推开另外一个房间的门，房间里黑洞洞的，平日里这个房间即便是在晚上也会点着灯的。她攥紧拳头，刚要发怒却忽然被人锁住了喉咙，一个人在她的耳边轻声说道：“金素梅……”

金素梅一惊向那边空荡荡的床瞥了一眼，然后笑了笑说道：“你终于醒了……”

（特别说明：臭名昭著的民国十大汉奸之一的李士群，于当年九月，即《虫图腾2》故事发生一个月之后，被日本特高科毒死。至于死因说法不一，其中一种说法便是死于河豚卵所磨成的粉末。）

（第二季完）

图书在版编目（CIP）数据

虫图腾. 2，危机虫重 / 闫志洋著. — 北京 ：九州出版社，2014.3

ISBN 978-7-5108-2790-7

Ⅰ. ①虫… Ⅱ. ①闫… Ⅲ. ①长篇小说－中国－当代 Ⅳ. ①I247.5

中国版本图书馆CIP数据核字（2014）第044247号

虫图腾. 2，危机虫重

作　　者	闫志洋 著
出版发行	九州出版社
出 版 人	黄宪华
地　　址	北京市西城区阜外大街甲35号（100037）
发行电话	（010）68992190/2/3/5/6
网　　址	www.jiuzhoupress.com
电子邮箱	jiuzhou@jiuzhoupress.com
印　　刷	廊坊市兰新雅彩印有限公司
开　　本	700毫米×980毫米　16开
印　　张	17.5
字　　数	250千字
版　　次	2014年5月第1版
印　　次	2014年5月第1次印刷
书　　号	ISBN 978-7-5108-2790-7
定　　价	32.80元